KB106405

Prowadź swój pług przez kości umarłych

죽은 이들의 뼈 위로
쟁기를 끌어라

Prowadź swój pług przez kości umarłych

죽은 이들의 뼈 위로 쟁기를 끌어라

Olga Tokarczuk

올가 토카르추크

최성은 옮김

민음사

PROWADŹ SWÓJ PŁUG PRZEZ KOŚCI UMARŁYCH
by Olga Tokarczuk

Author of the illustrations: Jaromír Švejdík

즈비섹과 아가타에게

차례

1
자, 모두 주목하세요

> 한때 유순했던 의인(義人)은
> 험난한 길을 헤치며 나아갔다,
> 죽음의 골짜기를 따라서.*

어느새 매일 저녁 잠자리에 들기 전에 발을 꼼꼼하게 씻어야 하는 나이가 되었다. 한밤중에 언제든 구급차가 와서 나를 실어 갈지도 모르니 말이다.

그날 천체력(天體曆)**으로 밤하늘에 무엇이 펼쳐졌는지 확인했더라면 아마도 나는 편히 자리에 눕지 못했을 것이다. 하지만 나는 그만 깊이 잠들고 말았다. 홉***을 우려낸 차가 수면을 도왔

* 윌리엄 블레이크(William Blake, 1757~1827)의 연작시 「천국과 지옥의 결혼」 중 「서시」에서.
** 천체의 위치, 밝기, 출몰, 일식, 월식 따위를 적은 달력.
*** 열매가 약재나 맥주의 원료로 쓰이는 덩굴풀.

고, 발레리안*도 두 알이나 복용한 상태였기 때문이다. 그래서 한밤중에 과격하고 무례하며 불길하게 문을 두드리는 소리에 잠을 깨서도 도무지 정신을 차릴 수가 없었다. 간신히 몸을 일으켜 침대 옆에 섰지만, 그렇듯 잠에 취해 가누기 힘든 몸으로는 결백하고 무고한 꿈의 영역에서 바로 현실 속으로 뛰쳐나올 수 없었다. 몸 상태가 엉망이었고, 곧 의식을 잃을 것처럼 몸이 휘청거렸다. 불행하게도 최근 들어 나타나기 시작한 **증세**인데 그것은 내 개인적인 질환과 관련이 있다. 나는 침대에 주저앉아 몇 번을 되뇌었다. '나는 집에 있다. 지금은 **밤**, 누군가가 문을 두드리고 있다.' 그러자 조금씩 불안감이 누그러졌다.

어둠 속에서 슬리퍼를 찾는데, 조금 전 문을 두드리던 사람이 집 주위를 돌아다니며 혼잣말로 중얼대는 소리가 들렸다. 문득 이 근방을 돌아다니는 밀렵꾼들 때문에 아래층 전기 계량기 안에 호신용 페퍼 스프레이를 넣어 둔 일이 생각났다. '디오니시오스'로부터 받은 것이었다. **어둠** 속에서 손에 익은 분사기 형체의 차가운 물건을 집어 들고 단단히 무장한 채 바깥 조명등을 켰다. 그러고는 구석에 있는 작은 창문을 통해 현관을 내다보았다. 뽀드득 눈 밟는 소리가 들리더니 내가 '괴짜'라고 부르는 이웃이 시야에 들어왔다. 그는 집 근처에서 일할 때 입곤 하던 오래된 양모 코트의 뒷자락을 양손으로 붙잡고 있었다. 코트 아래로 줄무늬 파자마와 무거운 하이킹 부츠가 보였다.

"문 열어요."

* 천연 성분의 신경 안정제.

그가 말했다.

나를 보자마자 그는 놀란 기색을 그대로 드러내며 내가 입고 있는 여름용 리넨 정장을 아래위로 훑어보았다.(요즘 나는 지난여름에 교수 부부가 내다 버린 정장을 입고 잔다. 이 잠옷은 오래전 유행하던 패션을, 그리고 내 젊은 시절을 생각나게 해 준다. 이런 식으로 나는 '실용성'과 '감상적 정서'를 결합하는 중이다.) 그가 아무런 양해의 말도 없이 집 안으로 들어섰다.

"얼른 옷 입어요. '왕발' 씨가 죽었소."

충격 탓에 잠시 말이 나오지 않았다. 나는 묵묵히 신발장에서 목이 긴 스노 부츠를 꺼내 들고, 옷걸이에서 제일 먼저 손에 잡히는, 그나마 변변해 보이는 두꺼운 양모 스웨터를 몸에 걸쳤다. 밖으로 나오니 현관에 설치된 외등 불빛에 반사된 눈송이가 느릿느릿 떨어지는 몽롱한 물방울처럼 보였다. 괴짜는 아무 말 없이 내 옆에 서 있었다. 큰 키에 비쩍 마르고, 단 몇 번의 획으로 스케치한 연필화처럼 뼈만 남은 체구. 그가 움직일 때마다 꽈배기 도넛에 입힌 설탕이 떨어지듯 우수수 눈이 떨어졌다.

"죽다니 그게 무슨 말이죠?"

문을 열면서 목이 잠긴 상태로 물었지만 괴짜는 아무런 대답도 하지 않았다.

평소에도 그는 거의 말이 없었다. 그의 별은 아마도 수성일 것이며, 과묵한 별자리로 알려진 염소자리나 그 경계에 있는 별자리를 타고났을 것이다. 어쩌면 토성과 반대 위치에 있는 별일 수도 있다. 역행하는 수성일 수도 있는데, 이 역시 내성적인 과묵함을 상징한다.

집에서 나오자마자 익숙한 추위와 습한 공기가 우리를 에워쌌다. 매해 겨울 그것들은 세상이 **인간**을 위해 창조되지 않았음을 상기시켜 주곤 했다. 적어도 반년 동안 우리는 세상이 얼마나 우리에게 적대적인지를 실감했다. 강추위가 매섭게 뺨을 강타했고, 입에서는 새하얀 입김이 모락모락 피어올랐다. 현관 외등이 자동으로 꺼지고 나자 거의 완전한 암흑 속에서 우리는 사각사각 눈을 밟으며 걸었다. 어둠의 장막을 꿰뚫는 유일한 빛줄기는 괴짜가 머리에 쓴 용접용 토치 헤드의 희미한 불빛뿐이었다. 나는 괴짜의 등만 보며 어둠 속에서 발걸음을 옮겼다.

"혹시 손전등 없어요?"

그가 물었다.

물론 있다. 하지만 어디에 두었는지는 날이 밝은 뒤에나 알 수 있을 것이다. 손전등은 언제나 낮에만 눈에 띄었다.

왕발의 오두막은 한길에서 살짝 비켜나 다른 집들보다 조금 높은 곳에 있었다. 그는 사계절 내내 이곳에 거주하는 세 명의 마을 사람 가운데 한 명이었다. 그와 괴짜, 그리고 나만이 겨울을 두려워하지 않고 이곳에서 지냈다. 나머지 주민들은 10월만 되면 서둘러 대문을 걸어 잠그고 파이프에서 물을 빼낸 뒤 도시로 돌아갔다.

우리는 마을을 관통하는 큰길, 눈이 어느 정도 치워진 그 도로에서 옆으로 방향을 틀었다. 큰길은 각각의 집으로 이어지는 여러 개의 좁은 길로 갈라졌다. 왕발의 집으로 가려면 눈이 깊게 쌓인 오솔길로 들어서야 했는데, 어찌나 좁은지 균형을 잃지 않으려면 한 발 한 발 조심스럽게 내디뎌야 했다.

"과히 보기 좋은 장면은 아닐 거요."

괴짜가 경고를 하기 위해 내 쪽으로 몸을 돌리자 그가 쓴 토치 헤드의 불빛 때문에 한동안 아무것도 볼 수 없었다.

내가 예상한 장면 또한 크게 다르지 않았다. 꽤 오랫동안 침묵하던 괴짜가 잠시 후 변명하듯 입을 열었다.

"부엌에서 새어 나오는 불빛과 개 짖는 소리가 왠지 마음에 걸렸어요. 뭔가 아주 절박하게 들렸거든요. 혹시 아무 소리도 못 들었어요?"

나는 아무 소리도 듣지 못했다. 홉과 발레리안 탓에 잠에 취해 있었으니까.

"개는 지금 어디에 있나요?"

"곧장 밖으로 데리고 나왔죠. 지금 우리 집에 있는데 먹이를 좀 줬더니 안정을 찾은 것 같아요."

다시 침묵이 흘렀다.

"왕발은 항상 일찍 잠자리에 들었고, 전기를 아끼려고 불도 바로 껐거든요. 그런데 오늘은 웬일인지 계속 불이 켜 있더라고요. 내 침실 창문으로 새하얀 눈밭에 비친 밝은 빛살이 보였어요. 그래서 와 본 거예요. 술에 취해 잠이 들었거나, 아니면 개가 하도 요란스레 짖어 대니 개한테 무슨 나쁜 짓거리를 하나 보다고만 생각했죠."

우리는 다 쓰러져 가는 낡은 헛간을 지나쳤다. 그리고 얼마 안 돼 괴짜의 헬멧에 달린 불빛이 어둠 속에서 야광 빛 연녹색 눈동자 두 쌍을 포착했다.

"저것 좀 봐요, 사슴들이에요." 나는 괴짜의 양피 코트 소맷자

락을 붙잡고는 살짝 격앙된 어조로 속삭였다. "바로 집 근처까지 왔네요. 무섭지도 않나?"

사슴들은 거의 배 부근까지 눈 속에 파묻힌 채 서 있었다. 그들의 시선은 고요하고 담담했다. 마치 우리가 의미도 모른 채 어떤 의식을 수행하던 중에 우연히 그들과 맞닥뜨리기라도 한 듯. 사방이 어찌나 깜깜한지 지난가을 체코에서 넘어온 젊은 숙녀처럼 우아한 암사슴들인지 아니면 다른 사슴들인지 알 수가 없었다. 그런데 왜 두 마리뿐일까? 그때는 적어도 네 마리는 됐던 것 같은데.

"얼른 집으로 돌아가라."

나는 손을 내저으며 사슴들을 향해 소리쳤다. 하지만 사슴들은 몸을 떨면서도 그 자리를 떠나지 않았다. 그렇게 그들은 우리가 대문 앞에 다다를 때까지 차분한 시선으로 우리를 배웅했다. 냉기가 내 몸을 엄습했다.

그사이 괴짜는 허름한 오두막의 출입문 앞에서 발을 굴러 부츠에 묻은 눈을 털어 냈다. 자그마한 창문들의 틈새는 플라스틱과 판지로 봉인되었고, 목재로 만든 대문은 검은 타르지*로 싸여 있었다.

거실의 한쪽 벽에는 아궁이에 불을 지피기 위해 불규칙한 크기로 자른 통나무들이 쌓여 있었다. 내부는 불결하고 지저분했으며 오랫동안 방치된 듯, 사방에서 축축하고 음습하고 뭔가 게걸스러운 느낌의 냄새, 나무와 흙이 뒤섞인 듯한 냄새가 났다. 게다가

* 방부재나 방수재로 사용되는 종이.

해묵은 담뱃재의 탄내가 벽에 겹겹이 눌어붙어 찌든 기름때에 스며 있었다.

부엌으로 이어지는 문이 빼꼼히 열린 탓에 바닥에 누워 있는 왕발의 시신이 한눈에 들어왔다. 내 시선은 그의 몸에 닿기가 무섭게 바로 튕겨 나갔다. 다시 그 시신을 똑바로 보기까지는 얼마간의 시간이 필요했다. 끔찍한 광경이었다.

그는 몸을 잔뜩 웅크린 채 양손을 목에 대고 기괴한 자세로 누워 있었다. 마치 자신의 목을 옭아매는 셔츠 깃을 억지로 떼어 내려는 몸짓처럼 보였다. 나는 최면에라도 걸린 듯 그에게 다가갔다. 탁자 밑 어딘가를 향해 고정된 그의 부릅뜬 두 눈이 보였다. 그의 목젖 부근에서 더러운 러닝셔츠가 찢겨 있었다. 마치 몸이 스스로와 결투를 벌이다가 장렬히 나자빠진 것처럼 보였다. 공포로 인해 내 몸이 차갑게 식었다. 정맥에서 피가 얼어붙어 몸속 가장 깊은 곳으로 역류해 버린 느낌이었다. 불과 어제만 해도 저 몸뚱이가 살아 움직이는 걸 보았는데.

"맙소사!" 내가 웅얼거리듯 물었다. "도대체 무슨 일이 있었던 거죠?"

괴짜가 어깨를 으쓱해 보였다.

"이 근방은 체코 통신망에 연결되어 있어서 경찰에 전화를 걸 수가 없었어요."

나는 주머니에서 휴대 전화를 꺼내 언젠가 티브이에서 본 대로 997번을 눌렀다. 그러자 잠시 후 체코어로 자동 응답 메시지가 들려왔다. 여기서는 이런 일이 자주 벌어진다. 통신망은 국가들끼리 정해 놓은 국경과 상관없이 이리저리 방황을 거듭한다. 한때 우리 집 부엌을 기준으로 양국의 통신망을 가르는 경계선이 설정된 적도 있었다. 그것도 제법 오랫동안 말이다. 괴짜의 집 주변이나 테라스에서도 며칠 동안 그런 현상이 나타났었다. 네트워크의 변덕은 도무지 예측하기 어려웠다.

"집 뒤편에 있는 언덕으로 올라갔어야죠."

내가 그에게 뒤늦게 충고했다.

"그들이 도착하기 전에 몸이 뻣뻣하게 굳을 거요."

괴짜는 내가 특히 싫어하는 예의 그 독특한 말투로 대답했다. 그러고는 양가죽 코트를 벗어서 의자 등받이에 걸었다.

"왕발 씨를 이렇게 처참한 상태로 둘 수는 없소. 어쨌든 그도 우리 이웃이었으니까."

왕발의 뒤틀리고 비루한 몸을 보니 불과 어제까지도 내가 이 사람을 그토록 두려워했다는 사실이 믿기지 않았다. 나는 그가 싫었다. 아니다. '싫다'라는 말은 어쩌면 너무 약한 표현일 수 있으니 차라리 이렇게 말하는 게 적당할 듯하다. 나는 그가 혐오스럽고 끔찍했다. 솔직히 나는 그를 **인간**으로 여기지도 않았다. 그런 그가 지금 더러운 속옷을 입은 채, 작고 마른 체구에 무기력하고 무해한 존재가 되어 얼룩진 바닥에 누워 있다. 상상조차 하기 힘든 어떤 변화가 일어나는 바람에 물질의 일부가 전체에서 떨어져 나와 부서지기 쉬운 연약한 대상으로 전락해 버린 것이다. 아무리 고약하고 죽어 마땅한 **인간**이라 해도 왕발이 제대로 된 죽음을 누리지 못했다는 사실이 슬프기도 하고 무섭기도 했다. 그렇다면 그런 죽음을 누릴 자격이 있는 사람은 과연 누구일까? 어쩌면 나와 괴짜, 그리고 밖에 있는 사슴들에게도 왕발과 똑같은 운명이 기다리고 있을지 모른다. 언젠가 우리는 그저 죽은 몸뚱이 이상도 이하도 아닌 상태가 될 것이다.

나는 위안을 얻고 싶어서 괴짜를 쳐다보았지만, 그는 낡은 접이식 소파를 펼쳐서 시트를 깔고 침대를 만드느라 정신이 없었다. 그래서 나는 스스로를 위로했다. 문득 그런 생각이 들었다. 왕발의 죽음이 어쩌면 좋은 일일 수도 있지 않을까. 그를 혼란스러운 삶으로부터 자유롭게 해 주었으니까. 그리고 다른 **생명체들**을 그의 해코지에서 벗어나게 해 주었으니까. 그렇다, 갑자기 나는 죽음이 살균제나 진공청소기와 마찬가지로 정의롭고 유익한 것임을 깨달았다. 고백하건대 그때 나는 그런 생각을 했고 지금도 그 생각에는 변함이 없다.

왕발은 내 이웃이었다. 그와 나의 집은 500미터쯤 떨어져 있었지만 나는 그와 거의 왕래를 하지 않았다. 다행이었다. 대신 멀리서 종종 그의 모습을 보곤 했다. 작지만 근육질에, 어딘지 불안정해 보이는 그의 몸집이 풍경 너머에서 불쑥 나타나곤 했다. 걸으면서 그는 혼잣말을 중얼거리곤 했는데, 이따금 **고원**에서 불어오는 바람결에 그가 내뱉는 독백 한 토막이 들려오곤 했다. 그 내용은 기본적으로 단순하면서 한결같았다. 그가 구사하는 어휘는 대부분 욕설에 고유 명사를 갖다 붙인 형태였다.

그는 이 지역을 구석구석 잘 알았다. 이곳에서 태어나서 크워츠코를 기준으로 그보다 먼 곳에 가 본 적이 한 번도 없었기 때문이다. 그는 숲에 대해서도 빠삭했다. 어떤 부분을 돈벌이에 이용할 수 있는지, 무엇을 누구에게 팔면 되는지 훤히 꿰뚫고 있었다. 버섯, 블루베리, 도난당한 목재, 불쏘시개용 땔감, 올가미와 덫, 해마다 열리는 비포장도로 차량 경주, 사냥. 숲은 이 작고 추한 도깨비를 먹여 살렸다. 그러므로 그는 누구보다 숲을 존중해야 마땅했지만 그러지 않았다. 언젠가 8월에 가뭄이 들었을 때 그는 블루베리 밭을 모두 불태웠다. 내가 소방서에 즉시 신고했지만 블루베리 밭은 거의 망가졌다. 대체 왜 그런 짓을 했는지는 끝내 알아내지 못했다. 여름이면 그는 톱을 들고 돌아다니며 수액으로 가득 찬 나무를 함부로 벴다. 나는 치밀어 오르는 **분노**를 간신히 억누르며 최대한 정중하게 충고했다. 그의 대답은 단순 명료했다.

"꺼져, 할망구."

사실 그의 말투는 이보다 더 노골적이고 천박했다. 그는 항상 뭔가를 훔치거나 뒤로 빼돌리거나 조작하면서 돈을 충당했다. 여름 휴양객들이 마당에 손전등이나 가지치기용 가위를 놓아두면, 왕발은 즉시 냄새를 맡고 그것들을 훔쳤다. 나중에 마을에 내다 팔 기회를 엿보기 위해서였다. 내 생각에 그는 이미 몇 차례 벌을 받거나 심지어 구속됐어야 했다. 하지만 대체 어떻게 미꾸라지처럼 빠져나갔는지 모를 일이다. 어쩌면 천사 몇이 그를 보호했는지도 모른다. 천사들도 때로는 잘못된 방향에 설 수 있으니까.

나는 또한 그가 모든 수단과 방법을 동원해서 밀렵을 한다는 사실도 알고 있었다. 그는 숲을 자신의 개인 농장처럼 생각하면서 숲에 있는 모든 것을 자기 소유로 여겼다. 전형적인 약탈자 타입이었다.

수많은 **밤**, 왕발로 인해 나는 잠 못 들고 뒤척여야 했다. 무력감과 자괴감 때문이었다. 경찰서에 몇 번이나 전화했다. 그러다 마침내 통화가 연결되고 내 신고가 정중하게 접수되었지만, 끝내 아무런 조치도 취해지지 않았다. 왕발은 손에 올가미를 잔뜩 든 채 불길한 소리를 내면서 여전히 자신의 구역을 헤집고 다녔다. 작고 사악한 도깨비 같았다. 악의적이고 예측 불가능한 존재. 그는 늘 가볍게 술에 취한 상태였는데, 그의 심술궂은 태도는 아마도 이 때문이었으리라. 그는 혼잣말을 중얼대면서 자신의 경로에서 밀쳐 내기라도 하려는 듯 나무줄기를 막대기로 때리곤 했다. 아마도 그는 태어날 때부터 살짝 취한 상태였던 듯하다. 나는 몇 번이고 그가 지나간 길을 쫓아가서 그가 설치해 놓은 철사로 만든 원시적인 형태의 올가미를 수거하곤 했다. 어린 나무에 묶어 놓은 그 덫은 **동물**이 올가미에 걸리는 순간 공중에 대롱대롱 매달리도록 구부러진 모양을 하고 있었다. 이따금 나는 죽은 채 덫에 걸려 있는 토끼나 오소리, 사슴 등을 발견하곤 했다.

"그를 침대로 옮겨야 해요."

괴짜가 말했다.

나는 이 의견이 마음에 들지 않았다. 그의 몸에 손대고 싶지 않았기 때문이다.

"내 생각엔 경찰을 기다리는 게 좋을 것 같아요."

내가 말했다.

하지만 괴짜는 접이식 소파에 침상을 만들어 놓고 왕발의 스웨터 소매를 잡아당기고 있었다. 그가 옅은 색 눈동자를 반짝이며 나를 뚫어질 듯이 쳐다보았다.

"당신도 남들이 이런 상태로 당신을 발견하는 건 원치 않을 것 아니오. 이런 모습으로 말이오. 이건 비인간적인 일이오."

맞다, **인간**의 몸은 확실히 비인간적이다. 시체는 더욱 그렇다.

왕발이 우리에게 남긴 마지막 골칫거리인 그의 시신을 우리가 이렇게 수습해야 한다는 사실, 이것이야말로 우울한 역설이 아닐까. 존중하지도 않았고 싫어했고 관심도 없던 이웃인 우리에게 이런 민폐를 끼치다니.

내 생각에 죽음은 물질의 절멸로 이어져야 한다. 그것이야말로 몸에 가장 적합한 해결책이다. 소멸된 시체는 그들이 생성된 블랙홀로 다시 빨려 들어가야 한다. 영혼은 빛의 속도로 빛을 향해 유랑할 것이다. 만약 '영혼'이란 것이 존재한다면 말이다.

나는 엄청난 저항감과 반감을 간신히 억누르며 괴짜의 요청에 따랐다. 우리는 왕발의 다리와 팔을 잡고 시체를 소파로 옮겼다. 놀랍게도 **인간**의 시체는 완전히 무기력한 상태가 아니라 막 풀을 먹여 주름을 곧게 편 리넨 시트처럼 고집스러우리만치 뻣뻣했다. 왕발의 양말, 아니 그의 발을 감싸고 있던 더러운 넝마 조각, 그러니까 닳아빠진 줄무늬 시트로 만든, 지금은 회색빛으로 바래 버린 얼룩투성이의 발싸개가 갑자기 눈에 들어왔다. 그 발싸개가 이상하게도 내 가슴과 횡경막, 그리고 온몸을 강타하는 바람에 나는 터져 나오는 흐느낌을 멈출 수 없었다. 괴짜는 그런 나를 향해 잠시 차가운 책망의 시선을 보냈다.

"저들이 도착하기 전에 옷을 입혀야 해요."

괴짜가 말했다. **인간**에게 닥친 비극의 현장을 목격하면서 그의 턱이 떨리고 있음을 나는 보았다.(하지만 어떤 이유에서인지 그는 인정하려 들지 않았다.)

우리는 먼저 더럽고 냄새나는 러닝셔츠를 벗기려고 시도했다. 하지만 왕발의 머리 위로 잡아당겨 벗기는 것은 불가능했다.

결국 괴짜는 주머니에서 정교하고 복잡한 주머니칼을 꺼내어 가슴팍 부근에서 옷을 질개했다. 이제 왕발은 접이용 소파 위에 반쯤 벗은 채 널부러져 있었다. 트롤*처럼 털이 많고, 가슴과 팔에는 흉터가 있었으며, 뜻을 알 수 없는 난해한 문신들이 곳곳에 새겨져 있었다. 몸이 완전히 굳기 전에 옷을 갈아입히기 위해 우리가 부서진 그의 옷장을 뒤지는 동안, 왕발의 눈은 얄궂게도 뜨여 있었다. 닳아빠진 팬티들이 새로 산 은빛 운동복 바지 아래에서 발견되었다.

나는 조심스럽게 왕발의 발싸개를 풀고 그의 발을 들여다보았다. 경악스러웠다. 발이야말로 우리 몸의 가장 사적이고 은밀한 부위라고 늘 생각해 왔었다. 성기도, 심장이나 뇌도 아니고, 그리 대단치 않음에도 불구하고 항상 과대평가를 받아 온 장기(臟器)도 아닌, 발 말이다. 발에는 **인간**에 대한 모든 지식이 숨겨져 있다. 우리가 실제로 누구인지, 그리고 우리가 대지와 어떻게 연관되어 있는지에 관해 몸이 보내는 묵직한 신호가 바로 발에서 흘러나온다. 땅을 디딤으로써 우리 몸과 땅을 접촉시키는 바로 그 지점에 모든 비밀이 깃들어 있다. 우리는 물질의 원소들로 이루어진 존재이지만, 동시에 물질로부터 분리된 이질적인 존재라는 비밀. 발은 소켓에 꽂는 우리의 플러그나 마찬가지다. 그런데 지금 저 벌거벗은 발은 왕발의 기원이 여느 **인간**과는 다르다는 증거를 내게 보여 주었다. 그는 **인간**이 될 수 없는 존재였다. 블레이크가 말했듯이 금

* 스칸디나비아 신화 속의 초자연적 괴물로 지하나 동굴에 살며 거인이나 난쟁이로 묘사된다.

속을 무한대로 녹이고 질서를 혼돈으로 바꾸는 일종의 이름 없는 형체였다. 그는 아마 악마와 같은 부류였을 것이다. 사악한 존재는 그들의 발을 보면 안다. 대지에 뭔가 다른 모양의 인장(印章)을 찍어 놓으므로.

그의 발은 길쭉하고 폭이 좁았다. 호리호리한 발가락과, 형태를 알아보기 힘든 검은 발톱은 뭔가를 낚아채기에 수월해 보였다. 엄지발가락은 마치 엄지손가락처럼 나머지 발가락으로부터 약간 떨어져 있었고, 발가락들은 시커먼 털로 뒤덮여 있었다. 과연 누가 이런 발을 본 적이 있을까? 괴짜와 나는 시선을 교환했다.

비어 있는 것이나 다름없는 옷장에서 우리는 약간의 얼룩이 묻어 있긴 해도 별로 입은 적 없어 보이는 커피색 정장을 찾아냈다. 나는 그가 이 정장을 입은 모습을 한 번도 본 적이 없다. 왕발은 사계절 내내 항상 두꺼운 펠트 부츠를 신고, 낡아서 올이 다 드러난 바지에 체크 셔츠와 퀼팅 조끼를 입고 다녔다.

죽은 사람에게 옷을 입히는 것은 일종의 애무와 같았다. 나는 그가 살면서 과연 이런 다정한 손길을 경험한 적이 있을지 의문스러웠다. 우리는 그의 어깨를 부드럽게 잡고 천천히 옷을 입혔다. 그 육신의 무게가 내 가슴에 닿으면서 메스꺼움을 동반한 혐오의 감정이 자동으로 솟구쳤지만, 어느 순간 문득 이 육신을 껴안고 등을 두드리며 이렇게 달래 보면 어떨까 하는 생각이 들었다.

'걱정하지 말아요, 다 괜찮을 거야.'

하지만 괴짜가 옆에 있어서 그런 짓은 하지 않았다. 나를 비정상으로 볼지도 모르니까.

실행하지 못한 행동들이 이런저런 생각으로 바뀌면서 왕발에 대해 측은한 마음이 들기 시작했다. 어쩌면 어머니에게 버려지는 바람에 평생 비참하게 살며 불행했던 건 아니었을까. 오랜 세월 지속되는 불운은 그 어떤 치명적인 질병보다 사람을 피폐하게 만든다. 나는 그의 집에 방문객이 찾아오는 걸 한 번도 본 적이 없으며 가족이나 친구도 보지 못했다. 버섯 따는 사람들조차 그와 이야기를 나누기 위해 집 앞에 멈춰 서는 법이 없었다. 다들 그를 두려워하고 싫어했다. 오직 사냥꾼들하고만 교류가 있는 듯했지만, 그조차 드물었다. 내 눈에는 그가 오십 대 정도로 보였다. 만약 그의 8하우스*를 보고, 거기서 해왕성과 명왕성의 결합을 확인할 수 있다면, 그리고 태양이 상승하는 동쪽의 지평선이면서 하늘의 기운과 땅의 기운이 교차하는 지점인 상승궁 어딘가에 화성이 위치한다는 걸 두 눈으로 목격할 수만 있다면, 나는 아마 어떤 대가라도 흔쾌히 치렀을 것이다. 힘줄이 도드라진 그의 손에 들려 있던 날카로운 톱은 죽음의 씨를 뿌리고 고통을 가하기 위해 살아가는 포식자를 연상시켰다.

괴짜는 왕발에게 재킷을 입히려고 그를 일으켜서 앉은 자세를 취하게 했다. 그때였다. 우리는 그의 퉁퉁 부어오른 커다란 혓바닥 아래에 뭔가가 감춰져 있음을 알아차렸다. 나는 잠시 망설였지만, 치밀어 오르는 혐오감을 억제하기 위해 이를 악물었다. 그리고 몇 번이나 손을 넣었다 빼기를 반복한 끝에 뭔가의 끄트머리를

* 점성학에서는 인생에서 어떤 일이 일어날지를 12궁의 하우스로 세분해서 분류한다. 8하우스는 죽음을 의미한다.

붙잡고 부드럽게 끄집어내는 데 성공했다. 내 손가락 사이에 놓인 것은 가늘고 길며, 단검처럼 날카로운 뼛조각이었다. 죽은 자의 입에서 목구멍의 그르렁거림과 함께 약간의 공기가 새어 나왔다. 고요하게 색색거리는 그 소리는 한숨을 연상시켰다. 우리 둘 다 화들짝 놀라며 시체에서 재빨리 몸을 일으켰다. 그 순간 괴짜가 맛본 느낌은 아마 나와 같은 것이었으리라. **공포**. 여기서 끝이 아니었다. 잠시 후 왕발의 입에서 거의 검은색에 가까운 검붉은 피가 흘러나왔다. 내장에서 뿜어져 나오는 불길한 액체.

우리는 겁에 질려 그 자리에 얼어붙었다.

"세상에." 괴짜가 떨리는 목소리로 말했다. "질식사군요. 뼈 때문에 질식한 거예요. 목에 뼈가 걸리는 바람에 숨이 막힌 거죠. 뼈가 목구멍을 틀어막은 거예요……." 그가 신경질적으로 같은 말을 반복했다. 그러고 나서 자신을 진정시키려는 듯 이렇게 말했다. "자, 어서 일을 마칩시다. 결코 유쾌한 작업은 아니지만 가까운 사람들에 대한 우리의 의무가 항상 즐거울 수만은 없는 법이잖아요."

나는 괴짜가 스스로를 이 야간 당직의 책임자로 여기고 있음을 깨달았다. 그래서 나는 그의 뒤로 물러났다.

우리는 왕발에게 커피색 정장을 입히고, 그를 격식에 맞는 자리로 옮기는 이 수고스러운 임무를 열심히 수행했다. 죽은 사람은 커녕 다른 사람의 몸에 손을 댄 건 정말 오랜만이었다. 일 분씩 지날 때마다 그의 몸이 점점 딱딱하게 굳고 있음을 느낄 수 있었다. 서둘러야 했다. 그러다 마침내 최상의 외출복 차림으로 누워 있게 되었을 때, 왕발의 얼굴은 **인간**의 표정을 완전히 잃었다. 이제 그는 말 그대로 시체였다. 단, 그의 오른쪽 집게손가락만은 공손하게 손을 포개는 선동적인 자세를 거부하며 위쪽으로 뻗어 있었다. 마치 우리의 주의를 환기시킴으로써 잠시나마 긴장되고 다급한 우리의 시도를 저지하려는 듯 보였다. "자, 주목하세요!"라고 손가락은 말하고 있었다. "주목! 여기 당신들의 눈에 보이지 않는 뭔가가 있습니다. 당신들에게 감춰졌던 단계의 중요한 시작점이며, 특별히 주목할 만한 그런 것입니다. 덕분에 우리가 지금 이 시각, 이곳에 모여 있는 겁니다. 눈 내리는 겨울 **밤**, 이 **고원**의 작은 오두막에 말이죠. 나는 죽은 몸뚱이로, 당신들은 하찮은 늙은 **인간**으로 말이죠. 하지만 이제 겨우 시작인걸요. 바로 지금부터 모든 게 시작됩니다."

괴짜와 나는 차갑고 축축한 방, 어슴푸레한 회색빛 시간이 흐르는 시린 공허 속에 서 있었다. 그런 생각이 들었다. 몸에서 빠져나온 뭔가가 세상의 일부를 빨아들이고 있다는 생각. 그러므로 그것이 좋은 것이든 나쁜 것이든, 흠이 있든 결백하든 간에 결국 남는 건 거대한 허무(虛無)가 아닐까.

나는 창밖을 내다보았다. **어둠**이 조금씩 걷히며 흩날리는 눈송이가 허무의 공간을 조금씩 채우기 시작했다. 눈송이들은 일말의 서두름도 없이, 마치 깃털처럼 허공에서 자신의 고유한 축을 따라 회전하면서 그렇게 천천히 떠돌았다.

이미 세상을 떠난 왕발에 대한 원한이나 연민을 간직하는 건 쉽지 않았다. 남겨진 거라고는 정장을 말끔히 차려입은 죽은 몸뚱이뿐. 지금 그 몸뚱이는 차분하고 만족스러워 보였다. 물질로부터 해방된 영혼이 기뻐하고, 물질도 영혼으로부터 자유로워져서 기쁜 듯했다. 그렇게 짧은 시간 동안에 형이상학적인 이혼이 성립되었다. 이제 끝이었다.

우리는 부엌의 열어 놓은 출입문 근처에 앉았다. 괴짜가 테이블에 놓인, 반쯤 마신 보드카 병을 집어 들었다. 그러고는 깨끗한 술잔을 골라서 술을 따랐다. 눈 쌓인 창밖으로 새벽이 병실의 전구를 연상시키는 우윳빛을 내뿜으며 서서히 실내로 흘러들었다. 그 희미한 빛 속에서 나는 괴짜가 면도를 하지 않았다는 사실을 알아차렸다. 그의 수염은 내 머리카락만큼 허옇게 세어 있었다. 양피 코트 아래로 삐죽 나온 빛바랜 줄무늬 잠옷 바지, 코트의 단추는 채워지지 않았고 온갖 얼룩이 묻어 지저분했다.

나는 보드카 한 잔을 단숨에 들이켰다. 속이 훈훈해졌다.

"이것으로 우리는 왕발에 대한 의무를 다했다고 생각합니다. 우리 아니면 누가 이런 일을 하겠어요?" 나를 향해서가 아니라 자기 자신에게 말하듯 괴짜가 중얼거렸다. "쬐끄맣고 불쌍한 놈이고 개자식이지만, 그게 뭐 대순가요?"

그는 자신의 술잔에 보드카 한 잔을 더 따라서 한 번에 들이켰다. 그러고는 혐오감으로 몸서리를 쳤다. 이런 일에 익숙지 않다는 걸 알 수 있었다.

"전화 좀 걸고 올게요."

그가 밖으로 나가며 말했다. 어지럽고 정신이 아뜩해진 모양이었다.

나는 자리에서 일어나 그 끔찍한 아수라장을 둘러보기 시작했다. 왕발의 생년월일이 적힌 신분증을 찾고 싶었다. 점성학에 따른 그의 차트를 확인하고 싶었기에.

낡은 오일클로스*가 덮인 탁자 위에 불에 탄 **동물**의 흔적이 남아 있는 구이용 프라이팬이 있었다. 그 옆 냄비에는 새하얀 지방이 막처럼 덮인, 보르시치 수프**가 들어 있었다. 큰 덩어리에서 잘라 낸 빵 한 조각과 금박지에 싸인 버터도 눈에 띄었다. 닳아빠진 리놀륨이 덮인 마룻바닥에는 **동물**의 잔해가 더 많이 흩어져 있었다. 접시와 유리잔, 비스킷 조각들과 함께 식탁 아래로 떨어진 모양이었다. 모든 것이 조각나고 부서진 상태로 더러운 바닥에 뒹굴고 있었다.

바로 그때 창틀에 놓인 알루미늄 쟁반에서 나는 뭔가를 발견했다. 그게 무엇인지 나의 뇌가 인식하기까지는 잠시 시간이 필요했다. 그만큼 믿기 어려운 광경이었기 때문이다. 그것은 말끔하게 절단된 사슴의 머리였다. 그 옆에는 네 개의 작은 발들이 놓여 있었다. 반쯤 뜬 사슴의 눈망울은 아마도 우리의 작업을 처음부터 찬찬히 지켜보았을 것이다.

그렇다. 배고픈 젊은 숙녀 중 한 마리가 순진하게도 이 겨울 냉동 사과의 유혹에 굴복하고 말았고, 덫에 걸려 철사에 목을 졸린 채 고통스럽게 죽음을 맞이한 것이다.

이 오두막에서 무슨 일이 벌어졌는지 실감이 나기 시작하면서 **공포**가 서서히 엄습했다. 왕발은 덫으로 사슴을 포획한 뒤, 도살해서 구워 먹었다. 한밤중에 고요와 침묵 속에서 한 생명체가 다른

* 물기가 스며들지 않도록 한쪽에 기름막을 입힌 천.

** 러시아나 폴란드에서 즐겨 먹는 수프. 비트 뿌리를 주재료로 하여 고기와 채소 따위를 넣고 뭉근하게 끓여 사워크림을 끼얹어 먹는다.

생명체를 잡아먹었다. 아무도 말리지 않았고 하늘에서는 벼락도 치지 않았다. 그 어떤 손길도 죽음으로 인도한 적은 없지만, 결국 악마는 처벌을 받았다.

나는 떨리는 손으로 **동물**의 잔해, 그 가련한 작은 뼈들을 주워 한옆에 모아 놓았다. 나중에 땅에 묻기 위해서였다. 마침 낡은 비닐봉지가 눈에 띄었다. 나는 그 비닐 수의(壽衣) 안에 뼈들을 차곡차곡 담았다. 사슴의 머리도 조심스럽게 봉지 안에 집어넣었다.

왕발의 생년월일이 어찌나 궁금했던지 나는 그의 신분증을 찾기 위해 여기저기 뒤지기 시작했다. 주방의 찬장, 종이 꾸러미, 달력이나 신문의 갈피, 그리고 서랍을 뒤졌다. 시골에서는 주로 이런 곳에 문서를 보관하기 때문이다. 과연 서랍 안에 신분증이 있었다. 거의 누더기가 다 된 초록빛 표지에 싸인, 이미 유효 기간이 지난 신분증이었다. 사진 속 왕발은 약간 비대칭의 기다란 얼굴에 찡그린 눈을 한 이십 대 청년이었다. 그때도 별로 잘생긴 편은 아니었다. 나는 몽당연필로 그의 생년월일과 출생지를 기록했다. 왕발은 1950년 12월 21일에 태어났다. 바로 이곳에서.

서랍 안에는 신분증 말고 다른 것도 있었다는 사실을 덧붙여야 할 듯하다. 거기에는 사진 뭉치가 있었는데 찍은 지 얼마 안 된, 컬러 사진들이었다. 나는 습관적으로 사진들을 훑어보았는데, 그중 하나가 내 시선을 끌었다. 나는 그 사진을 자세히 들여다보았다. 내가 보고 있는 게 무엇인지 이해하기까지는 제법 시간이 걸렸다. 갑자기 적막이 밀어닥쳤다. 어느 틈엔가 나는 그 적막 한가운데에 서 있었다. 다시 사진을 들여다보았다. 내 몸은 팽팽하게 긴장했고, 나는 싸울 준비를 마쳤다. 머릿속이 빙글빙글 돌면서 귓가에 음울한 통곡이 들렸다. 마치 지평선 너머 어딘가에서 수천 명의 병사가 다가오고 있는 것 같았다. 목소리, 쇳조각이 쩔렁거리며 부딪치는 소리, 바퀴의 삐걱거림, 이 모든 소리가 멀리서 들려왔다. **분노**는 정신을 명료하고 날카롭게 만들고, 보다 많은 것을 볼 수 있게 해 준다. 또한 다른 감정을 모두 휩쓸어 버리고 몸을 통제한다. **분노**는 분명 모든 지혜의 근원이다. 왜냐하면 **분노**에는 모든 한계를 뛰어넘는 힘이 내재되어 있기 때문이다.

나는 떨리는 손으로 사진들을 호주머니에 넣었다. 그러자 곧바로 모든 것이 앞으로 나아가는 소리가 들려왔다. 세계가 시동을 걸고 기계가 작동을 시작하는 소리. 문이 삐걱거리고 포크가 바닥에 떨어졌다. 내 눈에서 눈물이 흘러내렸다.

괴짜가 문 앞에 서 있었다.

"당신이 울어 줄 만한 가치가 있는 사람이 아니에요." 그는 입술을 앙다물고 번호를 누르는 데 집중했다. "여전히 체코 통신망이군. 언덕에 올라가 봐야겠어요. 함께 가겠소?"

우리는 조용히 문을 닫고 눈을 헤치며 걸었다. 언덕 꼭대기에서 괴짜는 신호를 잡기 위해 양팔을 앞으로 뻗은 뒤 휴대 전화를 들고 빙글빙글 돌렸다. 크워츠코 계곡의 전경이 은빛과 잿빛으로 빛나는 여명에 잠긴 채 우리 앞에 펼쳐졌다.

"아들아, 잘 있었니?" 괴짜가 수화기에 대고 말했다. "내가 깨운 건 아니지?"

내용을 알아들을 순 없었지만 수화기 너머의 희미한 목소리가 뭐라고 대답했다.

"이웃이 죽었다. 내 생각엔 목에 뼈가 걸려 질식사한 것 같아.

지금. 그러니까 오늘 밤에 말이다."

수화기 저편에서 또다시 목소리가 들렸다.

"아니다. 곧 전화할 거야. 신호가 안 잡혀서 그랬어. 이미 옷을 입혔어. 두셰이코 씨, 알지? 내 이웃 말이야……." 이 대목에서 그가 내게 잠시 시선을 던졌다. "둘이서 함께 말이다. 시체가 뻣뻣해지기 전에……."

수화기 너머의 목소리가 신경질적으로 돌변했다.

"어쨌든 그는 지금 양복을 입고 있어……."

목소리가 빠르고 길게 잔소리를 늘어놓기 시작했다. 괴짜는 전화기를 귀에서 떼면서 못마땅한 표정을 지었다.

그러고 나서 우리는 경찰을 불렀다.

2
데스토스테론* 자폐증

주인의 문간에서 굶주리는 개는

국가의 패망을 예견한다.**

괴짜는 따뜻한 차를 마시자며 나를 자신의 집으로 초대했다. 나는 그런 그가 고마웠다. 지칠 대로 지친 데다 싸늘하고 텅 빈 집으로 돌아갈 생각을 하니 우울했던가 보다.

몇 시간 전부터 괴짜의 집에 머물고 있는 왕발의 개와 인사를 나누었다. 나를 알아보았는지 내가 나타나자마자 개는 확연히 기쁜 내색을 했다. 꼬리를 살랑살랑 흔드는 걸 보면 예전에 나한테서 도망쳤던 일을 잊은 게 틀림없다. 개들 중에는 때때로 바보스러운 종들이 있는데, 이 개는 확실히 그런 부류인 모양이다.

* 고환에서 추출되는 남성 호르몬.

** 윌리엄 블레이크의 시 「순수의 전조」에서.

우리는 부엌의 나무 테이블 앞에 앉았다. 테이블이 어찌나 깨끗하고 말끔한지 뺨을 갖다 대도 될 정도였다. 그래서 나는 그렇게 했다.

"피곤해요?"

그가 물었다.

이곳의 모든 게 밝고 깨끗하고 따뜻하고 아늑했다. 깨끗하고 따뜻한 부엌을 갖는다는 건 인생에서 얼마나 큰 행운인가. 하지만 여태껏 나는 그런 행운을 누리지 못했다. 내게는 정리 정돈의 재능이 없었다. 안타깝지만 언제부턴가 나는 나의 그런 성향에 익숙해져 버렸다.

미처 주위를 둘러보기도 전에 내 앞에 차가 놓였다. 손잡이가 달린 예쁜 철제 바구니 안에 유리 찻잔이 담겨 있었는데, 밑에는 컵 받침이 깔리고, 옆에 놓인 설탕 통에는 각설탕이 들어 있었다. 이런 광경을 보니 달콤했던 어린 시절이 떠올랐다. 덕분에 우울했던 기분도 한결 나아졌다.

"왕발의 시신을 움직이지 않는 편이 나았을지도 모르겠어요."

차를 젓는 티스푼을 꺼내기 위해 테이블에 딸린 서랍을 열면서 괴짜가 말했다.

개는 계속해서 괴짜의 발밑을 빙글빙글 맴돌았다. 마치 자신의 작고 수척한 몸이 그려 내는 궤도 밖으로 괴짜를 내보내지 않겠다는 듯이.

"이러다 너 때문에 넘어지겠다."

그가 무뚝뚝하게 애정을 표시하며 개에게 말했다. 개를 키워 본 적이 없어서 어떻게 다뤄야 하는지 잘 모르는 듯했다.

"개 이름은 뭐라고 할 건가요?"

한 모금의 차가 속을 데워 주면서 내 목구멍에 맺혀 있던 감정의 응어리가 어느 정도 녹기 시작할 때쯤 내가 그에게 물었다.

괴짜는 어깨를 으쓱해 보였다.

"잘 모르겠는데요, '왕파리'나 '동글이'는 어떨까 싶은데."

나는 아무 말도 하지 않았지만 둘 다 마음에 들지 않았다. 이 개의 이력을 고려해 보면 그 이름은 전혀 어울리지 않았다. 개를 생각한다면 뭔가 다른 이름을 지어 줄 필요가 있다.

공식적인 이름과 성이라……. 이 얼마나 빈곤한 상상력인가. 그런 식의 이름은 기억하기 어렵고 개별적인 특성과도 너무 동떨어져서 해당 인물을 떠올리는 데 오히려 방해가 된다. 뿐만 아니라 세대별로 유행하는 이름이 따로 있어서 갑자기 모든 사람이 마우고자타나 파트리크, 그리고…… 밥소사, 정말 듣기 싫은 이름이지만, 야니나라 불리기도 한다. 그렇기에 나는 타인을 지칭할 때 이름과 성을 사용하지 않으려고 노력한다. 그보다는 우리가 누군가를 처음 볼 때 머릿속에 자연스레 떠오르는 표현이나 느낌을 호칭으로 사용하는 편을 선호한다. 의미를 상실한 단어를 아무렇게나 내뱉기보다는 이것이 언어를 제대로 활용하는 방법이라고 확신한다. 예를 들어, 괴짜의 성(姓)은 시비에르시친스키(Świerszczyński)다. 그의 집 문패에도 그렇게 적혀 있다. 흥미로운 건 성의 앞자리, 그러니까 이름이 위치하는 곳에도 Ś.라고 적혀 있다는 사실이다. 문자 Ś로 시작하는 이름이 진짜로 존재할까? 그는 항상 '시비에르시친스키'라고 자신을 소개하지만, 그렇다고 상대방의 혀가 꼬이기를 바라지는 않을 것이다. 나는 우리가 자신만의 고유한 방식대로 타인을 바라본다고 믿는다. 그러므로 각자가 적절하다고 생각하고 어울린다고 판단되는 이름을 상대에게 부여해야 한다. 그런 의미에서 보면 우리는 정말 다양한 이름을 가진 존재다. 우리는 우리와 교류하는 사람들의 숫자만큼이나 많은 이름을 갖고 있다. 나는 시비에르시친스키를 '괴짜'라고 부른다. 이것이야말로 그의 고유한 특성을 가장 잘 반영한 이름이니까.

지금 저 개를 바라보면서 내 머릿속에 가장 먼저 떠오른 건 사람 이름인 마리시아다. 익숙한 동화에 등장하는 고아 소녀의 이름이라서겠지. 그만큼 개는 비쩍 마르고 수척해 보였다.

"혹시 이 개가 가끔 마리시아라고 불리진 않았나요?"

"어쩌면요." 괴짜가 대답했다. "네, 아마 그랬을 겁니다. 쟤 이름은 마리시아예요."

왕발이라는 이름도 이와 비슷한 방식으로 지어졌다. 눈에 찍힌 발자국을 처음 본 순간, 별로 고민할 필요도 없이 저절로 그 이름이 떠올랐다. 괴짜는 처음에 그를 '털북숭이'라고 불렀지만, 나중에는 내게서 '왕발'이라는 호칭을 빌려 썼다. 내가 그에게 딱 맞는 이름을 골랐다는 뜻이다.

안타깝게도 우리는 자신에게 딱 어울리는, 제대로 된 이름을 스스로 선택할 수 없다. 내 서류에 기록된 이름 야니나는 정말 충격적이리만치 나와 어울리지 않고, 적절치 못한 것 같다. 나는 내 진짜 이름이 에밀리아나 요안나라고 생각한다. 때로는 이름트루트* 또는 그와 유사한 이름이 아닐까 생각한다. 아니면 보지그니에바나

* 오래된 독일식 이름으로 '활달하고 독립적인 여성'을 의미한다.

나보야일 수도.*

괴짜는 절대 나를 이름으로 부르지 않는다. 거기에는 나름의 의미가 있다. 그는 호칭을 생략한 채 나와 대화를 나누는 데 일가견이 있다.

"그들이 올 때까지 함께 기다려 주겠어요?"

"물론이죠."

나는 기꺼이 동의했다. 나는 그를 대놓고 '괴짜'라고 부를 용기가 없음을 깨닫는다. 서로에게 가까운 이웃이 되고 나면 상대를 이름으로 부를 일은 없어진다. 그의 집 앞을 지나다가 정원에서 잡초를 뽑고 있는 그에게 말을 걸 때도 이름은 생략한다. 이미 친숙함의 특별한 단계에 이르렀으므로.

우리 마을은 **고원**에 위치한 몇 채의 집으로 이루어져 있다. 이 **고원**은 멀리 떨어진 테이블 마운틴**과 지질학적으로 친족 관계에 있다. 거리가 제법 먼데도 이곳을 지나갈 때마다 테이블 마운틴의 예고편처럼 느껴지는 것은 그 때문이다. 2차 세계 대전 이전에는 '기류(氣流)'를 뜻하는 독일어 '루프트주크'라고 불렸다. 지금까지도 공식적인 지명이 없으므로 이 독일어 명칭이 비공식적으로 통용되고 있다. 지도상으로 확인할 수 있는 건 도로와 집 몇 채가 전부이고, 거기에는 아무런 글자도 없다. 이곳에는 항상 바람이 분

* 보지그니에바는 '노여움 속에서 싸우는 자', 나보야는 '가장 뛰어난 여전사'를 뜻하는 오래된 슬라브 이름이다.

** 폴란드와 체코의 국경 지대에 위치한 42킬로미터 길이의 산. 정상 부분이 칼로 자른 듯 평평해서 붙여진 이름이다.

다. 서쪽에서 동쪽으로, 체코에서 폴란드로, 산을 통과해서 공기의 파장이 밀려온다. 겨울이면 바람이 더욱 거칠고 매서워져서 굴뚝에서 울부짖는 소리가 들린다. 여름에는 잎사귀를 흩뜨려 놓으며 바스락거리는 소리를 낸다.

이곳은 한순간도 고요한 적이 없다. 일 년 내내 지낼 수 있는, 번듯한 집 한 채를 도시에 마련할 정도의 여유를 가진 사람도 꽤 있지만, 이런 시골에 소박하고 유치한 형태의 집을 짓고 사는 이들도 있다. 이곳의 집들도 대부분 유치한 모양으로 지어졌다. 가파른 지붕에 조그만 창문이 뚫린 작고 땅딸막한 집. 대부분 전쟁 전에 지어졌는데, 긴 벽은 동쪽과 서쪽으로 향하고, 짧은 벽 중 하나는 남쪽을, 그리고 헛간과 인접한 또 다른 짧은 벽은 북쪽을 향하는 구조다. 작가가 사는 집만 독특하게 사방으로 테라스와 발코니가 있는 형태다.

겨울마다 마을 주민의 대부분이 **고원**을 떠나는 건 그리 놀라운 일이 아니다. 10월부터 4월까지 이곳에서 사는 게 얼마나 힘든지는 내가 잘 안다. 매년 폭설이 쏟아지면서 바람은 곳곳에 다양한 형태의 눈 둔덕을 쌓는다. 최근에는 기상 변화 때문에 전반적으로 따뜻해졌지만, **고원**은 예외다. 오히려 기온이 더 떨어졌다. 특히 2월에는 많은 양의 눈이 오랫동안 내리면서 강추위가 계속되고, 심지어 수차례나 영하 20도까지 떨어지곤 한다. 4월 말이 되면 비로소 겨울이 끝난다. 도로는 황폐해지고 지자체에서 한정된 예산으로 복구하려 했던 모든 것이 서리와 눈에 의해 망가져 버린다. 아스팔트까지 가려면 여기저기 구덩이가 파인 비포장도로를 4킬로미터나 내려가야 하지만, 그래 봤자 헛수고다. 쿠도바행

버스는 매일 아침 산 밑에서 출발했다가 오후에나 돌아오기 때문이다. 낮빛 창백한 마을 아이들이 방학을 맞는 여름이면 그나마도 아예 운행이 중단된다. 이곳을 통과하는 고속 도로는 하나뿐이다. 그 도로는 마치 마술사의 지팡이처럼 눈에 띄지 않게 이 작은 시골을 중소 도시의 교외로 탈바꿈시킨다. 누구든 원한다면 이 고속 도로를 따라 브로츠와프나 체코까지도 갈 수 있다.

하지만 이런 열악한 조건에도 순응하며 사는 사람들은 분명 존재한다. 이 문제를 관찰하며 즐기겠다고 마음만 먹으면 아마도 상당히 많은 **가설**을 발견할 수 있을 것이다. 특히 심리학과 사회학 쪽에서 다양한 근거를 제시하겠지만, 사실 나는 이러한 주제에 흥미가 없다.

대표적인 예가 괴짜와 나 같은 사람들이다. 우리는 겨울에 용감하게 맞서는 중이다. 이걸 폴란드어로는 '이마를 들이민다(stawiać czoło)'라고 표현한다. '정면으로 부딪치다'라는 의미다. 이 얼마나 바보 같은 표현인가? 실제로 우리는 뭔가와 정면으로 맞설 때 '이마'가 아니라 '아래턱'을 앞으로 내밀며 호전적인 태세를 갖춘다. 동네 어귀를 서성대는 거친 사내들처럼 말이다. 누군가가 별로 우호적이지 않은 말로 자극하면, 그들은 턱을 내밀며 공격적으로 반응한다. "그래서? 그게 뭐 어쨌다고?" 어떤 의미에서 보면 괴짜와 나 또한 그렇게 겨울을 자극하는 중이다. 하지만 겨울은 우리를 철저하게 무시한다. 별난 늙은이들, 한심한 히피족이라며 세상이 우리를 무시하듯이.

겨울은 이곳의 모든 것을 새하얀 솜이불로 덮으면서 낮 시간을 최대한 단축하는 임무를 수행한다. 그래서 깜빡 잊고 너무 늦은 밤까지 깨어 있으면, 이튿날 오후 어둠 속에서 눈을 뜰 수도 있다. 솔직히 고백하자면 작년부터 이런 일이 내게도 점점 자주 일어나고 있다. 우리의 머리 위에 펼쳐진 시골 하늘은 칙칙한 화면처럼 어둡고 낮다. 거기서 구름은 끊임없이 치열한 사투를 벌인다. 우리의 집들은 그래서 존재한다. 우리를 하늘로부터 보호하기 위해서. 그러지 않으면 작은 유리 공처럼 투명한 우리의 몸속 깊은 곳까지 아니, 우리의 영혼까지 파고들 것이다. 만약 영혼이란 게 정말 존재한다면 말이다.

춥고 어두운 동절기의 몇 달 동안, 괴짜가 뭘 하는지는 나도 잘 모른다. 그와 나는 서로 긴밀히 연락을 취하는 사이가 아니기 때문이다. 하지만 솔직히 더 많은 왕래를 했으면 싶긴 하다. 우리는 며칠에 한 번 얼굴을 보고 인사를 나누는 게 고작이다. 이렇게 어쩌다 서로를 티타임에 초대하기 위해서 이 먼 곳까지 이주한 건 아니기에. 괴짜는 내가 이곳에 이사 온 지 일 년 뒤에 집을 샀는데, 이전의 삶에서 아이디어와 재력이 고갈되어 새로운 삶을 시작하기로 결심한 인물의 전형처럼 보였다. 듣기로는 예전에 서커스단에서 일했다고 하는데 거기서 그가 회계사였는지, 아니면 곡예사였는지는 모르겠다. 나는 그가 곡예사였다고 생각하고 싶다. 그래서 그가 다리를 절뚝거릴 때마다 1970년대, 그 아름다웠던 시절에 공연을 하며 특별한 동작을 수행하던 중 어떤 일이 벌어져서 그만 그의 손이 바를 놓쳤고, 그래서 높은 곳에서 톱밥이 깔린 바닥으로 추락한 게 아닐까 상상해 본다. 하지만 다시 생각해 보니 회계사도 나쁜 직업은 아니라는 사실을 인정해야 할 듯하다. 정리 정돈에 대한 회계사 특유의 애착은 내게 항상 말할 수 없는 존경과 감탄을 불러일으킨다. 괴짜의 정리벽은 그의 작은 앞마당에서 바로 확인할 수 있다. 그의 마당 구석에는 겨울철 땔감이 나선형으로 배열되어 특별히 고안된 끈에 가지런히 묶여 있다. 덕분에 장작더미는 황금 비율을 뽐내며 깔끔하게 쌓여 있다. 그가 고안한 끈은 이 지역의 특별한 예술품이나 다름없다. 이 아름다운 나선형의 질서를 무시하고 지나치기는 어렵다. 그래서 나는 그의 집 앞을 지나갈 때마다 잠시 걸음을 멈추고 손과 정신이 빚어낸 이 건설적인 협업에 감탄하곤 한다. 장작 쌓기와 같은 지극히 사소한 노동이 우주의 완벽한 움직임을 대변할 수 있다는 건 정말 놀라운 일 아닌가.

괴짜의 집 앞 골목길에는 자갈이 고르게 깔려 있는데, 마치 코볼드*가 운영하는 지하 돌 공장에서 일일이 골라낸, 일정한 크기의 자갈처럼 보인다. 깨끗이 세탁되어 창문에 걸린 커튼은 모든 주름이 정확히 같은 너비로 잡혀 있다. 이렇게 재단하려면 특별한 장비를 사용해야 했을 것이다. 또한 정원에 핀 꽃들은 하나같이 정갈하게 손질되어 있으며, 마치 체육관에서 단체로 운동이라도 한 듯 곧고 늘씬했다.

마지막으로 부엌. 괴짜가 내게 차를 내오려고 왔다 갔다 하는 동안 나는 그의 찬장에 유리컵들이 얼마나 가지런하게 정리되어 있는지, 그리고 재봉틀을 덮어 놓은 천은 또 얼마나 깔끔한지 목격할 수 있었다. 그는 재봉틀도 갖고 있었다! 부끄러운 마음에 나

* 독일 민담에서 땅속에서 보석을 지키는 장난꾸러기 꼬마 요정.

는 두 손을 무릎 사이로 집어넣었다. 나는 오랫동안 손에 관심을 쏟지 않았다. 하지만 어쩌겠는가, 내 손톱이 더럽다는 것을 인정할 수밖에.

그가 티스푼을 꺼낼 때 잠시 서랍 안이 보였다. 나는 거기서 눈을 떼지 못했다. 서랍은 넓었지만, 또한 접시처럼 얇은 모양이었다. 내부는 칸막이로 나뉘어져 있었는데 구획에 따라 포크와 나이프, 스푼, 그리고 주방에서 필요로 하는 다양한 **도구**들이 가지런히 들어 있었다. **도구**별로 따로 위치가 배정되어 있었지만 내게는 익숙하지 않은 것들이 대부분이었다. 괴짜의 손가락은 명확한 목적을 위해 두 개의 티스푼을 집어 들었다. 잠시 후 그 티스푼은 찻잔 옆의 황녹색 냅킨 위에 놓일 것이다. 하지만 안타깝게도 나는 그것을 사용할 수 없었다. 이미 차를 마셔 버렸으니까.

괴짜와 대화를 나누는 건 쉬운 일이 아니었다. 워낙 과묵한 사람이라 말을 걸기가 힘들었고, 그러다 보니 차라리 입을 다무는 편이 수월했다. 평소 유독 대화를 나누기 힘든 상대가 있는데 대부분은 남자다. 이와 관련하여 나는 나름의 **이론**을 갖고 있다. 나이가 들어 감에 따라 많은 남자들이 테스토스테론 자폐증을 경험한다. 사회적 지능과 의사소통 능력이 점차 감소되고 생각을 표현하는 능력이 약해지는 증상이다. 이러한 증상에 시달리는 사람은 점차 말이 없어지고, 수많은 생각의 갈림길에서 길을 잃은 듯한 혼돈에 빠지게 된다. 또한 다양한 **도구**와 기계류에 관심이 집중되고, 2차 세계 대전이나 정치인 또는 악당과 같은 유명 인사의 이력에 흥미를 느낀다. 반면 소설을 읽을 수 있는 능력은 거의 사라진다고 봐야 한다. 테스토스테론 자폐증은 인물에 대한 심리적인 이해를 방해한다. 나는 괴짜가 이러한 증세에 시달리고 있다고 생각했다.

하지만 그날 새벽에는 상대가 누구든 원활한 대화를 요구하기 힘든 상황이었다. 그만큼 우리는 둘 다 기운이 빠져 있었다.

한편 나는 큰 안도감도 맛보았다. 이따금 자신의 정신적 선호도 따위는 무시한 채 거시적인 관점에서 생각해 보면 어떤 인간이 그동안 저지른 행위의 총합을 근거로, 그 인간의 삶은 타인에게 유익하지 않다는 결론에 다다를 수 있다. 누구나 내 말이 맞다는 걸 인정하리라고 확신한다.

나는 괴짜에게 차 한 잔을 더 달라고 했다. 예쁜 티스푼으로 차를 저어 보고 싶었기 때문이다.

"언젠가 경찰에 왕발을 고발한 적이 있어요."

과자 접시를 마른 수건으로 닦던 괴짜가 잠시 손길을 멈췄다.

"개 때문에?"

"네, 그리고 밀렵 때문에요. 그와 관련해서 고발 편지를 보낸 적도 있어요."

"그래서 어떻게 됐소?"

"소용없었어요."

"그가 죽은 게 잘된 일이라고 말하고 싶은 거요?"

작년 크리스마스 직전에 나는 그 문제를 직접 신고하기 위해 관공서를 찾아갔다. 그전까지는 계속 편지를 보냈다. 시민의 문의에 응답해야 하는 법적 의무가 있었지만 그 누구도 내게 답신을 주지 않았다. 경찰서는 규모가 크지 않았으며 공산주의 시대에 싸

구려 자재로 지어진, 획일적인 형태의 암울한 건물을 연상시켰다. 건물 내부의 분위기 또한 마찬가지였다. 유성 페인트로 코팅된 벽에는 종이가 덕지덕지 붙어 있었는데, 전부 '공보(公報)'라는 제목을 달고 있었다. 기왕 말이 나왔으니 말인데, 이 얼마나 끔찍한 단어인가. 경찰은 '사체'나 '동거인'처럼 유달리 혐오스러운 단어를 자주 사용한다.

내가 이 '명왕성의 신전'에 들어서자 처음에는 나무로 만든 가리개 뒤에 앉아 있던 젊은 청년이 나를 돌려보내려 했고, 나중에는 그의 상사도 나를 막았다. 하지만 나는 서장을 만나고 싶다고 고집을 부렸다. 나는 저들이 결국에는 인내심을 잃고 나를 서장의 면전으로 안내할 거라고 확신했다. 하지만 상당히 오랫동안 기다려야만 했다. 오늘 중으로 장을 봐야 하는데 식료품 가게가 문을 닫을까 봐 걱정이 됐다. 마침내 해가 기울기 시작했다. 그것은 지금이 오후 4시 무렵이고, 내가 두 시간 이상을 기다렸다는 뜻이다.

마침내 경찰서가 문을 닫기 직전, 젊은 여성이 복도에 나타났다.

"안으로 들어오세요."

이런저런 공상에 잠겨 있던 나는 정신을 가다듬었다. 경찰서장을 만나기 위해 여자의 뒤를 따라 서장의 집무실이 있는 위층으로 향하면서 나는 생각을 정리했다.

경찰서장은 내 나이쯤으로 보이는 뚱뚱한 체구의 남자였다. 하지만 그는 나를 마치 자기 어머니, 심지어 할머니 또래를 대하듯 대했다. 그는 나를 흘끗 쳐다보면서 말했다.

"자, 그럼 자리에 앉으실까요?"

이런 식으로 거드름 피우는 말투를 사용하면 시골 출신인 자신의 이력을 감출 수 있다고 생각하는 것 같았다. 서장이 목청을 가다듬으며 다시 말했다.

"앉으세요, 부인."

그의 머릿속이 훤히 들여다보였다. 속으로는 나를 '할망구'라고 부르고 있을 게 뻔했다. 고발의 수위를 좀 더 높이면 '늙은 여편네', '망령 든 노파' 아니면 '미친 여자'쯤으로 여길 테지. 나는 그가 어떤 혐오감을 갖고 내 모습을 관찰하고 있는지, 그리고 내 취향에 대해 얼마나 부정적으로 평가하고 있는지 적나라하게 느낄 수 있었다. 내 머리 모양, 옷차림, 그리고 아첨을 모르는 말투 하나하나가 그의 마음에 들지 않는다는 것도 알 수 있었다. 그는 점점 더 노골적으로 비호감을 드러내며 내 얼굴을 훑어보았다. 덕분에 나도 서장에 대해 많은 것을 알아낼 수 있었다. 그는 성미 급한 다혈질에 평소 술을 많이 마시고, 기름진 음식에 취약한 **인간**이었다. 내가 진술하는 동안 그의 커다란 대머리는 뒷목에서부터 코끝까지 점점 붉어졌다. 또한 두 뺨에는 전시(戰時)에 새긴 괴상한 문신처럼 팽팽하게 확장된 핏줄이 도드라졌다. 타인을 지배하고 그들을 복종하게 만드는 데 익숙한 사람, 쉽게 울컥하는 성격이었다. 전형적인 '목성'이다.

또한 나는 그가 내가 하는 말을 대부분 이해하지 못한다는 것도 알았다. 나의 주장이 그에게는 낯선 내용이기도 했지만, 그가 구사하는 어휘력에도 한계가 있었기 때문이다. 게다가 그는 자신이 이해하지 못하는 모든 것을 무조건 멸시하는 유형이었다.

"그 사람은 여러 생명체, 즉 **인간**뿐 아니라 **동물**에게도 위협적인 존재입니다."

나는 그동안 내가 목격한 것과 의혹들에 대해 진술하면서 왕발에 대한 유감을 피력하는 것으로 이야기를 마쳤다.

서장은 내가 자기를 놀리는 건지, 아니면 자기가 지금 미친 여자를 상대하는 건지 가늠하지 못해 당황하고 있었다. 틀림없었다. 나는 잠시 그의 얼굴로 피가 확 쏠리는 것을 보았다. 그는 명백한 비만형 체질이며, 결국 뇌졸중으로 사망할 터였다.

"우리는 그가 밀렵을 한다는 사실을 몰랐습니다. 이 문제에 대해 조사해 보죠." 그가 이를 꽉 물며 말했다. "자, 얼른 귀가하시고 걱정은 접으세요. 저는 그를 잘 압니다."

"알겠습니다."

내가 화해의 기색을 드러내며 말했다.

하지만 그는 내가 말을 마치기도 전에 손으로 책상을 짚으며 자리에서 일어났다. 면담이 끝났음을 알리는 확실한 신호였다.

우리 나이쯤 되면 사람들이 항상 우리를 참기 힘들어한다는 사실에 적응해야 한다. 과거에는 서둘러 고개를 끄덕이고 시선을 회피하고 기계적으로 "네, 네."를 반복하는 게 어떤 의미인지 알아차리지 못했다. 시계를 들여다본다든가 코를 문지르는 행동에 대해서도 마찬가지였다. 지금은 이러한 퍼포먼스가 결국은 다음과 같은 간단한 말을 대변하고 있다는 사실을 분명히 이해하게 되었다. "꺼져, 할망구야." 젊고 건장하고 잘생긴 청년이 나와 비슷한 주장을 해도 똑같은 취급을 받을지 궁금했다. 아니면 풍만한 몸매에 갈색 머리의 젊은 여성이라면 어땠을까?

서장은 내가 의자에서 벌떡 일어나 방에서 곧장 나갈 거라고 예상했을 것이다. 하지만 내게는 앞서 말한 것만큼이나 중요한 이야깃거리가 더 있었다.

"그 남자는 자신의 개를 종일 헛간에 가두고 있어요. 헛간에는 난방 시설이 없어서 개가 추위에 떨며 울부짖고 있다고요. 이 문제를 경찰이 해결해 주실 수 있을까요? 개를 그자에게서 떼어 놓고 법으로 처벌함으로써 본보기를 보여 주는 거죠."

서장은 침묵 속에서 잠시 내 얼굴을 쳐다보았다. 처음에 내가 파악한 그의 성향, '무시'라고 표현했던 감정이 이제는 그의 얼굴에 노골적으로 드러났다. 입가 끝자락이 아래로 살짝 처지고 입술이 짜증으로 인해 뿌루퉁해졌다. 나는 그가 자신의 표정을 억제하기 위해 노력하고 있음을 알 수 있었다. 그는 억지스러운 미소로 경멸의 기색을 간신히 감추면서 니코틴 때문에 누렇게 된 이를 드러냈다.

"그것은 경찰이 해결할 문제가 아닙니다, 부인. 개는 개일 뿐이에요. 시골이 그냥 시골인 것처럼요. 대체 부인은 무엇을 기대하는 거죠? 개는 개집에 넣고 쇠사슬로 묶어서 길러야 합니다."

"제가 이렇게 경찰에 신고하는 건 악행이 버젓이 자행되고 있기 때문입니다. 경찰서가 아니면 대체 어디에 가서 이런 이야기를 해야 하죠?"

서장이 목청껏 웃음을 터뜨렸다.

"악행이라고요? 신부님에게 가 보시는 게 좋을 것 같은데요!"

그는 자신이 내뱉은 유머에 만족하는 듯했지만, 자신의 농담을 내가 전혀 재미있게 여기지 않음을 깨달았는지 얼굴빛이 금방 진지해졌다.

"**동물**을 돌보는 협회라든지, 아무튼 그와 비슷한 단체가 어딘가에 있을 거예요. 전화번호부를 찾아보세요. '**동물** 보호 연합,' 거기가 부인께서 찾아가야 할 곳입니다. 우리는 사람을 위해 봉사하는 경찰입니다. 브로츠와프에 전화하십시오. 거기에 아마 **동물** 보호 단속반이 있을 겁니다."

"브로츠와프라고요?" 내가 소리를 질렀다. "어떻게 그런 말을 하죠? 이건 엄연히 현지 경찰서 책임입니다. 저도 법을 알 만큼은 알아요."

"아하!" 그가 비꼬듯 웃으며 말했다. "아, 그럼 이제부터 부인께서 무엇이 내 소관이고, 무엇이 아닌지 말씀해 주실 건가요?"

머릿속으로 나는 드넓은 평원, 이제 막 전투 준비를 끝마친 군대가 일렬로 늘어선 모습을 상상했다.

"네, 기꺼이 그렇게 하죠."

나는 일장 연설을 준비하면서 말했다.

그가 당황하며 시계를 봤다. 그러고는 나에 대한 비호감을 억누르며 마지못해 말했다.

"네, 네, 알겠습니다. 사건을 조사해 보죠."

서장은 무심한 어투로 무성의하게 말하면서 책상에 놓여 있는 서류들을 가방에 넣기 시작했다. 그는 벌써 내게서 달아나는 중이었다.

그때 나는 내가 이 남자를 증오하고 있음을 깨달았다. 아니, 그 이상이었다. 그를 향해 겨자처럼 맵싸한 반감이 솟아났다.

그가 책상 뒤편에서 단호한 몸짓으로 일어섰다. 어찌나 배가 나왔는지 제복의 가죽 허리띠가 그 거대한 배를 전부 감싸지 못할 정도였다. 부끄러움으로 인해 그는 자신의 튀어나온 배를 책상 밑, 오랫동안 무시당했던 불편한 생식기 부근에 감추고 있었다. 구두끈이 풀려 있는 걸 보니 책상 밑에서 신발을 벗고 있었던 모양이다. 그는 황급히 신발 속으로 발을 구겨 넣었다.

"서장님의 생년월일을 알려 주실 수 있나요?"

내가 문가에서 정중하게 물었다. 그가 놀라며 동작을 멈췄다.

"아니, 어디에 쓰려고요?"

그가 복도로 나가려는 나를 위해 문을 잡아 주면서 의심스러운 듯 물었다.

"제가 점성학을 좀 알거든요." 내가 대답했다. "해 보시겠어요? 별점을 봐 드릴 수 있는데요."

그가 만면에 유쾌한 미소를 지었다.

"아니요, 괜찮습니다. 점성학에는 관심이 없습니다."

"서장님의 삶에 무엇이 기다리고 있는지 알게 될 겁니다. 정말 아무 관심 없으세요?"

그때 서장은 안내 데스크에 앉아 있는 경찰관을 향해 의미심장한 눈길을 던지고는 재미있고도 유치한 게임에 동참하는 사람의 묘한 미소를 지으며, 자신의 생년월일을 내게 알려 주었다. 나는 정보를 메모하면서 고맙다는 말을 잊지 않았다. 그러고는 점퍼에 달린 모자를 머리에 뒤집어쓰면서 출구 쪽으로 향했다. 출입문 근처에서 나는 두 사내가 콧방귀를 뀌며 사이좋게 웃는 소리와 함께 예상했던 바로 그 단어를 들었다.

"미친 여자구먼. 완전히 돌아 버렸어."

그날 저녁, **땅거미**가 질 무렵 왕발의 개가 또다시 짖기 시작했다. 대기가 푸른빛으로 바뀌며 면도날처럼 날카로워졌다. 깊고 둔탁한 울부짖음이 사방을 온통 불안감으로 채웠다. 나는 죽음이 항상 문 앞에 있다고, 즉 가까운 곳에 와 있다고 생각했다. 하지만 알고 보니 죽음은 **밤**과 '낮'을 가리지 않고 시도 때도 없이 언제나 우리의 대문 앞에 도사리고 있었다. 나는 그 사실을 스스로에게 되뇌었다. 가장 좋은 대화는 자신과 이야기를 나누는 것이다. 최소한 의미 전달 과정에서 오해의 소지는 없을 테니까. 나는 부엌에 놓아둔 소파에 널부러진 채 그 애처로운 비명을 듣는 것 말고는 아무것도 할 수가 없었다. 며칠 전 내가 사태를 해결해 보려고 왕발의 집에 갔을 때, 그는 나를 집에 들이지도 않은 채 남의 문제에 끼어들지 말라고 했다. 그러고 나서 겨우 몇 시간 동안 그 잔인한 **인간**이 개를 풀어 주긴 했지만, 나중에 다시 헛간의 **어둠** 속에 가두었다. 개는 계속 울부짖었다.

나는 부엌의 소파에 누워 다른 생각을 해 보려고 노력했지만 아무런 소용이 없었다. 근육을 파고드는 가려움증과 박동하는 에너지를 느꼈다. 이러다가 다리가 안쪽에서부터 터져 버릴 것 같았다.

나는 소파에서 벌떡 일어났다. 부츠를 신고 재킷을 걸쳤다. 망치와 쇠파이프, 그리고 손에 잡히는 장비를 닥치는 대로 챙겼다. 잠시 후 나는 가쁜 숨을 몰아쉬며 왕발의 헛간 앞에 섰다. 그는 아직 집에 돌아오지 않았다. 불은 꺼져 있었고 굴뚝에서 연기도 피어오르지 않았다. 그는 헛간에 개를 가둬 두고 사라졌고, 언제 돌아올지 알 수 없었다. 하지만 그가 집에 있었다 해도 나는 똑같은 일을 저질렀을 것이다. 땀을 뻘뻘 흘리며 몇 분 동안 애쓴 끝에 나무로 만든 헛간 문을 간신히 열 수 있었다. 문의 잠금장치 양쪽 판자가 느슨해진 덕에 빗장이 열렸다. 내부는 어둡고 축축했다. 오래된 녹슨 자전거들이 쓰러져 있고, 플라스틱 통과 그 밖의 다른 쓰레기들도 뒹굴고 있었다. 개는 널빤지 더미 위에 서 있었는데 개의 목을 묶은 끈이 벽에 고정되어 있었다. 곧장 눈에 들어온 것은 배설물 더미였다. 늘 같은 자리에서 볼일을 본 모양이었다. 개는 자신의 꼬리를 불안하게 흔들며 촉촉해진 눈망울로 나를 바라보았다. 나는 줄을 끊은 뒤 개를 팔에 안고서 집으로 돌아왔다.

그때까지만 해도 나는 내가 무슨 짓을 하게 될지 몰랐다. 사람이 가끔 **분노**를 실감하게 되면 모든 게 단순 명료해진다. **분노**는 질서를 만들고, 세상을 간략히 요약해서 인식하게 만든다. 또한 **분노**는 다른 감정 상태로는 얻기 힘든 '선명한 시야'를 우리에게 확보해 준다.

막상 개를 부엌 바닥에 내려놓고 보니, 어찌나 작고 가냘픈지 새삼 놀라웠다. 우렁찬 소리, 끔찍한 울부짖음 탓에 적어도 스패니얼* 정도의 몸집은 될 거라고 예상했기 때문이다. 그 개는 딱히 매력적인 외모는 아니어서 '수데티** 못난이'로 불리는, 이 지역 고유의 품종 가운데 하나였다. 짧고 가늘고 휘어진 다리에 털은 회갈색이고, 유독 살이 잘 찌는 체질에 아랫니보다 윗니가 훨씬 튀어나온 구강 구조가 특징이다. 이 한밤의 여가수는 안타깝게도

* 기다란 귀가 뒤로 처진, 중간 몸집(높이 약 46~61센티미터, 체중 15~30킬로그램 정도)의 사냥개.

** 체코, 보헤미아 동북부 및 모라비아 북부에서 동서 방향으로 뻗은 산맥. 폴란드와 국경을 이룬다.

아름다운 용모는 허락받지 못했다.

개는 불안해하면서 온몸을 떨었다. 따뜻한 우유 반 리터를 들이켜고 나자 개의 배가 동그랗게 부풀어 올랐다. 나는 개에게 내가 먹던 빵과 버터를 나누어 주었다. 손님이 올 줄 몰랐으므로 냉장고는 비어 있었다. 나는 개를 진정시키기 위해 이런저런 이야기를 들려주었다. 그리고 내 동작과 움직임에 대해 일일이 설명을 했다. 갑작스러운 상황의 변화를 이해하지 못한 듯, 개는 의구심 가득한 눈으로 나를 쳐다보았다. 나는 소파에 벌렁 드러누우면서 개에게도 이런 식으로 쉴 곳을 찾으라고 신호를 보냈다. 결국 개는 라디에이터 아래로 비집고 들어가 거기서 잠들었다. 나는 개를 밤새 부엌에 홀로 남겨 두고 싶지 않아 소파에 남기로 결심했다.

나는 잠을 설쳤다. 내 몸 어딘가에는 아직도 불안과 초조의 기운이 남아 있었다. 열기가 들끓는 용광로와 붉은빛의 뜨거운 벽에 둘러싸인 보일러실에 대한 똑같은 꿈들이 줄곧 나를 괴롭혔다. 꿈속에서 용광로에 갇힌 화염이 굉음을 내며 빠져나오려 했고, 엄청난 폭발과 함께 세상 밖으로 터져 나와 모든 것을 잿더미로 만들어 버릴 것 같았다. 나는 이러한 꿈들이 내 질환과 관련된 **증세**인, **밤**의 열병 탓일 수도 있다고 생각한다.

여전히 사방이 깜깜한 이른 새벽에 나는 잠에서 깼다. 불편한 자세로 자는 바람에 목이 뻣뻣했다. 개가 머리 받침대 옆에 서서 나를 쳐다보며 구슬프게 신음했다. 개를 잠시 밖으로 내보내기 위해 몸을 일으켰다. 잠들기 전에 들이켠 우유의 수분을 배출해야 했기 때문이다. 열린 문틈으로 차갑고 축축한 공기가 밀려 들어왔다. 마치 무덤에서 나는 듯한 흙과 거름 냄새가 공기에 실려 있었다. 개는 총알처럼 집 밖으로 달려 나가 소변을 보면서 허공으로 우스꽝스럽게 뒷다리를 들어 올렸는데, 마치 자신이 암컷인지 수컷인지 확인하는 것처럼 보였다. 그러고 나서는 슬픈 표정으로 나를 쳐다보았다. 단언컨대 그 순간 개는 내 눈동자를 깊이 응시하고 있었다. 그러고는 곧장 왕발의 집을 향해 쏜살같이 달려갔다.

그렇게 개는 서둘러 자신의 감옥으로 돌아갔다.

그것이 내가 마지막으로 본 모습이었다. 나는 개를 소리쳐 불렀다. 너무도 쉽게 왕발의 마당으로 들어서는 모습에 짜증이 났고, 속박의 메커니즘에 익숙해진 무기력한 태도에 화가 치밀었다. 나는 부츠를 신으면서도 그 끔찍한 회색빛 아침에 불길함을 느꼈다. 이따금 우리가 수많은 사람들이 함께 머무는, 거대하고 넓은 무덤 속에 사는 것처럼 느껴질 때가 있다. 나는 차갑고 불쾌한 잿빛 어스름에 물든 세상을 보았다. 어쩌면 감옥은 바깥이 아니라 우리 각자의 내면에 존재하는 게 아닐까. 어느 틈엔가 우리는 감옥 없이는 살 수 없게 되었는지도 모른다.

며칠 뒤, 폭설이 내리기 얼마 전 나는 왕발의 집 앞에 세워진 경찰차를 보았다. 그 광경을 보니 기뻤다. 그렇다, 마침내 경찰이 그를 찾아왔다는 사실이 만족스러웠다. 그사이 나는 혼자 카드 점*을 두 번 쳐 봤는데 둘 다 성공했다. 나는 저들이 그를 체포하

* 머릿속으로 소원을 생각한 뒤 카드의 짝을 맞추면 그 소원이 이루어진다고 믿는다.

고 손에는 수갑을 채우고 그가 구해 놓은 전선과 톱을 압수할 것이라고 상상했다.(이러한 도구는 총기류와 마찬가지로 그 소유 여부를 허가받도록 해야 한다. 자칫 잘못하면 식물에게 큰 피해를 입힐 수 있기 때문이다.) 하지만 차는 왕발을 태우지 않은 채 떠나 버렸다. 황혼이 급격히 몰려오면서 눈발이 날리기 시작했다. 개는 다시 헛간에 갇힌 채 밤새 울부짖었다. 이튿날 아침, 티끌 하나 없이 깨끗하고 새하얀 눈밭에서 내가 목격한 것은 왕발의 불안정한 발자국과 은색 가문비나무 주변에 남겨진 누런 소변 흔적이었다.

괴짜의 부엌에 앉아 있는 동안 이 같은 장면들이 머릿속에 떠올랐다. 그리고 내 어린 딸들.

괴짜는 내 이야기를 들으면서 달걀을 반숙으로 삶아서 도자기 술잔에 담아 내왔다.

"나 역시 당신만큼 당국을 신뢰하지 않아요." 그가 말했다. "우리는 스스로 모든 것을 해결해야 합니다."

그 순간 그가 정확히 어떤 생각을 하고 있었는지는 사실 잘 모르겠다.

3
영원한 빛

필멸의 운명으로 태어난 모든 존재는

대지에 의해 삼켜지리라.*

집에 돌아왔을 때 날은 벌써 훤히 밝아 있었다. 나는 경계심을 완전히 상실했다. 현관 나무 바닥에서 왔다 갔다 하는 내 어린 딸들의 투닥거리는 발걸음 소리가 다시금 귓가에 울려 퍼졌기 때문이다. 뭔가를 묻는 듯한 그들의 시선, 주름 잡힌 이마와 활짝 핀 미소가 눈앞에 어른거렸다. 어느새 내 몸은 그 애들과 반갑게 인사를 나누는 의례적인 행위, 쓰다듬으며 애정 표현을 하기 위한 준비 태세를 갖추고 있었다.

하지만 집은 텅 비어 있었다. 새하얀 냉기가 부드럽게 파도치

* 윌리엄 블레이크가 1794년에 발표한 연작시 「경험의 노래」 중 「티르자에게」에서.

며 창틈으로 스며들었고, 고원의 드넓게 열린 공간이 막무가내로 집 안으로 파고들었다. 나는 서늘한 차고에 사슴의 머리를 보관하고는 장작 난로에 불을 지폈다. 그러고는 옷을 입은 채 잠자리에 들어 죽은 듯이 잠에 빠져들었다.

"야니나 부인!" 잠시 멈췄다가 누군가가 좀 더 큰 소리로 나를 불렀다. "야니나 부인!"

현관 쪽에서 들리는 목소리가 나를 깨웠다. 나직하면서 조심스러운 남자의 목소리였다. 누군가가 거기 서서 내가 싫어하는 이름으로 나를 부르고 있었다. 나는 두 배로 화가 났다. 우선 잠을 방해받아서 화가 났고, 그다음으로는 내가 싫어하고 인정하지 않는 '이름'으로 불려서 화가 났다. 그 이름은 우연히, 그 어떤 고려나 고민도 없이 일방적으로 내게 주어졌다. 누군가가 단어, 특히 이름이 갖는 의미를 깊이 고찰하지 않고 맹목적으로 사용할 때 이런 일이 발생한다. 나는 사람들이 나를 '야니나'라고 부르는 걸 허락하지 않았다.

나는 벌떡 일어나 옷을 이리저리 문질러 펴며 매무새를 다듬었다. 이틀 밤을 내리 잤기 때문에 옷차림이 말이 아니었다. 그러고는 잠시 방 안에서 밖을 엿보았다. 현관에는 눈이 녹으면서 작은 웅덩이가 생겨 있었는데, 거기에 사내 둘이 서 있었다. 둘 다 키가 크고 어깨가 떡 벌어진 체격에 콧수염을 기르고 있었다. 내가 현관문 잠그는 것을 깜빡한 탓에 그들은 집 안으로 들어왔다. 따라서 그들은 당연히 죄책감을 느꼈을 것이다.

"부인께서 오두막집으로 와 주셨으면 좋겠어요."

둘 중 한 사람이 굵직한 목소리로 말했다.

그들은 뭔가 미안한 듯한 기색으로 미소를 지어 보였다. 두 사람의 이 모양이 똑같았다. 얼굴이 낯익었다. 벌목 현장에서 일하는 일꾼들이었다. 언젠가 마을 상점에서 본 적이 있었다.

"거기 있다가 돌아온 지 얼마 안 되는데요."

내가 중얼거리며 대답했다.

사내들은 아직 경찰이 도착하지 않았으며 다들 사제를 기다리는 중이라고 말했다. 또한 지난 밤 도로에 눈이 쌓이는 바람에 체코와 브로츠와프로 가는 고속 도로의 통행이 불가능해졌고, 컨테이너 트럭 또한 갇혀 있다고 했다. 하지만 왕발의 사망 소식은 인근 지역으로 빠르게 퍼져 나갔고, 왕발의 지인 몇 명이 걸어서 오두막으로 모여들었다. 그래도 그에게 지인이 있다는 소식을 들으니 반가웠다. 악천후로 인해 내 기분이 좀 나아진 모양이었다. 죽음보다는 눈보라에 대처하는 편이 수월하니까.

나는 폭신하고 새하얀 눈을 헤치며 그들의 뒤를 따라 걸었다. 갓 내린 눈은 신선했으며, 낮게 깔린 겨울 햇볕을 받아 발그레하게 물들어 있었다. 남자들은 끝부분이 펠트로 덮인, 두꺼운 고무 장화를 신고 있었는데, 이것이 이 지방 남자들의 유일한 겨울 차림새였다. 그들이 넓은 밑창으로 눈길을 밟고 지나가는 바람에 그 뒤를 따라가는 나를 위한 작은 터널이 만들어졌다.

왕발의 오두막 앞에 사내 몇 명이 담배를 피우며 서 있었다. 남자들은 서로 시선을 피하면서 망설이듯 인사를 나누었다. 알고 지내던 누군가의 죽음은 우리에게서 자신감을 앗아 간다. 그들의 얼굴에는 똑같은 표정, 즉 관례적인 침통함과 공적이며 격식을 갖춘 슬픔이 어려 있었다. 그들은 소리를 낮춘 채 상대방에게 말을 걸었다. 그러다가 담배를 다 피운 사람이 집 안으로 들어갔다.

한 명의 예외도 없이 죄다 수염을 기른 사내들이 시신이 누워 있는 접이식 소파 주위에 우울하게 서 있었다. 이따금 문이 열릴 때마다 새로운 방문객이 나타났고, 그들과 함께 금속성 냄새를 풍기는 강추위와 눈이 집 안으로 밀려들었다. 그들 대부분은 전직 국영 농장의 노동자로, 지금은 실업 수당을 받으며 가끔 숲의 벌목 현장에서 일용직으로 일하고 있었다. 일자리를 찾아 영국에 갔던 사람도 있지만 낯선 환경에 두려움을 느끼고 얼마 지나지 않아 귀국했다. 유럽 연합으로부터 보조금을 지원받아 작고 수익성 낮은 농장을 꾸준히 운영하며 생계를 유지하는 사람도 있었다. 마침 안에는 남자들만 있었다. 그들이 내뱉는 호흡 때문에 안에는 김이 자욱했고, 술과 담배 냄새, 그리고 젖은 옷의 습한 내음이 희미하게 풍겼다. 남자들은 시신을 향해 훔쳐보듯 빠른 시선을 던졌다. 코를 훌쩍거리는 소리가 들렸지만 그게 추위 때문인지, 아니면 정말 그 덩치 큰 사내들의 눈에서 흘러내린 눈물이 배출구를 찾지 못해 코로 들어간 것인지 알 수 없었다. 집 안에는 괴짜를 비롯해서 내가 아는 사람은 하나도 없었다.

그중 한 명이 호주머니에서 작은 금속 틀에 담긴 양초 몇 개를 꺼내 당연한 듯 내게 건네주었다. 얼결에 받아 들었지만, 사실 나는 이 초로 무엇을 해야 하는지 몰랐다. 꽤 오랫동안 머뭇거린 뒤에야 비로소 나는 그 사내의 생각을 알아차렸다. 아, 그거였구나. 나는 초를 시신의 주변에 내려놓고 불을 붙였다. 그러자 엄숙하고 격식 있는 분위기가 조성되었다. 촛불의 불꽃이 그들의 눈에서 눈물이 흘러내리게 하고 콧수염에 스며들게 할지도 모르겠다. 그렇게 모두에게 안도와 위안을 가져다줄지도. 그래서 나는 촛불을 켜며 일부러 수선을 피웠다. 많은 사람들이 내가 이 의식에 동참하는 것이 얼마나 잘못된 일인지 느끼게 하기 위해서였다. 하지만 그 사내들은 나를 애도의 대가(大家), 장례 협회의 대표로 여기는 듯했다. 촛불이 타오르기 시작하자 갑자기 다들 입을 다물더니, 일제히 나를 향해 슬픈 시선을 고정했다.

"부인께서 시작해 주세요."

어딘가에서 본 듯한 얼굴의 남자가 내게 속삭였다.

나는 그의 말을 이해하지 못했다.

"노래를 시작해 주세요."

"아니, 무슨 노래를 하라고요?" 사태의 심각성을 깨닫자 나는 불안해졌다. "저는 노래를 잘 못 부르는데요."

"무슨 노래든 상관없어요." 그가 말했다. "가장 좋은 노래는 「영원한 안식」입니다."

"왜 하필 저인가요?"

내가 초조한 속삭임으로 물었다.

그러자 나와 가장 가까운 곳에 서 있던 한 남자가 단호하게 대답했다.

"당신이 여자니까요."

아, 그래. 요즘 유행이 그런 모양이었다. 내 성별이 노래와 무슨 관계가 있는지는 알 수 없었지만, 이런 순간에 전통에 저항하고 싶지는 않았다. 「영원한 안식」. 어린 시절에 종종 참석했던 장례식을 기억하면서 이 성가(聖歌)를 떠올렸다. 성인이 된 뒤에는 장례식에 참석한 적이 한 번도 없었다. 가사를 잊어버렸지만, 내 역할은 그저 도입부를 웅얼거리는 것만으로도 충분했다. 저음의 굵은 목소리들이 내 보잘것없는 목소리에 합창으로 동참하면서 뭔가 불확실하고 불안한 폴리포니*가 만들어졌는데, 여러 번 반복하는 동안 그 소리는 점점 자신감을 얻으며 커졌다. 안도감이 들면서 내 목소리도 확신을 얻게 되었고, 영원한 빛에 관한 단순한 가사가 생각났다. 그 빛은 우리의 믿음처럼 왕발을 감싸 주고 있었다.

우리는 한 시간 정도 같은 노래를 반복해서 불렀다. 마치 바닷가의 자갈 두 개가 파도에 둥그렇게 닳아서 결국엔 두 개의 모래알갱이처럼 서로 똑같아지듯이 우리는 노래 가사가 그 의미를 완전히 잃을 때까지 계속해서 노래를 불렀다. 덕분에 잠시나마 휴식을 취할 수 있었다. 그사이 시신의 존재가 점점 비현실적으로 느껴지기 시작했고, 나중에는 힘들게 일하는 **고원**의 노동자들이 한자리에 모일 수 있는 핑계를 마련해 주기 위해 시신이 이 자리에 있는 게 아닐까 하는 생각마저 들었다. 우리는 지금은 닿을 수 없지만 어딘가 먼 곳에 존재하는 빛, 하지만 언젠가 죽으면 볼 수 있는 빛에 대해 노래했다. 지금은 유리창이나 찌그러진 거울을 통해서만 보지만, 언젠가는 정면으로 그 빛과 마주할 것이다. 그러면 그 빛은 우리를 삼킬 것이다. 왜냐하면 이 영원한 빛은 우리의 어머니이며, 우리는 그 빛으로부터 갈라져 나와 이 세상에 왔기 때

* 독립된 선율을 가지는 둘 이상의 성부로 이루어진 음악.

문이다. 우리 모두는 각자 그 빛의 조각을 몸속에 지니고 있다. 심지어 왕발조차도. 그러므로 우리는 죽음을 기뻐해야 마땅하다. 노래를 부르면서 이런저런 생각에 잠겼지만, 실제로 나는 영원한 빛이 모두에게 제각기 할당된다는 사실은 믿지 않았다. 그 어떤 신도, 그리고 그 어떤 천상의 회계사도 이러한 분배의 업무를 짊어지려고 하지는 않을 테니까. 하나의 존재, 특히 전지전능한 어떤 존재가 홀로 모든 고통을 감당하는 것은 어려운 일이다. 내 생각에는 어떤 방어적인 메커니즘을 미리 갖추지 않는 한, 그 존재는 고통의 짐으로 인해 무너져 버릴 것이다. 오직 기계만이 세상의 모든 고통을 짊어질 수 있을 것이다. 단순명료하고 효과적이며 공정한 기계만이. 하지만 모든 것이 기계적으로 작동된다고 가정하면 우리의 기도 따위는 필요치 않을 것이다.

밖에 나가 보니 이곳으로 사제를 부른 콧수염 사내들이 마침 오두막 앞에서 사제를 맞이하고 있었다. 신부는 차가 눈더미에 막히는 바람에 트랙터를 타고 여기까지 와야만 했다. '바스락 신부'(나는 개인적으로 그를 이렇게 불렀다.)는 사제복에 묻은 눈을 털면서 우아한 몸짓으로 트랙터에서 내렸다. 그는 아무에게도 시선을 주지 않고, 잰걸음으로 집으로 들어갔다. 신부가 내 옆을 가까이 지나가는 바람에 그의 체취가 내 코를 찔렀다. 남성용 향수에 벽난로의 탄내가 뒤섞인 냄새였다.

나는 괴짜가 매우 체계적으로 손님을 접대하는 광경을 목격했다. 양피 작업복 차림의 그는 마치 예식의 주최자처럼 커다란 사기 보온병을 들고 일회용 플라스틱 컵에다 커피를 따라서 문상객들에게 나누어 주었다. 나를 포함한 몇 명은 집 밖에 서서 뜨겁고

달콤한 커피를 마셨다.

잠시 후 경찰이 도착했다. 그들은 차를 타지 않고 걸어서 집까지 왔다. 스노타이어가 없어서 차를 아스팔트에 세워 놓아야 했기 때문이다.

두 명은 제복을 입었고, 나머지 한 명은 평상복 차림으로 검정 코트를 걸치고 있었다. 그들이 눈이 잔뜩 묻은 부츠를 신은 채 숨을 헐떡이며 오두막에 도착했을 때쯤 우리는 밖에 나와 있었다. 우리는 나름 당국에 대해 적절한 예의와 존경심을 표명했다. 제복을 입은 두 경찰관은 냉정하면서도 공식적인 태도를 보였지만, 갑작스러운 폭설과 먼 길, 그리고 이 사건의 일반적인 정황에 대해 화가 난 듯했다. 그들은 부츠의 눈을 털면서 말없이 집 안으로 사라졌다. 그 와중에 검정 코트 차림의 사내가 갑자기 괴짜와 나에게 다가왔다.

"안녕하세요? 반갑습니다, 부인! 잘 지내셨어요, 아버지?"

그는 분명 '잘 지내셨어요, 아버지?'라고 했다.

나는 괴짜에게 경찰서에서 일하는 아들이 있으리라곤, 게다가 그의 아들이 이런 우스꽝스러운 검정 코트 차림이리라곤 전혀 예상하지 못했다.

당황한 괴짜가 어색해하며 우리를 정식으로 인사시켰지만, '검정 코트'의 공식적인 이름은 기억나지 않는다. 나는 곧바로 자리를 피했고, 아들이 아버지를 책망하는 소리를 들었다.

"이런, 시체는 왜 건드리셨어요, 아버지? 영화도 안 보셨어요? 경찰이 도착할 때까지는 무슨 일이 있어도 시체를 움직이면 안 된다는 건 누구나 아는 상식이라고요."

괴짜는 무력하게도 아들과 대화하면서 자신을 제대로 방어하지 못했다. 솔직히 나는 그 반대의 상황을 상상했다. 그가 자기 아들과 대화할 땐 오히려 에너지가 넘칠 줄 알았던 것이다.

"그 사람의 상태가 아주 끔찍했단다, 얘야. 아마 너라도 똑같이 했을 거야. 뭔가가 목에 걸리는 바람에 질식사했고, 온몸이 뒤틀린 채 너무도 지저분한 상태였어……. 그는 우리의 이웃이었다. 그러니 그를 그런 상태로 바닥에 뒹굴도록 내버려 둘 수가 없었단 말이다……."

괴짜가 적절한 표현을 찾기 위해 애를 쓰며 말했다.

"……**동물**요."

나는 부자에게 가까이 다가가면서 상황을 구체적으로 설명하기 시작했다. 검정 코트가 아버지를 대하는 태도를 참을 수가 없었다.

"그자는 자기가 밀렵해서 잡아먹은 사슴의 뼈에 질식당한 거예요. 무덤 너머의 복수인 거죠."

검정 코트는 나를 흘끗 쳐다보고는 아버지를 향해 말했다.

"어쩌면 아버지가 수사 방해 혐의로 기소될 수도 있다고요. 부인도 마찬가지입니다."

"농담하는 거지? 아주 꼴좋겠구나. 지방 검사를 아들로 둔 사람이 구속당하면."

아들은 이 난처한 대화를 빨리 끝내기로 결심한 듯했다.

"알았어요, 아버지. 하지만 나중에 두 분 다 진술을 해 주셔야 합니다. 어쩌면 부검을 해야 할지도 모르겠어요."

검사는 다정한 손길로 괴짜의 어깨를 두드렸다. 그의 몸짓은 마치 이렇게 말하는 듯했다. '영감님, 이제 이 문제는 제 손에 맡기세요.'

그리고 검정 코트는 죽은 자의 오두막에서 사라졌다. 나는 사태의 해결을 기다리지 않고 곧장 집으로 돌아갔다. 온몸이 얼어붙었고 목구멍이 따끔거렸다. 충분히 힘들었다.

내 방 창문으로 마을 쪽에서 다가오는 제설차가 보였다. 이곳에서는 제설차를 '벨로루시 아가씨'라고 부른다. 오솔길의 눈을 치운 덕분에 저녁 무렵에는 차창에 검은 커튼을 드리운, 길고 나지막한 검은색 영구차가 왕발의 오두막까지 올라갈 수 있었다. 하지만 언덕으로 올라가기만 했을 뿐, 내려오지는 못했다. 오후 4시쯤, 아직 **땅거미**가 내려앉기 전에 나는 테라스로 나갔다. 멀리서 도로를 따라 움직이는 검은 얼룩이 보였다. 콧수염 사내들이 친구의 시신을 실은 영구차를 언덕 아래로 밀고 있었다. 망자의 영혼이 영원한 빛 속에서 영원한 안식을 얻도록.

*

나는 보통 아침부터 종일 텔레비전을 켜 둔다. 그러면 마음이 놓인다. 창밖에 겨울 안개가 자욱하거나 여명이 석양으로 바뀔 때쯤에야 나는 밖에 아무도 없다는 사실을 실감하곤 한다. 밖을 내다보아도 창문에 비치는 것은 내 부엌의 내부, 우주의 작고 어수선한 중심부뿐이다.

그래서 텔레비전이 필요하다.

내가 선택할 수 있는 프로그램은 수없이 많다. 어느 날 디오니시오스는 법랑 그릇처럼 생긴 접시 안테나를 가져왔다. 수십 개의 채널이 잡혔는데, 사실 내게는 너무 많다. 열 개도, 아니 두 개도 많다. 나는 날씨 채널만 본다. 그 채널을 발견한 이후, 필요한 걸 다 갖게 되어 행복했다. 리모컨이 사라져도 상관없을 정도로.

아침부터 나는 체코와 독일 상공, 서쪽으로부터 거침없이 다가오는 기상 전선들, 그리고 기상도를 수놓은 푸른색과 빨간색의 추상적이고 아름다운 선들과 동행한다. 그 선들은 조금 전까지 프라하에서 호흡하던 공기를 이곳으로 실어 나른다. 어쩌면 베를린에서 왔을 수도 있다. 공기는 대서양 상공에서 날아와 유럽 전역을 가로질러 이곳으로 전파된다. 다시 말해 이곳 산악 지대에도 바다의 공기가 떠돌고 있는 것이다. 내가 특히 좋아하는 순간은 프로그램에서 기압 배치도를 보여 줄 때다. 그것은 침대에서 일어날 때 불쑥 감지되는 예기치 못한 저항이나 무릎 통증이 발생하는 이유를 설명해 준다. 기상 전선*을 보면 말로는 설명하기 힘든 우리의 슬픔과 매우 유사한 본성을 느낄 수 있다. 지구의 대기권에서 나타나는 변덕스러운 세르펜티나타 양식**을 보는 것도 좋다.

위성 사진과 지구 표면의 부드러운 곡선은 언제나 감동을 준다. 그렇다면 우리가 지금 살고 있는 지표면이 다른 행성들의 시

* 성질이 다른 두 기단의 경계면이 지표와 만나는 선. 일기 변화의 중요한 요인이 된다.

** 뱀이 똬리를 튼 형상. 회화나 조각에서 여러 인물이 나선을 그리며 서로 엉키듯 표현된 것을 일컫는다.

선에 노출되어 있다는 게 사실일까? 또한 **인간**이 원죄를 저지르고 **타락**한 이후, 모든 빛이 산산이 부서지고 흩어져 버렸으며, 그렇게 우리 모두가 거대한 공허 속으로 내던져졌다는 것도 사실일까? 그렇다, 사실이다. 그러므로 티브이 프로그램은 우리에게 이러한 사실을 매일 상기시켜야 한다. 그러지 않으면 쉽게 망각할 테니까. 우리는 스스로가 자유로운 존재이고, 신이 우리를 용서할 것이라고 믿는다. 하지만 나의 개인적인 생각은 다르다. 결국 우리가 저지른 행위는 미세하게 진동하는 광자(光子) 에너지로 바뀌어 마치 영화에서처럼 우주를 향해 뻗어 나갈 것이며, 다른 행성들은 세상의 종말까지 그것을 지켜볼 것이다.

내가 커피를 끓일 때쯤이면 티브이에서는 스키어들을 위한 일기 예보를 내보낸다. 산과 비탈과 계곡의 울퉁불퉁한 풍경이 나타난다. 그곳을 덮고 있는 변덕스러운 눈의 층 덕분에 지구의 거친 표면은 눈밭이 군데군데 쌓여 새하얗게 보인다. 봄이 되면 스키어들의 구역은 알레르기 환자들이 점령한다. 이즈음 풍경은 다채로운 색깔을 뿜어내고, 부드러운 선들이 위험 구역을 설정한다. 붉은 선으로 명시된 곳은 자연의 공격이 가장 맹렬한 구역이다. 겨우내 자연은 휴면 상태로 기다린다. 필리그리*처럼 연약하기 그지없는 인류의 면역 체계를 공격하기 위해. 언젠가 자연은 이런 식으로 우리를 완전히 몰아낼 것이다. 주말 직전에는 운전자들을 위한 일기 예보가 방송된다. 하지만 실제로는 이 나라에서 몇 안 되

* 가느다란 금속 선을 구부리거나 잘라서 금속 표면에 붙여 표현하는 세공 기법. 보통 누름 세공과 함께 사용한다.

는 고속 도로를 나타내는 몇 개의 선을 보여 주는 게 전부다. 나는 사람들을 스키어, 알레르기 환자, 운전자 등 세 그룹으로 나누는 방식이 매우 설득력 있다고 생각한다. 그것은 적절하면서도 직설적인 유형 분류 체계다. 스키어들은 쾌락주의자들이다. 그들은 경사진 비탈을 따라 활강한다. 반면 운전자들은 자신의 손에 운명을 맡기는 편을 선호한다. 덕분에 그들의 척추가 고생하긴 하지만 인생이란 본래 힘겨운 거니까. 반면 알레르기 환자들은 항상 전쟁 중이다. 나는 알레르기 환자임에 틀림없다.

별과 행성에 대한 채널이 있으면 좋겠다. '우주의 영향력에 관한 채널.' 이런 유의 방송 또한 화면이 지도들로 구성될 것이며, 우주의 영향력을 선으로 표시하고, 행성의 충돌을 구역별로 보여 줄 것이다. "화성이 황도(黃道)* 위로 떠오르기 시작합니다. 시청자 여러분, 오늘 저녁에는 명왕성의 영향력이 구역을 넘어설 것입니다. 그러니 차를 차고나 실내 주차장에 두십시오. 칼은 치우고, 지하실로 내려갈 때는 조심하실 것을 당부합니다. 이 행성이 게자리를 통과할 때까지 목욕을 피하시고, 가족 간의 다툼도 삼가십시오." 호리호리하고 공기처럼 가벼워 보이는 여자 아나운서가 이렇게 말하면 우리는 오늘 기차가 왜 늦었는지, 우편 집배원의 피아트 소형차가 왜 눈 속에 갇혔는지, 어째서 마요네즈가 튜브에서 제대로 나오지 않았는지, 무엇 때문에 갑자기 두통이 생겼는지, 그리고 약도 안 먹었는데 어떻게 몸이 저절로 나았는지 알 수 있

* 태양의 둘레를 도는 지구의 궤도가 천구(天球)에 투영된 궤도. 천구의 적도면에 대하여 황도는 약 23도 27분가량 기울어져 있으며, 적도와 만나는 두 점을 각각 춘분점, 추분점이라 한다.

을 것이다. 또한 언제쯤 염색을 시작하면 좋을지, 그리고 결혼식 날짜는 언제로 잡으면 좋을지 알 수 있을 것이다.

밤이 되면, 나는 금성을 관찰하면서 아름다운 **처녀자리**의 이행 과정을 상세히 추적해 본다. 나는 이 **처녀자리**가 '이브닝 스타'*처럼, 아니면 마술처럼 난데없이 나타났다가 태양 뒤편으로 저무는 모습을 보는 게 좋다. 영원한 빛의 불꽃, **땅거미**가 질 무렵이야말로 가장 흥미로운 일들이 벌어지는 시점이다. 이 무렵에는 단순한 차이점들이 모두 자취를 감추기 때문이다. 나는 영원한 **땅거미** 속에서 얼마든지 살아갈 수 있다.

* 저녁 무렵 서쪽 하늘에 보이는 금성을 뜻한다.

4
999번째 죽음

자신이 보는 것을 의심하는 자는
무엇을 행하든 끝내 믿지 못하리라.
태양과 달이 서로에게 의심을 품으면
둘 다 곧 하늘에서 사라질 것이다.*

다음 날 아침 나는 사슴의 머리를 집 옆에 있는 나의 묘지에 묻었다. 나는 땅에 구덩이를 파고, 왕발의 집에서 가져온 거의 모든 것을 던져 넣었다. 그리고 핏자국이 묻은 비닐봉지를 애도의 표시로 서양자두나무 가지에 걸었다. 나뭇가지에 쌓인 눈이 우수수 봉지 속으로 떨어졌고, 그날 **밤** 영하의 강추위가 눈덩이를 얼음으로 바꾸었다. 돌도 많은, 꽁꽁 얼어붙은 땅에 적당한 크기의 구덩이를 파는 건 힘든 작업이었다. 눈물이 뺨에 얼어붙었다.

* 윌리엄 블레이크의 시 「순수의 전조」에서.

나는 여느 때처럼 무덤 위에 돌을 얹었다. 내 묘지에는 이런 돌들이 꽤 많이 놓여 있다. 이 집을 산 지 얼마 안 되었을 때 지하실에서 발견한 늙은 수고양이, 출산 직후 새끼와 함께 죽은 거의 야생이나 다름없는 암고양이가 이곳에 안장되었다. 또한 광적이고 위험하다며 벌목꾼들에게 죽임을 당한 여우 한 마리와 두더지 몇 마리, 그리고 지난겨울 개에게 물려 죽은 사슴도 묻혀 있다. 이들은 그저 수많은 **동물** 중 일부일 뿐이다. 나는 숲속 여기저기에 왕발이 설치해 놓은 올가미에서 발견한 **동물들**의 사체를 다른 곳에 옮겨 놓았다. 누군가 식용으로라도 가져갈 수 있게 하기 위함이었다.

완만한 산비탈, 연못가 명당에 자리 잡은 이 묘지에서는 **고원**의 전경(全景)이 바라다보인다. 나도 여기 누운 채로 모든 걸 지켜보고 싶다, 영원히.

나는 하루에 두 번씩 내 관할 구역을 둘러보기 위해 노력했다. 일단 임무를 맡기로 한 이상, 루프트추크*를 철저히 관리해야만 했다. 내가 맡은 집들을 차례로 둘러본 뒤, 마지막에는 **고원** 전체를 한눈에 보기 위해 언덕으로 올라가곤 했다.

이렇게 멀리서 전체적인 시야로 조망하면 가까운 곳에서는 보이지 않던 것들을 볼 수 있다. 여기서는 겨울에 눈에 찍힌 흔적들이 모든 움직임을 기록한다. 이 서류철에서 빠져나갈 수 있는 건 아무것도 없다. 눈은 **동물**과 사람의 발자취를 정교하게 기록하고,

* 독일어로 '강한 외풍', '틈새로 들어오는 바람', '맞바람'을 뜻한다.

흔치 않은 자동차 바퀴자국도 고스란히 남긴다. 나는 특히 지붕들을 주의 깊게 살펴보곤 했다. 치마에 눈이 쌓여 돌림띠가 형성되었다가 나중에 녹아내리는 바람에 홈통이 떨어질 수도 있고(제발 그런 일이 없기를 바라지만) 굴뚝 어딘가를 막고 있다가 서서히 녹으며 집 안으로 물이 샐 수도 있다. 창문들이 손상되지 않았는지, 이전에 방문했을 때 소홀히 지나친 것은 없는지, 아니면 혹시라도 불을 켜 놓지는 않았는지 꼼꼼히 챙겼다. 나는 또한 마당과 출입문, 현관문, 헛간, 목재 창고를 살폈다.

나는 내 이웃들이 도시에서 동절기 업무와 여흥에 몰두하는 동안, 그들의 부동산을 관리하는 관리인이다. 그들을 대신하여 이곳에서 겨울을 보내며 그들의 집을 추위와 습기로부터 보호했고, 손상되기 쉬운 그들의 소유물을 관리했다. 이런 식으로 나는 그들이 겨울철에 '암흑'에서 허덕이지 않도록 도와주었다.

불행히도 나의 **증세**들이 또다시 나타나서 그 존재감을 과시하기 시작했다. 스트레스나 특이한 사건들이 발생하면 유독 더 심해졌다. 때로는 **밤**에 잠을 설치기만 해도 **증세**가 나타나서 모든 게 괴롭기만 했다. 손이 떨리고 전류가 사지를 뚫고 지나가는 것 같았다. 마치 누군가가 눈에 보이지 않는 전깃줄에 온몸을 묶어 놓고, 닥치는 대로 내게 이런저런 **형벌**을 가하는 것 같았다. 그러다 갑자기 어깨나 다리에서 고통스러운 경련이 일어난다. 그럴 때면 발이 완전히 마비되면서 뻣뻣하고 얼얼해졌고, 걸을 때마다 절뚝거리며 질질 끌 수밖에 없었다. 그게 다가 아니었다. 몇 달 동안 내 눈은 쉴 새 없이 물기를 머금고 있었다. 아무 이유 없이 불쑥불쑥 눈물이 흐르곤 했다.

오늘은 이런저런 통증에도 불구하고 비탈길을 올라가 언덕 위에서 사방을 둘러보기로 했다. 틀림없이 모든 게 제자리에 있을 것이다. 그 사실을 확인하고 나면 마음이 진정되고, 답답한 목도 풀리고, 기분도 나아지리라. 왕발에 대해서는 조금도 애석한 생각이 들지 않았다. 하지만 멀리서 그의 오두막을 지나갈 때면 커피색 양복을 차려입은, 요괴를 닮은 그의 시신이 생각났다. 그러고 나면 내가 아는 모든 이들의 몸뚱이, 자신들의 집에서 행복하게 살아 숨 쉬고 있는 그들의 몸뚱이가 눈앞에 어른거렸다. 또한 나와 내 두 발, 그리고 괴짜의 호리호리하고 뻣뻣한 몸이 눈앞을 스쳐 갔다. 이 모든 것이 끔찍스러운 슬픔으로 사무쳐서 견딜 수가 없었다. **고원**이 빚어내는 흑백의 풍경을 바라보면서 나는 슬픔이 세상을 규정하는 데 있어서 매우 중요한 단어라는 사실을 깨달았다. 슬픔은 모든 것의 본질 가운데에 있으며, 다섯 번째 원소이자 정수였다.

내 눈앞에 펼쳐진 풍경은 흑백의 음영으로 이루어져 있다. 들판의 경계를 가르는 두렁에 촘촘히 솟아난 나무들은 서로 뒤엉켜 있다. 풀을 베지 않은 구역에는 눈이 균일하고 평평하게 쌓여 있지 않았다. 솟아난 풀포기들이 자신들의 눈이불을 헤집어 놓았기 때문이다. 멀리서 보면 마치 커다란 손이 추상적인 패턴을 그리기 위해 몇 개의 짧고 섬세한 획을 연습한 것처럼 보였다. 벌판과 기다란 줄, 그리고 직사각형이 모여 아름답고 다양한 기하학적 형상을 만들어 냈는데, 그 형상들은 저마다 자신만의 빛깔과 고유한 구조를 뽐내며 겨울의 황혼을 향해 제각기 다른 각도로 기울어져 있었다. 그 풍경 속에서 내가 관리하는 일곱 채의 집들은 자연의 일부가 되어, 마치 두렁에 솟아난 나무들처럼 여기저기 흩어져 있었다. 그 너머에 있는 개울과 거기에 놓인 작은 다리 역시 스케치를 연습하던 바로 그 거대한 손에 의해 섬세하게 설계되고 배치된 것처럼 보였다.

나 또한 직접 보지 않고, 기억에 의존해서 그곳의 지도를 그릴 수 있을 것 같다. 지도에서 우리 **고원**은 통통한 반달 모양인데, 한쪽은 체코와 우리가 공유하는, 별로 높지도 크지도 않은 '은빛 산맥'에 둘러싸여 있다. 반대편 폴란드 영토에는 '새하얀 언덕'이 위치하고 있다. 거기에 있는 유일한 촌락이 바로 우리 마을이다. 마을과 읍내는 다른 거주지들과 마찬가지로 북동쪽에 있다. 우리 **고원**과 크워츠코 계곡의 나머지 지역들은 높이 차이가 별로 나지 않지만, 위에서 내려다보면 우리 동네가 살짝 더 높은 걸 알 수 있다. 꼭대기까지는 꽤 힘겨운 오르막이다. 북쪽은 완만하지만, **고원** 동쪽으로 난 오르막길은 경사가 제법 가팔라서 겨울철에는 위험할 수 있다. 혹독한 겨울 동안 도로 공단, 혹은 그 명칭이 무엇이건 간에 아무튼 관련 부서에서는 이 길의 통행을 금지한다. 하지만 우리는 위험을 감수하면서 불법으로 차를 몰고 이 도로를 지나다닌다. 물론 성능 좋은 차를 갖고 있다면 말이다. 사실 나는 지금 나 자신에 대해 이야기하는 중이다. 괴짜에겐 모페드*가 있고, 왕발에게는 두 발이 있었다. 우리는 이 가파른 구역을 '고갯길'이라고

* 모터와 페달을 갖춘 자전거의 일종. 오토바이처럼 동력을 이용하거나 페달을 밟아 달린다.

부른다. 인근에 바위로 뒤덮인 절벽도 있는데, 자연적으로 만들어졌다고 생각하면 큰 착각이다. 그것은 **고원** 한 귀퉁이를 차지하던 옛 채석장의 잔해다. 결국엔 채굴기의 게걸스러운 입이 채석장을 모두 집어삼켰을 것이다. 채석장을 다시 운영할 계획이 있다고들 하는데, 그렇게 되면 우리 모두는 기계에게 잡아먹혀 지표면에서 사라질 것이다.

'고갯길'을 넘어가면, 여름에만 주행이 허락된 비포장도로가 마을로 이어진다. 서쪽 부근에서 이 길은 다른 큰 도로에 합류하는데, 아직 주요 도로는 아니다. 이 도로변에는 전반적인 분위기 탓에 내가 '트란실바니아'*라고 부르는 마을이 있다. 거기에는 교회와 상점, 부서진 스키 리프트와 청소년 클럽이 있다. 지평선이 높아서 그곳에는 항상 **땅거미**가 깔려 있다. 그 장소에 대한 나의 인상은 그랬다. 마을 제일 끝자락에는 여우 농장으로 이어지는 샛길도 있지만, 나는 그쪽으로는 아예 얼씬도 하지 않았다.

트란실바니아를 지나서 고속 도로로 이어지는 나들목 바로 앞에는 사고가 자주 발생하는 급커브 길이 있다. 디오니시오스는 그 커브 길에 '황소의 심장 커브 길'이라는 이름을 붙였다. 지역의 거물이 운영하는 도살장 소속의 대형 트럭에서 내장(內臟)이 담긴 상자가 떨어지는 광경을 목격한 적이 있기 때문이다. 그때 소의 심장들이 길에 잔뜩 쏟아졌노라고 그는 주장했다. 나는 이 이야기가 섬뜩했지만, 그렇다고 모든 게 그의 상상이라는 확신도 들지 않

* 루마니아 서북부 지방. 카르파티아산맥과 트란실바니아 알프스로 둘러싸인 삼각형 모양의 분지다. 흡혈귀 전설로 유명하다.

는다. 디오니시오스는 이따금 어떤 주제에 대해 지나치게 민감하게 반응하는 경향이 있다. 아스팔트는 '계곡'에 있는 도시들을 서로 연결해 준다. 화창한 날에는 우리의 **고원**에서 아스팔트가 보이고, 그 길을 따라 쿠도바와 레빈이 실타래처럼 이어져 있다. 심지어 멀리 북쪽으로 노바루다, 크워츠코, 그리고 2차 세계 대전 이전에는 '프랑켄슈타인'이라고 불렸던 종프코비체도 볼 수 있다.

하지만 그곳은 먼 세상이다. 나는 보통 내 자동차 '사무라이'로 '고갯길'을 건너 읍내로 가곤 했다. 고갯길을 넘어서 왼쪽으로 꺾어지면 국경까지도 갈 수 있었다. 국경선의 형태가 워낙 구불구불해서 긴 산책에 나설 때마다 나는 아무도 눈치채지 못하게 선을 넘어가 보곤 했다. 관할 구역을 시찰하다가 무심코 국경을 넘어간 적도 여러 번이다. 때로는 일부러 국경선을 사이에 두고 이쪽저쪽으로 발을 디디면서 경계를 넘나드는 짜릿함을 즐기기도 했다. 십여 차례, 아니 수십 차례 나는 그렇게 삼십 분가량 국경 넘기 놀이를 하곤 했다. 그것은 내게 특별한 즐거움을 주었다. 국경을 넘어간다는 게 절대 불가능했던 얼마 전을 떠올리게 해 주었으므로. 나는 국경을 넘는 것이 좋았다.

나의 시찰은 통상 교수 내외의 집을 둘러보는 것으로 시작된다. 내가 가장 좋아하는 집이기 때문이다. 작고 간소한 집. 하얀 벽이 있는 조용하고 외딴집. 정작 부부는 이곳에 거의 머물지 않았고, 그들의 자녀들이 친구들과 함께 종종 들르곤 했다. 그러면 바람이 그들의 떠들썩한 목소리를 실어 날랐다. 창문을 활짝 열고 불을 훤히 밝힌 채, 시끄러운 음악으로 가득 찬 그 집은 뭔가 얼떨

떨해 보였다. 사방으로 뚫린, 활짝 열린 창문들 때문에 어수선하고 얼빠진 듯하다고 해야 할까. 하지만 그들이 떠나고 나면 곧바로 안정을 되찾곤 했다. 그 집의 단점은 가파른 지붕이다. 눈이 처마를 타고 미끄러져 내려 북쪽 벽 아래에 거의 5월까지 수북이 쌓이는 바람에 습기가 집 안으로 스며들었다. 그래서 나는 자주 눈을 치워야 했는데, 그것은 언제나 힘겹고 별로 생색도 안 나는 일이었다. 봄에 내가 맡은 일은 마당을 가꾸는 것이다. 꽃을 심고, 집 앞 자갈밭에서 자라는 **식물들**을 보살폈다. 나는 이 일을 즐거운 마음으로 했다. 가끔 사소한 보수가 필요한 경우에는 브로츠와프에 있는 교수 부부에게 전화해서 내 계좌로 돈을 송금하도록 했다. 그러고는 내가 직접 노동자들을 고용해서 작업을 관리했다.

올겨울 나는 지하 저장고에서 여러 마리의 박쥐 가족을 발견했다. 하루는 아래쪽에서 물 새는 소리가 들리는 것 같아서 지하실로 내려가 보았다. 파이프에 금이라도 갔으면 큰일이니까. 거기서 나는 그들이 돌로 된 천장에 거꾸로 다닥다닥 붙어서 잠들어 있는 것을 보았다. 그들은 미동도 없이 조용히 매달려 있었다. 하지만 나는 그들이 잠결에 날 쳐다보고 있으며, 전구의 눈부신 광채가 그들의 부릅뜬 눈동자에서 빛나고 있음을 느꼈다. 나는 그들에게 봄에 만나자고 작별 인사를 하고, 아무런 손상의 증거도 찾지 못한 채, 발끝으로 살금살금 위층으로 돌아왔다.

한편 작가의 집에는 담비들이 서식하고 있었다. 나는 그들에게 이름을 지어 주지 못했다. 몇 마리인지 셀 수도 없었고 생김새를 구별할 수도 없었기 때문이다. 그들의 특징은 유령과 비슷해서 발견하기가 쉽지 않다는 것이다. 사실 진짜로 본 것이 맞는지도 확신하기 힘들 정도로 그들은 빠르게 모습을 드러냈다가 후다닥 사라지곤 했다. 담비는 아름다운 동물이다. 필요하다면 내 문장(紋章)으로 사용하고 싶을 정도로. 가볍고 순진한 듯하지만 겉보기에만 그럴 뿐 실은 교활하고 위협적인 피조물이다. 그들은 고양이나 쥐, 새들과 사소한 실랑이를 벌인다. 또한 자기들끼리도 싸운다. 작가의 집에서는 주로 지붕의 타일과 다락방 단열재 사이를 비집고 드나들곤 했는데, 나는 그들이 단열재의 광물면(鑛物綿)을 파괴하고, 나무판자의 구멍을 갉아먹으며, 여러 가지 피해와 혼란을 초래하지 않을까 의심하고 있다.

작가는 보통 5월에 지붕까지 닿을 만큼 많은 책과 이국적인 음식물을 차에 잔뜩 싣고서 이곳으로 내려왔다. 척추가 안 좋았기 때문에 나는 항상 그녀가 짐 내리는 것을 도왔다. 그녀는 목에 정형외과의 척추 보호대를 끼고 돌아다녔다. 아마 과거에 사고를 당한 듯했다. 아니면 글을 쓰느라 척추가 망가졌는지도 모른다. 그녀는 온몸에 재를 뒤집어쓴 폼페이의 생존자처럼 보였다. 그녀의 얼굴과 입술 색은 모두 잿빛이었고, 눈동자와, 고무줄로 촘촘하고 단단하게 묶은 뒤 정수리에 틀어 올려 쪽을 진 긴 머리도 마찬가지였다. 그녀를 잘 알지 못했더라면, 나는 틀림없이 그녀의 책을 읽었을 것이다. 하지만 나는 그녀를 잘 알기에 책장을 펼쳐 보기가 두려웠다. 만약 그 책 속에서 납득하기 어려운 방식으로 묘사된 나 자신을 발견한다면? 아니면 내가 좋아하는 장소들을 나와는 완전히 다른 의미로 인식하고 있다면? 어쩌면 그녀와 같은 부류의 사람들, 그러니까 펜을 휘두르는 사람들은 상당히 위험할 수 있다. 그녀와 같은 인물들은 온전히 자기 자신일 수 없을 거라는 확신이 든다. 그들은 뭔가를 끊임없이 관찰하는 눈(目)이며, 자신이 보는 모든 것을 문장으로 바꿔 버리는 존재다. 그 과정에서 그들은 모든 것으로부터 현실을 끄집어내어 거기서 가장 본질적인 것, 그러니까 말이나 글로는 표현 불가능한 것들을 삭제해 버린다.

그녀는 보통 9월 말까지 이곳에 머물렀다. 그녀가 집 밖으로 나오는 일은 드물었다. **고원**에서 부는 바람도 소용없을 정도로 무더위가 기승을 부려, 끈적끈적하고 견딜 수 없게 되면 그녀는 테라스에 나와 휴대용 접이 의자에 잿빛 몸뚱이를 눕힌 채, 미동도 없이 햇볕을 쬐곤 했다. 덕분에 그녀의 몸은 더욱더 회색빛을 띠게 되었다. 만일 내가 그녀의 발을 봤다면 아마 그녀가 역시 **인간**이 아닌 다른 형태의 생명체임을 확인했을지도 모른다. 로고스*의 루살카**나 요정 같은 존재. 이따금 밝고 선명한 색상의 립스틱을 바르고 검은 머리에 체구가 건강해 보이는 친구가 작가의 집을 방문했다. 얼굴에 있는 작은 갈색 점으로 미루어 볼 때, 그녀가 태어난 시각에 금성이 1하우스에 있었던 것 같다. 두 여자는 늘 함께 요리했다. 마치 두 사람 모두 자기 집에서 대대손손 전해져 오는 전통을 따르기라도 하는 것처럼. 지난여름 나는 그들과 몇 번 식사를 함께 했다. 코코넛 우유를 넣은 매운 수프와 살구 버섯을 곁들인 감자 팬케이크. 둘 다 요리를 맛있게 잘했다. 친구는 그 '잿빛

* 그리스 철학에서 언어를 매체로 하여 표현되는 이성 또는 그 이성의 자유.

** 러시아나 슬라브 문화권에서 강이나 샘에 사는 물의 정령으로 묘사된다.

작가'에게 매우 다정했고, 마치 자신의 아이를 돌보듯 작가를 돌봤다. 친구는 자신의 역할을 명확히 알고 있었다.

축축한 잡목림 아래에 있는 가장 작은 집은 최근 브로츠와프에서 이사 온 시끄러운 가족이 구입했다. 크시키 지구에서 식료품점을 운영하는 부부에게는 뚱뚱하고 제멋대로인 십 대의 두 딸이 있었다. 그 집은 앞으로 재건축을 해서 폴란드 영주들이 살던 대저택의 축소판 형태로 탈바꿈할 예정이었다. 언젠가 기둥과 현관을 추가하고, 뒤편에는 수영장을 지을 것이다. 가장이 내게 이런 계획을 말해 주었다. 하지만 현재 그 집은 조립식 콘크리트 울타리에 둘러싸여 있었다. 그들은 내게 보수를 후하게 지불하면서 혹시 누군가가 침입하지 않았는지 매일 내부를 살펴봐 달라고 부탁했다. 집 자체는 낡고 상태가 별로 안 좋았다. 마치 머지않아 삭아서 한 줌의 가루가 될 테지만 당장은 무사한 상태로 남겨 둔 것처럼 보였다. 하지만 올해는 대대적인 혁명이 기다리는 중이다. 이미 모래 더미가 잔뜩 배달되어 현관 앞에 쌓여 있었다. 바람이 계속해서 모래 더미를 덮어 놓은 플라스틱 가리개를 날려 보냈고, 나는 그것을 주워다 다시 덮느라 애를 먹었다. 그들의 소유지에는 작은 샘이 하나 있었는데, 거기다 물고기가 사는 연못을 만들고, 벽돌을 쌓아 바비큐용 그릴도 만들 계획이었다. 가족의 성(姓)이 마침 '스투지엔니'였는데, 폴란드어로 '우물'을 뜻하는 단어 '스투드니아'의 형용사형이었다. 그들에게 나만의 고유한 이름을 지어 주어야 할지 한참 고민했지만, 나는 이것이 내가 알고 있는 두 개의 사례, 그러니까 공적인 성이 해당 인물에게 어울리는 상당히 드문 경우라는 것을 깨달았다. 그들은 정말 우물에서 비롯된 사람들이었다. 아주 오래전 우물 속에 빠져서 우물이 세상의 전부라고 믿으며, 우물의 밑바닥에서 자신의 삶을 꾸려 가는 사람들.

도로 바로 옆에 있는 마지막 집은 단기 임대 주택이었다. 이 집을 임대하는 사람들은 대부분 주말이라도 자연 속에서 시간을 보내고 싶어 하는, 아이가 있는 젊은 부부들이었다. 어쩌다 연인들이 집을 빌릴 때도 있었다. 가끔 의심스러운 부류가 이곳을 찾는 경우도 있었는데, 그들은 저녁나절부터 술에 취해 밤새도록 고성을 질러 대다가 정오까지 잠을 잤다. 그런 사람들은 그림자처럼 은밀하게 우리의 루프트주크를 거쳐 갔다. 주말에 딱 한 번, 한순간만 머물고 사라졌다. 개성이나 특징 없이 개조된 그 작은 오두막은 동네에서 가장 부유한 사람의 소유였는데, 그는 모든 계곡과 **고원**에 부동산을 소유하고 있었다. 그 사내의 성(姓)은 '브넹트샥'이었다.(폴란드어로 '브넹트셰'는 '내부' 또는 '안쪽'을 뜻한다.) 공식 이름이 주인에게 완벽하게 어울리는 나머지 다른 예가 바로 이 경우였다. 아마도 그는 이 집에 딸린 토지 때문에 집을 산 듯했다. 언젠가 채석장으로 용도를 바꾸기 위해 이 땅을 매입한 것이 분명하다. 어쩌면 이 **고원** 전체가 채석장에 적합할 수도 있다. 우리는 화강암이라 불리는 광산에서 살고 있는지도 모른다.

나는 이 모든 집을 건사하기 위해 많은 노력을 기울여야 했다. 아, 그리고 마을 어귀의 작은 다리도 문제가 없는지, 마지막 홍수 이후에 추가로 부착해 놓은 널빤지 받침대가 강물에 쓸려 내려가지는 않았는지, 그리고 물이 스며들어 구멍이 난 곳은 없는지 점검해야 했다. 시찰이 끝날 때쯤, 나는 다시 한번 주위를 빙 둘러보았다. 모든 것이 제자리에 있음을 확인하며 기쁨을 맛보기 위해서였다. 뭔가가 제자리를 이탈하는 경우도 얼마든지 있을 수 있으니까. 사실 거기에는 풀만 무성할 수도 있었다. 바람에 흩날리는 광활한 풀숲과 엉겅퀴의 근엽(根葉)*들만 가득했을지도. 그럴 가능성은 충분했다. 아예 아무것도 없는, 우주 공간의 완벽한 공허 상태였을 수도 있다. 어쩌면 그게 모든 이들에게 최선이었을지도 모른다.

나는 시찰을 위해 이 들판 저 들판을 헤매고 다니면서 앞으로 수백만 년 후 이곳이 어떤 풍경일지를 상상해 보곤 했다. 과연 지금과 똑같은 **식물**이 여기서 자라고 있을까? 하늘빛도 비슷할까? 지각판의 운동으로 이곳에 높은 산들이 줄줄이 이어진 거대한 산맥이 쌓이게 될까? 아니면 바다가 용솟음치고 파도가 유유히 넘실대면서 '장소'라는 말의 근거조차 송두리째 사라지는 건 아닐까? 한 가지 확실한 것은 이 집들은 여기에 없으리라는 것이다. 그러므로 지금 내가 기울이는 노력은 너무도 보잘것없고, 바늘구멍만큼이나 사소하고 하찮은 것이리라. 내 인생과 마찬가지로. 이 사실을 꼭 명심해야겠다.

우리의 시골길을 넘어가면 갑자기 풍경이 달라졌다. 여기저기서 '느낌표'들이 대지에서 튀어나와 날카로운 바늘처럼 풍경을 꿰뚫었다. 시선이 그것들에 머물 때마다 내 눈꺼풀은 항상 떨리곤 했다. 벌판이나 두렁 혹은 숲의 가장자리에 위치한 그 목재 구조물은 내 눈을 파고들었다. **고원** 전체를 통틀어 모두 여덟 개가 세워져 있었는데, 나는 그 숫자를 정확하게 알고 있었다. 풍차를 향해 달려드

* 뿌리나 땅속줄기에서 직접 땅 위로 돋아 나온 잎.

는 돈키호테처럼 그들과 맞서야 했기 때문이다. 나무 들보를 두들겨서 십자가 형태로 만든 그 기괴한 구조물은 총 네 개의 다리가 떠받치고 있었다. 그리고 그 위쪽에는 사방으로 총안(銃眼)*을 뚫어 놓은 작은 오두막이 설치되어 있었다. 사냥꾼의 '연단(ambona).'** 이 이름은 항상 나를 놀라고 화나게 했다. 이런 식의 연단에서 대체 무슨 가르침을 전파한단 말인가? 또한 어떤 종류의 복음을 설파하겠는가? 살생의 장소를 '연단'이라는 명칭으로 부르는 건 교만의 극치이자 사악한 의도가 아닐 수 없다.

그들의 모습이 눈앞에 생생하다. 나는 눈을 가늘게 뜬다. 그렇게 하면 그들의 실루엣을 지우고 사라지게 만들 수 있기 때문이다. 그들의 존재를 도저히 견딜 수 없기에 나는 이렇게 할 수밖에 없다. 하지만 **분노**를 느끼고도 아무런 조치도 취하지 않는 사람은 결국 사태를 더욱 악화시킬 뿐이다. 우리의 시인 블레이크가 그렇게 말했다.

'사냥꾼의 연단'이 보이는 그곳에서 몸을 뒤로 돌리면, 가느다란 머리카락처럼 날카롭고 들쭉날쭉한 수평선이 보인다. 또 그 너머까지도 볼 수 있다. 거기에 체코가 있다. 이곳에서 그 잔혹한 광경을 지긋지긋하게 목격하고 나면 태양은 바로 그쪽을 향해 도망

* 몸을 숨긴 채 총을 쏘기 위해 성벽이나 보루에 뚫어 놓은 구멍.

** 폴란드어 ambona에는 두 가지 의미가 있다. 성당에서 신부가 강론하는 단상 또는 연설이나 강연을 하는 사람이 올라서는 곳을 의미하기도 하고, 사냥꾼이 사냥감을 향해 총을 쏘기 위해 설치해 놓은 장소를 뜻하기도 한다.

친다. 내 **처녀자리**는 거기서 **밤**을 보내기 위해 저문다. 그렇다. 목성은 잠자리에 들기 위해 체코로 간다.

나는 디오니시오스가 준 노트북이 놓인 부엌의 큼지막한 식탁에 앉아 내가 가장 좋아하는 일을 하면서 저녁 시간을 보냈다. 노트북에서 내가 사용하는 프로그램은 하나다. 지금 내 옆에는 천문력과 메모지, 그리고 책 몇 권이 놓여 있다. 일할 때마다 야금야금 먹는 뮤즐리.* 그리고 홍차가 담긴 찻주전자. 나는 다른 종류의 차는 마시지 않는다.

사실 나는 모든 계산을 손으로 할 수 있기에, 이제는 직접 계산을 할 필요가 없다는 사실이 다소 아쉽게 느껴지기도 했다. 하지만 요즘 세상에 누가 계산자**를 사용한단 말인가?

만약 컴퓨터도, 전기도, 그 밖에 아무런 **도구**도 없는 사막에서 별자리를 추정하고 계산해야 한대도 나는 해낼 자신이 있다. 내 '계산자'만 있으면 얼마든지 가능하다. 만약 누군가가 갑자기 내게 이런 질문을 한다면(아쉽게도 아무도 안 하겠지만), 그러니까 어떤 책을 무인도에 가져가고 싶은지 묻는다면 나는 『완벽한 계산자 1920~2020』***라고 대답할 것이다.

나는 점성학을 통해 사람의 사망 날짜를 알아보는 것을 좋아

* 곡물, 견과류, 말린 과일 등을 섞은 것. 주로 우유에 타서 먹는다.

** 로그 눈금이 새겨진 평행한 두 고정 자와 그 사이를 움직이는 안쪽 자 및 계산의 눈금을 맞추는 커서로 이루어진 계산기.

*** Francis Santoni, *The Complete Ephemerides 1920~2020*, International Edition, 1997.

한다. 점성학에서의 죽음. 무엇이 보일까? 어떻게 나타날까? 운명을 결정하는 건 어떤 행성일까? 이곳, 하늘 밑 세상, 블레이크가 말하는 유리즌*의 세계에서는 법칙이 적용된다. 별이 가득한 하늘에서부터 **인간**의 도덕적 양심에 이르기까지. 가차 없고 예외 없이 엄격한 법들이 지배한다. 출생에 질서가 있는데 죽음이라고 질서가 없겠는가?

지금까지 나는 1042개의 출생일과 999개의 사망일을 수집했고, 내 사소한 연구는 여전히 진행 중이다. 유럽 연합으로부터 지원금을 받지 않는 프로젝트. 부엌 식탁의 프로젝트.

점성학이란 실습을 통해 익혀야 한다고 나는 늘 믿어 왔다. 그것은 상당 부분 경험에 의존하는 견고한 지식이며 심리학과 마찬가지로 과학적인 지식이다. 주변인 중 몇 명을 면밀하게 관찰해야 하며, 그들의 삶에서 구체적인 순간들을 태양계와 일치시켜야 한다. 또한 다양한 사람들과 공통으로 연관된 사건들을 확인하고 분석해야 한다. 그러다 보면 유사한 별자리 패턴이 곧 유사한 사건을 나타낸다는 것을 금세 깨달을 수 있다. 그 순간에 점성학은 시작되는 것이다. 그렇다. 질서는 분명히 존재하며 우리의 손이 닿

* 블레이크가 1794년에 발표한 서사적 신화 『유리즌의 서』에서 언급한 창조주의 이름. 블레이크가 구축한 신화적 세계에 따르면 '유리즌(Urizen)'은 측량과 계산, 이성과 법칙을 대변하는 반쪽짜리 창조주다. 말하자면 차가운 이성과 엄정한 규칙만을 대변하는 반쪽의 실체라는 뜻이다. 또 다른 반쪽은 바로 상상력과 열정을 상징하는 '로스(Los)'라는 존재다. 거대한 망치를 든 젊은 대장장이의 모습으로 표현되는 로스는 이성적인 규범을 강조하는 노인인 유리즌의 대척점에 존재한다.

는 곳에 있다. 별과 행성이 그것을 결정한다면 하늘은 우리 삶의 문양을 만들어 주는 일종의 형판(形板) 같은 것이다. 오랫동안 연구하다 보면, 이곳 지구에서 벌어지는 작은 세부 항목들을 통해 천체에서 일어나는 행성들의 배치를 추측할 수 있게 된다. 오후의 폭풍우, 우편 집배원이 문틈에 밀어 넣은 편지, 욕실의 망가진 전구. 어떤 것도 그 질서를 피할 수 없다. 내게 그것은 술이나 아니면, 짐작건대 **인간**에게 순수한 희열을 안겨 줄 것 같은, 새로 개발된 마약과도 같다.

그러려면 우리는 자신의 눈과 귀를 활짝 열어 두어야 하며, 사실과 일치시키는 방법을 터득해야 한다. 다른 사람들이 완전히 다르다고 생각하는 대목에서 유사성을 발견할 줄 알아야 하며, 어떤 사건이 다양한 층위에서 발생한다는 사실을 명심해야 한다. 다른 말로 표현하자면 많은 사건이 실은 단일 사건의 여러 측면임을 인식해야 한다. 그리고 세상은 거대한 그물이며, 그 어떤 사물도 개별적으로 존재할 수 없는, 하나의 전체라는 사실을 이해해야 한다. 세상의 미세한 조각들은 평범한 사고방식으로는 꿰뚫기 어려운, 복잡한 연결망의 **우주**에 의해 나머지 다른 조각들과 견고하게 묶여 있다. 그렇게 세상은 작동한다. 마치 정교한 일본제 자동차처럼.

디오니시오스는 블레이크의 기괴한 상징성에 관해서는 열정적으로 이런저런 이야기를 늘어놓곤 하지만, 점성학에 대한 나의 열정에는 딱히 공감을 표시하지 않았다. 디오니시오스는 너무 늦게 태어났다. 그의 세대는 천칭자리에 명왕성을 가지고 있는데, 그로 인해 경계심이나 주의력이 다소 약해진 상태다. 그들은 지옥의 균형을 잡으려고 한다. 하지만 나는 그들이 그것을 해내리라고 믿지 않는다. 계획을 짜고 응용 프로그램을 작성하는 방법은 알지만, 그들 대부분은 경각심을 잃었다.

나는 아름다운 시절에 성장기를 보냈지만, 슬프게도 그 시절은 이미 지나가 버렸다. 그때는 사람들이 변화를 맞이하기 위해 놀라울 정도로 준비되어 있었고, 혁명적인 비전을 창조하는 재능을 가지고 있었다. 하지만 오늘날에는 새로운 무언가를 고안해 낼 용기를 가진 사람이 없다. 사람들은 현재의 상황이 어떤지에 대해서만 쉬지 않고 떠든다. 똑같이 낡은 생각들을 그저 계속해서 쏟아내고만 있는 것이다. 현실은 쇠잔해졌다. 살아 있는 모든 유기체가 노화하듯이 현실에게도 똑같은 법칙이 적용되어 나이를 먹는 것이다. 몸의 세포와 마찬가지로 현실의 가장 작은 구성 요소인 감각 또한 아폽토시스(apoptosis), 그러니까 세포 자멸에 굴복하고 만다. 아폽토시스란 물질이 피로와 탈진으로 기진맥진한 상태에 이르렀을 때 찾아오는 일종의 세포 자멸사다. 그리스어로 이 단어는 '꽃잎의 떨어짐'을 의미한다. 세상은 꽃잎을 떨어뜨렸다.

그러나 언제나 그래 왔듯이 그다음에는 뭔가 새로운 것이 뒤따랐다. 이것이야말로 우스꽝스러운 역설이 아니고 무엇이겠는가? 천왕성은 물고기자리에 있지만, 그것이 양자리로 옮겨 갈 때 새로운 순환이 시작되면서 현실은 또다시 새롭게 탄생할 것이다. 이 년 뒤 봄에.

점성학에 관한 공부는 심지어 죽음의 질서를 발견할 때조차 즐거움을 주었다. 행성의 움직임은 항상 최면을 거는 듯하고, 아름다우며, 멈출 수도 재촉할 수도 없다. 이러한 질서가 '나'라는 사람, 그러니까 야니나 두셰이코의 시간과 장소를 초월한다고 생각하는 건 즐거운 일이다. 뭔가에 전적으로 의지할 수 있다는 것은 좋은 일이니까.

과정은 이렇다. 자연사가 맞는지 여부를 결정하기 위해 힐렉*의 위치를 조사한다. 다시 말해 우주로부터 우리에게 필요한 생명력을 빨아들이는 천체의 위치를 연구하는 것이다. 낮에 태어나는 경우는 태양이고, 야행성인 사람은 달이다. 어떤 경우에는 힐렉이 태어날 때의 성위(星位)를 지배하기도 한다. 힐렉이 8번째 하우스의 지배자나 그 안에 위치한 행성과 극도의 부조화 상태에 이르면, 통상 죽음이 뒤따른다.

변사(變死)나 횡사(橫死)의 위협도 고려하면서, 나는 힐렉과 하우스, 그리고 그 하우스에 위치한 행성들에 주목해야 했다. 그러면서 나는 흉성(凶星)에 해당하는 화성, 토성, 천왕성 중에서 어떤 것이 힐렉보다 강한지, 그리고 그로 인해 어떤 부정적인 측면이 야기되는지를 주의 깊게 살펴보았다.

그날 나는 식탁에 앉아 본격적인 작업에 착수했다. 왕발의 정보가 적힌, 구겨진 종이를 주머니에서 꺼내어 그의 죽음이 적시에 찾아왔는지 확인했다. 그의 생년월일을 컴퓨터에 입력하던 중 우연히 내 눈길이 정보가 적힌 종이쪽지를 향했다. 사냥 달력에서 뜯어낸 종이였는데, 거기에 '3월'이라고 적혀 있었다. 그리고 그 아래 인쇄된 표에는 3월에 사냥할 수 있는 **동물들**의 이미지가 그려

* 점성학에서 생명력을 방출하는 지점을 일컫는 용어로 인물의 수명과 건강을 관장한다.

져 있었다.

별점이 화면에 모습을 드러냈고, 한 시간 동안 내 시선을 사로잡았다. 나는 우선 토성을 살펴보았다. 고정궁*에서 토성은 질식이나 호흡 곤란 또는 교수형에 의해 죽음을 맞게 되는 상징적인 기표(記標)다.

나는 무려 이틀 **밤**이나 왕발의 별자리를 연구했다. 디오니시오스가 전화를 걸어 집에 오겠다고 하는 것도 만류하면서. 설사 왔더라도 그의 낡고 용감한 소형 피아트는 눈의 진창에서 꼼짝하지 못했을 것이다. 나는 이 매력적인 청년이 자신이 머무는 비즈니스 호텔에서 블레이크의 시를 마음껏 번역하기를 바랐다. 자신의 머릿속 암실에서 영어의 부정어구를 폴란드어 문장으로 인화할 수 있기를. 그가 금요일쯤 방문한다면 좋을 듯하다. 그러면 그에게 모든 이야기를 털어놓고, 행성의 질서에 대한 명확한 증거를 제시할 수 있을 것 같다.

최대한 조심성을 발휘해야 한다. 애석하지만 이제는 내가 점성학에는 소질이 없음을 인정할 수 있다. 사실 내 성향 중에는 행성 분포의 이미지를 모호하게 인식하는 결함이 있다. 나는 공포를 통해 별자리를 바라본다. 겉보기에는 온화하고 평화로워 보이지만, 그건 사람들이 너무 순진하고 단순하게 나를 인식하기 때문이다. 실제로 나는 성에가 잔뜩 낀 유리창이나 뿌연 거울을 통해 사물을 보듯이 모든 것을 바라본다. 나는 다른 사람들이 일식을 맞

* 점성학에서는 계절이 지속되는 시점에 있는 별자리를 고정궁, 계절이 변화하는 시점에 있는 궁을 활동궁이라 부른다. 또한 이러한 두 가지가 공존하는 시점에 있는 궁을 변통궁이라고 한다.

은 태양을 바라보듯이 세상을 본다. 그렇게 나는 일식을 맞은 지구를 본다. 나는 무자비한 아이에게 붙잡혀 상자 속에 갇힌 5월의 딱정벌레처럼, 영원한 **땅거미** 속에서 맹목적으로 움직이고 있는 우리 자신을 본다. 우리를 해치고 다치게 만드는 건 쉬운 일이다. 복잡하게 결합된, 기묘한 존재인 우리를 부숴 버리는 것도 쉬운 일이다. 나는 모든 것을 비정상적이고 끔찍하고 위협적인 신호로 해석한다. 재앙 말고는 아무것도 보지 못한다. 하지만 이미 **타락**이 시작되었다면, 우리는 과연 어디까지 추락할 수 있을까?

어쨌든 나는 내 사망 날짜를 알고 있고, 덕분에 자유롭다.

5
빗속의 빛

감옥은 법의 돌로 지어지고
매춘굴은 종교의 벽돌로 지어진다.*

탁탁, 마치 옆방에서 누군가가 잔뜩 부풀어 오른 종이봉투를 손으로 치는 것처럼, 멀리서 뭔가를 두들기는 소리가 났다.

나쁜 일이 벌어지고 있다는 섬뜩한 예감에 휩싸여 나는 침대에 일어나 앉았다. 이 소리는 누군가의 삶을 향한 선고일지도 모른다. 소리가 계속해서 이어졌기 때문에 나는 반쯤 잠에 취한 상태로 서둘러 옷을 입기 시작했다. 머리를 스웨터에 넣다 말고, 나는 갑자기 무력감을 느끼며 방 한가운데 멈춰 섰다. 어떡해야 하나? 늘 그렇듯이 이런 날은 유난히 날씨가 화창하다. 날씨의 신은 분명 사냥

* 윌리엄 블레이크의 연작시 「천국과 지옥의 결혼」 중 「지옥의 격언」에서.

꾼들에게 우호적이다. 태양은 눈부시게 밝았고, 조금 전까지 떠오르기 위해 안간힘을 쓴 탓에 여전히 붉게 물든 채 길고 나른한 그림자를 드리우고 있었다. 나는 밖으로 나갔다. 내 어린 딸들이 아침이 온 것을 기뻐하며, 눈을 헤치고 뛰어오는 것 같은 느낌이 또다시 밀려왔다. 어찌나 노골적으로 분명하게 반색을 하는지, 나 또한 그들의 감정에 동화될 수밖에 없었다. 내가 눈덩이를 던지면, 그 애들은 그것을 온갖 장난을 해도 좋다는 신호로 받아들이고 곧바로 혼란스러운 추격전을 벌였다. 그러다 보면 쫓는 자와 쫓기는 자가 뒤바뀌기도 하고, 뜀박질하는 이유 또한 시시각각 달라지곤 했다. 그렇게 그 애들의 기쁨이 점점 고조되면 집 주변을 미친 듯이 달리는 것 말고는 그 벅찬 감정을 달리 발산할 길이 없다.

다시금 두 뺨에서 눈물이 흘러내렸다. 어쩌면 이 문제를 상의하기 위해 의사를 만나러 가야 할 것 같다. 그는 피부과 의사이지만 모든 것을 알고 있고 모든 것을 이해하니까. 내 눈이 치료가 필요한 심각한 상태인 모양이다.

사무라이를 향해 성큼성큼 걸어가면서 나는 서양자두나무에 걸려 있는 얼음이 그득한 비닐봉지를 손에 들고, 무게를 가늠해 보았다. '디 칼테 토이펠스한트.' 문득 과거의 아득한 기억이 되살아났다. 파우스트였던가? '악마의 차가운 손'. 내 심정을 헤아리기라도 하듯, 사무라이는 단번에 온순하게 시동이 걸리더니 눈을 헤치며 출발했다. 트렁크에서 예비 타이어와 삽들이 덜컹거렸다. 총소리가 어디서 나는지 가늠하기 어려웠다. 숲의 나무 벽에서 메아리로 튕겨 나오며 소리들이 점점 증폭되고 있었기 때문이다. 나는 고갯길을 향해 차를 몰았고, 절벽에서 약 2킬로미터 떨어진 지점에서 그 차들을 보았다. 호화로운 지프 여러 대와 작은 트럭 한 대였다. 한 남자가 차 옆에 서서 담배를 피우고 있었다. 나는 속도를 높여서 그들의 진영을 곧바로 지나쳤다. 사무라이는 내가 무슨 생각을 하는지 확실히 알아차리고 질척거리는 눈을 맹렬하게 사방에 튀겼다. 남자가 팔을 흔들면서 내 뒤를 따라 몇 미터를 달려왔는데, 아마도 나를 말리려고 했던 것 같다. 하지만 나는 그를 무시했다.

그때 나는 느슨한 대형으로 이동하고 있는 사내들을 보았다. 군대의 위장복인 녹색 유니폼을 입고, 깃털 달린 바보스러운 모자를 쓴 이삼십 명의 남자들. 나는 차를 세우고 곧장 그들에게로 달려갔다. 그들 중 몇 명의 얼굴은 바로 알아볼 수 있었다. 그들도 나를 보았다. 사내들은 놀란 기색으로 나를 쳐다보면서 흥미로운 눈빛을 주고받았다.

"도대체 여기서 무슨 일이 벌어지고 있는 거예요?"

내가 소리를 버럭 질렀다.

일행 사이에서 안내인이 다가왔다. 왕발이 죽은 날에 나를 데리러 왔던 콧수염 사내 중 한 명이었다.

"두셰이코 부인, 더 이상 가까이 오지 마십시오. 위험합니다. 제발 비키세요. 우리는 지금 총을 쏘는 중입니다."

나는 그의 얼굴 앞에서 양손을 마구 흔들었다.

"아니, 여기서 물러서야 할 사람은 당신들이에요. 왜냐하면 나는 지금 경찰을 부를 거니까요."

그러자 또 한 사내가 대열에서 이탈해 우리 쪽으로 다가왔다. 내가 전혀 모르는 사람이었다. 그 사내는 전통적인 사냥꾼 복장을 하고, 예의 그 바보 같은 모자를 쓰고 있었다. 대열이 움직이더니 엽총을 자신들의 앞쪽으로 겨누었다.

"그러실 필요 없습니다, 부인." 그가 정중하게 말했다. "경찰이라면 여기에 벌써 와 있는걸요."

그가 생색을 내듯이 미소를 지어 보였다. 과연 멀리서 배가 불룩한 경찰서장의 모습이 보였다.

"무슨 일이야?"

누군가가 소리쳤다.

"아무것도 아냐. 루프트주크에서 온 노부인인데, 경찰을 부르고 싶다는군."

그의 목소리에는 비꼬는 투가 담겨 있었다.

나는 그에게 증오심을 느꼈다.

"두셰이코 부인, 제발 바보같이 굴지 마세요." 콧수염 사내가 회유하는 어조로 말했다. "우리는 여기서 정말 총을 쏘고 있다고요."

"당신들에겐 살아 있는 생명체를 향해 총을 쏠 권리가 없어!"

내가 목청껏 고함을 질렀다. 내 입에서 나온 말을 바람이 낚아채서 **고원**의 전역으로 실어 날랐다.

"아무 문제 없습니다, 부인. 집으로 돌아가세요. 우리는 그저 꿩에게 총을 쏘고 있을 뿐이에요."

콧수염 사내는 내 항의의 본질을 이해하지 못한 듯, 나를 안심시키려고 했다.

그 옆에 있던 또 다른 남자가 감정이 격해진 어조로 덧붙였다.

"상대할 필요 없어. 미친 여자야."

그 순간 진정한 **분노**, 감히 말하건대 신성하다고 표현할 수 있는 분노가 내 안에서 솟구쳤다. 펄펄 끓는 듯한 충격이 내 몸 어딘가에서 치밀어 올랐다. 이 에너지는 마치 나를 지상에서 들어 올리는 것처럼 기분 좋게 만들었다. 내 몸의 우주에서 작은 대폭발이 일어났고, 마치 중성자별*처럼 내 안에서 불길이 훨훨 타올랐다. 나는 앞으로 뛰어가서 바보 같은 모자를 쓴 그 남자를 밀쳤다. 어찌나 세게 밀었는지, 그가 놀라며 눈 위에 자빠졌다. 콧수염이 그를 도우려고 해서 나는 있는 힘을 다해 콧수염의 어깨도 때리며 공격을 가했다. 그가 고통스러운 신음 소리를 냈다. 나는 연약한 소녀가 아니니다.

"이봐요, 아줌마. 대체 무슨 짓이에요?"

손으로 나를 잡으려던 그의 입이 고통으로 일그러졌다.

바로 그때 좀 전에 차 옆에 서 있던 사내가 내게로 달려왔다. 아마도 계속해서 내 뒤를 쫓아왔던 모양이다. 그가 온 힘을 다해 나를 붙잡았다.

"차를 세워 둔 곳까지 바래다드리죠."

내 귀에 대고 그가 이렇게 말했으나, 실제로는 나를 바래다주고 싶은 생각이 없었던 모양이다. 대신 나를 거칠게 뒤쪽으로 끌어당기는 바람에 나는 그만 벌렁 나자빠지고 말았다.

콧수염이 나를 일으키려고 했지만 나는 혐오감에 그의 손을 밀쳐 냈다. 나는 속수무책이었다.

"화내지 마세요, 부인. 우리는 법의 테두리 안에 있으니까요."

'법의 테두리'라고 그가 말했다. 나는 옷에 묻은 눈을 털어 내

* 굉장한 밀도로 수축하여 전체가 거의 중성자로 이루어진 별. 태양보다 두 배 정도 무거운 것으로 알려져 있다.

면서 자동차를 향해 걸어갔다. 화가 치밀어 몸이 부들부들 떨렸고, 그 바람에 자꾸만 중심을 잃고 비틀거렸다. 그동안 사냥꾼의 행렬은 늪지대 인근, 나직한 덤불과 어린 버드나무들이 있는 숲 쪽으로 사라졌다. 곧이어 다시 총소리가 들렸다. 그들은 새들을 향해 총을 쏘고 있었다. 나는 차에 올라 운전대에 손을 얹고 미동도 없이 앉아 있었다. 정신을 가다듬고 차를 몰 수 있기까지는 꽤 많은 시간이 필요했다.

나는 무력감에 눈물을 흘리면서 집으로 차를 몰았다. 손이 떨렸다. 결국엔 이렇게 허망하게 끝나고 말리라는 걸 이미 알고 있었다. 사무라이는 안도의 숨을 내쉬며 집 앞에 멈추었다. 오직 이 자동차만 모든 면에서 내 편인 것처럼 느껴졌다. 나는 핸들에 얼굴을 가져다 댔다. 그러자 경적이 슬프게 대꾸했다. 누군가를 향한 부름처럼. 애도의 외침처럼.

내 **증세**는 위태롭다. 언제 도질지 알 수가 없다. 내 몸에서 무슨 일이 일어나면 일단 뼈마디가 쑤시기 시작한다. 그것은 불쾌한 고통이다. 나는 그것을 "구역질이 난다."라고 표현한다. 한번 시작되면 끊임없이 계속되며 몇 시간, 어느 때는 며칠 동안 멈추지 않는다. 아픔을 피할 방법도 없고 알약이나 주사도 소용없다. 강물은 흘러야 하고 불꽃은 타올라야 하듯이 아픔은 감내해야만 한다. 그것은 나라는 존재가 매 순간 소멸하는, 물질적인 입자로 구성되어 있다는 사실을 짓궂게 상기시킨다. 언젠가는 이 고통에 익숙해질까? 과거에 있었던 일을 개의치 않고 아우슈비츠나 히로시마에서 살아가는 사람들처럼, 이 아픔과 더불어 살아갈 수 있을까? 자신들의 삶을 이어 가는 그곳 사람들처럼 말이다.

뼈에 통증이 오고 난 뒤에는 위와 간, 그리고 몸속 모든 기관이 연쇄적으로 아프고 쑤신다. 포도당이 그 아픔을 잠시나마 진정시켜 주므로 나는 항상 작은 병에 담아서 주머니에 넣고 다닌다. 언제 공격이 시작될지, 그리고 언제 상태가 악화될지는 모른다. 이따금은 나 자신이 병의 **증세**들로만 구성된 존재가 아닐까 하는 의구심이 들기도 한다. 나는 고통이 빚어낸 유령이다. 어떻게 하면 좋을지 막막할 때마다 나는 목에서 사타구니까지 번쩍이는 지퍼를 채우고 있다가, 그것을 위에서부터 아래로 천천히 내리는 상상을 해 본다. 그러고는 팔에서 팔을 빼고, 다리에서 다리를 빼내고, 머리에서 머리를 떼어 낸다. 내 몸에서 몸을 빼내자, 그 거죽이 마치 낡은 옷처럼 내게서 흘러내린다. 그 안에 담겨 있던 나는 훨씬 더 연약하고 섬세하며 거의 투명하다. 나는 해파리처럼 희뿌연 우윳빛의 형광색 몸을 갖고 있다.

이것은 내가 나를 안도하게 만드는 유일한 환상이다. 그렇다. 그 순간 나는 자유롭다.

*

주말인 금요일, 나는 몸 상태가 너무 안 좋아서 의사에게 가기로 결심했다. 그래서 디오니시오스에게 평소보다 늦게 와 달라고 부탁했다.

대기실에 앉아 내 차례를 기다리면서 어떻게 알리 박사를 만났는지 떠올려 보았다.

작년에도 태양은 내 피부를 또다시 태웠다. 접수대에 있던 간호사들이 겁에 질린 표정으로 곧장 병동으로 데려간 걸 보면 내가 어지간히 측은해 보였던가 보다. 그들은 나에게 잠시 기다리라고 했고, 배가 고파진 나는 가방에서 코코넛을 뿌린 비스킷 몇 개를 꺼내서 입안에 우걱우걱 쑤셔 넣었다. 얼마 지나지 않아 의사가 나타났다. 그의 피부는 호두처럼 연한 갈색이었다. 그가 나를 쳐다보며 말했다.

"저도 '코코넛 바스킷'*을 좋아합니다."

이 말에 나는 단번에 친근감을 느꼈다. 성인이 되어 폴란드어를 배운 여느 사람들처럼 그는 말할 때마다 고유하고 독특한 억양을 드러냈고, 몇몇 단어의 경우에는 뜻을 완전히 다른 의미로 이해하고 있었다.

"무슨 증상인지 금방 '전단'을 내릴 수 있을 거예요."

이번에는 이렇게 말했다.

알리 박사는 피부 질환뿐 아니라 나의 다른 증세들까지 꼼꼼하게 점검해 주었다. 의사의 까무잡잡한 얼굴은 언제나 침착했다. 그는 내 맥박과 혈압을 세심하게 살피면서, 전혀 서두르는 기색 없이 이런저런 복잡한 일화를 들려주곤 했다. 그렇다, 분명 그는 피부과 의사의 역할을 훨씬 뛰어넘는 진료를 해 주었다. 중동에서 온 알리는 피부병 치료에 효과가 있는, 전통적이고 믿을 만한 방법들을 알고 있었다. 그는 약국의 조제사들에게 오랜 시간과 품을

* 외국인인 의사가 '비스킷'을 '바스킷'으로, 다음 문장에서는 '진단'을 '전단'으로 잘못 말하고 있다.

들여, 다양한 재료를 혼합해서 독창적인 연고와 로션을 만들도록 했다. 아마 바로 이런 이유로 이 근방 약사들이 그를 달갑지 않게 여기는 것 같다. 그가 처방한 혼합물은 놀라운 색깔과 충격적인 향을 풍겼다. 아마도 그는 알레르기성 발진의 치료법이란 모름지기 발진 그 자체만큼이나 화려한 볼거리를 제공해야 한다고 생각하는 듯했다.

오늘도 그는 내 팔에 든 멍을 하나하나 자세히 살펴보았다.

"어디서 멍이 든 거죠?"

나는 별로 대수롭지 않게 여겼었다. 사소한 부딪힘만으로도 거의 한 달 동안 내 피부에는 붉은 자국이 지속되곤 했으니까. 그는 또 내 목구멍을 들여다보고 임파선을 만져 보고 내 폐에서 나는 소리에 귀를 기울였다.

"마취 효과가 있는 뭔가를 좀 처방해 주시겠어요?" 내가 말했다. "분명 그런 약이 있을 텐데요. 제게 꼭 맞는 약이요. 아무것도 느끼지 못하고 걱정 근심도 없애 주는 약, 잠을 푹 잘 수 있게 해 주는 그런 약이요. 가능할까요?"

그가 처방전을 쓰기 시작했다. 그는 볼펜 끝을 잘근잘근 씹으며, 한 글자 한 글자 신중하게 써 내려갔다. 그렇게 하나하나 세심하게 궁리했다. 마침내 나는 한 뭉치의 알약을 손에 넣었다. 각각의 알약은 전부 주문에 의해 특별히 조제된 것이었다.

*

나는 늦게 집에 돌아왔다. 벌써 오래전부터 날은 계속 어두웠고, 어제부터는 푄*이 불어닥치면서 눈이 급격히 녹고, 폭우에 섞인 진눈깨비가 한창이었다. 다행히 난방은 꺼지지 않았다. 디오니시오스도 늦게 도착했다. 녹은 눈이 진창이 되는 바람에 마을 도로로 진입하는 것이 불가능했던 것이다. 그는 아스팔트가 끝나는 지점에 작은 피아트를 세워 두고, 흠뻑 젖어 뼛속까지 얼어붙은 채, 걸어서 우리 집에 왔다.

디지오, 공식적인 이름은 디오니시오스. 그는 금요일마다 우리 집에 왔다. 직장에서 바로 이곳으로 퇴근하기에 금요일이면 나는 으레 저녁 식사를 준비했다. 그 후 한 주 동안은 다시 나 혼자 지내기 때문에 일요일에 커다란 냄비에 수프를 만들어 놓고, 매일 조금씩 데워 먹었다. 그러면 수요일까지는 충분히 버틸 수 있었다. 목요일에는 부엌 찬장에서 건조식품을 꺼내 먹거나 읍내에 가서 마르게리타 피자를 시켜 먹곤 했다.

디지오에게는 심한 알레르기가 있어서 나는 요리할 때 창의력을 마음껏 발휘할 수 없었다. 유제품, 견과류, 고추, 달걀, 그리고 밀을 사용하지 않고 음식을 만들어야 했는데, 그러다 보니 우리의 메뉴는 상당히 제한적일 수밖에 없었다. 무엇보다 둘 다 고기를 먹지 않았다. 가끔 체질에 맞지 않는 음식을 경솔하게 섭취했을 경우, 그의 피부는 발진으로 뒤덮이고, 작은 물집에 물이 차곤 했다. 그럴 때마다 그는 걷잡을 수 없이 몸을 긁어 댔고, 여기저기 긁힌 피부는 곪은 상처로 뒤덮이곤 했다. 그러니 될 수 있으면 모험은 하지 않는 편이 좋았다. 알리와 그가 만든 혼합 약제도 디지오

* 산을 넘어서 불어 내리는 고온 건조한 공기.

의 알레르기는 진정시키지 못했다. 그것의 정체는 불가사의했고 예측 불가능했다. 그 어떤 시도를 해 봐도 기세가 한창일 때는 막을 방법을 찾을 수 없었다.

디지오는 자신의 닳아빠진 배낭에서 초벌 원고와 색색의 볼펜 세트를 꺼냈다. 그러고는 식사 시간 내내 나를 향해 조급한 시선을 보냈다. 남은 음식을 모두 먹어 치우고 나서 홍차(우리는 다른 종류의 차는 차로 인정하지 않는다.)를 홀짝거릴 때, 디지오는 이번 주 자신의 성과에 대해 보고했다. 디지오는 블레이크를 번역하는 중이었다. 그렇게 하기로 결심한 뒤부터 지금까지, 그는 자신의 목표를 철저하게 실행하고 있었다.

오래전에 그는 나의 제자였다. 벌써 서른 살이 되었지만, 지금의 그는 고등학교 졸업 시험을 치르다 영어 시험 시간에 우연한 사고로 공중화장실에 갇혀 버렸던 어린 디지오와 조금도 다르지 않았다. 그때 그 사건으로 인해 그는 시험에 낙방했다. 너무 당황스럽고 부끄러운 나머지 차마 도움을 청할 수가 없었던 것이다. 그는 항상 여리고 풋풋한 소년 같았다. 아니, 작은 손과 부드러운 머리카락을 보면 심지어 소녀 같기도 했다.

그 불운했던 졸업 시험을 치른 지 여러 해 만에, 신기하게도 이곳 읍내 장터에서 운명이 그와 나를 다시 마주치게 했다. 어느 날 우체국에서 나오다가 디지오를 보았다. 마침 그는 인터넷으로 주문한 책을 수령하러 가는 길이었다. 불행히도 나는 많이 변한 모양이었다. 그가 금방 알아보지 못하고 눈을 깜박이며 입을 벌린 채 나를 계속 응시한 걸 보면.

"선생님이세요?"

잠시 후 그가 놀라면서 한숨처럼 탄성을 내뱉었다.

“디오니시오스?”

“여기서 뭐 하세요?”

“나는 이 근처에 살아. 너는?”

“저도요, 선생님.”

그리고 우리는 자연스럽게 서로의 어깨를 끌어안았다. 알고 보니 그는 브로츠와프에서 경찰서의 IT 전문가로 일하다가 조직 개편과 구조 조정의 화살을 피하지 못하고 이곳에 오게 된 것이었다. 지방에서의 일자리를 제안받으면서, 적당한 아파트를 찾을 때까지 임시로 머물 호텔을 제공받기로 되어 있었다. 하지만 디지오는 아파트를 구하지 못했고, 그래서 이 읍내에 있는 비즈니스호텔, 규모만 클 뿐 볼썽사나운 콘크리트 건물에 머물고 있었다. 소란스러운 단체 관광객들이 체코로 가는 길에 머물고, 근방의 회사들은 아침까지 술을 퍼마시며 단합 대회를 하는 곳이었다. 디지오는 현관이 딸린, 제법 큰 방에 투숙하고 있었는데 층마다 공동 부엌도 있었다.

요즘 그는 「유리즌의 서(書)」를 번역하는 중이었는데, 이전에 내가 헌신적으로 번역에 동참했던 「지옥의 격언」이나 「순수의 노래」보다 훨씬 더 어려워 보였다. 막상 읽어 보니 정말 쉽지 않은 텍스트였다. 블레이크가 말로 표현해 낸 아름답고 극적인 이미지들을 전혀 이해할 수 없었기에 더욱 그랬다. 블레이크가 정말 그렇게 생각했을까? 무엇을 묘사한 것일까? 이곳은 어디일까? 언제, 어디에서 이런 일이 일어나고 있는 걸까? 우화인가, 아니면 신화인가? 나는 디지오에게 계속해서 질문을 던졌다.

"언제나, 어디서나 일어나고 있어요."

디지오가 눈을 반짝이며 대답했다.

그는 일단 한 단락 정도 번역을 끝마치면, 내게 그 부분을 엄숙하게 읽어 주면서 의견을 기다리곤 했다. 그가 개별적인 단어의 뜻만 이해할 뿐 전체적인 의미를 파악하지 못하고 있다는 생각이 들 때도 있었다. 나는 그를 제대로 도울 수 있는 방법을 알지 못했다. 나는 시를 좋아하지 않았다. 지금까지 쓰인 세상의 모든 시가 내게는 불필요하게 복잡하고 모호하게 느껴졌다. 나는 왜 이런 식의 폭로가 좀 더 인간적인 방식, 그러니까 산문으로 기록되지 않았는지 이해할 수 없었다. 내가 이렇게 말하면 디지오는 인내심을 잃고 격분하곤 했다. 나는 이런 식으로 그를 놀리는 게 좋았다.

내가 그에게 특별히 도움이 되었다고는 생각하지 않는다. 그는 나보다 훨씬 뛰어났고, 그의 지능은 훨씬 더 민첩하고 디지털적이었다. 하지만 내 지능은 아날로그에 머물러 있었다. 그는 항상 재빨리 알아차렸고, 번역된 문장을 전혀 다른 각도에서 바라볼 줄 알았으며, 어떤 단어에 대해서는 불필요한 애착을 접고, 그 단어에서 튕겨 나가 완전히 새롭고 아름다운 뭔가를 찾아내어 돌아오곤 했다. 나는 항상 그에게 소금 통을 건네주었다. 소금은 신경 접합부를 가로지르는 신경 자극의 전도에 매우 이롭다는 게 내 나름의 **이론**이었기 때문이다. 디지오는 침 묻은 손가락을 소금 통에 넣었다 뺀 뒤, 소금을 핥아 먹는 법을 터득했다. 나는 영어를 거의 잊어버린 상태였다. 비엘리츠카 소금 광산*을 통째로 삼킨다 해도 별다른 도움이 되지 못했을 것이다. 게다가 나는 번역 작업처럼 많은 시간과 노력을 들여야만 하는 일에 금방 싫증을 느꼈다. 그래서 어찌할 바를 몰라 막막하기도 했다.

예를 들어 어린아이들이 놀이를 할 때, "무궁화 꽃이 피었습니다."를 읊어 대는 대신 사용할 것만 같은, 다음과 같은 운문을 어떻게 번역한단 말인가?

> Every Night & every Morn
> Some to Misery are Born,
> Every Morn & every Night
> Some are Born to sweet delight,
> Some are born to Endless Night.**

이것은 블레이크의 가장 유명한 시구 중 하나다. 리듬과 운율을 살리면서, 어린아이와 같은 단순함을 잃지 않고 폴란드어로 번역하는 것은 불가능하다. 디지오는 여러 번 번역을 시도했고, 그에게는 그것이 마치 제스처 게임***의 해답을 찾는 과정과 비슷했다.

수프를 먹고 나자 디지오의 뺨이 따뜻해지면서 발그레하게 물

* 폴란드의 관광 도시 크라쿠프에서 약 15킬로미터 떨어진 곳에 위치한 암염(巖鹽) 광산. 1978년 유네스코에 의해 세계 문화 유산으로 지정되었다.

** "매일 밤과 매일 아침/ 어떤 이는 비천하게 태어난다,/ 매일 아침과 매일 밤/ 어떤 이는 달콤한 기쁨으로 태어나고,/ 어떤 이는 끝없는 밤으로 태어난다." 윌리엄 블레이크의 시 「순수의 전조」에서.

*** 몸짓을 보고 그것이 나타내는 말을 알아맞히는 놀이.

들었다. 그의 머리카락엔 털모자에서 비롯된 정전기가 가득했고, 불빛에 비친 정전기로 인해 머리 위로 작고 우스꽝스러운 후광이 감돌았다.

그날 저녁, 우리는 좀처럼 번역에 몰두할 수가 없었다. 나는 피곤했고 왠지 모르게 불안했다. 생각에 집중하기가 힘들었다.

“왜 그러세요? 오늘 뭔가 정신없어 보이세요.”

디지오가 말했다.

나는 그의 말에 동의했다. 고통은 약해졌을 때에도 내 곁을 완전히 떠나지 않았다. 날씨는 끔찍했고 거센 바람이 불면서 비가 내렸다. 퓐 바람이 불 때는 뭔가에 집중하기가 힘들다.

“어떤 악마가 이 혐오스러운 공허함을, 이 영혼을 오싹하게 만드는 허공을 만들었을까?”*

디지오가 물었다.

그날 저녁의 분위기에는 블레이크가 딱이었다. 하늘이 지표면 위로 바짝 내려앉은 듯했고, 살아 있는 모든 존재가 생존할 수 있는 공간이나 숨 쉴 수 있는 공기를 거의 남겨 놓지 않은 것처럼 느껴졌다. 낮게 깔린 먹구름이 종일 하늘을 헤집고 다니다가 늦은 저녁 무렵이 되자 자신의 젖은 배를 언덕에다 문질러 댔다.

나는 자고 가라고 디지오를 붙잡았다. 어쩌다 그가 우리 집에서 자고 가는 날에는 내 작은 서재에 놓인 소파에 그를 위해 잠자리를 만들어 주고, 전기 히터를 켰다. 그러고는 서로의 숨소리를 들을 수 있도록 내 방문을 열어 놓곤 했다. 하지만 오늘은 그렇게

* 윌리엄 블레이크의 시 「유리즌의 서」 1장 3절에서.

할 수 없었다. 그는 졸린 듯 이마를 문지르며 경찰서에서 새로운 컴퓨터 시스템을 도입할 예정이라 바쁘다고 설명했다. 사실 나는 그가 하는 일에 대해서는 별로 알고 싶지 않았다. 중요한 것은 디지오가 할 일이 늘었다는 것이다. 그는 아침 일찍 현장에 도착해 있어야만 했다. 그러려면 지금 눈 녹은 진창길을 헤치고 길을 나서야만 한다.

"아니, 어떻게 가려고?"

"아스팔트까지만 가면 그다음에는 괜찮을 거예요."

나는 그의 생각이 마음에 들지 않았다. 나는 플리스* 스웨터 두 개를 걸치고 모자를 썼다. 둘 다 옷 위에 고무로 만든 노란 우비를 걸쳐서 난쟁이처럼 보였다. 디지오는 우비 아래에 조잡하고 헐렁한 점퍼를 입고 있었고, 부츠는 라디에이터에 널어서 말리긴 했어도 여전히 축축했다. 하지만 그는 내가 자동차까지 자기를 바래다주는 걸 원치 않았다. 우리는 흙길에서 작별 인사를 했다. 내가 돌아서서 집으로 향하는데, 그가 갑자기 뒤에서 소리쳤다.

그의 손가락이 '고갯길' 쪽을 가리켰다. 거기서 무언가가 희미하게 빛나고 있었다. 이상한 일이었다.

나는 몸을 돌렸다.

"대체 저게 뭘까요?"

그가 물었다.

나는 어깨를 으쓱했다.

* 양모의 길고 부드러운 털을 곱슬거리게 만든 천. 또는 이와 같은 느낌을 주기 위해 솜털을 세워 부드럽게 만든 직물.

"누가 손전등을 들고 돌아다니는 건 아닐까?"

"가서 확인해 봐요."

그가 내 손을 잡아끌었다. 마치 수수께끼의 단서를 발견한 소년 스카우트처럼.

"지금? 이 밤에? 바보같이 굴지 마. 길이 너무 미끄러워." 나는 그의 단호함에 놀라 소리쳤다. "어쩌면 괴짜가 저기서 손전등을 잃어버리는 바람에 불빛이 반짝이는 걸지도 몰라."

"저건 손전등 불빛이 아니에요."

디지오가 단언하면서 다시 발걸음을 옮겼다.

나는 그를 만류하려고 그의 손을 다급하게 붙잡았지만 내 손에 남은 것은 그의 장갑뿐이었다.

"디오니시오스, 안 돼! 가지 말자. 제발 부탁이야."

디지오가 꿈쩍도 않는 걸 보면 뭔가가 그를 단단히 사로잡은 모양이었다.

"난 이 자리에서 꼼짝도 안 할 거야."

나는 완강하게 저항했다.

"알았어요, 집으로 돌아가세요. 혼자 가서 알아보고 올게요. 저기서 무슨 일이 생겼을지도 모르잖아요. 어서 집으로 가세요."

"디지오!"

나는 화가 나서 고함을 질렀다. 그는 아무 대꾸도 하지 않았다.

나는 앞쪽으로 손전등을 비춰서 모든 색채가 사라진 암흑 속에서 빛의 흔적을 끌어내 보려고 안간힘을 쓰며 그를 뒤쫓았다. 구름이 너무도 낮게 깔려 있어서 손을 뻗어 매달리면 머나먼 남쪽 지방 따뜻한 곳으로 실려 갈 수 있을 것 같았다. 거기 도착해서는 올리브 숲으로 곧장 뛰어내리거나, 맛있는 청포도주가 생산되는 모라비아의 포도밭으로 훌쩍 뛰어내릴 수 있으리라. 그사이 빗방울이 후드 속으로 비집고 들어와 얼굴을 때렸고, 우리의 두 발은 반액체 상태의 진창에서 힘겹게 움직였다.

그러다 마침내 우리는 그것을 보았다.

'고갯길'에는 큼지막한 비포장도로용 주행차 한 대가 서 있었다. 차 문이 활짝 열려 내부에서 희미한 불빛이 새어 나온 듯했다. 나는 몇 미터 떨어진 곳에서 우뚝 멈춰 섰다. 차마 그쪽으로 다가가기가 두려웠다. 공포와 긴장 때문에 금방이라도 아이처럼 울음이 터질 것 같았다. 디지오는 내게서 손전등을 빼앗아 천천히 차를 향해 다가갔다. 그가 차의 실내를 향해 불빛을 비추었다. 차는 텅 비어 있었다. 뒷좌석에는 검은 서류 가방이 놓이고, 쇼핑을 한 듯 비닐봉지도 몇 개 있었다.

"있잖아요, 선생님." 디지오가 나지막한 목소리로 음절 하나하나를 힘주어 끌면서 말했다. "제가 아는 차예요. 우리 경찰서장님의 도요타예요."

손전등 불빛이 차 주변, 구석구석으로 향했다. 자동차가 서 있는 위치는 길이 왼쪽으로 꺾어지는 지점이었다. 오른쪽으로는 빽빽한 덤불이 있었는데, 2차 세계 대전 이전에는 이곳에 집들과 풍차가 있었다. 지금은 폐허가 되어 무성한 덤불과 커다란 호두나무 한 그루만 남았는데, 가을이면 다람쥐들이 인근 마을에서 이곳으로 우르르 몰려들었다.

"저것 봐." 내가 말했다. "눈 위에 뭔가가 있어!"

손전등의 불빛이 괴상한 흔적들을 찾아냈다. 동전만 한 크기의 동그란 점들이 사방에 그득했는데, 특히 사농차 주변과 길 위에 널려 있었다. 그리고 밑창이 두꺼운 남자 부츠의 발자국이 마치 트랙터 자국처럼 선명하게 찍혀 있었다. 눈이 녹으면서 발자국마다 검은 물이 스며들어 더욱 선명하게 보였다.

"이건 발굽 자국들이야." 나는 무릎을 꿇고 작고 동그란 자국을 자세히 살폈다. "사슴이 지나간 흔적이야. 보여?"

그러나 디지오는 다른 쪽을 보고 있었다. 그쪽은 질척거리는 눈이 무언가에 짓이겨져서 평평해져 있었다. 손전등의 불빛이 살랑거리며 덤불숲 쪽으로 향했다. 그리고 얼마 지나지 않아 디지오의 신음이 들려왔다. 그는 길가 관목들 사이에 있는 오래된 우물 가장자리에 기대어 서 있었다.

"하느님, 맙소사, 하느님, 맙소사!"

기계적으로 반복되는 그의 탄식 소리에 나는 평정심을 유지할 수 없었다. 분명한 건 그 어떤 신도 여기에 와서 사태를 바로잡으려 하지 않았다는 사실이다.

"맙소사, 여기 누가 있어요!"

그가 울먹이며 외쳤다.

갑자기 몸이 뜨거워졌다. 나는 그에게로 달려가 손전등을 낚아챘다. 우물 안을 비췄더니 섬뜩한 광경이 우리를 기다리고 있었다.

얕은 우물 속에는 고개를 앞으로 떨군 채, 몸이 뒤틀린 시신 한 구가 들어 있었다. 팔 뒤로 얼굴의 일부가 보였는데 눈을 부릅뜨고 있었고, 온통 피투성이였다. 끔찍했다. 우물 밖으로 밑창이 두꺼운 커다란 부츠 한 켤레가 튀어나와 있었다. 우물은 몇 년 전 흙으로 메워져서 지금은 그저 움푹한 구덩이나 다름없었다. 언젠가 나도 나뭇가지로 우물을 덮은 적이 있었다. 치과 의사의 양들이 지나가다가 혹시라도 빠지는 것을 방지하기 위해서였다.

디지오는 무릎을 꿇고 부츠의 윗부분을 맥없이 만지작거렸다.

"가만 놔둬."

내가 속삭였다.

나의 심장은 미친 듯이 쿵쾅거렸다. 당장이라도 피투성이 머리가 우리를 향해 돌아설 것만 같았고, 응고된 시뻘건 핏물 샘에서 눈의 흰자위가 번뜩이며 빛날 것 같았으며, 무슨 말인가를 하려고 그의 입술이 움직일 것만 같았다. 그러고 나서 이 건장한 시신이 다시 살아나 천천히 우물 밖으로 기어 나와서는 자신의 죽음을 원통해하면서 내 목을 와락 움켜쥘 것만 같았다.

"어쩌면 아직 살아 있을지도 몰라요."

디지오가 울먹이듯 말했다.

나는 그렇지 않기를 기도했다.

우리는 뼛속까지 얼어붙어 공포에 질린 채로 그 자리에 서 있었다. 디지오는 발작이라도 하듯 몸을 떨었다. 나는 그가 걱정스러웠다. 그의 이가 딱딱 부딪쳤다. 우리는 서로를 끌어안았고, 디지오는 울기 시작했다.

물은 하늘에서도 쏟아지고 땅에서도 흘러나왔다. 대지가 마치 차가운 물에 흠뻑 젖은 거대한 스폰지 같았다.

"이러다 둘 다 폐렴에 걸리겠어요."

디지오가 훌쩍이며 말했다.

"일단 여기서 벗어나자. 괴짜의 집으로 가는 거야. 괴짜라면

어떻게 하는 게 좋을지 알 거야. 자, 어서 가자. 이렇게 서 있을 필요 없어."

우리는 부상병들처럼 서로를 엉거주춤 붙잡은 상태로 왔던 길을 되돌아갔다. 갑작스럽게 떠오른 온갖 불안한 생각들로 머리가 후끈거렸다. 이런저런 생각들이 빗속에서 수증기를 내뿜으며 구름이 되었다가 점차 검은 먹구름으로 뒤바뀌는 환상이 눈앞에서 어른거렸다. 흠뻑 젖은 땅을 미끄러지듯 걷는데, 디지오에게 꼭 하고 싶었던 말이 입가를 맴돌았다. 나는 소리 내어 말하고 싶었지만, 당장은 입 밖으로 꺼내지 못하고 망설였다. 그 말들이 내게서 도망치고 있었다. 어디서부터 어떻게 시작해야 좋을지 알 수 없었다.

"세상에, 이럴 수가!" 디지오가 흐느꼈다. "경찰서장이었어요. 얼굴을 봤거든요. 분명 서장님이었어요."

나는 디지오를 특별히 아꼈고, 그가 나를 미친 여자로 여기는 것은 원치 않았다. 디지오만은 부디 그러지 않기를 바랐다. 우리가 괴짜의 집에 도착했을 때, 나는 용기를 내어 내 생각을 그에게 털어놓고 상황을 진전시켜 보기로 결심했다.

"디지오, **동물**이 **인간**에게 복수를 하는 거야."

디지오는 항상 나를 믿었지만, 이번에는 내 말을 전혀 들으려고 하지 않았다.

"이건 그렇게 괴상한 이야기가 아니야." 내가 말을 이었다. "**동물들**은 강하고 지혜로워. 그들이 얼마나 영리한지 우리가 모를 뿐이지. 한때 법정에서 **동물들**이 재판을 받던 시절도 있었어. 일부는 유죄 판결을 받기도 했고."

"무슨 말씀이세요? 대체 무슨 소리를 하시는 거예요?"

그가 멍한 표정으로 중얼거렸다.

"책에서 읽은 적이 있어. **인간**에게 너무 많은 피해를 입혔다는 이유로 고소당한 쥐들에 대한 내용이었지. 하지만 쥐들이 재판에 불참하는 바람에 판결이 미뤄졌고, 결국엔 법원에서 그 쥐들에게 변호사를 지정해 주었어."

"맙소사, 대체 무슨 말씀이에요?"

"아마도 16세기 프랑스에서 있었던 사건인 것 같아. 결국 사건이 어떻게 종결되었는지, 그 쥐들이 유죄 판결을 받았는지는 잘 모르겠네."

디지오가 갑자기 걸음을 멈추더니 내 어깨를 꽉 붙잡고 흔들어 댔다.

"충격이 크셨나 봐요, 선생님. 지금 무슨 말씀 하시는 거예요?"

나는 내가 무슨 말을 하는지 아주 잘 알고 있었다. 기회가 닿는 대로 **동물** 재판 사건들에 관해 확인해 보기로 결심했다.

괴짜가 머리에 용접용 토치 헤드를 뒤집어쓴 채, 울타리 뒤에서 어른어른 모습을 드러냈다. 토치 헤드의 불빛 탓에 그의 얼굴이 시체처럼 음산해 보였다.

"어떻게 된 거요? 왜 둘 다 **밤**에 돌아다니는 거죠?"

그가 보초병 같은 말투로 물었다.

"저쪽에 경찰서장님이 있는데, 죽었어요. 서장님의 차 바로 옆에서요."

디지오가 이빨을 딱딱 부딪치며 손가락으로 자기 뒤쪽을 가리켰다.

괴짜가 놀라서 입을 벌리고는 소리 없이 입술을 움찔거렸다. 말문이 막혔나 보다고 내가 막 생각한 순간, 그가 공백을 깨고 입을 열었다.

"실은 오늘 그의 멋진 승용차를 봤소. 결국 그렇게 끝날 수밖에 없었던 거요. 음주 운전 중이었거든. 경찰에 신고는 했나요?"

"그래야 할까요?"

나는 디지오의 동요를 염두에 두고서 물었다.

"시신을 발견했잖아요. 당신들은 목격자라고요."

괴짜는 전화기 쪽으로 걸어갔다. 잠시 후 우리는 그가 차분한 음성으로 한 사람의 죽음을 신고하는 소리를 들었다.

"난 그 현장에 다시는 가지 않을 거예요."

이렇게 말하면서 나는 디지오 또한 가지 않으리라는 걸 알고 있었다.

"지금 우물 속에 누워 있어요. 발을 위로 향한 채로요. 머리는 아래로 숙이고 있었는데, 피범벅이었어요. 사방에 발자국들이 찍혀 있었고요. 사슴 발굽 같은 작은 흔적들이에요."

디지오가 횡설수설했다.

"경찰이 죽었으니 한바탕 소동이 벌어지겠군." 괴짜가 건조하게 말했다. "당신들이 흔적을 밟지 않았길 바라오. 다들 범죄 영화는 종종 볼 거 아니오, 그렇죠?"

나와 디지오는 밝고 따뜻한 괴짜의 부엌으로 들어갔고, 괴짜는 집 밖에서 경찰을 기다렸다. 우리는 더 이상 한마디도 주고받지 않았다. 둘 다 의자에 앉아 밀랍 인형처럼 꼼짝도 하지 않았다.

내 머릿속의 생각들이 무거운 비구름이 되어 사방으로 흩어졌다.

경찰은 한 시간쯤 후 지프를 타고 도착했다. 마지막으로 차에서 내린 사람은 검정 코트였다.

"아, 안녕하세요, 아버지. 안 그래도 여기 계실 거라고 생각했어요."

그가 비꼬는 투로 말했고, 가엾은 괴짜는 극도로 당황했다.

검정 코트는 우리가 스카우트 단원이고 자기가 우리 팀의 리더라도 되는 것처럼 우리 셋과 군인처럼 악수하며 인사를 나누었다. 어쨌든 우리는 방금 좋은 일을 한 것이었기에, 우리에게 감사 인사를 했다. 그러고는 디지오를 향해 의심이 담긴 눈길을 던지며 물었다.

"우리 서로 아는 사이던가요?"

"아, 네. 저는 경찰서에서 일합니다. 오가며 마주친 적이 있을 거예요."

"제 친구예요. 함께 블레이크를 번역하고 있어서 금요일마다 저를 만나러 옵니다."

내가 급히 설명했다.

검정 코트는 못마땅한 듯 나를 쳐다보고는 우리에게 자기와 함께 경찰차를 타고 경찰서로 가자고 정중하게 부탁했다. 우리 일행이 '고갯길'에 도착했을 때, 경찰관들은 플라스틱 테이프로 우물 주변에 경계를 치고, 투광 조명등*을 켰다. 비가 내렸고, 찬란한 불빛 속에 반사된 빗줄기는 기다란 은빛 실처럼 보였다. 마치

* 야간에 한 방향으로 빛을 모으기 위한 조명 기구.

크리스마스트리에 매달린 천사 인형의 머리카락 같았다.

우리 셋은 아침 시간을 경찰서 본부에서 보내야만 했다. 사실 괴짜는 그곳에 있을 이유가 전혀 없었다. 그가 어딘가 불안해 보였으므로 나는 그를 이 일에 끌어들인 것에 대해 엄청난 죄책감을 느꼈다.

우리는 마치 직접 경찰서장을 살해라도 한 것처럼 깐깐하게 추궁당했다. 다행히 경찰서에는 커피뿐 아니라 핫초코도 만들 수 있는 특이한 커피 머신이 있었다. 그곳의 핫초코는 내 입맛에 딱 맞았고, 덕분에 어느 정도 기력을 회복할 수 있었다. 사실 내 **증세**를 고려한다면 자제하는 편이 나았지만 말이다.

우리가 경찰서에서 풀려나 집에 도착한 것은 정오가 훨씬 지나서였다. 난방이 꺼져 있어서 다시 불을 지피느라 애를 먹었다.

나는 소파에서 잠들었다. 옷도 갈아입지 않은 채였다. 이도 닦지 않았다. 죽은 사람처럼 잠들었는데, 새벽 무렵 창밖에서 아직도 **어둠**이 그 세력을 떨치고 있을 때, 갑자기 괴상한 소리가 들렸다. 처음에는 중앙난방이 작동을 멈추면서, 항상 들리던 부드러운 웅웅거림이 멈췄다고 생각했다. 나는 겉옷을 걸치고 아래층으로 내려갔다. 보일러실 문을 열었다.

거기에는 여름용 꽃무늬 원피스를 입고 핸드백을 어깨에 멘 엄마가 서 있었다. 엄마는 불안하고 혼란스러워 보였다.

"아이고, 깜짝이야! 엄마, 여기서 뭐 하는 거예요?"

내가 놀라서 소리쳤다.

엄마는 내게 대답을 하려는 듯 입을 벌리고 잠시 입술을 움직였지만 아무 소리도 내지 못했다. 그러자 엄마는 말하는 걸 포기했다. 엄마의 시선이 보일러실의 벽과 천장 어딘가에서 불안하게 맴돌았다. 자신이 지금 어디에 있는지 모르는 것이었다. 엄마는 다시 한번 뭔가를 말하려다 결국 단념하고 말았다.

"엄마!"

나는 자꾸 내게서 도망치는 엄마의 시선을 붙잡으려고 애쓰며 속삭이듯 불렀다.

나는 엄마에게 화가 났다. 엄마는 이미 오래전에 죽지 않았는가. 이미 세상을 떠난 엄마들은 이런 행동을 해서는 안 된다.

"어떻게 오셨어요? 여긴 엄마가 있을 곳이 아니에요."

나는 엄마를 힐난하면서도 강렬한 슬픔에 휩싸였다. 엄마는 나를 향해 겁먹은 표정을 지어 보였고, 그 눈빛은 극도의 혼란에 빠져 이리저리 벽을 둘러보고 있었다.

나는 어딘가에 있던 엄마를 내가 무심코 여기로 데려왔다는 사실을 깨달았다. 그녀가 지금 여기 있는 것은 내 잘못이었다.

"가세요, 엄마."

내가 부드럽게 말했다.

그러나 엄마는 내 말을 듣지 않았다. 어쩌면 내 말을 전혀 듣지 못했는지도 모른다. 엄마는 나를 보려 하지 않았다. 나는 화가 나서 보일러실 문을 쾅 닫고는 문밖에 서서 열심히 귀를 기울였다. 귀에 들리는 소리는 쥐나 나무좀이 나무를 긁어 대는 것 같은 바스락거림뿐이었다.

나는 소파로 돌아왔다. 아침에 일어나자마자 지난 밤의 모든 일이 생생하게 떠올랐다.

6
작고 평범한 것들

숲속 여기저기를 헤매는 들사슴은
인간의 영혼에 불안을 안긴다.*

괴짜는 나와 마찬가지로 고독한 삶을 숙명으로 타고난 듯했다. 하지만 우리 각자의 고독은 어떤 방법으로도 융합될 수 없었다. 그 극적인 사건 이후 모든 것이 예전으로 돌아갔다. 봄이 왔고, 괴짜는 활기차게 청소를 시작했다. 아마도 그는 작업장의 호젓한 곳에 이것저것 다양한 **도구**를 쟁여 놓았을 것이다. 전기톱이나 가지치기용 커터, 아니면 내가 가장 싫어하는 잔디 깎는 기계 등. 그것들은 여름이 되면 또다시 내 삶을 불쾌하게 만들 것이다.

관할 구역을 순찰하는 의례적인 업무를 수행하다 보면, 이따금 멀리서 그의 마르고 구부정한 몸이 보였다. 한번은 내가 언덕

* 윌리엄 블레이크의 시 「순수의 전조」에서.

꼭대기에서 손을 흔들었는데, 그는 아무런 응답도 하지 않았다. 아마 나를 알아보지 못한 듯했다.

3월 초에 또 한 번 통증이 엄습했다. 매우 고통스러웠다. 괴짜에게 전화로 도움을 청하거나, 아니면 그의 집 대문을 두드리기 위해 어기적거리며 기어가 보는 건 어떨까 하는 생각이 스쳤다. 난방이 꺼졌지만 보일러실에 내려갈 힘이 없었다. 그곳으로 내려가는 일은 단 한 번도 즐거운 적이 없었다. 여름철에 내 고객들이 자기들 집으로 돌아오면, 아쉽지만 내년부터는 이 일을 맡지 않겠다고 선언하기로 마음먹었다. 그리고 덧붙여야겠다. 올해가 내가 이곳에 머무는 마지막 해가 될 것 같다고. 어쩌면 내년 겨울이 시작되기 전에 나는 브로츠와프 대학교 바로 옆, 비엥지엔나 거리에 있는 나의 조그만 아파트로 돌아갈지도 모른다. 그곳에서는 오드라강이 최면에라도 걸린 듯 계속해서 북쪽으로 물을 실어 나르는 광경을 몇 시간이고 바라볼 수 있다.

때마침 디지오가 우리 집에 들러서 다행이었다. 그가 오래된 난방 장치에 불을 피웠다. 그는 장작을 쌓아 둔 헛간으로 가서 3월의 습기를 흠뻑 머금은 통나무들을 외바퀴 손수레에 잔뜩 싣고 왔다. 난로에서 엄청난 연기가 피어올랐지만, 그리 따뜻하진 않았다. 디지오는 병조림 오이 피클과 예전에 요리하다 남은 채소 부스러기들로 맛있는 수프를 만들었다.

나는 몸의 저항을 억누르기 위해 며칠 동안 누워 있어야 했다. 양쪽 다리에서 일어나는 경련과 발작, 그리고 그 안에서 끓어오르는 열기를 묵묵히 참고 견뎌 냈다. 나는 붉은색 오줌을 누었다. 장담컨대 시뻘건 액체가 담긴 변기는 누구에게나 무섭고 섬뜩한 느낌을 줄 것이다. 눈에 반사된 3월의 눈부신 햇빛을 견딜 수 없어서 나는 창문에 커튼을 쳤다. 고통이 뇌를 강타했다.

내게는 한 가지 **이론**이 있다. 우리의 소뇌가 대뇌에 제대로 연결되지 못한 것은 우리에게 끔찍한 일이 벌어졌다는 것이다. 어쩌면 이것은 누군가가 우리를 프로그래밍하는 과정에서 저지른 가장 치명적인 실수일 수도 있다. 그러니까 누군가가 우리를 잘못 만들었다는 뜻이다. 우리의 모델이 교체되어야 하는 이유가 바로 여기에 있다. 만약 소뇌가 대뇌와 제대로 연결되어 있다면 우리 자신에 대한 해부학적 지식, 그러니까 우리 몸 안에서 일어나고 있는 현상에 대해 스스로 완벽한 지식을 갖게 될 것이다. 그렇다. 우리는 스스로를 향해 이렇게 말할 것이다. 내 혈액 속의 칼륨 수치가 떨어졌어. 세 번째 경추에 긴장이 느껴지네. 오늘은 혈압이 낮으니 몸을 움직여야겠다. 어제 먹은 마요네즈가 내 몸의 콜레스테롤 수치를 너무 높여 놓았으니 오늘은 먹는 것을 조심해야겠군.

우리는 몸뚱이라는 성가신 짐을 떠안고 있으면서도 실제로는 그것에 대해 아무것도 모른다. 또한 우리는 몸의 지극히 자연스러운 현상들을 알아내기 위해 여러 종류의 **도구**와 검사를 필요로 한다. 최근에 의사가 내 배 속에서 나타나는 **증세**를 확인하기 위해 위내시경 검사를 해 보라고 했는데, 이것이야말로 수치스러운 일 아닌가? 나는 두꺼운 튜브를 삼켜야 했고, 내 배 속을 훤히 드러내기 위해 카메라의 도움을 받아야 했다. 우리에게 위로를 줄 수 있는 유일하고 투박하며 원시적인 **도구**는 고통이다. 천사들이 정말 존재한다면, 그들은 아마도 우리를 비웃으며 포복절도할 것이다. 몸을 가지고도 그것에 대해 아무것도 모르다니. 사용 설명서조차 있고.

불행하게도 이러한 오류는 다른 많은 오류와 마찬가지로 제일 처음, 태초부터 발생했다.

다행스러운 것은 나의 수면 주기가 다시 바뀌고 있다는 사실이다. 보통 새벽녘에 잠들었다가 오후에 깨어나곤 했는데, 그것은 아마도 일광(日光)에 대한 나의 자연스러운 방어 기제였을 것이다. 뿐만 아니라 낮 그 자체에 대한 방어이자, 낮에 속한 모든 것으로부터의 방어이기도 하다. 그렇게 잠에서 깨어나면 모든 것이 꿈에서 벌어진 일처럼 아득하게 느껴지기도 하고, 내 어린 딸들의 발소리가 계단에서 들려오기도 한다. 그러면 최근에 일어났던 모든 일이 고열로 인한 지긋지긋한 환각처럼 생각된다. 황홀한 순간이다.

반쯤 잠든 상태에서 나는 체코의 풍경을 떠올려 본다. 국경선이 눈앞에 나타나고, 그 너머로 아름답고 온화한 나라가 보인다. 거기에서는 모든 게 태양의 조명을 받으며 황금빛으로 빛난다. 오로지 풍경의 아름다움을 완성하기 위해 만들어진 것 같은 테이블 마운틴의 기슭에서 들판이 평평하게 숨을 쉰다. 곧게 뻗은 도로, 맑은 시냇물, 산양과 사슴이 집 옆 텃밭에서 풀을 뜯는다. 새끼 토끼들이 옥수수를 갖고 장난을 친다. 콤바인 수확기에는 작은 종들이 매달려 있는데, 토끼들을 살짝 겁먹게 만들어 그들이 안전거리를 유지하도록 하기 위한 완곡한 방법이다. 사람들은 결코 서두르는 법이 없고 서로 경쟁하지도 않는다. 그들은 헛된 꿈을 꾸지 않는다. 자기 자신에 대해, 그리고 자신이 가진 것에 대해 만족한다.

얼마 전 디지오가 체코에 있는 나호트의 작은 서점에서 괜찮

은 판형의 블레이크 시집을 발견했다. 그러니 한번 상상해 보자. 국경 저편에 사는 사람들, 부드러우면서 어린아이 같은 언어로 말하는 이 선량한 사람들이 저녁에 직장에서 집으로 돌아와서 난로에 불을 지피고 블레이크를 읽는 모습을. 블레이크가 살아서 이 모든 것을 봤다면 틀림없이 이렇게 말했을 것이다. **우주**에는 아직 **타락**하지 않은 곳들이 엄연히 존재한다고. 그곳에서 세상은 망가지지 않았고, 에덴동산은 여전히 존재한다고. 거기에서 인류는 어리석고 엄격하기만 한 이성의 법칙이 아니라 마음과 직관의 지배를 받는다. 사람들은 헛소리나 지껄이며, 자기가 이미 아는 것을 뽐내는 데 그치지 않고, 상상력을 발휘하며 놀라운 것들을 창조한다. 국가는 더 이상 개인의 일상을 억압하는 족쇄를 채우지 않고, 사람들이 자신의 희망과 꿈을 실현하도록 돕는다. 개인은 기계처럼 돌아가는 시스템의 톱니바퀴나 특정한 역할 수행자에 머물지 않고, 자유로운 존재로 탈바꿈한다. 이런저런 생각을 하다 보니 이렇게 누워 있는 게 기쁘게 느껴지기도 했다.

때때로 나는 아픈 사람만이 진정으로 건강하다고 생각한다.

몸 상태가 나아졌음을 느낀 첫날, 나는 대충 옷을 걸쳐 입고 의무감에 사로잡혀 평상시처럼 순찰을 돌았다. 그때 나는 지하실의 **어둠** 속에서 돋아난 감자 싹처럼 더없이 허약한 상태였다.

현장에 가 보니 녹은 눈이 흘러내리면서 작가의 집 지붕에서 홈통이 뜯겨 나가고, 나무 벽을 타고 물이 줄줄 흘러내려 곰팡이까지 피어 있었다. 작가에게 전화를 걸었지만, 늘 그렇듯 그녀는 집에 없었다. 아마도 외국에 나간 모양이었다. 그것은 내가 이 망가진 홈통을 스스로 해결해야 한다는 뜻이다.

불가사의한 일이지만, 모든 종류의 도전은 우리의 몸 어딘가에서 진정한 활력을 끌어낸다. 몸이 정말 한결 나아진 기분이었다. 왼쪽 다리에서는 여전히 전류가 흐르는 듯한 통증이 느껴져서 걸음을 떼려면 마치 의족을 단 것처럼 뻣뻣하게 움직여야 했지만, 나중에 사다리를 옮길 때쯤이 되자 내 **증세**에 대한 걱정을 털어 버릴 수 있었다. 나는 통증을 완전히 잊었다.

팔을 위로 치켜든 채 한 시간 가까이 사다리에 매달려서 반원형 지지대의 홈통을 교체하려고 안간힘을 썼지만 결국 실패했다. 그 와중에 지지대 하나가 떨어져 나가 집 앞에 수북하게 쌓인 눈 속으로 처박혀 버렸다. 마침 그날 저녁 디지오가 새로 번역한 4행시절(詩節)을 보여 줄 겸, 장을 봐서 들르기로 했기에 그를 기다릴 수도 있었지만, 그는 소녀처럼 손이 작고 연약한 데다 솔직히 좀 산만한 타입이었다. 내가 이런 이야기를 하는 건, 그에 대한 애정이 넘치기 때문이다. 앞서 말한 성향들이 반드시 그의 결함이라고는 할 수 없다. 개인이 저마다 풍요롭게 타고난 고유한 특징과 장점들이 무수히 많다고 나는 생각한다.

나는 사다리에 매달린 채 해빙기가 **고원**에 가져온 변화를 목격했다. 여기저기, 특히 남쪽과 동쪽 경사지에는 어두운 얼룩들이 나타났는데, 바로 그곳에서 동장군이 한창 군대를 철수시키는 중이었다. 하지만 벌판의 경계와 숲의 저지대 부근에는 여전히 겨울이 버티고 있었고, '고갯길'은 아직도 온통 하얀색이었다. 왜 쟁기질한 땅은 풀로 덮인 곳보다 따뜻할까? 왜 숲속에서는 눈이 더 빨리 녹는 걸까? 나무 밑동 근처에 쌓인 눈에는 무엇 때문에 둥글게 파인 고리 모양의 자국이 나타나는 걸까? 나무들은 과연 온기가 있을까?

나는 괴짜를 향해 이런저런 질문을 했다. 작가네 홈통 문제를 해결하기 위해 나는 결국 그에게 도움을 청할 수밖에 없었다. 그는 난처한 표정으로 아무 대답도 하지 않았다. 나는 괴짜를 기다리면서 그의 거실에 놓인 상장을 구경했다. '그물버섯'이라는 버섯 채집가 협회가 매년 주최하는 버섯 따기 대회에서 그가 받은 상장이었다.

"버섯을 그렇게 잘 따는 줄 몰랐어요."

내가 말했다. 괴짜는 평소처럼 대답 대신 침울한 미소를 지어 보였다.

그가 데리고 간 작업장은 외과 의사의 수술실을 연상시켰다. 거기에는 다양한 서랍과 작은 선반 들이 놓여 있었고, 그 안에는 특정 임무를 수행하도록 고안된 특별한 **도구**들이 일목요연하게 담겨 있었다. 그는 상자를 뒤적거리며 한참을 보냈다. 마침내 그는 양 끝이 맞닿지 않고 열린 형태로 동그랗게 꼬아 놓은, 납작한 알루미늄 철사 조각을 끄집어냈다.

"호스 클램프*요."

그가 말했다. 괴짜는 마치 한창 진행 중인 혀의 마비 증세와 싸우는 사람처럼 한 단어씩 또박또박 내게 털어놓았다. 지난 몇 주 동안 누구와도 이야기를 나누지 않았노라고. 그래서 생각이나 감

* 호스를 이용하여 파이프 사이를 연결하는 데 사용하는 클램프. 손이나 스크루드라이버로 쉽게 떼거나 붙일 수 있다.

정을 말로 전달하는 능력이 현저하게 줄어든 상태라고. 마침내 그는 헛기침을 하면서 왕발의 사인이 뼈에 의한 질식사라고 말했다. 그리고 불행한 사고였다고 덧붙였다. 부검이 그런 사실을 증명해 준 듯했다. 아마 아들로부터 정보를 전해 들었으리라.

나는 웃음을 터뜨렸다.

"경찰은 훨씬 더 날카로운 발견을 할 거라고 기대했는데요. 그가 질식사한 건 우리도 첫눈에 알았잖아요……."

"첫눈에 알 수 있는 건 아무것도 없어요."

괴짜가 평소의 성향과 달리 과격하게 반응하는 바람에 그 문장이 내 마음에 깊이 각인되었다.

"내가 그의 죽음을 어떻게 생각하는지 알잖아요, 아닌가요?"

내가 물었다.

"어떻게 생각하는데요?"

"우리가 그곳에 도착했을 때 왕발의 집 밖에 서 있던 사슴들을 기억하세요? 그들이 그를 죽인 거예요."

괴짜는 말없이 손에 든 호스 클램프만 응시했다.

"아니, 어떻게 말이오?"

"어떻게든 했겠죠. 정확히는 모르겠어요. 어쩌면 왕발이 자신들의 여동생을 야만적으로 잡아먹자 그를 겁주려고 했을 수도 있고요."

"그러니까 지금 경찰 수사가 엉터리라는 거요? 사슴들이 공모라도 했다는 말인가요?"

나는 한동안 아무 대답도 하지 않았다. 괴짜에게 충분히 생각을 정리하고 받아들일 시간이 필요할 것 같았기 때문이다. 아무래도 그는 소금을 더 많이 먹어야 할 듯하다. 앞서 말했듯이, 소금은 사고를 촉진시키는 효과가 있으니까. 괴짜는 천천히 스노 부츠를 신고 양가죽 코트를 입었다.

젖은 눈길을 걸어가면서 내가 말했다.

"우물에서는 누가 사건을 저질렀는지 아세요?"

"대체 뭘 묻는 거요? 서장이 왜 죽었는지 알고 싶어요? 난 모릅니다. 그 애에게서 아무것도 듣지 못했어요."

여기서 '그 애'란 물론 검정 코트다.

"아뇨, 아니에요. 나는 그가 왜 죽었는지 알거든요."

"이유가 뭔데요?"

괴짜는 조금도 신경 쓰지 않는다는 듯한 어투로 물었다.

그래서 나는 바로 대답하지 않고, 우리가 작은 다리를 건너 작가의 집에 다다를 때까지 기다렸다.

"똑같은 이유예요."

"뼈가 목에 걸려 질식했다는 거요?"

"비꼬지 마세요. 사슴이 죽였다는 뜻이에요."

"사다리 좀 잡아요."

그가 대답 대신 말했다.

그가 사다리의 가로대에 올라서서 홈통을 고치는 동안, 나는 내 **이론**을 설파했다. 나는 증인으로 디지오를 언급했다. 디지오와 나는 이 사건에 대해 가장 잘 아는 목격자였다. 사건 현장에 제일 먼저 도착한 덕분에 나중에 경찰이 볼 수 없었던 것들을 목격했으니까. 경찰이 도착했을 무렵에는 이미 사방이 어둡고 축축했다. 눈이 녹아내리는 바람에 가장 중요한 흔적들, 그러니까 사슴의 무리가 사람을 에워싼 것처럼 우물 주변에 빙 돌아가며 찍혀 있던 그 괴상한 무늬들을 지워 버렸다.

괴짜는 귀를 기울였지만, 역시 대답이 없었다. 이번에는 입에 나사를 물고 있었기 때문이다. 그래서 나는 계속해서 말을 이어갔다. 경찰서장이 자신의 승용차를 몰고 가다가 무슨 이유에서인지 차를 세웠다. 어쩌면 살인자 중 하나인 사슴이 꾀를 부려 아픈 척했고, 서장은 예상치 못한 사냥감을 발견해서 기뻐했을지도 모른다. 그리고 그가 차에서 내리는 순간, 그들이 서장을 에워싸고 우물 쪽으로 밀치기 시작했다…….

"그의 머리는 피투성이였소."

괴짜가 마지막 나사를 조이면서 위쪽에서 말했다.

"그래요, 우물로 떨어지면서 머리를 부딪쳤으니까요."

"다 됐어요."

한참 말이 없던 그가 이렇게 말하며 사다리를 내려왔다.

이제 홈통은 알루미늄 호스 클램프에 단단히 고정되었다. 눈 속으로 떨어진 낡은 홈통은 한 달 정도 지나 눈이 녹을 때쯤이면 찾을 수 있으리라.

"지금 말한 가설은 비밀로 하는 게 좋겠어요. 황당하기 그지없는 데다 당신에게 해가 될 수도 있으니까요."

괴짜는 이렇게 말하면서 나를 쳐다보지도 않고, 곧장 자신의 집으로 향했다. 다른 사람들과 마찬가지로 그도 나를 미친 여자로 여기고 있다. 속상했다.

별수 없지. 블레이크가 이렇게 말했잖은가.

"반대야말로 **진정한** 우정이다."*

*

우편 집배원이 가져온 등기 소환장에는 수사를 위해 또다시 경찰서에 출석해 달라고 적혀 있었다. 우편 집배원은 마을에서 한참 떨어진 **고원**까지 올라오느라 나에게 화가 잔뜩 나 있었고, 불편한 심기를 감추려고도 하지 않았다.

"사람들이 마을에서 이렇게 멀리 떨어진 곳에서 거주하는 것을 허용하면 안 되는 것 아닌가요?" 그가 현관 앞에서 말했다. "이렇게 세상으로부터 숨어 지내서 대체 뭘 얻을 수 있죠? 어차피 벗어나지 못할 텐데." 그의 목소리에는 악의에 찬 자만심이 서려 있었다. "자, 여기에 서명해 주세요. 검찰청으로부터 온 서신입니다."

그래, 이 우편 집배원은 내 어린 딸들이 반기는 손님이 아니었다. 그 아이들은 우편 집배원을 보면 항상 비호감의 의사를 분명히 드러내곤 했다.

"근데 말이죠, 하찮은 **인간들**의 머리 위에서 별 속에 코를 박고 상아탑에서 지내는 기분은 어떤 건가요?"

그가 물었다.

바로 이것이 내가 사람들에게서 가장 싫어하는 면이다. 차가운 반어법. 모든 것을 조롱하거나 멸시하고, 그 어떤 것에도 관여

* 윌리엄 블레이크의 연작시 「천국과 지옥의 결혼」 중 「기억할 만한 공상」에서.

하지 않고 무엇에도 얽매이려 들지 않는 건 매우 비겁한 태도다. 마치 스스로는 절대로 쾌락을 경험할 수 없지만, 다른 사람의 쾌락을 망치기 위해서라면 할 수 있는 것을 다 하는 발기 불능자처럼 말이다. 차가운 반어법은 유리즌의 기본 무기다. 무기력한 무기. 뿐만 아니라 반어주의자들은 항상 의기양양하게 자신들의 세계관을 선포한다. 하지만 만약 누군가가 꼬투리를 잡고 세부 사항을 조사해 보면, 결국 그들의 세계관이 얼마나 하찮고 진부한지가 드러나고 만다.

나는 절대로 누군가를 향해 감히 멍청한 사람이라고 부르지 않을 것이며 우편 집배원을 함부로 비난하지도 않을 것이다. 나는 그에게 들어와 앉으라고 권했고 커피도 타 주었다. 우편 집배원들이 좋아하는 진한 그라인드 커피였다. 또한 크리스마스 전에 구운 생강 과자도 대접했다. 나는 과자가 상하지 않았기를, 너무 딱딱해진 바람에 그의 이를 부러뜨리지 않기를 바랐다.

우편 집배원이 재킷을 벗고 테이블 앞에 앉았다.

"최근에 이런 초대장을 여기저기 많이 전달했는데요, 아마도 경찰서장의 죽음과 관련이 있는 것 같아요."

검찰이 나 말고 또 누구를 소환했는지 매우 궁금했지만 일부러 내색하지 않았다. 우편 집배원은 당연하다는 듯 내 후속 질문을 기다렸다. 그는 의자에 앉은 채 안절부절못하며 커피를 홀짝거렸다. 하지만 나는 침묵을 지키는 법을 알고 있었다.

"음, 그러니까 말이죠, 나는 이 초대장을 서장의 모든 친구에게 전달했습니다."

마침내 그가 입을 열었다.

"아, 그렇군요."

내가 무심하게 대답했다.

"유유상종이죠." 머뭇거리며 천천히 입을 뗐지만, 막상 이야기가 탄력을 받으며 궤도에 오르자 그의 말을 멈추게 하기란 불가능할 것 같았다. "그들은 권력을 독점했죠. 대체 어떻게 그런 멋진 차와 집을 장만했을까요? 예를 들면 브넹트샤 같은 사람이 말이죠. 그가 도살장을 운영해서 거액을 벌었다는 사실이 믿어지나요?" 우편 집배원이 의미심장하게 아랫눈꺼풀을 잡아당겨 점막을 드러냈다. "아니면 여우 농장으로요! 모든 게 은폐되어 있어요, 두셰이코 부인."

우리는 한동안 조용히 있었다.

"모두 한통속이라고 다들 말하고 있어요. 패거리 중 누군가가 서장이 우물에서 발견되도록 만든 거라고요. 제가 장담합니다."

우편 집배원이 흡족한 표정으로 덧붙였다. 이웃에 대해 험담하고 싶은 욕구가 어찌나 큰지, 굳이 말을 끌어내기 위해 애쓸 필요조차 없었다.

"브넹트샤이 큰 판돈을 걸고 포커를 했다는 건 누구나 아는 사실이에요. 그리고 그의 새 레스토랑인 '카사블랑카'에 대해서도 다들 알죠. 그곳은 매춘부를 사고파는 사창가예요."

나는 그의 말이 과장이라고 생각했다.

"분명히 말하지만 그들은 해외에서 고급 차도 밀수했어요. 죄다 어딘가에서 훔친 차들이죠. 누군지는 비밀이지만, 암튼 내게 그런 이야기를 해 준 사람이 있어요. 새벽녘에 흙길을 지나가는 미끈한 BMW를 보았다고요. 대체 어디서 온 차였을까요?"

그는 수사적인 표현으로 이야기를 끝냈다. 무차별 폭로가 끝났으니 아마도 내가 놀라 나자빠지리라고 기대한 모양이었다.

우편 집배원의 이야기 중 상당 부분은 분명 허구였다.

"그들은 또 엄청난 뇌물을 받았어요. 예를 들어 경찰서장은 어디서 그런 고급 차를 구했을까요? 한낱 경찰 월급으로 말이죠. 권력이 끔찍한 방법으로 **인간**의 판단력을 상실하게 만든 걸까요? 네, 바로 그겁니다. 그렇게 **인간**은 품위와 체면을 죄다 내던져 버린 거예요. 그들은 우리의 폴란드를 푼돈에 쪼개 팔았습니다. 저는 경찰서장과 꽤 오래전부터 알고 지냈어요. 옛날에 그는 평범한 경찰이었어요. 여느 청년들처럼 유리 공장으로 끌려가는 것을 피하려고 경찰이 되었죠. 이십 년 전 나는 그와 축구를 하며 놀았어요. 하지만 그는 나를 알아보지도 못했습니다. 살면서 서로 다른 길을 간 거죠……. 나는 평범하기 이를 데 없는 우편 집배원지만, 그는 위대한 경찰서장이었으니까요. 나는 피아트 친퀘첸토*를 몰고, 그는 지프 체로키**를 운전했죠."

"도요타였어요." 내가 말했다. "도요타 랜드 크루저***."

우편 집배원은 무겁게 한숨을 내쉬었다. 나는 갑자기 그에게 미안해졌다. 한때는 그도 무고하고 순진한 사람 중 하나였을 테지만, 지금 그의 심장에서는 쓸개즙이 넘쳐흐르는 중이었다. 아마도 견디기 힘들었을 것이다. 어쩌면 이 모든 씁쓸함이 그를 **분노**하게

* 1957년과 1975년 사이에 제조한 피아트의 도시형 소형 승용차.

** 사륜구동 자동차. 미국에서 군용으로 개발한 것으로 마력이 강해 험한 지형에서도 주행하기 쉽다.

*** 도요타의 대표적인 사륜구동 비포장도로용 주행차.

만들었는지도 모르겠다.

"신은 **인간**을 행복하고 부유하게 창조했어요. 하지만 교활함이 무고한 자들을 가난하게 만들었죠."*

나는 블레이크의 시구를 인용하며 돌려 말했다. 어쨌든 그것이 내가 생각하는 바였으니까.

단 여기서 '신'이라는 단어에 내가 마음속으로 '인용 부호'를 붙이고 있다는 사실만 제외하면 말이다.

*

그날 오후 디지오가 우리 집에 도착했을 때, 그는 감기에 걸려 있었다. 요즘 우리는 블레이크가 남긴 미완성 육필 원고 중 하나인 「멘탈 트레블러」를 번역하는 중이었다. 첫머리에 등장하는 단어 mental의 번역을 놓고 곧바로 논쟁이 벌어졌다. 문자 그대로 '정신적인'으로 번역하는 게 나을지, 아니면 '영적인'으로 번역하는 게 나을지. 디지오가 코를 훌쩍이며 낭독했다.

> I travel'd through a Land of Men,
>
> A land of Men & Women too,
>
> And heard & saw such dreadful things
>
> As cold Earth wanderers never knew.

* 윌리엄 블레이크가 후기에 쓴 장시(長詩) 「네 생물」에서.

우선 우리는 각자 번역본을 완성한 뒤, 서로 비교해 가며 구상들을 한데 모아 새로운 버전을 직조하기 시작했다. 어떤 면에서 그것은 일종의 논리 게임, 그러니까 복잡한 형태의 스크래블*을 연상시켰다.

인간의 땅을 구석구석 돌아다녔지,
남자들과 여자들의 나라를,
그 누구도 입에 올린 적 없는
끔찍한 것들을 보고 들으며.

아니면 이런 버전도 가능하다.

인간의 땅을 헤매고 다녔네
남자들과 여자들의 나라를,
지금껏 그 어떤 인간도 알지 못했던
끔찍한 것들을 보고 들으며.

또는 이렇게도 번역할 수 있다.

인간의 나라들을 방랑했네,
남자들과 여자들의 영토를,

* 철자를 바꾸는 말 맞추기 놀이와 크로스워드 퍼즐을 혼합한 보드 게임.

그리고 거기서 끔찍한 것들을 보았네,
그 누구도 믿지 못할 그런 것들을.

"순서를 좀 바꿔 보는 건 어떨까?" 내가 물었다. "'끔찍한 것들을 보았네.'를 먼저 쓰고, 그 뒤에 '그 누구도 알지 못한'을 넣으면 좀 더 운율이 살아날 것 같은데? 예를 들어 '영토를', '것들을' 하는 식으로 각운이 살아나게 말야."

디지오는 말없이 손가락 끝을 잘근잘근 씹어 대다가 마침내 의기양양하게 이렇게 제안했다.

인간의 나라들을 방랑했네,
남자들과 여자들의 영토를,
그리고 거기서 끔찍한 것들을 보았네,
그 누구도 믿지 못할 그런 것들을.

'영토'라는 시어가 그다지 마음에 들지 않았지만, 그다음부터는 일사천리로 작업이 진행되었고, 10시쯤 되자 시 한 수를 전부 번역할 수 있었다. 그러고 나서 우리는 올리브유를 발라 구운 파스닙*을 먹었다. 사과와 계피를 곁들여 지은 밥도 먹었다.

근사한 저녁 식사가 끝나자 우리는 시의 미묘한 대목들을 손보는 대신 경찰서장의 사건으로 되돌아가야 한다는 것을 깨달았

* 설탕당근이라고 불리는 미나릿과의 식물. 인삼처럼 생긴 뿌리에 독특한 향이 있어 채소나 향신료, 약재로 사용된다.

다. 그것은 우리의 의지와 상관없는 일이었다. 디지오는 경찰 정보망에 접속할 수 있었으므로 경찰 측에서 파악한 내용이 무엇인지 알고 있었다. 물론 그렇다고 해서 모든 내용을 속속들이 아는 건 아니었다. 경찰서장의 죽음에 대한 실질적인 조사는 상급 기관에서 진행되고 있었다. 게다가 디지오는 직업상 철저하게 비밀을 준수하기로 서약한 상황이었다. 물론 그 서약의 대상이 나로 한정된 건 아니었다. 가장 긴요한 비밀을 들은들 내가 뭘 할 수 있겠는가? 나는 심지어 소문을 퍼뜨릴 줄도 모르는 사람이다. 그래서 그는 평소에도 내게 꽤 많은 기밀을 털어놓곤 했다.

예를 들어 보자. 경찰서장의 사망 원인은 알려진 바와 같이 뭔가 단단한 것에 머리를 부딪쳤기 때문인데, 경찰 측은 그 이유를 서장이 반쯤 무너진 우물 속으로 갑자기 추락하다가 그렇게 된 것으로 추측하고 있었다. 또한 서장이 술에 취한 상태였다는 사실도 확인되었다. 그렇다면 추락의 충격이 어느 정도는 완화되었어야 하는데, 그러지 않았다는 게 의문이었다. 사람이 술에 취하면 일반적으로 몸이 유연해지기 때문이다. 평범한 우물에 추락했다고 보기에는 서장의 머리에 가해진 타격의 세기가 너무 강했다. 이 정도 외상이라면 틀림없이 몇 미터 높이에서 떨어졌어야 했다. 하지만 그 밖의 다른 가능성은 하나도 발견되지 않았다. 그는 관자놀이를 세게 부딪혔다. 잠재적인 살인 **도구**는 발견되지 않았다. 단서도 전혀 없었다. 사탕 포장지, 비닐봉지들, 오래된 깡통, 그리고 이미 사용한 콘돔 등 쓰레기들만 수집되었다. 날씨는 끔찍했고, 특별 수사 팀은 뒤늦게 도착했다. 강풍이 불면서 비가 내렸고 빠르게 얼음이 녹는 중이었다. 우리 둘 다 그날 **밤**을 생생히 기억하고 있었다. 땅바닥에 아직 그 괴상한 흔적들, 그러니까 내 주장에 의하면 사슴의 발굽 자국들이 남아 있을 때 찍어 둔 사진들도 있었다. 그러나 경찰은 그 흔적들이 실제로 거기에 있었는지, 그리고 만약 있었다면 그것이 서장의 죽음과 직접적인 관련이 있는지 확신하지 못했다. 그 정도 정황만으로는 아무것도 단정할 수 없었던 것이다. 게다가 **인간**의 발자국조차 뚜렷하게 확인할 수 없는 상황이었다.

그런데 그 사건을 통해 한 가지 놀라운 사실이 폭로되었다. 경찰서장의 바지춤에서 회색빛 봉투가 발견되었는데, 그 안에 2만 즈워티*의 현금이 들어 있었던 것이다. 돈뭉치는 절반씩 둘로 나뉘어 고무줄로 묶여 있었다. 바로 이 지점이 수사관들을 어리둥절하게 만들었다. 살인자가 있다면 그는 왜 현금을 가져가지 않았을까? 그가 현금을 지니고 있다는 사실을 알지 못했을까? 만약 그에게 돈을 건넨 사람이 살인자라면? 그렇다면 무엇을 대가로 돈을 건넸을까? 범행의 동기가 무엇인지 분명하지 않을 땐 돈 문제가 틀림없다고 사람들은 말하지만, 나는 그것이야말로 엄청난 단순화라고 생각한다.

운 나쁜 사고라는 해석도 있었는데, 그 또한 억지스럽게 들렸다. 술 취한 상태에서 현금 숨길 곳을 찾아다니다가 그만 사고로 우물에 빠져 죽었다는 것이다.

디지오는 살인 사건이 틀림없다고 우겼다.

"제 모든 본능이 말하고 있어요. 우리가 제일 먼저 현장에 갔잖

* 즈워티는 폴란드의 화폐 단위로, 2만 즈워티는 약 700만 원 정도다.

아요. 기억하시죠, 선생님? 사방에서 풍기던 그 범죄의 기운을요."

나 또한 정확히 같은 느낌을 받았다.

7
푸들에게 한 연설

길 위에서 혹사당한 말은
하늘에게 인간의 피를 요구한다.*

경찰은 이후에도 몇 번이나 더 우리를 성가시게 했다. 하지만 우리는 모범적으로 심문과 취조에 응했고, 기왕 마을에 간 김에 이것저것 다른 볼일도 보았다. 씨앗도 사고, EU 보조금도 신청하고, 함께 영화관에 간 적도 있었다. 둘 중 한 사람만 심문을 받아도 늘 같이 움직였기 때문이다. 괴짜는 그날 오후, 경찰서장의 차가 그와 내 집 근처를 지나가면서 낸 끼익 소리를 들었다고 경찰에 진술했다. 서장이 술에 취하면 늘 갓길로 차를 몰았기 때문에 딱히 놀라지 않았노라고 그는 덧붙였다. 그의 진술을 들은 경찰관들은 당황했을 것이다.

* 윌리엄 블레이크의 시 「순수의 전조」에서.

나는 괴짜의 말이 맞다는 것을 확인해 주고 싶었지만 아쉽게도 그럴 수 없었다.

"그 시간에 저는 집에 있었어요. 근데 차 소리도 듣지 못했고, 경찰서장도 보지 못했어요. 마침 보일러실에 내려가서 난로에 연료를 넣고 있었는데, 거기서는 도로변의 소음이 전혀 들리지 않거든요."

그러고 나서 나는 곧바로 관심을 접었다. 지난 몇 주 동안 이 지역 전체가 온통 살인 사건에 관한 이야기로 떠들썩했고, 갈수록 그럴싸한 **가설들**이 만들어졌지만, 나는 그 사건에 관한 생각을 거두기 위해 노력했다. 안 그래도 주변에 죽는 사람들이 많은데 무엇 때문에 이 한 사람의 죽음에 대해 강박적인 관심을 가져야 한단 말인가?

나는 내 연구 주제 중 하나로 돌아갔다. 이번에는 될 수 있는 한 다양한 티브이 채널의 일정표들을 세심하게 분석하면서, 해당 날짜에 방송된 영화의 내용과 행성의 배열 사이의 상관관계를 연구했다. 그들의 상호 관계는 매우 뚜렷했다. 나는 티브이 프로그램을 편성하는 사람들이 어쩌면 자신들의 광범위한 점성학 지식을 우리에게 과시하고 싶은 게 아닐까 하는 생각을 자주 했다. 아니, 어쩌면 그들은 그 방대한 지식의 영향과는 상관없이 그저 무의식적으로 일정표를 짰을 수도 있다. 실제로는 우리 외부에 그러한 상관관계가 존재하고, 우리가 자신도 모르는 사이에 그것들을 받아들이고 있는지도 모른다. 내 연구의 범위는 아직 그리 넓지 않았다. 나는 몇 개의 프로그램으로 그 대상을 한정했다. 예를 들어 「영매」라는 매우 괴상하고 짜릿한 제목의 영화가 티브이에서 방영되었는데, 그 순간 내양은 명왕성의 한쪽 면과 전갈자리의 행성들을 통과하고 있었다. 이 영화는 불멸에 대한 욕망을 다루면서 **인간**의 의지를 어떻게 지배할 것인가에 대한 내용을 담고 있었다. 또한 죽음의 경계선, 성적 집착, 플루토*와 연관된 사안들도 다루었다.

나는 UFO를 배경으로 전개되는 「에일리언」 시리즈에서도 이와 유사한 규칙을 발견했는데, 이 경우에는 명왕성과 해왕성, 화성 사이의 미묘한 상호 의존성이 작용했다. 화성이 느리게 움직이다가 두 행성과 동시에 접촉하는 순간, 티브이에서는 「에일리언」 시리즈 중 하나가 방영되었다. 얼마나 멋진 일인가?

정말 놀라운 우연이다. 나는 두꺼운 책 한 권은 너끈히 쓸 수 있을 만큼 이와 관련된 경험적 자산을 충분히 갖고 있다. 우선은 짧은 에세이 한 편을 써서 여러 잡지사에 보냈다. 선뜻 출판해 줄 거라고는 기대하지 않지만, 그래도 출판 여부를 놓고 망설이는 사람도 있을 수 있지 않을까?

3월 중순, 몸이 완전히 회복되면서 나는 좀 더 멀리까지 순찰을 다니기 시작했다. 즉 내게 관리를 맡긴 집들만 돌아보는 것이 아니라, 더욱 큰 원을 그리며 숲을 통과해서 고속 도로 인근의 목초지를 지나 벼랑까지 갔다는 뜻이다.

일 년 중 이맘때가 되면 세상은 가장 혐오스러운 모습이 된다.

* 그리스 로마 신화 속 저승의 신이자 죽은 자들의 신. '명왕성'을 뜻하는 플루토는 바로 이 신의 이름에서 따온 것이다.

땅에는 허옇고 큼지막한 눈더미가 곳곳에 쌓여 있는데, 어찌나 단단하고 조밀하게 뭉쳐 있는지 크리스마스이브에 우리에게 큰 기쁨을 안겨 주며 흩날리던 아름답고 투명한 솜털의 자취는 거의 찾아볼 수 없고, 지금은 날카로운 칼날이나 금속 표면처럼 보인다. 발이 자꾸만 눈더미에 걸려서 그 속을 헤치며 걸어가는 건 힘든 일이다. 긴 부츠를 신지 않으면 종아리에 생채기가 날 정도다. 잿빛 하늘이 워낙 낮게 깔려 있어서 조금만 높은 언덕에 올라가도 손을 뻗으면 닿을 것 같다.

나는 길을 걸으며 생각했다. 이렇게 다른 이들의 집들을 관리하면서 **고원**에 있는 지금의 집에서 계속 지내는 건 불가능하다고. 결국 사무라이는 고장 날 테고, 그렇게 되면 시내로 나갈 방법이 없을 것이다. 나무 계단은 썩고, 눈이 내려 홈통은 떨어져 나가고, 난방이 작동을 멈추고, 2월 어느 날에는 한파로 인해 파이프가 터져 버릴 것이다. 그리고 나 역시 점점 쇠약해지겠지. 내 **증세**는 내 육신을 조금씩 파괴하고 있었다. 매년 내 무릎은 점점 더 쑤셨고, 내 간은 언젠가 아무런 기능도 해내지 못하는 날을 맞게 될 것이다. 따지고 보면 나는 꽤 오래 살지 않았는가. 그 순간 나는 이런저런 처량한 생각에 빠져 있었다. 언젠가는 이 문제에 대해 제대로 고민해 볼 필요가 있을 것이다.

바로 그때였다. 나는 빠르고 민첩하게 날아가는 개똥지빠귀 떼를 보았다. 이 새들은 항상 무리 지어 다니는 모습만 볼 수 있다. 그들은 마치 공중에서 도림질* 세공을 한, 커다란 유기체처럼 민

* 실톱으로 널빤지를 오려 여러 가지 모양을 만드는 일.

첩하게 움직인다. 어디선가 읽은 바에 따르면, 이른바 '포식자'라고 불리는, 성령처럼 나른하게 하늘을 맴돌던 매가 개똥지빠귀 떼를 공격하면 이들은 매우 적극적으로 방어한다고 한다. 이 새 떼는 도저히 믿기 힘든, 아주 특별한 방법으로 싸울 줄도 알고, 상대에게 복수를 하기도 한다. 그들의 방법은 이렇다. 공격을 당하면 재빨리 공중으로 솟구쳐 올라 포식자를 향해 일제히 똥을 싼다. 수십 마리 새의 흰 배설물이 매의 화려한 날갯죽지로 떨어지면서 더럽혀진 깃털이 서로 엉겨 붙고, 부식산(腐植酸)*으로 범벅이 된다. 결국 매는 정신을 차리고 새 떼를 향한 추격을 멈춘다. 그러고는 구역질을 하며 풀밭에 내려앉는다. 깃털이 어찌나 심하게 더럽혀졌는지 최악의 역겨움을 체험하게 된다. 매는 온종일 깃털을 닦고, 그다음 날도 깃털을 닦으며 시간을 보낸다. 잠도 자지 않는다. 날개가 그토록 더러워진 상태로는 도저히 잠을 잘 수 없기 때문이다. 사방에서 지독한 악취가 풍기고, 계속해서 구역질이 난다. 생쥐 같기도 하고 개구리 같기도 하고 썩은 고기 같기도 한 냄새. 단단히 굳어 버린 배설물은 부리로도 제거되지 않는다. 매는 추위에 떤다. 몸에 들러붙은 깃털을 통해 빗물이 피부로 스며든다. 이제 다른 매들도 그를 피한다. 마치 악성 질병에 감염되기라도 한 것처럼. 그렇게 매는 존엄성을 상실하고, 이 모든 상황을 견딜 수 없게 된다. 그러다 마침내 죽음에 이른다.

지금 개똥지빠귀들은 무리 속에서 충만한 에너지를 만끽하면

* 토양 유기물을 알칼리로 추출하여 생긴 유기물 중 산성에서 침전되는 암색의 유기 물질.

서 내 눈앞에서 공중제비를 넘으며 장난을 치는 중이다.

나는 까치도 한 쌍 발견했는데, 그들이 위험을 무릅쓰고 **고원**까지 날아왔다는 사실이 놀라웠다. 하지만 나는 이 새들이 다른 새들보다 빨리 번식한다는 사실을 안다. 머지않아 어디서나 까치를 볼 수 있을 것이다, 마치 비둘기 떼처럼. 내가 어릴 때 사람들은 까치 한 마리는 불운을, 두 마리는 행운을 의미한다고 말하곤 했다. 하지만 그때는 까치의 수가 적었다. 지난가을, 잠복기가 끝나고 가을이 왔을 때 나는 수백 마리의 까치가 그들의 저녁 보금자리로 날아가는 것을 목격했다. 그렇다면 행운도 수백 배로 커졌을까.

나는 눈 녹은 웅덩이에서 까치들이 목욕하는 광경을 지켜보았다. 새들은 곁눈질로 나를 살폈지만 별로 두려워하지 않고, 대담하게 날개로 물을 튀기며 웅덩이에 머리를 담근 채 목욕을 즐겼다. 펄럭이는 날갯짓을 보니 이런 식의 목욕이 얼마나 상쾌한지가 생생하게 느껴졌다.

까치는 목욕을 자주 하지 않고는 살지 못하는 듯했다. 더구나 그들은 총명하면서도 오만하다. 모두가 알듯이, 그들은 다른 새들로부터 재료를 훔쳐서 자신의 둥지를 짓고, 그곳으로 반짝이는 물건들을 실어 나른다. 이따금 실수로 불이 완전히 꺼지지 않은 담배꽁초를 둥지로 가져간다는 이야기도 들었다. 그렇게 그들은 방화범이 되어 스스로 지은 둥지를 불태운다. '까치'라고 알려진 이 새는 라틴어로 피카피카라는 사랑스러운 이름을 갖고 있다.

이 세상은 얼마나 크고, 또 활기에 넘치는지.

저 멀리 낯익은 여우 한 마리가 보인다. 나는 그를 '영사(領事)'

라고 불렀는데, 세련되고 예의 바르게 잘 자랐기 때문이다. 영사는 항상 똑같은 길에서 돌아다닌다. 겨울은 그가 지나다니는 경로를 화살표처럼 일직선으로 드러내 보인다. 이 늙은 숫여우는 체코에서 이곳으로 왔다 갔다 하는 게 분명하다. 아마도 국경을 초월한 어떤 용건이 이곳에 있는 모양이다. 영사가 지난번에 자기가 눈 위에 남겼던 흔적을 지우며, 가벼운 발걸음으로 내리막길을 질주하는 모습을 망원경을 통해 지켜보았다. 어딘가에 도사리고 있을 사냥꾼들은 아마도 영사가 이 길을 한 번만 다녀갔다고 생각할 것이다. 나는 마치 오랜 친구를 만난 듯 그를 쳐다보았다. 그런데 이번에는 영사가 인적이 많은 도로에서 벗어나 들판의 경계에 있는 덤불 속으로 불쑥 사라져 버렸다. 그쪽은 사냥꾼의 '연단'이 세워진 곳이었다. 거기서 수백 미터 더 가면 또 다른 '연단'이 있었다. 과거에 나는 이미 그들과 문제가 있었다. 여우가 내 시야에서 갑자기 사라지고 난 뒤, 딱히 할 일도 없었으므로 나는 뒤를 쫓아서 숲 가장자리를 걸었다.

거기에는 눈 덮인 넓은 밭이 있었다. 가을에는 쟁기질을 하지만, 지금은 반쯤 얼어붙은 흙덩어리가 발밑에서 걸리적거리는 통에 지나가기가 너무 힘들었다. 영사를 쫓아가기로 한 결정을 막 후회하던 찰나, 짧은 오르막길에 힘겹게 올라서자마자 나는 무엇이 영사를 이곳으로 이끌었는지 알 수 있었다. 새하얀 눈 위에 커다란 검은 물체와 엉겨붙은 핏자국이 보였다. 영사는 내게서 가까운 곳에 있는, 살짝 높은 둔덕에 서서 겁도 없이 차분하게 나를 내려다보고 있었다.

"자, 보여? 보이지? 내가 당신을 여기로 데려왔으니 이제는 당신이 처리해야 해."

그러고는 도망가 버렸다.

가까이 다가가 보니 그 검은 물체는 야생 멧돼지였다. 아직 어른이 채 안 된 멧돼지는 갈색 핏물이 흥건하게 고인 웅덩이에 쓰러져 있었다. 경련을 일으키며 마구 날뛰었는지 주변의 눈이 땅바닥을 드러내며 여기저기 파헤쳐져 있었다. 그 주변으로 여우나 새들의 흔적, 사슴의 발굽들이 눈에 띄었다. 많은 **동물**이 여기에 왔다 간 것이다. 살상의 현장을 두 눈으로 직접 보고, 불쌍한 어린 멧돼지를 애도하기 위함이 아니었을까? 나는 멧돼지의 주검을 살펴보기보다는 다른 **동물들**의 흔적을 조사하고 싶었다. 대체 죽은 생명체를 얼마나 더 봐야만 하는 걸까? 과연 끝은 있는 걸까? 폐에서 찌르는 듯한 통증이 느껴졌고 숨쉬기가 힘들었다. 나는 눈 속에 주저앉았다. 그러자 또다시 눈물이 흘러내렸다. 내 몸이 너무 크고 참을 수 없이 무겁게 느껴졌다. 영사를 따라오지 말고 다른 방향으로 갈걸. 어째서 나는 그가 다니는 이 어둡고 우울한 경로를 그냥 지나치지 못했을까? 왜 나는 모든 범죄의 목격자가 되어야만 하는 걸까? 다른 방향으로 갔더라면 오늘 전혀 다른 일들이 벌어졌을 것이고, 아마 이어지는 다른 나날들도 완전히 다른 모습이었을 텐데. 나는 보았다. 총알이 멧돼지의 가슴과 배를 관통하는 것을. 이 어린 짐승이 숲 저편에 있는 사냥꾼의 연단으로부터 도망쳐서 국경을 향해, 체코 쪽으로 필사적으로 도망치는 모습을. 숲 저편의 연단에서 총을 쏜 것이 틀림없기에 멧돼지는 부상을 입은 채 얼마쯤 더 달려야만 했을 것이다. 그렇게 어린 짐승은 체코로 도망치려 했을 것이다.

먹먹한 슬픔과 비탄. 매번 **동물**이 죽을 때마다 느껴지는 이러한 회한과 애도의 감정은 아마 절대 끝나지 않을 것만 같았다. 하나의 애도가 끝나면, 또 다른 애도가 이어지므로 나는 끊임없이 상중(喪中)이다. 이것이 나의 상태다. 나는 피투성이가 된 눈밭에 무릎을 꿇고 앉아 차갑고 뻣뻣한 어린 멧돼지의 털을 계속 쓰다듬었다.

*

"부인께서는 사람보다 **동물**에 대해 더 연민을 느끼시는군요."

"그렇지 않습니다. 둘 다 애처롭게 생각해요. 하지만 무방비 상태의 **인간**을 향해 총을 쏘는 사람은 없잖아요." 그날 저녁 나는 시 경찰청의 경관에게 말했다. "적어도 요즘 세상에는 말이죠." 내가 덧붙였다.

"네, 사실입니다. 우리는 법을 준수하니까요."

경찰이 맞장구쳤다. 본성은 착한 듯했지만 별로 영리해 보이지 않았다.

내가 말했다.

"**동물**을 보면 그 나라가 어떤지 알 수 있어요. 그러니까 **동물**을 대하는 태도 말입니다. 사람들이 **동물**에게 잔인하게 군다면 민주주의나 그 어떤 시스템도 소용이 없습니다."

경찰서에서 나는 보고서 한 장을 제출했다. 그들은 나를 철저히 무시했다. 그저 종이 한 장을 건네주었을 뿐이다. 그래서 나는 거기에 필요한 내용을 모두 적었다. 내가 여기에 온 것은 시경(市

警) 또한 법질서를 수호하는 공공 기관이라고 생각했기 때문이다. 만약 이러한 방법이 별 도움이 안 된다면 다음 날에는 검찰청에가 봐야겠다고 생각했다. 검정 코트를 찾아가리라. 그를 만나 살상을 신고해야지.

폴 뉴먼을 약간 닮은 그 잘생긴 젊은이는 서랍에서 서류 뭉치를 꺼내더니 볼펜을 찾았다. 옆방에서 제복 입은 여자가 들어와서 그의 앞에 커피가 그득 담긴 머그잔을 내려놓았다.

"커피 드시겠어요?"

그녀가 내게 물었다.

나는 고마워하면서 고개를 끄덕였다. 온몸이 뼛속까지 시리고 오싹했다. 다리가 다시금 저렸다.

"그들은 왜 죽은 멧돼지를 가져가지 않았을까요? 여러분 생각은 어떠세요?"

질문을 하면서도 그들의 대답을 기대한 것은 아니었다. 둘 다 나의 방문에 놀란 듯했고, 어떻게 대처해야 할지 몰라 당황한 듯했다. 그 젊고 멋진 여자에게서 커피 잔을 받아 들면서 나는 내가 던진 질문에 스스로 대답했다.

"왜냐하면 그자들은 멧돼지가 죽었는지도 몰랐거든요. 모든 것을 향해 함부로 방아쇠를 당기니까요. 그것도 불법으로요. 그러니 멧돼지를 쏘고 나서 신경도 안 쓴 거죠. 그들은 멧돼지가 덤불 속 어딘가에 고꾸라졌으리라 생각했을 테고, 자신들이 법적으로 허용된 영토 밖에서 멧돼지를 죽였다는 사실을 아무도 알아채지 못하리라고 여긴 거예요." 나는 가방에서 인쇄물을 꺼내서 남자의 코앞에 들이밀었다. 사냥꾼의 달력이었다. "다 확인했어요. 지금은 벌써 3월이에요. 보세요, 3월에 야생 멧돼지를 사냥하는 것은 불법이라고요."

나는 만족스럽게 결론을 내렸다. 내 추리는 나무랄 데가 없었다. 물론 논리적인 관점에서 볼 때 2월 28일까지는 누군가를 죽여도 되고 바로 다음 날부터 안 된다는 사실은 납득하기 힘들었지만 말이다.

"실례합니다만, 부인." 폴 뉴먼이 대답했다. "이건 정말 우리 소관이 아닙니다. 수의사에게 가서 상의해 보시는 건 어떨까요? 수의사라면 이런 경우에 어떻게 해야 하는지 잘 알 겁니다. 혹시 멧돼지가 광포하게 날뛴 건 아닐까요?"

나는 머그잔을 쾅 내려놓았다.

"아니요. 광포한 건 살인자입니다."

나는 경찰의 논지를 너무도 잘 알고 있었기에 언성을 높였다. **동물** 살해는 종종 그들이 광포했을지도 모른다는 **가설**로 정당화되곤 했다.

"총알이 폐를 관통했어요. 아마도 고통스럽게 죽었을 겁니다. 그런데 그들은 멧돼지에게 총을 쏘고는 그저 산 채로 도망쳤다고 생각했어요. 게다가 수의사도 그들과 한패입니다. 그도 사냥을 하거든요."

남자는 무력한 표정으로 여자 경관을 바라보았다.

"부인께서는 우리가 어떻게 처리하길 바라시나요?"

"이 문제를 조속히 해결해 주세요. 범인을 처벌하고 법을 개정해 주세요."

"아, 그렇게까지 하는 건 좀 힘들 것 같습니다. 모든 걸 다 요구하실 수는 없어요."

경관이 말했다.

"왜 없어요? 제게는 원하는 것을 스스로 규정할 권리가 있다고요!"

나는 **분노**에 차서 격렬하게 외쳤다.

그는 당황한 기색이 역력했다. 상황이 점점 그의 통제를 벗어나고 있었기 때문이다.

"좋아요, 좋습니다. 정식으로 보고하겠습니다."

"누구한테요?"

"우선 사냥꾼 협회에 해명을 요청하겠습니다. 그들에게 발언할 기회를 주는 거죠."

"그런데 이번 사건이 처음이 아니거든요. 저는 **고원**의 다른 쪽에서 총알 구멍이 난 토끼의 두개골을 발견한 적이 있어요. 어딘지 아시겠어요? 국경에서 가까운 쪽이요. 그다음부터 나는 그곳을 '두개골의 현장'이라고 부른답니다."

"그러니까 사냥꾼들이 산토끼 한 마리를 잃어버렸을지도 모른다는 거군요."

"잃어버리다니요!" 나는 힘껏 비명을 질렀다. "그자들은 움직이는 모든 것을 향해 마구잡이로 총을 쏜다고요, 경관님." 마치 커다란 주먹이 내 가슴을 있는 힘껏 강타한 것 같은 극심한 고통이 느껴져서 나는 잠시 말을 멈추었다. "그들은 심지어 개에게도 총을 쏴요."

"가끔 시골 개들이 **동물**을 죽이기도 합니다. 부인도 개를 기르시죠……. 작년에 부인의 개에 대한 불만이 접수된 적이 있었던 걸로 기억하는데요…….”

나는 얼어붙고 말았다. 그의 일격이 너무나도 고통스러웠다.

“이제는 개를 기르지 않아요.”

커피는 맛이 없었다. 인스턴트커피였다. 마치 배 속에서 생쥐가 기어 다니는 것 같았다.

나는 허리를 반쯤 구부렸다.

“왜 그러세요? 무슨 일이시죠?”

여자가 물었다.

“아무것도 아닙니다.” 내가 대답했다. “제 나이쯤 되면 여러 가지 **증세**가 나타나는 법이죠. 인스턴트커피를 마시지 말았어야 했는데……. 제가 충고 하나 하죠. 여러분도 인스턴트커피는 마시지 마세요. 위장에 해로워요.”

나는 머그잔을 내려놓았다.

“자, 그럼? 이제 보고서를 쓰실 건가요?”

내가 듣기에도 상당히 사무적인 어투로 내가 물었다.

그들은 다시 눈짓을 주고받더니 남자가 마지못해 보고서 용지를 자기 앞으로 끌어당겼다.

“흠, 알겠습니다.”

그가 말했다. 나는 그의 꿍꿍이가 빤히 들여다보였다. 이렇게 생각할 게 뻔했다. ‘그래, 저 여자를 입막음하기 위해서는 보고서를 써야겠지. 하지만 아무에게도 보여 주지는 않겠다…….’ 그래서 나는 이렇게 덧붙였다.

“경관님의 서명과 날짜가 명시된 사본 한 장을 제게 주세요.”

그가 글을 쓰는 동안, 나는 어떻게든 생각을 진정시켜 보려고 안간힘을 썼다. 하지만 소용없었다. 생각들은 이미 제한 속도를 넘어 내 머릿속에서 빠르게 휘몰이치다 놀랍게도 내 몸과 혈관 속으로 퍼져 나갔다. 하지만 역설적으로 내 발에서부터, 땅바닥에서부터 이상한 고요함이 몸속으로 서서히 스며들었다. 그것은 내가 이미 알고 있는 바로 그 상태였다. 신성한 **분노**, 명료하고 끔찍한, 절대 멈출 수 없는 상태. 두 다리가 근질거렸고, 어디선가 뜨거운 불길이 핏속으로 흘러 들어와서는 피를 통해 뇌로 빠르게 옮겨져서 빛을 내뿜으며 훨훨 타오르는 것 같았다. 손가락과 얼굴에도 불길이 그득했고, 밝은 오라가 온몸을 휘감으며, 나를 가볍게 위로 들어 올려서 내 육신을 대지로부터 떼어 놓는 것 같았다.

"사냥꾼의 연단에서 무슨 짓이 벌어지고 있는지 좀 보세요. 그것은 '악(惡)'입니다. 우리는 그 실체를 정확한 명칭으로 불러야 해요. 그것은 교활한 데다 도저히 신뢰할 수 없으며, 간교하기 그지없는 악입니다. 그들은 건초 더미를 쌓고, **동물들**을 유인하기 위해 신선한 사과와 밀을 던져 둡니다. 그러다 **동물들**이 거기에 익숙해져 방심하는 찰나에 자신들의 은신처인 연단에 몸을 숨긴 뒤 **동물들**의 머리를 향해 총을 발사하는 거죠." 나는 바닥에 시선을 고정한 채 나직한 음성으로 말하기 시작했다. 그들이 업무를 계속하면서도 뭔가 불안한 눈빛으로 나를 쳐다보는 게 느껴졌다. "**동물들**의 문자를 배울 수 있으면 좋겠어요." 나는 말을 이었다. "어느 쪽으로 가지 말라는 경고를 그들에게 보낼 수 있는 신호 말이죠. 그러면 그들에게 이렇게 말해 줄 수 있을 텐데요. '그 음식이 너를 죽일 거야. 연단에서 멀리 떨어져. 거기는 복음을 전하는 곳이 아니야. 그 어떤 기쁜 소식도 듣지 못할 거야. 죽은 후에도 구원을 약속

받지 못하니까. 그들은 너희의 불쌍한 영혼을 결코 가엾게 여기지 않아. 왜냐하면 너희에겐 영혼이 없다고 생각하거든. 그들은 너희에게서 가까운 형제들의 모습을 보지 못할 테고, 너희를 축복해 주지도 않을 거야. 비열한 범죄자에게는 영혼이 있지만 너, 어여쁜 꽃사슴과 멧돼지와 야생 거위, 너, 돼지와 개들에겐 영혼 따윈 없다고 생각할 거야.'

동물 살해는 아무런 처벌도 받지 않죠. 처벌이 없으니 아무도 사건에 대해 알지 못해요. 그 누구도 사건에 대해 알지 못하니까 그것은 아예 없는 것이 되어 버립니다. 도살당한 짐승의 붉은 고깃덩이가 걸려 있는 가게 진열장을 지나갈 때, 그게 무엇인지 생각해 본 적 있으신가요? 한 번이라도 궁금하게 여긴 적 있나요? 식당에서 꼬치구이나 커틀릿을 주문했을 때, 우리 앞에 놓인 건 무엇일까요? 아무도 충격을 받거나 끔찍하게 여기지 않습니다. 무자비한 범죄가 지극히 일상적이고 정상적인 행위로 여겨지고 있으니까요. 지금은 모두가 아무렇지도 않게 범죄를 저지릅니다. 아우슈비츠 수용소가 표준이 된다면 세상은 아마 바로 그런 모습일 거예요. 아무도 세상이 잘못되었다는 걸 느끼지 못하는 그런 세상 말입니다."

경관이 보고서를 작성하는 동안 나는 계속 떠들어 댔다. 여자가 방을 나갔고, 밖에서 전화 통화하는 소리가 들렸다. 아무도 내 말을 듣고 있지 않았지만 나는 연설을 계속했다. 멈출 수가 없었다. 그 말들이 어디선가 내게로 흘러 들어왔으므로 나는 그것들을 밖으로 내뱉어야만 했다. 한 마디 한 마디가 끝날 때마다 나는 안도감을 느꼈다. 게다가 때마침 한 신고인이 작은 푸들 한 마리를 안고 조사실로 들어왔기에 나는 더욱 생생한 자극을 받았다. 내 격앙된 어조 때문인지 그는 조심스럽게 문을 닫고는 폴 뉴먼에게 다가가서 뭐라고 속삭이기 시작했다. 그동안 사내의 푸들은 조용히 의자에 앉아서 고개를 갸웃거리며 나를 쳐다보았다. 나는 말을 계속했다.

"사실 **인간**은 **동물**이 그들의 고유한 삶을 누릴 수 있도록 도와줘야 할 책무를 갖고 있습니다. 가축들은 그들이 우리에게서 받는 것보다 훨씬 더 많은 것을 주기 때문에 그들에게 애정을 돌려주는 건 **인간**의 의무입니다. 그리고 그들이 존엄하게 살 수 있도록 빚을 청산하고, 현생의 모든 업보를 명부에 기록하고 갚아 나갈 수 있도록 도와야 합니다. 예를 들면 이런 거죠. 나는 **동물**로 태어나 살았고, 먹었고, 녹색 초원에서 풀을 뜯었고, 새끼를 낳았고, 내 체온으로 자식들을 따뜻하게 덥혀 주었고, 둥지를 지었고, 내게 주어진 의무를 모두 완수했노라고 말이죠. **인간**이 그들을 죽일 때 그들은 공포와 두려움 속에서 죽음을 맞습니다. 어제 내 눈앞에 쓰러져 있었고, 아직도 거기에 있는 그 야생 멧돼지처럼 업신여김을 당하고, 진흙탕에 더럽혀지고, 피투성이가 된 채, 썩은 고깃덩이가 되어 버렸습니다. **인간**이 **동물**을 지옥으로 내모는 순간, 온 세상이 지옥으로 변합니다. 왜 다들 그 사실을 모르는 걸까요? 어째서 **인간**의 이성은 사소하고 이기적인 쾌락에서 벗어나지 못하는 걸까요? 사람들은 다음 생애에서 **동물들**이 해방을 맞이할 수 있도록 이끌어 줄 의무가 있습니다. 우리는 모두 같은 방향을 향해 나아가고 있습니다. 구속에서 자유로, 틀에 박힌 관습에서 자유로운 선택의 단계로."

나는 현학적인 어휘들을 써 가며 이렇게 말했다.

안쪽에 딸린 방에서 청소부 하나가 플라스틱 양동이를 들고 나타났다. 그는 호기심 어린 눈으로 나를 쳐다보았다. 냉정한 표정의 경관은 여전히 보고서에 뭔가를 기입하고 있었다.

"다들 그저 멧돼지 한 마리에 불과하다고 말하겠죠." 나는 연설을 계속했다. "하지만 끝없이 쏟아지는 종말론적인 폭우처럼 날마다 우리의 도시에 무차별 제공되는 도살된 고기들의 범람에 대해서는 뭐라고 설명할 수 있을까요? 그 폭우는 살육과 질병, 집단 광기, 정신의 혼미와 오염을 예고하는 것입니다. 그 어떤 **인간**의 심장도 그렇게 많은 고통을 견딜 수는 없기 때문입니다. **인간**의 복잡한 정신세계는 **인간**이 자신이 보고 있는 것을 이해하지 못하도록 만들기 위해 생겨난 것입니다. 진실을 환상이나 덧없는 말장난으로 포장해서 그것이 **인간**에게 전달되는 것을 막는 것이죠. 이 세상은 고통으로 가득 찬 감옥이며, 살아남기 위해서는 타자에게 고통을 가할 수밖에 없도록 설계되었습니다. 다들 제 말 듣고 계시죠?"

하지만 내 이야기에 싫증을 느낀 청소부마저 자신의 업무에 몰두하고 있었으므로 나는 푸들을 향해 이야기할 수밖에 없었다.

"도대체 무슨 세상이 이 모양이죠? 누군가의 몸으로 신발을 짓고, 미트볼과 소시지, 침실 깔개를 만듭니다. 또한 누군가의 뼈를 고아서 국물을 우려내죠……. 누군가의 뱃가죽으로 완성한 신발과 소파, 숄더백, 누군가의 털로 몸을 따뜻하게 유지하고, 누군가의 몸을 먹고, 그것을 토막 내어 기름에 튀기고 있습니다……. 이런 잔혹한 행위가 버젓이 자행되고 있다는 게 말이 되나요? 이것은 잔인하고 무감각하고 기계적이며 그 어떤 양심의 가책도 없이, 그리고 일말의 반성도 없이 벌어지는 대량 학살입니다. 고매한 철학이나 신학 분야에서 반성과 성찰이 그토록 난무하는데도 말이죠. 살상과 고통이 일반적인 것이 되어 버린 이곳은 대체 어떤 세상인가요? 뭔가 잘못된 게 아닐까요?"

침묵이 흘렀다. 머리가 빙글빙글 돌면서 갑자기 기침이 터져 나왔다. 바로 그때 푸들을 데려온 남자가 목청을 가다듬으며 말했다.

"맞습니다. 부인의 말씀이 전적으로 옳습니다."

그의 발언이 나를 혼란스럽게 했다. 처음에는 화가 나서 그를 노려봤는데, 표정을 보니 감동한 기색이 느껴졌다. 그는 야위고 나이 지긋한 노신사로 조끼가 달린 양복을 말끔하게 차려입고 있었다. 내 직감에 따르면 '기쁜 소식'의 중고 옷 가게에서 건진 게 틀림없었다. 그의 푸들 또한 깨끗했고, 털도 매끈하게 손질되어 단정해 보였다. 하지만 아쉽게도 경관에게는 내 발언이 아무런 감동도 주지 못했다. 그는 파토스*를 좋아하지 않는 반어주의자 중 한 사람이었다. 그런 유형의 사람들은 혹시라도 동화될까 봐 아예 입을 다물어 버리곤 한다. 그들은 지옥보다 파토스를 더 두려워하니까.

"부인께서는 과장이 심하시군요." 경관이 책상 위에 서류들을 차곡차곡 포개면서 마침내 입을 열었다. "항상 궁금했습니다……. 부인 연세 정도 되는, 나이 든 여성분들은 왜 그렇게 **동물**

* 애수나 비애감, 비장미를 강조하는 수사적 표현.

에 대해 신경을 쓰는지 말이죠. 혹시 자식들이 이미 다 장성했기 때문에 보살피고 돌볼 대상이 없기 때문은 아닌가요? 본능적으로 자꾸만 대체할 대상을 찾는 거죠. 여성들에게는 보살핌에 대한 본능이 있지 않나요, 그렇죠?" 경관은 이렇게 말하면서 여자 동료를 흘끗 보았지만, 그녀는 그의 **가설**에 동조하는 그 어떤 반응도 보이지 않았다. "제 할머니를 예로 들어 보죠. 고양이를 일곱 마리나 키우고 있고, 동네에 돌아다니는 모든 고양이에게 먹이를 주시거든요. 자, 이것을 좀 읽어 보시겠습니까?" 그는 짤막한 내용이 인쇄된 종이 한 장을 내게 건네며 말했다. "부인께서는 이 문제에 너무 감정적으로 접근하시는 것 같습니다. 사람보다 **동물**의 운명에 더 신경을 쓰고 계신 거죠."

그는 자신의 결론을 되풀이하며 강조했다.

나는 더 이상 아무 말도 하고 싶지 않았다. 그래서 주머니에 손을 집어넣어 피투성이가 된 멧돼지의 털 뭉치를 꺼냈다. 그러고는 그 뭉치를 그들 앞에 놓인 책상 위에 내려놓았다. 맨 처음 그들이 보인 반응은 몸을 앞으로 숙이는 것이었지만, 곧바로 혐오감에 몸을 뒤로 젖혔다.

"맙소사, 대체 이게 뭐죠? 헉!" 폴 뉴먼 경관이 소리쳤다. "빌어먹을, 얼른 치워요!"

나는 의자에 편히 기대면서 만족스럽게 말했다.

"이것은 유해예요. 저는 이것들을 수집하고 있어요. 우리 집에는 **동물**의 유해를 보관하기 위한 상자들이 잔뜩 있어요. 상자마다 라벨이 붙어 있죠. 대부분 털과 뼈들이에요. 언젠가는 살해당한 모든 **동물**의 유전자 복제가 가능해질 테니까요. 그렇게 되면 아마 어떤 식으로든 보상을 해 줄 수 있을 겁니다."

"아, 진짜 막무가내야." 혐오감에 입술을 일그러뜨린 채, 멧돼지 털을 향해 몸을 구부리면서 여자 경관이 중얼거렸다. "정말 막무가내시네요!"

꾸덕꾸덕 말라붙은 피와 진흙이 그들의 서류를 더럽혔다. 경관이 자리에서 벌떡 일어서더니 책상 뒤로 물러났다.

"피를 무서워하나 보죠?" 내가 심술궂게 물었다. "하지만 카샨카*는 좋아하잖아요."

"진정하세요. 말도 안 되는 소리는 이제 그만하시고요. 우리는 부인을 도우려는 거예요."

나는 그가 내민 보고서의 사본에 전부 서명했다. 그러고 나자 여자 경관이 내 팔을 부드럽게 잡고는 문으로 안내했다. 마치 미친 여자를 다루는 듯한 태도였다. 나는 굳이 저항하지 않았다. 그 사이에도 그녀는 전화 통화를 멈추지 않았다.

*

나는 또 한 번 같은 꿈을 꾸었다. 엄마가 또 보일러실에 와 있었다. 엄마가 여기 온 것이 다시 화가 났다.

나는 엄마의 얼굴을 똑바로 쳐다보았지만, 엄마의 시선은 계속 옆으로 비껴가면서 내 눈을 쳐다보지 않았다. 뭔가 난처한 비밀을 품은 듯 그 시선은 계속 나를 피하고 있었다. 엄마가 미소를

* 돼지 피와 기름, 곡류를 섞어 만든 소시지의 일종.

지었다. 그러다 갑자기 표정이 심각해졌다. 그 표정은 유동적이었고 형체가 파도처럼 출렁였다. 나는 엄마가 여기에 오는 것을 원치 않는다고 말했다. 이곳은 산 자들을 위한 곳이지 죽은 자들을 위한 곳이 아니라고. 그 순간 엄마가 문을 향해 몸을 돌렸다. 거기에는 할머니가 서 있었는데 회색빛 드레스를 입은, 아름답고 젊은 모습이었다. 손에는 핸드백을 들고 있었다. 할머니와 어머니 둘 다 성당에 가려고 차려입은 듯한 모습이었다. 나는 전쟁 전에 유행했던 우스꽝스러운 스타일의 핸드백을 기억했다. 저승에서 이곳을 찾아온 방문객의 핸드백에는 무엇이 들어 있을까? 먼지 한 줌? 재? 돌멩이? 존재하지 않는 코를 위한 썩은 손수건? 지금 두 사람이 내 앞에 서 있다, 그들의 체취를 맡을 수 있을 정도로 가까운 거리에. 오래된 향수, 나무 장롱 속에 가지런히 개켜서 넣어 둔 침대 시트 냄새.

"제발 좀 가세요. 어서 집으로 돌아가요."

나는 사슴들에게 했듯이 그들을 향해 팔을 내저으며 말했다.

하지만 두 사람은 꿈쩍도 하지 않았다. 그래서 내가 먼저 돌아서서 자물쇠로 문을 잠그고 그곳을 빠져나왔다.

나쁜 꿈을 처리하는 오래된 방법은 화장실 변기에 대고 그 꿈을 큰 소리로 말한 다음, 변기의 물을 내리는 것이다.

8
사자자리의 천왕성

믿을 수 있는 모든 것은 진실의 단면이다.*

처음 점성학을 시도하는 **인간**은 당연히 자기 자신의 운명을 확인한다. 나 역시 마찬가지였다. 어느 순간 원형(圓形)을 이루며 어떤 특별한 구조가 내 눈앞에 펼쳐졌다. 나는 놀라움과 감탄으로 그것을 살펴보았다. 이것이 나인가? 여기 내 눈앞에 나 자신에 대한 청사진이 놓여 있다. 기본적인 사항들로 기록된 고유한 내 모습. 그것은 가장 간단하면서 동시에 가장 복잡한 양상이다. 얼굴의 감각적인 이미지를 단순한 기하학적 도표처럼 바꿔 버리는 거울처럼 말이다. 거울에 비친 내 얼굴에서는 평소 친숙하고 당연해 보이던 특징들이 자취를 감춘다. 남아 있는 것은 천체의 아치형 천장에서 빛나는 행성들과 그것이 상징하는 점들의 독특한 배열

* 윌리엄 블레이크의 시 「지옥의 격언」에서.

뿐이다. 거기서는 아무것도 노화하거나 변화에 굴복하지 않는다. 창공에 자리한 그들의 위치는 특별하고 영원하다. 태어난 시간에 따라 원 안의 공간들은 하우스로 구분해서 나뉘고, 그렇게 도표는 사실상 고유한 의미를 획득한다, 마치 개개인의 지문처럼.

나는 자신의 천궁도*를 보는 사람은 누구나 이중적인 감정을 느낄 수밖에 없다고 생각한다. 개개인의 삶에 천체가 각인되어 있다는 사실은 자랑스러운 일이다. 마치 날짜가 박힌 우편 소인처럼, 그것은 우리를 고유한 존재로 구별한다. 하지만 다른 한편으로 그것은 문신으로 새긴 수감 번호처럼 우리를 우주 공간에 투옥한다. 거기서 탈출할 방법은 없으므로 나는 나 자신이 아닌 다른 사람이 될 수 없다. 무서운 일이다. 우리는 스스로가 자유롭다고 여기고, 언제든 자신을 다른 모습으로 탈바꿈할 수 있다고 생각하며, 삶이 전적으로 자신에게 달려 있다고 믿기에 천체와 같이 위대하고 엄청난 대상과의 연관성은 우리를 불편하게 만든다. 차라리 미물이 되는 편이 나을 것 같다. 그러면 우리가 저지른 사소한 죄들도 용서받을 수 있을 테니까.

그러므로 나는 우리의 감옥에 대해 매우 잘 알아야 한다고 확신한다.

내 본래 직업은 교량 건설 엔지니어다. 내가 이런 이야기를 한 적이 있었나? 나는 시리아와 리비아에서 교량을 건설했고, 폴란

* 한 사람의 출생일과 시간, 출생지에 따른 태양과 달, 10행성의 위치를 12구역으로 나누어 보여 주는 차트.

드 엘블롱크*와 포들라시에** 인근에도 두 개의 다리를 건설했다. 시리아에 세운 것은 괴상한 형태의 다리였다. 그것은 강수량에 따라 간헐적으로 모습을 드러내는 강둑에 만들어졌다. 두어 달 동안 강바닥에서 흐르던 물이 햇볕에 말라 단단해진 토양으로 스며들면, 강바닥이 마치 봅슬레이 트랙 같은 모양으로 바뀌었다. 그러면 거기에 들개들이 나타나 서로를 쫓아다니며 장난을 쳤다.

나는 머릿속에서 상상한 개념들을 숫자로 변형시키면서 희열을 맛보곤 했다. 숫자들로부터 구체적인 이미지를 끄집어내고, 그다음에는 스케치와 디자인 작업을 했다. 숫자들은 그렇게 종이 위에서 결합되어 의미를 생성했다. 대수학***에 대한 재능은, 계산자로 모든 걸 혼자 계산해야 했던 과거에 점성학을 연구하면서 유용하게 사용되었다. 모든 것이 준비된 컴퓨터 프로그램으로 문제를 해결하는 오늘날에는 불필요하지만 말이다. 지식에 대한 갈증이 마우스 클릭 한 번으로 해소되는데 누가 아직도 계산자의 규칙 따위를 기억하겠는가? 안타깝게도 내가 생애 최고의 전성기를 누리던 바로 그 무렵, 나의 **증세**가 시작되었고 나는 폴란드로 돌아와야만 했다. 병원에서 꽤 오랜 시간을 보냈지만 도대체 내게 무슨 문제가 있는지는 끝내 밝혀지지 않았다.

한동안 나는 고속 도로 설계를 맡은 개신교 신자와 동거했는데, 그가 마틴 루터의 명언 중 한 구절을 인용한 적이 있었다.

* 폴란드 북서부의 항구 도시로 예전에는 독일령이었다.

** 폴란드 북동부에 위치한 도시.

*** 개개의 숫자 대신 숫자를 대표하는 일반적인 문자를 사용하여 수의 관계, 성질, 계산 법칙 따위를 연구하는 학문.

"고통받는 사람은 신의 뒷모습을 본다."

나는 여기서 뒷모습이란 게 등을 의미하는지, 아니면 엉덩이를 의미하는지 알 수 없었다. 신의 앞모습조차 상상하기 힘든데 뒷모습은 과연 어떨까. 어쩌면 이 말은 고통받는 사람은 일종의 쪽문과도 같은 특별한 창구를 통해 신에게 가까이 다가가는 축복을 받으며, 고통 없이는 이해하기 힘든 진리를 포착하게 된다는 의미가 아닐까 싶다. 그러므로 어떤 면에서 보면 건강한 사람이란 결국 고통에 시달리는 사람이다. 좀 이상하게 들리겠지만 말이다. 그렇게 해서 결국 삶의 조화와 균형이 맞춰지는 법이라고 나는 생각했다.

일 년 동안 나는 한 발짝도 걸을 수 없었다. 그러다 **증세**가 조금씩 완화되기 시작할 때 깨달았다. 이제 다시는 사막의 강을 가로지르는 다리를 건설할 수 없으리라는 사실을, 그리고 포도당이 들어 있는 냉장고에서 멀리 벗어날 수 없다는 사실을. 그래서 직업을 바꿔 교사가 되었다. 나는 학교에서 일했고 아이들에게 영어, 수공예, 지리 등 여러 실용적인 과목들을 가르쳤다. 나는 항상 아이들이 온전히 집중할 수 있도록 최선을 다했다. 학생들이 낙제할까 봐 걱정돼서가 아니라 진정한 열정에 사로잡혀 자신들에게 꼭 필요하고 중요한 내용을 기억할 수 있도록 하기 위해서였다.

그 일은 나에게 큰 즐거움을 주었다. 나는 늘 어른들보다는 아이들에게 애착을 느꼈다. 내게도 약간 유치한 성향이 있었기 때문이다. 그런 성향은 잘못된 것도 부정적인 것도 아니다. 중요한 것은 내가 나에 대해 잘 안다는 사실이다. 아이들은 부드럽고 유연하며 마음이 열려 있고 꾸밈이 없다. 또한 어른들처럼 자신이나 타인의 삶에 대해 이러쿵저러쿵 잡담이나 수다를 떨지도 않는다. 하지만 불행히도, 나이가 들면서는 이성의 힘에 굴복하게 된다. 블레이크가 말했듯이 울로*의 시민이 되면 더 이상 쉽고 자연스러운 방식으로 아이들을 올바르게 이끌기가 힘들다. 그래서 나는 어린아이들만 좋아했다. 열 살이 넘은 아이들은 어른들보다 훨씬 혐오스러웠다. 그 또래 아이들에게는 개성이 없다. 뼈가 굵어지고 어쩔 수 없이 사춘기를 겪으면서, 점차 남을 의식하고 남들처럼 살고 싶어 하는 아이들의 모습을 나는 보았다. 간혹 존재의 새로운 상태에 저항하며 내적인 투쟁을 하는 아이들도 있었지만, 결국은 거의 모든 아이가 굴복했다. 그렇게 되고 나면 나는 아이들과 접촉이나 연락을 하지 않았다. 그것은 또 다른 의미의 **타락**을 목격하는 것과 다르지 않았기 때문이다. 대부분의 경우, 나는 기껏해야 5학년까지의 아이들을 가르쳤다.

그러다 마침내 명예퇴직을 당했다. 내 입장에서는 너무 이른 조치였다. 나는 좋은 교사였고, 다양하고 풍부한 경험을 가진 데다 가끔씩 발현하는 **증세**를 제외하면 아무런 문제도 없었기에 이유를 납득하기 힘들었다. 그래서 나는 교육 위원회를 찾아가서 수업을 계속할 수 있게 해 달라는 요청서와 함께 관련 자격증과 증명서 등을 제출했다. 하지만 불행히도 효과가 없었다. 때마침 교육 개혁과 더불어 시스템 정비와 프로그램 수정이 한창이었고, 실업률 증가까지 겹쳐 타이밍이 영 좋지 않았던 것이다.

* 예언적 서사시인 「예루살렘」에서 울로는 '타락한 물질세계'를 뜻한다.

그래서 나는 다른 학교에서 일거리를 찾았다. 그렇게 다른 학교, 또 다른 학교에서 하프 타임 일자리, 4분의 1타임 일자리, 심지어 시간당 아르바이트까지 알아보았다. 만약 분 단위로 제공하는 일자리가 있었다면 그것도 마다하지 않았을 것이다. 하지만 가는 곳마다 내 뒤에는 젊은 교사들이 초조하게 버티고 있었다. 교직이란 게 고생스럽고 벌이도 시원찮았지만, 어딜 가든 그들이 내 꼬리를 밟으며 바짝 뒤쫓아 왔다.

그러다 마침내 이곳에서 겨우 일자리를 얻었다. 내가 도시를 떠나 여기로 이주하여 작은 집을 사고, 이웃들의 집을 관리하는 일을 맡기로 했을 때, 젊은 교장이 언덕을 넘어 숨을 헐떡이며 나를 찾아왔다. 내가 교사라는 걸 안다며 그녀가 말했다. 그녀는 '교사였다'가 아니라 '교사이다'라고 현재 시제를 써서 말했고, 그것이 마음에 들었다. 내 직업을 나이나 육체로 인해 단절될 수 있는 활동이 아니라 정신적인 상태에 의해 좌우되는 것으로 간주한다는 의미로 들렸기 때문이다. 그녀는 내게 자신의 학교에서 아이들에게 일주일에 몇 시간씩 영어를 가르치는 일을 해 달라고 제안했다. 내가 딱 좋아하는 종류의 일이었다. 나는 제안을 받아들였고, 일주일에 한 번씩 예닐곱 살 아이들에게 영어를 가르치기 시작했다. 이 또래 아이들은 매우 열정적으로 학습에 참여하지만, 대신 싫증도 빨리 냈다. 교장은 내가 음악 수업도 맡아 주길 원했는데, 아마도 아이들과 함께 「어메이징 그레이스」를 부르는 것을 들은 듯했다. 하지만 그것까지 감당하기엔 힘이 부쳤다. 매주 수요일 나는 말끔하게 차려입고 마을로 내려간다. 머리를 단정하게 빗고, 옅은 화장을 하고, 눈꺼풀에는 초록색 아이섀도를 칠하고, 얼굴에는 분을 바른다. 이 모든 일에는 많은 시간과 인내심이 요구된다. 나는 체육 수업을 맡을 수도 있었다. 나는 키가 크고 힘이 센 편이다. 과거에는 스포츠를 좋아했다. 도시에 있는 내 집 어딘가에는 내가 딴 메달이 보관되어 있다. 나이 때문에 더는 아이들에게 체육을 가르칠 기회가 없지만.

사실 요즘 같은 겨울에는 학교에 출근하는 게 쉬운 일이 아니다. 수업이 있는 날에는 평소보다 일찍 움직여야 한다. 아직 날이 어둑할 때 일어나서 불을 피우고, 사무라이에 쌓인 눈을 치운다. 길에서 좀 떨어진 곳에 주차를 했을 땐 눈길을 헤치고 거기까지 걸어가야 하는데, 결코 만만한 일이 아니다. 겨울 아침은 강철로 만들어진 듯 금속 같은 맛을 내며, 모서리가 날카롭다. 1월의 수요일 아침 7시, 세상은 **인간**을 위해 만들어진 것이 아님을 절실히 깨닫는다. **인간**의 편안함이나 쾌락을 위해서 창조된 건 더더욱 아니다.

*

안타깝게도 디지오도, 그리고 내 친구들 중 그 누구도 점성학에 대한 취미를 나와 공유하려 들지 않는다. 그래서 나는 내 열정을 드러내지 않으려고 노력한다. 그들은 이미 나를 괴짜로 여긴다. 경찰서장의 경우처럼 누군가의 출생일과 출생지를 꼭 알아야 할 때만 비밀을 털어놓는다. 그렇게 나는 **고원**에 거주하는 거의 모든 이들, 그리고 마을 사람의 절반 정도에게 출생일과 출생지를 캐물었다. 자신의 생년월일을 알려 줌으로써 사람들은 그들

의 진짜 이름을 내게 공개하고, 천상에 찍힌 자신들의 날짜 소인을 보여 준다. 이런 식으로 그들은 자신의 과거와 미래를 내 앞에 드러내 보인다. 하지만 출생일을 물어볼 수 없는 사람들도 여전히 많다.

생년월일을 알아내는 건 비교적 쉬운 일이다. 신분증이나 유사한 다른 서류만 있으면 되고, 가끔은 인터넷 검색도 가능하다. 디지오에게는 다양한 목록과 도표에 접근할 수 있는 권한이 있지만 여기서 자세히 언급하지는 않겠다. 정말 중요한 것은 출생 시간이다! 문서나 서류에는 기록되지 않지만, 그럼에도 그것은 어떤 사람에 관해 알 수 있는 진정한 열쇠다. 정확한 출생 시간이 누락된 점성학은 가치가 없다. 이런 경우 우리는 '무엇'이나 '누구'인지는 알지만 '어떻게'나 '어디에서'에 대해서는 알아내지 못한다.

나는 점성학을 꺼리는 디지오에게 늘 설명하곤 했다. 과거의 점성학은 오늘날의 사회 생물학과 거의 비슷했다고. 그렇게 말하면 그나마 약간이라도 흥미를 느끼는 것 같았다. 이는 절대 근거 없는 비교가 아니다. 점성가는 천체가 인간의 성격에 영향을 미친다고 믿는 반면, 사회 생물학자는 분자체의 신비한 발산이 우리에게 영향을 미친다고 생각한다. 그 차이는 규모에 있다. 둘 중 누구도 이러한 영향의 배후에 무엇이 있는지, 그것이 어떻게 전달되는지 알지 못한다. 사실 그들은 같은 것에 대해 말하고 있다. 서로 다른 척도를 사용하고 있다는 사실만 빼면 말이다. 이따금 나는 둘의 유사성에 대해 감탄하다가도 개인적으로 점성학을 이렇게나 좋아하면서도 사회 생물학은 전혀 존중하지 않는다는 사실에 스스로 놀라기도 한다.

탄생 점성학에서는 생년월일이 사망일도 결정한다. 사람이 태어나면 반드시 죽는다. 점성학에는 우리에게 죽음의 시각과 유형을 알려 주는 많은 단서들이 있다. 우리는 그저 그것들을 발견해서 서로 연결 짓기만 하면 된다. 예를 들어 힐렉으로 향하는 토성의 일시적인 각(角)*을 확인하고, 8하우스에서 무슨 일이 일어나고 있는지 살펴봐야 한다. 또한 태양과 달을 의미하는 빛의 상대적 위치도 연구해야 한다.

이것은 꽤나 복잡해서 제대로 아는 사람이 아니면 누구든 지루함을 느낄 수 있다. 하지만 내가 디지오에게 말했듯이 상세히 살펴보면 여러 가지 요소들이 서로 연결될 때 여기 아래쪽에서 벌어지는 일들과 저기 높은 곳에 떠 있는 행성의 위치가 서로 명백히 일치함을 알 수 있다. 그것은 항상 흥분을 자아낸다. 하지만 이런 흥분의 근원에는 이해가 수반되어야 한다. 디지오가 나와 같은 흥분을 만끽하지 못하는 건 바로 그 때문이다.

점성학을 옹호하는 과정에서 나는 통계 자료를 근거로 사용하기도 한다. 개인적으로는 통계를 별로 좋아하지 않지만, 젊은 사람들의 마음을 사로잡는 데는 상당히 효과적이다. 젊은이들은 신앙에 가까운 열성으로 무조건 통계를 믿는다. 백분율이나 확률을 제시하는 순간 그들은 옳다고 믿어 버린다. 그럴 때마다 나는 고클랭**과 그가 주장한 '화성 효과'에 대해 언급한다. 기괴한 현상

* 천궁도에서 두 행성 간의 위치와 각도를 의미한다.

** 미셸 고클랭(Michel Gauquelin, 1928~1991). 프랑스의 심리학자이자 점성학자.

임에는 틀림없지만 통계가 그것을 입증해 주기 때문이다. 고클랭의 주장은 이렇다. 운동선수들의 별자리에서 신체 단련과 운동 경기의 별자리인 화성의 움직임을 살펴보면, 운동선수가 아닌 사람들의 별자리와 비교하여 특정한 위치에서 그러한 움직임이 훨씬 더 자주 발견된다는 것이다. 하지만 디지오는 고클랭의 화성 효과뿐 아니라 그가 불편하다고 느낀 다른 모든 증거를 무시했다. 심지어 이미 실현된 예언들을 예로 들어도 마찬가지였다. 히틀러의 경우를 보자. 하인리히 힘러*가 고용한 천문학자 빌헬름 볼프가 1944년 7월 20일에 히틀러에게 큰 위험이 닥칠 것을 예언했는데, 우리가 알듯이 그날은 바로 볼프스산체**에서 히틀러에 대한 암살 시도가 있었던 날이다. 그리고 나중에 그 암울한 천문학자는 1945년 5월 7일 이전에 히틀러가 비밀스러운 최후를 맞으리라고 담담하게 예언했다.

"대단하네. 그게 어떻게 가능하지?"

디지오는 혼잣말로 자신에게 질문을 던지며 감탄했다. 하지만 금방 모든 것을 잊어버렸고, 불신은 또다시 시작되었다.

나는 그를 설득하기 위해 다른 방법을 동원해 보았다. 그에게 지상에서 벌어지는 일과 천상에서 펼쳐지는 광경이 얼마나 완벽하게 조화를 이루는지 보여 주기로 한 것이다.

"예를 들어 볼게. 이것 좀 봐. 주의 깊게 봐야 해. 1980년 여름,

* Heinrich Himmler(1900~145). 독일의 나치스 지도자로 국가 비밀경찰인 게슈타포의 장관을 지냈다.

** 독일 나치스 육군의 작전 지휘 본부. '늑대 소굴'이라는 뜻을 갖고 있으며 현재는 폴란드 영토다.

천궁도에서 목성이 천칭자리의 토성과 경도상 거의 같은 각도로 합치했어. 매우 강력한 합(合)*이었지. 목성은 권력자를 상징하고 토성은 노동자들을 대표해. 게다가 바웬사**는 천칭자리에 태양도 갖고 있었어. 보이니?"

디지오는 납득할 수 없다는 듯 고개를 갸우뚱거렸다.

"그럼 경찰은요? 천체에서 경찰을 대표하는 별자리는 뭔가요?"

"명왕성. 이 별자리는 첩보 활동과 마피아를 상징하기도 해."

"아, 네네, 그렇군요……."

그가 확신 없이 대답만 되풀이했다. 하지만 최대한 호의적인 태도를 잃지 않으려고 애쓰면서 내 말을 이해하기 위해 노력하고 있음을 알 수 있었다.

"이것도 좀 봐." 나는 그에게 행성의 배열을 보여 주었다. "1953년에는 토성이 전갈자리에 있었어. 그 당시 스탈린의 사망과 함께 동유럽에서는 정치적 해빙기가 찾아왔지. 1952년부터 1956년까지는 세계사에서 강력한 전제 정치가 성행했고, 한국 전쟁이 일어났는가 하면 수소 폭탄도 발명됐어. 1953년은 폴란드가 경제적으로 가장 힘든 해였지. 이것 봐, 바로 그때 전갈자리에서 토성이 나타났어. 놀랍지 않아?"

디지오는 의자에 앉아 몸을 꼬았다.

"그래, 알았어. 그럼 이걸 좀 봐. 천칭자리의 해왕성. 혼돈 그 자

* 지구에서 봤을 때 두 행성이 같은 경도에 놓이는 것.

** 레흐 바웬사(Lech Wałęsa, 1943~). 폴란드의 노동 운동가이자 정치가. 1983년 노벨 평화상을 수상했다.

체지. 게자리의 천왕성. 사람들이 분노에 차서 들고 일어나고, 식민주의가 쇠퇴하는 시기야. 천왕성이 사자자리에 들어섰을 때 프랑스 혁명이 발발했고, 폴란드에서는 러시아에 항거하기 위해 1월 봉기가 일어났으며, 러시아에서는 레닌이 태어났어. 사자자리의 천왕성은 혁명적인 힘을 상징한다는 걸 기억해 둬."

나는 디지오가 피곤해한다는 걸 느낄 수 있었다.

그렇다. 점성학을 믿으라고 디지오를 설득하는 건 도저히 불가능했다. 뭐, 상관없다.

언젠가 별자리 연구를 위해 이런저런 도구를 부엌에 늘어놓으면서 문득 이 놀라운 규칙을 연구할 수 있다는 사실에 기쁨을 느꼈다. 나는 우선 왕발의 천궁도를 해독했고, 그다음엔 경찰서장의 천궁도를 파고들었다

일반적으로 볼 때 어떤 인물에게 특정한 사건이 일어나는 동향은 탄생 당시 상승궁*과 그것의 지배 행성, 그리고 상승궁에서 행성 위치에 의해 드러난다. 8하우스의 지배 행성은 자연사(自然死)를 암시한다. 그 행성이 1하우스에 위치한다는 건, 해당 인물의 죽음이 자신의 잘못으로 인해 야기되었음을 의미한다. 예를 들면, 그는 주의력이 부족한 사람일 가능성이 크다. 만약 기표(記標)가 3하우스와 연관되어 있다면, 해당 인물은 자신의 사인을 명백히 알면서 죽음을 맞게 된다. 하지만 3하우스와 연결 고리가 아예 없다면, 그 불쌍한 친구는 자신이 대체 어떤 치명적인 실수를 저질렀는지

* 동쪽 지평선과 황도대가 만나는 지점. 점성학에서 한 인물이 태어날 때 동쪽 지평선에서 떠오르는 행성이나 사인으로 그 인물의 외적인 인격, 성향을 파악한다.

알지 못한 채 죽게 된다. 지배 행성이 2하우스에 위치하면 죽음은 돈과 재물로 인해 찾아온다. 이 경우 강도나 약탈로 인해 살해될 가능성이 농후하다. 3하우스에 지배 행성이 위치하면 전형적인 교통사고에 따른 죽음을 의미한다. 4하우스의 경우, 자신이 소유한 토지나 가족, 특히 아버지로 인해 죽음을 맞게 된다. 5하우스에서는 자식 때문에, 또는 쾌락 중독이나 운동 과잉으로 인해 죽음이 온다. 6하우스에서는 과로나 평상시 건강 관리의 소홀로 인해 질병을 자초한다. 만약 8하우스의 지배 행성이 7하우스에 놓이면 그 사인은 배우자 탓이다. 배신으로 인한 절망이나 연적과의 결투로 인해 최후를 맞게 된다. 이런 식인 것이다.

경찰서장의 천궁도를 보면 8하우스(생명에 대한 위협을 뜻하며, 흔히 '죽음의 집'이라 일컬어진다.)에서 태양이 발견된다. 이때 태양은 화성(폭력, 공격성)과 직각의 위치에 놓이는데, 이것은 매우 드물고 복잡한 각도다. 이때 이 화성은 전갈자리(죽음, 살인, 범죄)의 12하우스(살해, 암살)에 위치한다. 전갈자리의 지배 행성은 명왕성이다. 따라서 이 행성의 에너지는 경찰 아니면…… 마피아 같은 조직과 관련되었을 확률이 높다. 명왕성은 사자자리의 태양과 같은 각도에 위치하고 있다. 내가 보기에는 이 모든 것이 의미하는 건 경찰서장이 상당히 복잡하고 수수께끼 같은 인물이며, 여러 가지 지저분한 일에 연루되어 있으리라는 것이다. 그렇기에 잔인하고 무자비할 수 있었고, 자신의 지위를 이용해서 명백한 이득을 취했던 것이다. 경찰 내에서의 공적인 권한뿐만 아니라 다른 곳, 뭔가 비밀스럽고 불길한 영역에서 강한 권력을 휘둘렀을 가능성이 높다.

더구나 상승궁의 지배 행성이 양자리에 위치하고 있는데, 양자리는 머리를 관장한다. 따라서 폭력(화성)은 그의 머리와 직접적인 관계가 있으며, 그의 사인인 두부 손상은 바로 여기에서 기인한 것이다. 나는 또한 양자리나 황소자리, 사자자리, 궁수자리나 염소자리처럼 **동물**의 별자리에 토성이 놓여 있을 경우, 야생 **동물** 또는 공격적인 **동물**에 의해 생명의 위협을 받을 운명이라는 사실을 기억해 냈다.

"단테의 『신곡』 「지옥편」에서 베르길리우스가 말했죠. 점성가들에게 목을 끔찍하게 뒤트는 **형벌**이 내려졌다고요."

참다 못한 디지오가 나의 장황한 설명을 멈추기 위해 말했다.

*

"자, 움직여, 친구. 나를 실망시키지 말라고."

나는 사무라이에게 말했다. 사무라이는 한동안 그르렁거렸지만 잠시 후 시동을 걸었다. 이것은 일종의 의리 같은 것이다. 오랫동안 함께 지내며 서로 의지하다 보면 서로에 대한 의리가 생긴다. 사무라이도 이제 나이를 꽤 먹었고, 해를 거듭할수록 점점 더 움직이기 버거워한다는 것도 알고 있다. 마치 나처럼 말이다. 나는 올겨울 내가 사무라이를 잘 관리하지 못했고, 그가 애처로운 나날을 보냈음을 안다. 내가 그랬듯이 말이다. 차 안에는 사고가 발생할 경우에 필요한 모든 것이 갖춰져 있다. 밧줄과 삽, 전기톱, 휘발유 한 통, 약간의 생수, 그리고 지금쯤이면 완전히 눅눅해졌을 크래커 한 봉지. 나는 이것들을 가을부터 싣고 다니는 중이다.

손전등도 있고(아, 손전등이 여기 있었군!) 구급약 상자, 예비 타이어 하나, 그리고 주황빛 캠핑 쿨러도 있다. 나는 또한 누군가가 길에서 공격할 경우를 대비해서 호신용 스프레이도 한 개 가지고 다닌다. 물론 그럴 일은 거의 없지만.

우리는 **고원**을 가로질러 초원과 멋진 황야를 지나 마을을 향해 달렸다. 사방이 조금씩, 소심하게 녹색으로 변하는 중이었다. 연약하고 작은 새싹들이 뾰족한 머리를 땅 위로 내밀려고 안간힘을 썼다. 앞으로 두어 달만 지나면, 저 작은 싹들이 초록빛 씨앗이 들어 있는, 솜털이 보송보송한 꼬투리를 주렁주렁 매단 채, 빳빳하고 당당하고 위협적인 자태를 뽐내리라는 게 상상이 되질 않았다. 도로변을 따라 흐드러지게 피어 있는 데이지의 자그마한 얼굴들이 보였다. 나는 그들이 이 길을 오가는 사람들을 묵묵히 쳐다보면서 하나하나 엄격하게 평가하고 있다는 생각을 지울 수가 없다. 마치 꽃들의 군대가 일렬로 늘어서 있는 것만 같았다.

학교 인근에 주차하자마자 우리 반 아이들이 내 차를 향해 달려왔다. 아이들은 사무라이의 옆 유리에 걸어 놓은 늑대의 머리를 감탄하며 쳐다보곤 했다. 그러고는 교실까지 걸어가는 동안 내 스웨터의 소매를 잡아당기며 쉼 없이 재잘거렸다.

"굿 모닝!"

"굿 모닝!"

내가 영어로 인사하자 아이들이 대답했다.

마침 수요일이었으므로 우리는 수요일의 의식을 시작했다. 안타깝게도 우리 반 학생 중 절반이 또다시 결석했다. 첫 영성체 의

식의 예행 연습에 참석해야 하므로 수업에 참여하지 않아도 된다는 허락을 받은 남자아이들이었다. 그래서 우리는 지난주에 배운 내용을 복습해야 했다. 그다음 시간에는 자연과 연관된 어휘들을 가르치느라 교실을 좀 어질렀다. 결국 학교의 청소 아주머니로부터 나무람을 들었다.

"선생님은 늘 교실을 돼지우리로 만드시네요. 여기는 유치원이 아니라 초등학교라고요. 도대체 이 더러운 돌멩이와 해초는 무엇에 쓰는 건가요?"

이 학교에서 내가 유일하게 두려워하는 사람이었다. 그녀의 꽥꽥거리는 원성은 항상 내 신경을 건드렸다. 수업은 체력적으로도 매우 힘들었다. 수업이 끝나면 별로 내키지 않는데도 지친 몸을 이끌고 터덜터덜 걸어가서 장도 보고 우체국에도 들렀다. 나는 주로 빵과 감자, 그리고 여러 가지 채소들을 잔뜩 샀다. 또한 치즈로라도 기분 전환을 하고 싶은 마음에 돈을 좀 들여 캄보졸라*를 샀다. 이따금 이런저런 잡지나 신문을 사기도 했지만, 그것들을 읽다 보면 알 수 없는 죄책감이 느껴지곤 해서 찜찜했다. 뭐랄까, 응당 해야만 할 일을 미처 하지 않은 느낌, 뭔가를 놓쳐 버리고, 주어진 과업에 부응하지 못하고 있는 느낌, 어떤 본질적인 문제에서 나만 동떨어져 있는 듯한 느낌. 확신컨대 당연히 그 기사들이 옳을 것이다. 그러나 길을 지나는 사람들을 주의 깊게 살펴보면 다른 많은 사람들도 어쩌면 나와 똑같은 문제의식을 갖고 있고, 자신의 삶에서 마땅히 해야 할 어떤 일을 하지 않았을지도 모른다는

* 프랑스 카망베르 치즈와 이탈리아 고르곤졸라를 합친 치즈.

생각을 하게 된다.

봄의 미약한 첫 조짐은 아직 도시에 다다르지 못했다. 아마도 그것은 과거에 이곳을 침략했던 적군처럼 어느 틈엔가 슬며시 국경을 넘어서서 텃밭과 골짜기에 발을 디디리라. 지난겨울 미끄러운 길에 뿌리기 위해 쌓아 둔 모래 더미가 포장도로에 남아 있었는데, 따뜻한 햇볕 탓에 모래 먼지가 피어나 옷장에서 막 꺼낸 봄철 구두가 더러워졌다. 마을 화단은 작고 초라했다. 잔디밭에는 여기저기 개똥이 쌓여 있었다. 거리 곳곳에 눈을 가늘게 뜬, 잿빛의 사람들 무리가 보였다. 다들 어쩐지 얼이 빠진 듯 보였다. 몇몇은 오늘 하루치 먹거리 비용에 해당되는 20즈워티를 인출하기 위해 현금 인출기 앞에 서 있었다. 또 다른 누군가는 13시 35분이라고 적힌 순번 쪽지를 들고, 서둘러 진료소로 향하고 있었다. 겨우내 묘소를 장식하던 조화를, 새봄에 핀 진짜 수선화로 바꾸기 위해 공동묘지로 가는 사람들도 있었다.

나는 **인간**의 이러한 부산함에 새삼스레 감동을 느꼈다. 이따금 이런 종류의 감동이 갑자기 밀려와서 나를 난처하게 만들 때가 있다. 나는 이것이 내 **증세**와 관련이 있으며, 이로 인해 내 저항력이 약해진다고 생각한다. 경사진 구시가지 광장에 멈춰 서자 오가는 사람들과의 강렬한 유대감이 마치 파도처럼 내 안에 차올랐다. 이 사람들 모두가 내 형제이자 자매처럼 느껴졌다. 우리는 서로를 아주 많이 닮았다. 너무도 연약한 데다 필멸의 숙명을 타고난, 파괴되기 쉬운 존재다. 모두 하늘 아래에서 아무렇지도 않게 돌아다니고 있지만, 사실 하늘이 정해 놓은 우리의 운명은 알 수가 없다.

봄은 단지 짧은 막간일 뿐이고, 그 뒤에는 강력한 죽음의 군대가 도사리고 있다. 그들은 이미 도시의 성벽을 포위하고 있다. 우리는 포위된 상태로 살고 있다. 인생의 한순간을 잘게 쪼개어 자세히 들여다보면 공포에 질려 숨이 막혀 버릴지도 모른다. 몸 안에서 끊임없는 분열이 일어나면서 우리는 머지않아 병을 앓고, 죽을 것이다. 사랑하는 사람들은 우리를 떠날 것이며, 그들에 대한 기억은 극심한 혼란 속에서 점점 사라질 것이고, 결국엔 옷장 속의 옷 몇 벌, 이미 알아볼 수 없게 된 누군가의 사진들만 남을 것이다. 그렇게 가장 소중한 추억은 흩어져 버리고, 모든 것이 어둠 속으로 가라앉고 자취를 감추겠지.

문득 벤치에 앉아 신문을 읽고 있는 임산부의 모습이 눈에 들어왔다. 그 모습을 보자 갑자기 무지(無知)가 얼마나 큰 축복인가 하는 생각이 들었다. 모든 것을 알게 된다면 저 여인은 유산을 할 수밖에 없을 것이다.

나의 눈에서 다시 눈물이 흐르기 시작했다. 이 정도면 정말 난처하고 심각한 단계라고 할 수 있을 것이다. 도저히 눈물을 참을 수가 없었다. 나는 알리가 뭔가를 해 주기를 바랐다.

'기쁜 소식'의 가게는 구시가지 광장의 작은 샛길에 있었는데, 출입문이 주차장과 연결되어 있었다. 중고 의류의 잠재적 구매자 입장에서 보면 그리 매력적인 입지 조건은 아니다.

작년 늦가을에 나는 처음으로 그곳에 발을 들여놓았다. 그때 나는 온몸이 얼어붙고 허기진 상태였다. 11월의 음습한 어둠이 마을에 드리워져 있었기에 사람들은 그것이 뭐든 밝고 따뜻한 것에 끌리는 중이었다.

입구에서부터 깨끗이 세탁된, 다채로운 색상의 깔개들이 안쪽을 향해 쭉 깔려 있었다. 깔개들 위에는 다양한 중고 옷가지들이 색깔별로 진열되어 있었는데, 서로 다른 색감이 저마다의 분위기를 뽐내고 있었다. 실내에는 향을 피워 놓아서 독특한 향내가 감돌았고, 창문 아래에 설치된 커다란 산업용 라디에이터 덕분에 따뜻하다 못해 무더울 지경이었다. 한때 이곳에는 '장애인 재단사 협동 조합'의 본부가 있었는데, 벽에 걸린 표지판이 그 사실을 증명해 주었다. 모퉁이에는 테트라스티그마라 불리는 커다란 덩굴 **식물**의 화분이 놓여 있었는데, 어찌나 울창하고 무성한지 이미 오래전에 옛 주인의 집을 뒤덮고도 남았을 것 같았다. 덩굴의 힘찬 새싹들은 이제 벽을 타고 가게 진열장까지 뻗어 있었다. 가게는 사회주의 시절의 카페와 세탁소, 그리고 카니발용 의상 대여소가 뒤섞인 듯한 묘한 분위기를 풍겼다. 그리고 이 모든 것의 한복판에 그녀 '기쁜 소식'이 서 있었다.

나는 그녀를 이렇게 불렀다. 이 젊은 아가씨를 보자마자 곧바로, 그리고 거부하기 힘든 당연함으로 내 머릿속에는 그 이름이 떠올랐다. 그것은 아름다우면서도 힘 있는 단어였다. 그 단어를 사용하는 순간, 그녀에 대해 더 이상 아무것도 설명할 필요가 없어진다.

"따뜻한 점퍼를 사고 싶어요."

내가 수줍게 말하자 그녀는 검은 눈동자를 영민하게 빛내며 나를 쳐다보았다. 그러고는 나를 격려하려는 듯이 고개를 끄덕였다.

잠시 후 내가 말을 이었다.

"몸을 따뜻하게 하고, 비를 막는 용도로요. 근데 보통 점퍼들처럼 회색이나 검은색은 아니었으면 좋겠어요. 물품 보관소에 옷을 맡겼을 때 다른 점퍼들과 헛갈리지 않도록 말이죠. 그리고 주머니가 있었으면 좋겠어요. 열쇠와 개들을 위한 간식, 휴대폰, 신분증이 전부 들어갈 정도로 넉넉한 크기의 주머니요. 그러면 굳이 번거롭게 손가방을 들고 다니지 않아도 될 테니까요."

이렇게 요청하는 동안 나는 문득 그녀의 손에 내 모든 걸 맡기는 듯한 느낌이 들었다.

"부인께 딱 맞는 옷이 있는 것 같네요."

'기쁜 소식'은 이렇게 대답하면서 나를 가게 안쪽, 기다랗고 좁은 공간으로 안내했다.

그 공간의 제일 안쪽에는 원형 행거가 세워져 있었는데, 거기에 점퍼들이 주렁주렁 걸려 있었다. 그녀는 지체 없이 손을 뻗어 진홍빛의 예쁜 패딩 점퍼를 꺼냈다.

"이거 어떠세요?"

그녀의 눈동자에 비친 환한 유리창이 아름답고도 투명한 빛을 내뿜었다.

그렇다. 그 점퍼는 정말 내게 잘 맞았다. 마치 빼앗겼던 모피를 돌려받은 **동물**이 된 것 같은 기분이었다. 점퍼 주머니에는 작은 조개껍데기가 들어 있었다. 나는 그것을 이전 주인이 내게 준 작은 선물로 받아들이기로 했다. 어쩌면 그것은 축복의 기원 같은 것이었다. '이 옷이 내게 그랬듯 당신에게도 잘 맞고 유용하기를 바랍니다.'

나는 가게에서 장갑 두 켤레도 샀다. 모자가 잔뜩 담긴 바구니를 뒤적거리다가 그 안에 커다란 검은 고양이가 누워 있는 것을 발견했다. 그리고 그 옆에 놓인 바구니의 목도리와 스카프들 사이에 거의 똑같은 생김새지만 덩치는 좀 더 큰 고양이가 한 마리 더 있었다. 나는 이 고양이들에게 각각 '모자'와 '스카프'라는 이름을 붙여 주었다. 나중에 나는 이 두 마리를 구별하는 게 정말 어렵다는 사실을 깨달았다. '기쁜 소식'의 검은 고양이들.

만주족을 연상시키는 이 아담한 몸집의 상냥한 점원은(게다가 그녀는 인조 모피로 만든 모자를 쓰고 있었다.) 내게 차 한 잔을 주었고, 내가 몸을 녹일 수 있도록 가스난로 쪽으로 의자를 끌어당겨 주었다.

우리의 친분은 그렇게 시작되었다.

쳐다보기만 해도 목이 메고 저절로 눈물이 차오르는 그런 사람들이 있다. 어쩐지 예전에 우리가 순수했던 시절의 기억을 훨씬 더 많이 간직하고 있을 것만 같고, 마치 **타락**하지 않은 자연의 변종처럼 느껴지기도 하는 사람들. 어쩌면 그들은 자신이 어디서 왔는지 잊어버린 왕자에게 그가 고국에서 입었던 두루마기를 보여 주면서 고향으로 돌아가는 법을 일깨워 주는 충직한 하인을 연상시키는, 전령과도 같은 존재일지도 모르겠다.

그녀 또한 자신만의 특이한 질병으로 인해 고통을 받고 있었다. 그것은 매우 드물고 기이한 증상이었다. 그녀에게는 머리카락이 없었다. 눈썹도, 속눈썹도 없었다. 지금껏 몸에 한 가닥의 털도 솟아난 적이 없다고 했다. 애초에 그런 상태로 태어난 것이다. 유전자 탓일까, 아니면 천궁도 탓일까. 나는 물론 천궁도 때문이라고 생각했다. 아, 그렇다. 나는 그녀의 천궁도에서 그것을 확인했다. 상승궁 근처에 있는 손상된 화성, 6하우스의 토성과는 반대되는 위치이며, 12하우스 쪽에 배열되어 있다.(이런 종류의 화성 또한 은밀한 활동과 불확실한 동기를 암시한다.)

그래서 그녀는 연필로 사랑스러운 모양의 눈썹을 그렸고, 눈꺼풀에 작은 선들을 그어 속눈썹처럼 보이게 만들었다. 착시 효과는 완벽했다. 그녀는 항상 터번을 감거나 모자를 썼다. 이따금 가발을 이용하거나 스카프를 머리에 두르기도 했다. 여름에 나는 모두가 갖고 있는, 짙거나 옅은 빛깔의 잔털이 하나도 없는 그녀의 팔뚝을 보고 놀랐다.

종종 궁금할 때가 있었다. 왜 어떤 사람들은 우리에게 매력적으로 느껴지는데, 어떤 사람들은 그렇지 못한 것일까? 나는 이 문제에 관해 나름의 **이론**을 갖고 있는데, 그것은 각자의 몸이 본능적으로 선망하는 이상적이고 조화로운 형태가 따로 있기 때문이라는 것이다. 우리는 타인에게서 이러한 이상형에 부합되는 특정한 성향들을 발견하곤 한다. 진화의 목적은 순전히 미학적인 요구에서 비롯되는 것이지 적응의 목적과는 아무런 상관이 없다. 진화란 철저히 아름다움의 문제이며, 주어진 각자의 모습에서 최대한 완벽한 형태를 만들어 내기 위한 것이다.

나는 이 소녀를 보면서 비로소 우리 몸의 털들이 얼마나 보기 싫은지 깨달았다. 이마 한가운데 돋아난 눈썹과 속눈썹, 머리 위에 덥수룩하게 자라난 머리카락들, 겨드랑이와 사타구니의 털. 도대체 우리는 왜 이런 특이한 낙인을 갖고 있는 것일까? 낙원에서는 아마 그 누구도 털이 없었으리라고 나는 생각한다. 다들 알몸에 매끈한 상태였으리라.

그녀는 크워츠코 외곽의 작은 마을에서 태어났다고 한다. 아버지는 술을 퍼마시다가 그녀가 태어나기도 전에 죽었다. 어머니도 아팠는데, 우울증을 앓다가 결국 약을 먹고 병원에 입원했다. '기쁜 소식'은 있는 힘을 다해 주어진 상황에 맞섰다. 고등학교를 우등으로 졸업했지만 대학에는 진학하지 못했다. 돈도 없었고 형제들을 돌봐야 했기 때문이다. 학비를 벌기로 결심했지만 일자리를 구하지 못했다. 그러다 마침내 이 중고 옷 가게에서 일을 하게 되었는데 수입이 너무 적어서 근근이 먹고 살 정도밖에 되지 않았다. 대학 진학의 꿈은 그렇게 매년 그녀에게서 멀어져 갔다. 가게에 아무도 없을 때면 그녀는 책을 읽었다. 나는 그녀가 어떤 책을 읽는지 알았다. 책장을 선반 위에 올려놓고 손님들에게 빌려주었기 때문이다. 음침한 공포 소설, 박쥐가 그려진, 구겨진 표지의 고딕 소설.* 변태적인 수도사, 몸에서 잘려 나간 살인자의 손, 홍수로 인해 묘지에서 튀어나온 관들. 이런 종류의 읽을거리를 통해 그녀는 우리가 지금 사는 세상이 그래도 최악은 아니라는 믿음을 얻고 낙천주의를 터득했음에 틀림없다.

'기쁜 소식'이 털어놓는 그녀의 삶에 대해 들으면서 내 머릿속에는 '왜 너는……'으로 시작되는 온갖 종류의 질문들이 떠올랐다. 그 뒤를 잇는 것은 일반적인 시각으로 볼 때 이런 상황에서 무엇을 해야 하는지에 대한 훈계였다. 무례하게도 '왜'라는 단어를 입 밖으로 내뱉기 위해 내 입술이 막 오므라들려는 찰나, 나는 혀를 깨물었다.

그것은 바로 온갖 종류의 도색 잡지들이나 하는 짓이었다. 잡

* 중세 분위기를 배경으로 하여 공포와 신비감을 자아내는 소설.

시나마 나는 그런 잡지의 기사들처럼 굴고 싶었던 것이다. 그것들은 우리가 하지 못한 것, 우리가 망친 것, 우리가 소홀히 한 것들을 지적하면서, 결국 우리 자신을 스스로에 대한 멸시와 비하에 빠지게 만든다.

나는 한마디도 하지 않았다. 타인의 인생 이야기는 논쟁의 대상이 아니다. 그저 그들의 이야기에 귀를 기울이고, 그에 걸맞게 응답하는 수밖에 없다. 그래서 나는 '기쁜 소식'에게 나의 인생에 대해 들려주었고, 내 어린 딸들을 소개하려고 그녀를 집으로 초대했다. 그렇게 인연은 시작되었다.

그녀를 돕기 위해 지방 자치 단체를 찾아갔지만, '기쁜 소식' 같은 부류의 사람들에게는 아무런 지원도, 보조금도 없다는 사실을 확인했다. 공무원은 은행 대출을 추천했다. 일단 학업을 마친 뒤에 직장을 구하고 갚아 나가면 된다고 했다. 컴퓨터 다루는 법이나 재봉 기술, 꽃꽂이를 가르쳐 주는 무료 강좌도 있다고 했다. 하지만 애석하게도 그러한 강좌는 실업자들을 대상으로 했다. 강좌에 등록하려면 지금 하는 일부터 그만둬야 했다.

나는 은행에도 찾아가서 대출에 필요한 서류 뭉치를 받아 왔다. 하지만 한 가지 중요한 조건이 있었다. 대출을 받기 위해서는 일단 대학 입학시험에 합격해야 했다. 언젠가는 그녀가 목표를 달성하리라고 믿는다.

'기쁜 소식'의 가게는 눌러앉아 시간을 보내기에 더없이 좋았다. 시내에서 제일 편안한 곳이었다. 아이와 함께 온 엄마들, 연금 수급자들을 위해 마련된 식당에 점심을 먹으러 가던 길에 들른 할머니들, 주차장 경비원과 청과물 시장의 판매상들이 몸을 녹이기 위해 몰려든다. 모두에게 따뜻한 마실 거리가 제공된다. '기쁜 소식'은 이곳에서 카페를 운영하는 것이나 다름없다.

오늘 나는 그녀가 이 신성한 공간의 문을 닫을 때까지 기다렸다가 디지오와 함께 셋이 체코로 건너가 블레이크 시집을 파는 서점을 방문하기로 했다. 내가 가게에 들어섰을 때 '기쁜 소식'은 반다나*를 접고 있었다. 그녀는 말을 아꼈다. 어쩌다 무슨 말을 해도 워낙 목소리가 작아서 주의를 기울여서 들어야 했다. 마지막 남은 고객 몇 명이 좀 더 싸고 괜찮은 물건을 건지기 위해 옷걸이를 뒤적거리고 있었다. 나는 의자에 앉아 기지개를 켜면서 기쁨에 겨워 눈을 감았다.

"부인께서 살고 계신 곳 근처 **고원**의 숲속에서 여우들이 나타났다는 이야기 들어 보셨나요? 털이 하얗고 풍성한 여우라고 하던데요."

순간 나는 얼어붙었다. 내가 사는 곳 근처라고? 나는 눈을 번쩍 뜨고는 푸들을 안고 있는 신사를 쳐다보았다.

"아마도 그 우스꽝스러운 이름의 부자가 농장에서 몇 마리를 풀어 준 모양입니다."

이렇게 말하며 내 앞에 서 있는 그의 팔에는 몇 벌의 바지가 걸쳐져 있었다. 그의 푸들이 나를 쳐다보며 강아지 특유의 미소를 지었다. 나를 알아보는 게 분명했다.

"브넹트샤 말씀인가요?"

* 햇빛을 가리거나 장식의 목적으로 머리나 목에 두르는 얇은 천.

내가 물었다.

"아, 네, 맞습니다."

그 남자가 고개를 끄덕이며 '기쁜 소식'을 향해 말했다.

"허리가 80센티인 바지 좀 찾아 주시겠습니까?"

그러고는 자신의 이야기를 계속했다.

"그 남자, 그러니까 브넹트샤을 찾을 수가 없다네요. 행방불명되었답니다. 흔적도 없이 사라졌어요. 건초 더미 속의 바늘처럼 말이죠." 노신사가 말을 이었다. "아마도 애인과 어디 따뜻한 나라로 도망친 모양입니다. 부자니 몸을 숨기는 건 쉬운 일이겠죠. 보아하니 그는 지금 수상한 돈 문제에 얽힌 것 같아요."

나이키나 푸마 상표의 운동복이 있는지 물어보면서 행거를 뒤적이던 빡빡머리 청년이 입을 거의 벌리지 않고 웅얼거리듯 대답했다.

"그냥 돈 문제가 아니라 마피아 조직이었어요. 그들은 그 농장을 거점으로 러시아에서 불법으로 모피를 수입해 왔어요. 그런데 그자가 러시아 마피아에게 제대로 정산을 하지 않은 거죠. 겁을 먹고 도망친 겁니다."

그들이 나누는 대화의 주제는 놀라웠다. 나는 두려움을 느끼기 시작했다.

"이 푸들은 수컷인가요, 아니면 암컷인가요?"

나는 대화의 주제를 험악하지 않은 쪽으로 돌리기 위해 노신사에게 정중하게 물었다.

"아, 제 맥시 말씀인가요? 수캉아지입니다. 아직 총각이죠."

그가 웃으면서 말했다. 하지만 그는 지역에 떠도는 흉흉한 소문에 더 관심이 많은지 빡빡머리 청년 쪽으로 돌아서서 대화를 이어 갔다.

"그자는 굉장한 자산가였어요. 크워츠코에서 나오는 큰길가에 호텔 하나와 정육점에 여우 농장, 도살장과 육가공 농장, 게다가 종마 사육장까지 갖고 있었으니까요. 그뿐이 아니에요. 아내 명의로 소유한 자산은 또 얼마나 많은데요!"

"여기 80사이즈 있어요."

나는 제법 괜찮아 보이는 회색 바지를 노신사에게 건네주며 말했다.

그는 바지를 주의 깊게 살펴보고는 안경을 쓰고 세탁 시 주의 사항이 적힌 라벨을 꼼꼼히 훑어보았다.

"오, 좋네요. 이걸로 살게요. 부인, 저는 몸에 딱 맞고, 조이는 스타일이 좋습니다. 몸매를 강조해 주거든요."

"선생님, 사람마다 생각이 참 다르네요. 저는 항상 치수가 큰 옷을 사는데요. 내게 자유를 주니까요."

내가 대답했다.

디지오는 고무적인 제안을 받았다. 지역 주간지인《크워츠코 세상》이 그의 블레이크 번역본을「시(詩)」코너의 한쪽 구석에 게재하겠다는 연락을 해 왔다. 디지오는 흥분하면서도 동시에 겁을 냈다. 우리는 거의 인적이 없는 도로를 따라 국경 쪽으로 차를 몰았다.

"저는 우선 블레이크의 '편지들'을 번역해서 게재한 뒤에 시를 게재하고 싶어요. 아, 그런데 그들이 요구하는 게 시라면 어떡하죠? 세상에, 만약 그렇다면 그들에게 어떤 원고를 줘야 하죠? 무엇부터 넘기는 게 좋을까요?"

솔직히 우리는 더 이상 블레이크에게 집중할 수 없었다. 그사이 우리는 국경 지대의 초라한 건물들을 지나 체코에 들어서고 있었다. 도로 사정이 나아져서 디지오의 차에서는 덜컹거리는 소리가 멈췄다.

"디지오, 여우들에 대한 이야기가 사실이야?" '기쁜 소식'이 뒷좌석에서 그에게 물었다. "여우들이 농장에서 탈출해서 숲속을 돌아다닌다는 이야기 말야."

디지오는 사실이라고 대답했다.

"며칠 전에 벌어진 일이래. 처음에 경찰은 브넹트샤이 자취를 감추기 전에 누군가에게 **동물**을 죄다 팔았다고 생각했어. 하지만 상황을 보니 그가 여우들을 풀어 준 것처럼 보여. 이상하지 않아?"

"경찰이 지금 그를 찾고 있어?"

내가 물었다.

아무도 실종 신고를 하지 않았기 때문에 경찰이 그를 찾을 이유가 없다고 디지오가 대답했다. 그의 아내도, 아이들도 나서지 않았다. 어쩌면 휴가를 떠난 것일 수도 있었다. 그의 아내는 그가 전에도 이렇게 불쑥 사라진 적이 있었다고 증언했다. 일주일 동안 종적을 감췄다가 도미니카 공화국에서 전화를 걸어왔다는 것이다. 은행이 그를 추적하지 않는 한 불안해할 이유가 없었다.

"사람은 은행과 금전적으로 문제가 생기지 않는 한 살면서 하고 싶은 걸 마음대로 할 수 있어."

디지오가 상당히 흡인력 있게 설교를 늘어놓았다. 나는 그가 경찰의 언론 대변인을 맡아도 잘할 거라고 생각했다.

디지오는 경찰서장이 허리춤에 지니고 있던 돈의 출처에 대해 경찰이 의심을 품고 있다는 말도 했다. 뇌물일 수도 있다는 것이다. 경찰은 서장이 브넹트샤과 만나고 돌아오는 길에 사고를 당한 것으로 잠정 결론지었다. 당연해 보이는 것들을 확정 짓기 위해서는 상당히 오랜 시간이 소요되는 법이다.

"그리고 중요한 사실이 하나 더 있어요." 마침내 그가 말했다. "경찰서장을 죽이는 데 사용된 것으로 추정되는 **도구**에 **동물**의 피가 묻어 있었어요."

막 문을 닫으려는 찰나에 우리는 서점에 도착했다. 머리가 허옇게 센 혼자(Honza)*가 미리 주문해 둔 책 두 권을 디지오에게 건네주자 디지오의 뺨이 홍조를 띠었다. 그는 기쁨에 겨워 '기쁜 소식'과 나를 번갈아 쳐다보고는 마치 혼자를 끌어안기라도 할 것처럼 두 팔을 치켜들었다. 그 책은 1970년대에 발행된 낡은 판본으로 제대로 된 주해를 곁들이고 있었다. 좀처럼 구하기 힘든 귀중한 자료였다. 다들 어딘가 들뜬 상태로 귀가하면서 우리 중 누구도 그 불길한 사건을 더는 입에 올리지 않았다.

디지오는 블레이크의 『편지』를 며칠 동안 내게 빌려주었다. 나는 집에 돌아오자마자 난로에 불을 지핀 뒤, 독한 차를 우려 놓고 그것을 읽기 시작했다.

* 체코에서 흔한 남자 이름.

그중 한 구절이 특히 마음에 들어서 나는 재빨리 그 구절을 번역해서 종이 쇼핑백 한 귀퉁이에 적었다. 내용은 다음과 같다.

> 나는 내 체질이 좋은 상태라고 믿는다. 하지만 내 체질에는 나 자신 말고는 그 누구도 알지 못하는 특이한 **증세**가 있다. 어렸을 때, 어떤 장소에 가면 꼭 어디가 아프곤 했다. 다음 날이나 이삼 일이 지나면 항상 정확히 똑같은 **증세**, 똑같은 복통이 시작되었다. 프랜시스 베이컨 경은 이런 경우, 산악 지대에서 하는 것과 같은 수련이 필요하다고 말할 것이다. 하지만 베이컨 경은 거짓말쟁이다. 어떤 수련도 한 사람을 다른 사람으로 바꾸지는 못한다. 심지어 가장 작은 세포 하나도 변화시키지 못한다. 그래서 나는 그러한 수련을 '주제넘음'과 '어리석음'이라 부른다.

상당히 매혹적인 구절이었다. 그리하여 나는 멈추지 못하고 읽고 또 읽었다. 내가 읽은 모든 것이 그대로 내 꿈에 스며들었다. 어쩌면 저자는 그렇게 되기를 바랐을지 모른다. 그렇게 밤새도록 나는 꿈에서 환영을 보았다.

9
가장 작은 것 속에 가장 큰 것이 있다

종달새 한 마리가 날개를 다치면

하늘의 천사들이 노래를 멈춘다.*

봄은 5월에 시작된다. 봄이 왔다는 사실을 본인도 모르게 널리 전파하는 역할을 맡은 이는 다름 아닌 치과 의사다. 그가 고풍스러운 드릴 장비와 역시 고풍스럽기 이를 데 없는 진료 의자를 집 밖으로 내놓는 순간, 봄은 만천하에 선포된다. 의사가 쓱싹쓱싹 천 조각으로 먼지를 털어 내면 의자에서 거미줄과 건초가 사라진다. 드릴과 진료 의자 모두 헛간에서 겨울을 나면서 꼭 필요한 순간에만 황급히 밖으로 꺼내지곤 했다. 겨울철이면 치과 의사는 거의 일을 하지 않았다. 동절기에 그가 이곳에서 할 수 있는 일은 별로 없다. 사람들은 이 시기에는 건강에 별로 신경 쓰지 않는다. 사

* 윌리엄 블레이크의 시 「순수의 전조」에서.

방은 금방 어두컴컴해졌고, 의사의 시력 또한 좋은 편이 아니었다. 마을 어귀의 작은 다리에 종일 서 있는 산림 노동자들과 콧수염을 기른 사내들이 대부분인 환자의 입속을 들여다보려면, 5월이나 6월의 밝은 햇빛이 필요하다. 그 사내들은 이 지역에서는 '다리〔橋〕 여단'이라 불린다.

4월의 진창길이 어느 정도 말라 굳어지자 나는 순찰을 핑계로 점점 더 과감하게 주변을 탐색하기 시작했다. 해마다 이맘때면 나는 치과 의사가 사는 채석장 근처의 작은 동네 아호토지아에 들러 언제나 기쁨을 느꼈다. 그리고 매년 그랬듯이 오늘도 별난 광경을 목격했다. 푸른 하늘 밑, 눈부신 초록빛 풀밭에 흰색의 낡은 진료 의자가 놓여 있다. 누군가가 그 의자에 상체를 반쯤 일으킨 상태로 누워서 태양을 향해 입을 벌리고, 치과 의사는 손에 드릴을 들고 환자를 향해 몸을 숙이고 있다. 그러는 동안 의사의 발은 드릴의 페달을 밟으며 단조롭게 움직였다. 몇 미터 떨어진 곳에서는 환자의 동료 두세 명이 맥주를 홀짝거리며 말없이 이 광경을 주시했다.

치과 의사의 주요 업무는 썩은 치아를 뽑는 것이었다. 드물긴 하지만 이따금 충치 치료도 하고 틀니 만드는 일도 했다. 그의 존재를 알기 전, 나는 이곳에 정착한 사람들은 대체 어떤 인종들일까 자주 궁금했었다. 이곳의 많은 사람은 마치 같은 유전자를 타고난 한 가족처럼 전부 치아 모양이 독특했고, 천궁도에서도 동일한 배열을 나타냈다. 특히 나이 많은 사람들의 치아가 하나같이 길쭉하고 폭이 좁았으며 푸른색이 감돌았다. 괴상한 치아였다. 그래서 나는 대체 가능한 **가설**을 떠올려 보았다. **고원**에 우라늄층이 형성되어 여러 이상 징후에 영향을 끼친다는 이야기를 들었기 때문이다.

하지만 지금은 그 이상한 치아들이 바로 치과 의사가 만든 틀니의 특징이면서 표징이라는 것을 안다. 예술가들이 그러하듯 그 또한 특별하고 남달랐다.

만일 그가 행한 일들이 합법적이기만 했다면 이 크워츠코 계곡이 명소가 될 수도 있었으리라고 나는 생각한다. 하지만 불행하게도 몇 년 전 그는 알코올 과다 섭취로 인해 자신의 직업을 수행할 수 있는 면허를 박탈당했다. 내가 보기엔 나쁜 시력 탓에 치과의 전문 자격증을 빼앗기지 않은 것이 더 이상했다. 그편이 환자에게 훨씬 더 위험할 텐데 말이다. 게다가 치과 의사는 도수가 매우 높은 안경을 꼈고, 심지어 렌즈 중 하나는 테이프로 안경테에 고정되어 있었다.

그날 그는 한 남자의 치아를 드릴로 갈고 있었다. 고통으로 일그러진 데다 치과 의사가 마취제로 사용하는 술기운 탓에 약간 멍해진 환자의 얼굴은 거의 확인하기가 불가능했다. 드릴의 무시무시한 소음이 나의 뇌를 자극했고, 어린 시절의 가장 끔찍했던 기억을 떠올리게 했다.

"어떻게 지내세요?"

내가 인사를 건넸다.

"따분해요."

치과 의사가 활짝 웃으며 대답했는데, 그 모습을 보자 "의사여, 우선 자신부터 치료하라."라는 옛 격언이 떠올랐다.

"오랜만에 오셨네요. 우리가 마지막으로 만났던 게 아마 부인께서 찾고 계셨을 때였죠, 그러니까 당신의……."

"네, 네." 내가 그의 말을 가로막았다. "겨울에 이렇게 먼 곳까지 걸어오는 건 불가능하거든요. 간신히 눈더미에서 빠져나올 때쯤이면 벌써 사방이 어두워질 테니까요."

의사가 다시 드릴을 손에 들고 치아를 갈기 시작했다. 나는 다른 구경꾼들과 함께 서서 **인간**의 입안에서 분주히 작동하는 드릴의 움직임을 말없이 지켜보았다.

"혹시 백여우들을 보셨어요?"

사내 중 한 명이 내게 물었다. 잘생긴 얼굴이었다. 만약 그의 삶이 지금까지와 다른 방식으로 전개되었다면 필경 영화배우가 되었을 터였다. 하지만 지금은 잔주름과 함께 골이 깊이 파인 탓에 그 출중한 외모가 눈에 띄지 않았다.

"다들 브넹트샤이 도망치기 전에 여우들을 풀어 줬다고 말하던데요."

한 남자가 말했다.

"양심의 가책을 느꼈나 보죠." 내가 덧붙였다. "어쩌면 여우들이 그를 잡아먹었을지도 모르고요."

치과 의사가 호기심 어린 시선으로 나를 힐끗 쳐다보더니 고개를 끄덕이며 드릴을 환자의 치아에 갖다 댔다. 불쌍한 남자는 의자에서 거의 튀어 오를 뻔했다.

"드릴로 갈지 않고 치아를 때우는 방법은 없나요?"

내가 물었다. 그러나 그곳에서 특별히 환자를 걱정하는 사람은 없는 것 같았다.

"첫 번째는 왕발, 그다음은 경찰서장, 이제 브넹트샤까지……." 잘생긴 남자가 한숨을 쉬었다. "요즘은 다들 집 밖으로 나가길 두려워해요. 저는 날이 저물면 집 밖에서 하는 일은 죄다 여편네에게 맡깁니다."

"영리한 해결책을 찾으셨네요. 지금은 **동물들**이 사냥꾼들에게 복수하는 중이거든요."

내가 말했다.

"말도 안 돼요……. 왕발은 사냥꾼이 아니었어요." 잘생긴 남자가 의심스럽다는 듯이 말했다. "그는 사냥감을 유인하는 몰이꾼이었어요."

다른 누군가가 말했다.

"두셰이코 부인의 말이 옳아요. 사실 그는 이 근방에서 알 만한 사람은 다 아는 밀렵꾼이었거든요. 몰래 숨어서 사냥을 한 겁니다"

치과 의사는 작은 접시에 흰 반죽을 올려놓은 뒤, 작은 주걱으로 떠서 드릴로 간 치아에 발랐다.

"그래, 충분히 가능한 일이야." 그가 혼잣말처럼 중얼거렸다. "어떤 식으로든 정의는 구현되어야 하니까. 틀림없이 **동물들**의 짓일 거야."

환자가 애처롭게 신음했다.

"부인은 신의 섭리를 믿나요?"

치과 의사가 갑자기 환자 위에서 동작을 멈추며 내게 물었다. 그의 목소리에는 도발적인 기색이 담겨 있었다.

사내들은 이상한 말이라도 들은 듯 키득거렸다. 나는 대답을 망설일 수밖에 없었다.

"저는 믿거든요."

의사가 내 대답을 기다리지도 않고 말했다. 그가 환자의 어깨를 다정히게 두드리자, 사내가 기뻐하며 진료 의자에서 벌떡 일어났다.

"다음."

치과 의사가 말했다. 구경꾼 중 한 사람이 앞으로 나서며 마지못해 진료 의자에 앉았다.

"어디가 불편한가요?"

치과 의사가 물었다.

남자가 대답 대신 입을 벌리자 치과 의사가 몸을 구부리고는 입안을 들여다보았다.

"우라질!"

그가 바로 몸을 일으켜 세우면서 말했다. 아마도 그것은 치과 의사가 지금껏 환자의 치아 상태에 대해 내린 가장 간략한 진단이었을 것이다. 의사는 사내의 치아가 얼마나 단단한지 확인하기 위해 손가락을 입안에 넣어 잠시 더듬은 뒤, 몸의 뒤쪽으로 손을 뻗어 보드카 병을 움켜쥐었다.

"자, 마셔요. 우리 뽑아 버립시다."

예상치 못한 선고에 낙담한 환자가 알아들을 수 없는 혼잣말을 중얼거렸다. 그는 치과 의사가 내민 보드카를 단숨에 들이켰다. 그 정도로 마취를 했으니 별로 아프지는 않을 거라고 나는 확신했다.

알코올이 효력을 발휘하기를 기다리는 동안, 사내들은 채석장이 머지않아 다시 문을 열게 되었다고 떠들어 댔다. 매년 그렇게 채석장은 **고원**을 야금야금 먹어 들어가다가 결국엔 이곳 전체를 꿀꺽 삼켜 버릴 것이다. 그러면 우리는 여기서 쫓겨나겠지. 만약 그들이 정말 채석장 문을 다시 연다면 치과 의사의 동네가 가장 먼저 다른 곳으로 떠나야 할 것이다.

"아니요, 저는 신의 섭리를 믿지 않습니다." 내가 대답했다. "항의 단체를 만드세요. 그리고 시위를 하는 겁니다."

나는 그들에게 충고했다.

"아프레 누 르 델뤼즈.(Après nous le dèluge.)"*

치과 의사는 간신히 의식을 붙들고 있는 환자의 입속에 손가락을 집어넣으며 말했다. 그러고는 너무도 손쉽게, 별다른 힘도 주지 않고 시커멓게 변한 이를 뽑았다. 우리가 들은 거라고는 뭔가가 미세하게 부서지는 뿌지직 소리뿐이었다. 그 광경이 내 정신을 혼미하게 만들었다.

"**동물들**은 모든 것에 복수를 해야 하거든요." 치과 의사가 말했다. "모든 걸 엿 먹여야만 하죠."

"바로 그겁니다. 다 부숴 버려야 해요."

내가 흥분해서 소리치자 남자들이 놀라움과 존경심이 뒤섞인 시선으로 나를 쳐다보았다.

일부러 멀찌감치 돌아서 가는 길을 선택해 천천히 집으로 돌아오니 벌써 오후였다. 그때 숲 가장자리에 백여우 두 마리가 보였다. 그들은 느릿느릿 움직이고 있었다. 초록빛 풀밭을 배경으로 서 있는 그들의 새하얀 자태가 마치 다른 세상에서 온 생명체 같았다. 이곳을 정찰하기 위해 **동물**의 왕국에서 파견한 외교 사절처럼 보였다.

* 프랑스어로 '나중 일이야 내 알 바 아니지'라는 속뜻이 있다.

5월 초에 민들레가 꽃을 피웠다. 시절이 좋을 땐, 겨울이 끝나고 주말 연휴가 시작될 무렵 주인들이 자신의 집에 돌아왔을 때쯤, 이미 꽃망울들이 우후죽순으로 피어올랐다. 하지만 별로 좋지 않은 시절에는 유럽의 전승 기념일인 5월 9일이 되어도 초원은 노란 반점으로 뒤덮이지 않았다. 해마다 디지오와 나는 이 경이로운 기적에 감탄했다.

하지만 불행히도 디지오에게는 그때가 힘든 시간의 예고편이나 다름없었다. 이 주 후면 다양한 알레르기가 그를 공격할 예정이었기 때문이다. 눈물이 흘러내리고 목이 메고 숨이 막혀 괴로워했다. 마을에서는 그럭저럭 견뎠지만, 그가 찾아오는 금요일마다 나는 보이지 않는 알레르기가 디지오의 콧속으로 침투하는 것을 막기 위해 집 안 모든 문과 창문을 꼭꼭 닫아야 했다. 잔디의 녹음이 한창인 6월이 되자, 우리는 공동 번역의 공간을 마을에 있는 그의 집으로 옮겨야 했다.

길고 피로하고 건조한 겨울을 지내고 나니 태양은 내게도 나쁜 영향을 끼쳤다. 아침 무렵에 통 잠을 잘 수가 없었고, 새벽에 눈을 뜨면 알 수 없는 불안에 계속 시달려야 했다. 겨우내 나는 **고원**에 부는 지긋지긋한 바람으로부터 스스로를 보호하기 위해 안간힘을 썼지만, 이제는 창과 문을 활짝 열어서 바람이 집 안으로 들어오게 했다. 온갖 근심과 아픈 **증세**들을 바람에 훨훨 날려 버리고 싶었기 때문이다.

모든 것이 부글부글 끓어오르는 중이었다. 풀밭 아래 땅바닥에서 열띤 진동이 느껴졌다. 마치 지하의 거대한 신경망이 부풀어 올라 터지기 직전처럼 보였다. 땅속 깊은 곳에서 강인하고도 무모

한 어떤 의지가 꿈틀대는 느낌을 지우기 어려웠다. 그것은 마치 괴짜의 연못에서 개구리들을 앞다투어 튀어나오게 하고, 서로 끊임없이 교접하게 만드는 미지의 힘처럼 혐오스러웠다.

태양이 지평선과 가까워지기 무섭게 박쥐 가족이 규칙적으로 출몰하기 시작했다. 그들은 소리를 내지 않고 부드럽게 날아다녔다. 나는 그들의 비행이 유동적이라고 늘 생각했다. 하루는 집집마다 돌아다니는 박쥐들을 일일이 세어 보았더니, 모두 열두 마리였다. 나는 박쥐가 세상을 어떻게 바라보는지 궁금했다. 한 번만이라도 **고원** 위로 날아올라 박쥐의 몸속으로 들어가 보고 싶었다. 박쥐의 감각을 통해 내려다보는 우리는 과연 어떤 모습일까? 그림자처럼 보일까? 전율하는 덩어리처럼 보일까? 아니면 소음의 근원처럼 느껴질까?

저녁이 되면 나는 집 앞에 앉아 박쥐들이 나타나기를 기다렸다. 박쥐들이 교수의 집 위로 한 마리씩 차례로 날아오면 부드럽게 손을 흔들어 인사했다. 사실 박쥐들과 나는 공통점이 많았다. 나 역시 세상을 다른 구역에서 거꾸로 보고 있었다. **땅거미**를 좋아하고, 밝은 햇빛 아래에서의 생활에 적합지 않다는 점도 박쥐와 비슷했다.

내 피부는 그 어떤 잎사귀나 구름으로도 막을 수 없는 잔인하고 거친 광선에 매우 예민한 반응을 보였다. 그럴 때면 피부가 벌겋게 변하고 가려움이 시작되었다. 해마다 초여름이면 어김없이 가려운 물집이 돋아났다. 나는 디지오가 준 시큼한 우유와 화상 연고를 발라 물집을 치료했다. 지난해에 구입한 모자, 챙이 넓고, 바람에 날아가는 것을 막기 위해 턱 밑에서 리본을 묶도록 되어

있는 그 모자를 옷장에서 꺼내야 했다.

어느 수요일이었다. 이 모자를 쓰고 학교에서 귀가하던 나는 그날따라 멀리 돌아가는 길을 택했다……. 사실 내가 왜 우회로를 택했는지 잘 모르겠다. 선뜻 내키지는 않지만, 그럼에도 불구하고, 무언가가 묘하게 우리를 끌어당기는 그런 장소들이 있다. 그 '무언가' 중 하나가 아마 '두려움'이 아닐까? 그래서인지 '기쁜 소식'처럼 나도 공포 소설을 좋아한다.

기묘한 우연으로 마침 그 수요일에 나는 여우 농장 근처를 지나고 있었다. 사무라이를 타고 집으로 향하던 중 어쩐 일인지 사거리에서 평소와는 반대쪽으로 방향을 틀었다. 잠시 후 아스팔트가 끝나는 지점에 이르자 이곳을 지나는 사람들을 질색하게 만드는 지독한 악취가 풍겼다. 공식적으로 여우 농장은 이 주 전에 문을 닫았지만, 그 고약한 냄새는 여전히 그곳을 떠돌았다.

사무라이는 마치 후각이 있는 생명체 같았다. 일단 운행부터 멈췄다. 나는 차 안에 앉아 악취로부터 무차별 공격을 받았다, 100미터 전방에 높은 철조망으로 둘러싸인 건물 몇 채가 보였고, 그 뒤로 막사가 줄지어 세워져 있었다. 철조망 윗부분에는 세 가닥으로 된 가느다란 철사가 쭉 이어져 있었다. 태양은 눈부시게 밝았다. 풀잎 하나하나가 날카로운 그림자를 드리우고, 나뭇가지는 마치 꼬챙이처럼 보였다. 사방이 무덤 속처럼 조용했다. 나는 이 울타리 너머에서 뭔가 소름 끼치는 소리, 이곳에서 벌어진 사건의 메아리를 들을 수 있을까 싶어서 귀를 쫑긋 세웠다. 그러나 **인간**도, **동물**도 아닌 상태로 떠도는 영혼은 여기에 없는 게 분명했다. 여름 내내 여우 농장에서는 우엉과 쐐기풀이 무성하게 자랄 것이다. 그렇게 한두 해가 지나면 현장은 녹음 속에 파묻혀 버릴 것이고, 기껏해야 **공포**를 주는 폐가 정도로 남겠지. 이곳에 박물관을 세우면 어떨까 하는 생각이 들었다. 일종의 경고의 의미로.

잠시 후 나는 차의 시동을 걸고 다시 아스팔트로 접어들었다.

그렇다. 실종된 여우 농장의 주인이 어떻게 생겼는지 나는 알고 있었다. 여기로 이사 온 지 얼마 되지 않았을 때 마을 어귀의 작은 다리에서 그를 만난 적이 있다. 기묘한 만남이었다. 그때는 그가 누구인지 몰랐다.

그날 오후 나는 시내에서 장을 보고, 사무라이를 타고 집으로 돌아오고 있었다. 개울을 가로지르는 다리 앞에 사륜구동 한 대가 서 있었다. 누군가 차에서 잠시 내려서 스트레칭이라도 하려는지 갓길에 세워져 있었다. 차 문도 전부 활짝 열려 있었다. 나는 속도를 줄였다. 자연 친화적인 드라이브보다는 전쟁을 염두에 두고 만들어진 저 높고 튼튼한 유형의 SUV 자동차들을 나는 그다지 좋아하지 않았다. 그것들의 커다란 바퀴는 흙길에 깊은 자국을 남기고 오솔길을 손상시킨다. 또한 강력한 엔진은 강한 소음을 유발하고 다량의 배기가스를 배출한다. 나는 그 차주들이 분명 멍청한 **인간들**이며, 큰 차를 소유하는 것으로 자신의 모자람을 보완하고 싶어 한다고 확신했다. 매년 나는 마을의 대표를 찾아가 이런 끔찍한 차량들이 참여하는 경주 대회에 항의하면서 탄원서를 제출하곤 했다. 하지만 때가 되면 당국이 내 의견을 고려할 것이라는 형식적인 회답을 하나 보내고는 그것으로 끝이다. 그런데 지금 그 차량 중 하나가 바로 계곡으로 들어서는 길목, 내 집 대문에서 가까운 개울가에 멈춰 선 것이다. 나는 천천히 차를 몰면서 이 탐탁지

앉은 손님을 자세히 훑어보았다.

앞 좌석에는 미모의 젊은 여자가 앉아 담배를 피우고 있었다. 어깨까지 늘어뜨린 탈색한 금발에 정성스럽게 화장을 했는데, 특히 눈에 띄는 것은 짙은 펜슬로 윤곽을 그린 입술이었다. 피부는 햇볕에 어찌나 그을렸는지 마치 바비큐용 숯불에서 막 끄집어낸 것 같았다. 여자는 차 밖으로 다리를 늘어뜨리고 있었는데, 빨간 페디큐어를 한 한쪽 발에서 샌들이 미끄러져 내려 풀밭에 떨어져 있었다. 나는 주행을 멈추고 창밖으로 몸을 내밀었다.

"도움이 필요한가요?"

내가 짐짓 상냥하게 물었다.

그녀가 아니라고 고개를 젓고는, 눈을 들어 하늘을 쳐다보더니 엄지손가락으로 자신의 등 뒤 어딘가를 가리켰다. 그러면서 다 알지 않느냐는 듯이 미소를 지어 보였다. 그 몸짓이 무슨 의미인지는 이해할 수 없었지만, 그녀는 더할 나위 없이 선량해 보였다. 그래서 나는 차에서 내렸다. 그녀가 말보다는 몸짓으로 대답했다는 사실이 나를 살그머니 움직이도록 부추겼다. 나는 발끝으로 걷다시피 해서 그녀에게 다가갔다. 그리고 궁금하다는 의미로 미간을 찌푸렸다. 문득 이런 비밀스러운 분위기가 마음에 들었다.

"아, 별일 아니에요." 그녀가 작은 소리로 말했다. "기다리는 중이에요……. 제…… 남편을요."

남편을 기다린다고? 이런 곳에서? 나도 모르게 우연히 끼어들게 된 이 장면을 도저히 이해할 수 없었다. 나는 의심의 눈초리로 주위를 둘러보았다. 그러다 마침내 그 남편이란 작자를 보았다.

그가 덤불 속에서 어슬렁거리며 걸어 나오고 있었다. 다소 괴상하고 우스꽝스러운 모습이었다. 그는 군복을 연상시키는, 녹색과 갈색의 위장복을 입고 있었다. 또한 머리부터 발끝까지 온통 가문비나무 가지를 붙이고 있었고, 헬멧은 옷과 똑같은 천으로 싸여 있었다. 얼굴은 검은 페인트로 얼룩져 있었는데, 그 와중에 깔끔하게 다듬어진 흰 콧수염이 도드라졌다. 나는 그의 눈을 볼 수 없었다. 시력의 결함을 검사하기 위해 안경점에서 사용하는 기구와 비슷하게 생긴, 다양한 나사와 조인트가 부착된 특이한 광학 장치를 끼고 있었기 때문이다. 그의 넓은 가슴과 풍만한 배에는 도시락통과 지도 케이스, 나침반 세트와 총탄 벨트가 주렁주렁 매달려 있었다. 손에는 망원 렌즈가 달린 엽총을 들고 있었다. 그 총은 마치 「스타워즈」 시리즈에 등장하는 무기처럼 보였다.

"에그머니!"

나도 모르게 말문이 막혔다.

몇 초 동안 나는 **인간**의 소리를 낼 수 없었다. 나는 여자가 담배꽁초를 도로로 휙 던지며 다소 역설적인 말투로 "이이가 제 남편이에요."라고 말할 때까지, 두려움과 놀라움을 동시에 맛보며 이 괴짜를 쳐다보았다.

남자가 우리에게 다가와 헬멧을 벗었다.

아마도 내가 그때까지 만난 사람 중 가장 인상이 음침하다고 생각했던 것 같다. 남자는 보통 체구에 이마가 넓고 눈썹에 숱이 유독 많았는데, 약간 구부정한 자세로 양발을 안쪽으로 향하게 한 채 내 앞에 서 있었다. 나는 그가 방탕한 생활에 익숙하고, 어떤 대가를 치르더라도 자신의 욕망을 만족시키면서 평생을 살아온 사람이라는 인상을 지울 수가 없었다. 그는 이 근방에서 가장 부유한 사람이었다.

그는 자기 아내 외의 다른 사람에게 그렇게 차려입은 모습을 보여 주게 된 것을 기뻐하는 듯 보였다. 스스로에 대한 자부심이 대단한 **인간**이었다. 손을 내밀며 나에게 인사를 하면서도 내 존재 따위는 바로 무시했다. 그가 헬멧과 기괴한 안경을 다시 쓰고는 국경 쪽을 응시했다. 나는 곧바로 모든 것을 알아차렸고 **분노**가 솟구치는 것을 느꼈다.

"가자."

그의 아내가 마치 어린아이를 대하듯 조급하게 말했다. 어쩌면 그녀는 나에게서 뿜어져 나오는 **분노**의 기운을 감지했는지도 모른다.

사내는 한동안 못 들은 척하다 마지못해 차에 올라탔다. 그리고 머리에 뒤집어쓴 헬멧을 벗고는 엽총을 한쪽으로 치웠다.

"여기서 뭐 하시는 거죠?"

내가 그에게 물었다. 그 밖에 다른 질문은 전혀 떠오르지 않았기 때문이다.

"부인은요?"

그가 내게 눈길도 주지 않으며 되물었다.

그의 아내는 샌들을 신고 운전석에 자리를 잡았다.

"저는 이곳에 삽니다."

내가 차갑게 대답했다.

"아아, 그 개 두 마리를 키우는 분이로군요……. 개들을 집 근처에 두라고 전부터 말했을 텐데요."

"그 애들은 사유지에 있는데요……."

말을 꺼내기가 무섭게 그가 내 말을 막았다. 검게 그을린 그의 얼굴에서 흰자위가 불길하게 빛났다.

"우리에게 사유지 같은 건 없습니다, 부인."

그때가 이 년 전, 그러니까 아직은 모든 게 좀 더 수월하게 여겨지던 시절이었다. 나는 브넹트샤과 만난 적이 있다는 사실을 잊고 있었다. 그만큼 대수롭지 않은 만남이었다. 하지만 훗날 빠르게 움직이는 행성이 불현듯 보이지 않는 어떤 지점을 통과하면서 여기, 아래쪽에 사는 우리가 미처 감지하지 못한 변화가 일어났다. 어쩌면 아주 사소한 징후들이 이런 우주적 사건들을 암시해 주었는데도 우리가 미처 알아차리지 못했을지도 모른다. 오솔길 위에 놓인 나뭇가지를 밟기도 하고, 냉동실에 맥주를 넣어 놓고는 제때 꺼내는 걸 잊어버린 누군가로 인해 맥주병에 금이 가기도 하며, 야생장미 덤불에서 붉은 열매 두 개가 땅바닥에 떨어지기도 한다. 이 모든 것의 의미를 우리가 어떻게 전부 이해한단 말인가?

가장 작은 것 속에 가장 큰 것이 담겨 있음이 분명하다. 의심할 여지가 없다. 바로 지금, 내가 이 글을 쓰고 있는 탁자 위에 행성의 배열, 나아가 우주 전체가 깃들어 있다. 온도계, 동전, 알루미늄 숟가락, 그리고 도자기 컵, 열쇠, 휴대폰, 종이 한 장과 펜, 내 회색빛 머리카락 중 하나의 원자에는 생명의 기원이, 그리고 세상에 그 시작을 부여한 우주적 재앙에 대한 기억이 고스란히 간직되어 있다.

10
머리대장*

나방이나 나비 따위를 죽이지 말라.
최후의 심판이 멀지 않았으니.**

6월 초순이 되자 주말이면 집집마다 사람이 거주하기 시작했다 하지만 나는 여전히 내 임무를 꽤 진지하게 이행하고 있었다. 예를 들어 적어도 하루에 한 번은 언덕에 올라가 망원경으로 주변을 시찰했다. 물론 제일 먼저 살펴보는 건 집들이었다. 어떤 의미에서 집은 **인간**과 모범적인 공생 관계를 맺으며 살아가는 생물체나 다름없다. 그들의 공생자가 돌아왔음을 확인하는 순간, 내 가슴은 기쁨으로 뛰었다. 공생자들은 텅 빈 실내를 분주한 움직임과 따뜻한 체온, 그리고 온갖 생각들로 가득 채웠다. 그들의 작은 손

* 딱정벌레과의 곤충. 몸이 길쭉하고 납작하며 나무껍질 밑에서 생활한다.

** 윌리엄 블레이크의 시 「순수의 전조」에서.

길이 겨울이 남긴 상처와 멍들을 속속들이 치료하고, 눅눅해진 벽을 말리고, 창문을 닦고, 수조 속의 볼 코크*를 고쳤다. 아무런 방해도 없이 깊은 잠에 빠져들었던 집들이 이제 막 깨어난 것처럼 보였다. 플라스틱 탁자와 의자는 벌써 마당으로 옮겨져 있었고, 나무로 만든 덧창이 열려 마침내 햇빛이 집 안으로 들어올 수 있었다. 주말에는 굴뚝에서 연기가 모락모락 피어올랐다. 교수와 그의 아내가 친구들과 나타나는 횟수가 많아졌다. 그들은 큰길을 따라 걷곤 했지만 들판의 경계선을 벗어나지 않았다. 그들은 매일 늦은 점심을 먹고는 예배당까지 걸어갔다가 돌아오곤 했는데, 중간에 멈춰 서서 열띤 토론을 벌이기도 했다. 이따금 그들이 서 있는 방향에서 바람이 불어올 때면 카날레토,** 키아로스쿠로,*** 테네브리즘**** 같은 낯선 단어들이 조각조각 실려 오곤 했다.

매주 금요일이면 스투지엔니 가족이 왔다. 그들은 지금껏 자기 집 주변에서 자라던 **식물들**을 뽑아내고, 그 자리에 화원에서 사온 다른 **식물들**을 심기 시작했다. 대체 그렇게 하기로 결정한 논리적 근거가 무엇인지, 왜 그들이 딱총나무 대신 그 자리에 등나무를 심으려 하는지 알 수가 없었다. 한번은 발끝을 들고 그들의 울타리 너머를 쳐다보면서, 등나무는 이곳 2월의 서릿발에서 살아남지 못

* 물탱크의 수위를 조절하는 장치. 물에 뜨는 고무공이 달려 있다.

** 18세기에 활동하던 이탈리아의 화가이자 판화가. 베네치아의 명소를 그린 작품들로 유명하다.

*** 빛과 밝음, 그림자와 어둠을 포괄적으로 의미하는 회화 용어로 '명암법' 또는 '음영법'이라고도 한다.

**** 17세기에 성행하던 화파로서, 카라바조 작품의 영향을 받아 격렬한 명암 대조에 의한 극적인 표현, 특히 야경을 특색으로 한다.

할 것이라고 말해 주었지만, 그들은 웃으며 고개를 끄덕일 뿐, 하던 일을 계속했다. 그들은 아름다운 야생 장미를 베어 내고 백리향 몇 그루도 뽑아 버렸다. 그러고는 집 앞에 돌들을 쌓아 화려한 돌무덤을 만들고, 관상용 백향목과 눈잣나무, 난쟁이 편백나무, 전나무와 같은 침엽수를 심었다. 내 생각에는 아무 의미도 없는 짓거리였다.

'잿빛 작가'는 전보다 더 오래 머무르는 중이었다. 그녀가 기둥처럼 빳빳한 자세와 느릿한 걸음으로 들판의 경계선을 따라 산책하는 모습이 자주 보였다. 어느 날 저녁 나는 열쇠와 정산서를 들고 그녀의 집으로 갔다. 그녀는 나에게 허브티를 권했고, 나는 예의상 그것을 마셨다. 정산을 완료하고 나서 나는 용기를 내어 물었다.

"만약 제가 회고록을 쓰고 싶다면 뭘 어떻게 하면 될까요?"

"일단 탁자에 앉아 억지로라도 글을 써야 합니다. 그러면 저절로 이야기가 나올 거예요. 그리고 자신을 검열해서는 안 됩니다. 머릿속에 떠오르는 것은 모두 적는 게 좋아요."

이상한 충고다. 나는 '모든 것'을 적고 싶지는 않았다. 내가 좋다고 여기는 것과 긍정적인 것들만 적고 싶었다. 나는 그녀가 무슨 말인가를 더 해 줄 줄 알았지만 그녀는 입을 다물어 버렸다. 나는 실망감을 느꼈다.

"실망했나요?"

그녀가 내 생각을 읽은 듯 물었다.

"네."

"말로 할 수 없을 때, 그때 글을 써야 합니다." 그녀가 말했다.

"그러면 많은 도움이 돼요."

그러고는 말문을 닫았다. 바람이 더욱 거세져서 창밖 나무들이 원형 경기장의 야외 음악회를 관람하는 관중들처럼 들리지 않는 음악의 리듬에 맞춰 꾸준히 흔들렸다. 위층에서 맞바람이 불어서 방문이 쾅 소리를 내며 닫혔다. 마치 누군가가 총이라도 쏜 것처럼 요란한 소리가 났다. '잿빛 작가'는 몸을 부르르 떨었다.

"저 소리 때문에 짜증이 나요. 마치 이곳의 모든 것이 살아 있는 것 같거든요!"

"바람은 언제나 저런 소리를 내죠. 저는 이제 익숙해졌어요."

나는 그녀에게 어떤 종류의 책을 쓰는지 물었고, 그녀는 공포물이라고 대답했다. 반가운 대답이었다. 그녀에게 '기쁜 소식'을 소개해 주어야겠다. 둘은 틀림없이 이야기가 잘 통할 것이다. 두 사람은 동일한 사슬을 잇는 연결 고리처럼 서로 닮아 있었다. 그런 종류의 글을 쓸 수 있다니 작가는 용기 있는 사람이 틀림없었다.

"그러면 악은 항상 마지막에 벌을 받나요?"

"저는 그런 건 신경 안 씁니다. 처벌에는 별 관심이 없거든요. 그저 무서운 것에 대해 쓰는 걸 좋아할 뿐입니다. 아마도 나 자신이 무서운 사람이라 그런가 봐요. 그쪽 방면으로는 꽤 잘해 내고 있거든요."

"무슨 일이 있었던 거예요?"

저물어 가는 **땅거미**를 보며 더욱 대담해진 나는 그녀의 목에 감긴 보호대를 가리켰다.

"경추 퇴화예요." 그녀가 마치 고장 난 가전제품에 대해 말하듯이 무표정하게 말했다. "아마도 제 머리가 지나치게 무거운 모양이에요. 제 생각엔 그런 것 같아요. 머리의 무게가 너무 무거운데, 경추가 그 무게를 지탱할 수 없으니 사그락사그락 조금씩 퇴화하는 거죠."

작가는 미소를 지으며 내게 맛없는 차를 조금 더 따라 주었다.

"여기서 이렇게 지내는 게 외롭지 않으세요?"

그녀가 물었다.

"가끔은 그래요."

"대단하시네요. 저도 당신처럼 용감했으면 좋겠어요"

"아휴, 저는 전혀 용감하지 않아요. 이곳에서 할 일이 있어서 다행이죠."

"저도 아가타가 없으면 불안해요. 이곳의 세계는 너무 넓어서 적응하기가 불가능하거든요." 그녀는 몇 초 동안 나를 응시하면서 내 반응을 살폈다. "아가타는 내 아내예요."

나는 눈을 깜빡거렸다. 한 여자가 다른 여자를 '내 아내'라고 지칭하는 것을 처음 들어 본 것이다. 하지만 나는 그 표현이 마음에 들었다.

"놀라셨죠?"

나는 잠시 생각에 잠겼다.

"저도 얼마든지 아내를 가질 수 있는걸요." 나는 확신에 차서 말했다. "혼자 사는 것보다는 누군가와 함께 사는 편이 나으니까요. 혼자보다는 누군가와 같이 있는 게 더 수월한 법이죠."

그녀는 아무런 대답도 하지 않았다. 그녀에게 말을 붙이기가 힘들었다. 마침내 나는 그녀가 쓴 책을 빌려달라고 부탁했다. 그것도 제일 무서운 것으로. 그녀는 아가타에게 책을 가져오라고 하겠다고 약속했다. 땅거미가 내려앉았지만 그녀는 불을 켜지 않았다. 우리 두 사람이 어둠 속에 완전히 가라앉았을 때 나는 작별 인사를 하고 집으로 돌아왔다.

*

이제 집들이 주인들로부터 보살핌을 받고 있다는 확신이 들어 마음이 놓였다. 하지만 나는 스스로 '원정'이라 부르는 이 시찰을 즐기면서 점점 더 걷는 시간을 늘렸다. 혼자 사는 외로운 암늑대처럼 그렇게 내 영역을 넓히는 중이었다. 나는 집들과 길의 풍경을 뒤로하고 느긋하게 길을 나섰다. 그리고 숲속으로 들어가서 속속들이 돌아보았다. 그곳은 무척이나 고요했다. 숲은 사람이 숨을 수 있는 가장 넓고 깊고 따뜻한 은신처였다. 나는 위로를 받았다. 거기서는 나의 가장 골치 아픈 증세, 그러니까 터져 나오는 울음을 감출 필요가 없었다. 마음껏 흘러내린 눈물이 내 눈을 씻어 시력을 밝게 해 주었다. 그래서인지 나는 건조한 눈을 가진 사람보다 많은 걸 볼 수 있었다.

우선 나는 숲에 사슴이 거의 없다는 것을 알아차렸다. 그들이 사라졌다. 아니면 풀숲이 너무 높게 자라서 그들의 붉은 등을 가리고 있는 걸까? 사슴이 보이지 않는 건 그들이 새끼를 낳기 시작했다는 뜻이다.

예쁜 점박이 새끼 사슴과 함께 있는 그 '젊은 아가씨'와 처음으로 마주친 바로 그날, 나는 숲에서 한 남자를 보았다. 그는 나를 보지 못했지만 우리는 꽤 가까운 거리에 있었다. 1970년대에 유행하던, 바깥쪽에 프레임을 빙 두른 초록색 배낭을 메고 있었으므로 나는 그 남자가 나와 비슷한 또래라고 생각했다. 그러니까 솔직히 말해서 그는 꽤 나이 들어 보였다. 대머리에다 까칠하게 돋아난 회색빛 수염은 짧게 다듬어져 있었는데, 아마 길거리에서 산 값싼 중국제 면도기를 사용한 듯했다. 헐렁한 데다 색까지 바랜 청바지는 엉덩이 부위가 볼썽사납게 불룩 튀어나와 있었다.

남자는 발밑을 바라보며 숲길을 조심스레 걷고 있었다. 그래서 내게 가까이 다가오면서도 알아차리지 못한 듯했다. 떨어진 소나무 가지들이 쌓여 있는 교차로에 이르자 그는 배낭을 벗어서 나무줄기에 기대어 놓고는 숲속으로 들어갔다. 쌍안경이 흔들리며 초점이 잘 맞지 않았기에 나는 그가 거기서 무엇을 하는지 짐작만 할 따름이었다. 그는 풀밭에 주저앉아 바닥에 쌓인 솔잎 사이를 뒤적였다. 버섯을 따는 중일 수도 있겠지만 그러기엔 너무 이른 시간이었다. 나는 그렇게 한 시간 정도 그를 지켜보았다. 얼마 후 그는 풀밭에 앉아 샌드위치를 먹고는 공책에 뭔가를 끼적였다. 그러고는 머리 뒤로 팔짱을 낀 채 드러누워서 반 시간 정도 하늘을 바라보았다. 그 뒤 배낭을 챙겨 들고 녹음 속으로 사라졌다.

학교에서 나는 디지오에게 전화를 걸었다. 숲을 배회하는 낯선 사람을 목격했다는 사실을 알리기 위해서였다. 나는 또한 '기쁜 소식'의 가게에서 들은 이야기를 전해 주었다. 국경을 넘어 테러리스트들을 불법으로 수송하는 일에 경찰서장이 연루되어 있었다는 소문이었다. 여기서 얼마 떨어지지 않은 곳에서 수상한 사내들이 붙잡힌 것이다. 그러나 디지오는 이러한 제보에 다소 회의적인

반응을 보였다. 그리고 숲에서 맞닥뜨린 낯선 남자가 숲속을 돌아다니는 이유는 증거를 지우기 위해서라는 나의 주장에 별로 동조하지 않았다. 어쩌면 숲속에 무기가 숨겨져 있었던 게 아닐까?

"선생님을 걱정시키고 싶지는 않아요. 하지만 새로운 단서가 발견되지 않았기 때문에 수사는 아마 보류될 거예요."

"아니, 어떻게 그럴 수 있지? 현장 주변에 **동물들**이 남긴 흔적이 있는데? 서장을 우물 속으로 밀어넣은 것은 사슴들이었다고."

잠시 침묵이 흐른 뒤, 마침내 디지오가 물었다.

"왜 모두에게 자꾸만 **동물들** 이야기를 하시죠? 아무도 선생님을 믿지 않는 데다 그들은 선생님을 좀…… 그러니까……."

그가 주춤거렸다.

"또라이라고 하잖아, 맞지?

내가 그를 돕기 위해 말했다.

"네, 맞아요. 근데 왜 자꾸 그런 말을 하시는 거예요? 불가능한 일이라는 건 선생님도 잘 아시잖아요."

디지오가 말했다. 그래서 나는 정말 사람들에게 명확히 설명해 줄 필요가 있다는 생각이 들었다.

나는 화가 났다. 하지만 수업 시작을 알리는 벨이 울리는 바람에 서둘러 말을 맺었다.

"사람들에게 어떤 생각을 가져야 하는지 말해 줄 필요가 있어. 대안이 없다고. 나 아니더라도 누군가가 할 거야."

그날 **밤** 나는 낯선 사람이 집 가까이에서 배회하고 있다는 생각에 제대로 잠을 이루지 못했다. 게다가 수사가 잠정적으로 중단될 가능성이 있다는 소식에 기분 나쁜 불쾌감과 피로감이 동시에 몰려왔다. '보류'라니, 그게 말이나 되는가? 그것도 이런 식으로 갑자기? 가능성을 꼼꼼히 따져 보지도 않고? 그렇다면 **동물**들의 흔적은? 그들은 그 흔적들을 고려했는가? 결국 사람이 죽었다. 그런데 어떻게 '보류'시킬 수 있단 말인가?

이곳으로 이사 온 후 처음으로 나는 대문과 창문을 걸어 잠갔다. 그러자 즉시 집 안이 답답하게 느껴졌다. 잠을 통 이룰 수 없었다. 6월 초순이었기에 **밤**기운은 이미 따뜻한 데다 향기로웠다. 마치 보일러실에 평생 갇혀 버린 것 같은 기분이었다. 나는 집 주위에서 들리는 발자국 소리에 귀를 기울이고, 바스락거리는 소리를 하나하나 분석하고, 나뭇가지가 부러질 때마다 화들짝 놀랐다. **밤**은 가장 미세한 소음도 어마어마하게 확대하여 그 소리를 헛기침과 신음, 사람의 목소리로 바꾸었다. 아마도 나는 겁을 먹었던 모양이다. 이곳으로 이주한 이후 처음으로.

다음 날 아침 나는 배낭을 멘 바로 그 남자가 우리 집 앞에 서 있는 것을 보았다. 나는 두려움에 떨면서 벽장으로 손을 뻗었다. 호신용 스프레이를 꺼내기 위해서였다.

"좋은 아침입니다. 방해해서 죄송합니다." 그가 가볍게 떨리는 낮은 바리톤으로 말했다. "소에서 갓 짠 우유를 좀 사고 싶은데요."

"소라고요?" 나는 놀라서 말했다. "소에서 짠 우유는 없어요. '개구리'*에서 가져온 우유면 될까요?"

* '개구리'는 폴란드에서 유명한 식료품 체인점의 이름이다.

남자는 실망한 기색이었다.

지금, 한낮의 밝은 빛 속에서 다시 본 그는 매우 친절해 보였다. 스프레이를 사용할 필요는 없을 것 같았다. 남자는 스탠드 칼라가 달린 흰 리넨 셔츠를 입고 있었는데, 오래전에 유행하던 스타일이었다. 가까이에서 보니 대머리도 아니었다. 뒷머리에 남은 머리카락을 가지런히 땋아 내렸는데, 그 모양이 때 묻은 신발끈을 연상시켰다.

"빵은 직접 구우시나요?"

"아뇨. 언덕 아래에 있는 가게에서 사다 먹는데요."

"아하. 네, 잘 알겠습니다."

나는 부엌으로 가려다 말고 돌아서서 그에게 말했다.

"어제 당신을 봤어요. 숲에서 주무신 건가요?"

"네, 그랬습니다. 여기 좀 앉아도 될까요? 뼈가 쑤셔서요."

사내는 어딘지 산만해 보였다. 셔츠 뒷면에는 풀에서 묻은 녹색 얼룩이 있었다. 아마도 자다가 자신도 모르게 침낭에서 몸을 밖으로 내민 모양이었다. 나는 혼자서 킬킬 웃었다.

"커피 한잔 드시겠어요?"

그가 두 손을 황급히 내저었다.

"저는 커피를 마시지 않습니다."

별로 영리한 사람은 아닌 듯했다. 영리한 사람이었다면 내가 자기의 식성이나 기호 따위에는 관심이 없다는 것을 알아차렸을 것이다.

"그럼 케이크 한 조각 드시겠어요?"

나는 디지오와 함께 최근에 마당으로 내다 놓은 테이블을 가리키며 말했다. 엊그제 구워서 이미 거의 다 먹어 치운 대황* 타르트가 그 위에 놓여 있었다.

"화장실을 좀 써도 될까요?"

그가 협상하는 듯한 말투로 물었다.

"얼마든지요."

그를 앞세워 집 안으로 들여보내면서 내가 대답했다.

그는 타르트 한 조각을 먹으며 결국 커피를 마셨다. 그의 이름은 보리스 슈나이데르였다. 하지만 그는 '보오로오오스'라고 모음을 길게 늘어뜨리며 자신의 이름을 우스꽝스럽게 발음했다. 그래서 내 머리에는 그 발음으로 이름이 입력되었다. 그는 동쪽 지방의 부드러운 억양을 갖고 있었다. 그다음에 내뱉은 몇 마디 문장으로 그 이유가 저절로 설명되었다. 비아위스토크** 출신이었던 것이다.

"저는 곤충학자입니다." 그가 입안에 타르트를 잔뜩 물고서 말했다. "멸종 위기에 놓인 희귀하고 아름다운 머리대장을 연구하고 있습니다. 부인은 혹시 지금 살고 계시는 곳이 유럽에서 쿠쿠유스 헤마토데스(Cucujus haematodes)***가 발견된 최남단이라는 것을 알고 계십니까?"

사실 나는 알지 못했다. 하지만 새로운 가족이라도 만난 듯 기뻤다.

* 생김새는 샐러리와 비슷하며 과일처럼 새콤달콤한 맛이 나는 채소.

** 바르샤바 북동쪽 벨라루스와의 국경 근처에 위치한 폴란드 도시.

*** 머리대장의 학명.

"어떻게 생겼죠?"

내가 물었다.

보로스는 낡아 빠진 캔버스 배낭에서 작은 플라스틱 상자를 조심스럽게 꺼냈다. 그러고는 내 앞에 그것을 들이밀었다.

"이렇게 생겼어요."

투명한 상자 안에는 내가 '나무 벌레'라고 부르던 죽은 곤충이 들어 있었다. 꽤 평범해 보이는 작은 갈색 벌레였다. 이따금 매우 아름다운 벌레들을 발견할 때가 있지만 지금 눈앞에 있는 벌레는 어떤 면에서도 특별해 보이지 않았다.

"왜 죽은 거죠?"

"아, 저를 표본을 만들기 위해 곤충을 함부로 죽이는 아마추어라고 생각하지는 말아 주세요. 이놈을 발견했을 때는 이미 죽어 있었으니까요."

나는 보로스를 훑어보며 그만이 가진 특별한 **증세**가 무엇인지 추측해 보려고 했다.

보로스는 벌목꾼들에 의해 베어지거나 자연적으로 썩어 버린 그루터기 또는 통나무들을 뒤지면서 머리대장의 유충을 찾아다녔다. 그리고 유충을 세어 목록을 작성한 뒤, 다음과 같은 제목이 적힌 공책에 꼼꼼히 기록했다. '유럽 연합 서식지 지침서의 부록 2장과 4장 목록에 수록된 특정 딱정벌레류가 크워츠코 자치군의 숲에 분포된 현황 및 해당 곤충들의 보호를 위한 제안서. 프로젝트.' 나는 공책의 제목을 상당히 오랫동안 읽었고, 덕분에 안에 있는 내용을 펼쳐 보지 않아도 보로스에게 미안하지 않았다.

지침서 12조에 따르면 국유림의 경우, 생식 활동이 이루어지는 서식지를 보호하고 파괴를 막기 위한 엄격한 시스템을 확립해야 하는데, 대부분 그 사실을 전혀 모르고 있다고 보로스는 말했다. 오히려 곤충들이 알을 낳고 유충들이 부화하는 터전이라 할 수 있는 목재들이 함부로 베어져 도시로 유출되고 있다는 것이다. 그와 함께 유충들 또한 아무런 흔적이나 단서도 남기지 못한 채 제재소와 목공소로 실려 간다. 그들이 죽어도 주의를 기울이는 사람은 없었다. 그러니 마치 누구도 잘못이 없는 것처럼 여겨졌다.

"여기 이 숲에는 통나무마다 머리대장의 유충이 가득하답니다. 숲이 개간되면 나무들을 불태우죠. 그들은 애벌레가 잔뜩 든 통나무와 나뭇가지를 불 속에 던지고 있는 겁니다."

그 순간 나는 모든 억울한 죽음은 만천하에 공개되어야 한다고 생각했다. 비록 곤충의 죽음일지라도 말이다. 아무도 그런 죽음을 알아채지 못하는 것은 부끄러운 일이다. 나는 보로스가 하는 일이 마음에 들었다. 그렇다. 그는 나를 설득했고, 나는 전적으로 그의 편이 되었다.

어차피 매일 순찰을 나가야 하니 나는 유용한 일에 재미를 접목시켜 보기로 결심하고 보로스와 함께 숲으로 갔다. 그의 개입 덕분에 나무줄기는 내게 자신의 비밀을 기꺼이 드러내 보여 주었다. 알고 보니 평범한 그루터기 하나도 피조물들의 왕국이었다. 그 안에 복도와 방, 통로가 만들어지고, 곤충들의 귀한 알들이 보관되었다. 유충은 아름답다고는 할 수 없었지만 나는 그들이 나무에게 보내는 무한한 신뢰에 감동받았다. 그들은 나무라는 거대한 미동(微動)의 생물체가 본질적으로 매우 연약하고, 사람들의 의지에 전적으로 의존하고 있다는 사실은 상상도 못 한 채 자신들의 삶을 온전히 나무에게 맡겼다. 유충이 불에 타서 죽어 가는 광경은 상상하기 어려웠다. 보로스는 숲의 리터층*을 뒤져서 또 다른 희귀종, 그리고 덜 희귀한 종들을 내게 보여 주었다. 큰자색호랑꽃무지, 빗살수염벌레. 과연 나무 조각들 아래에 이런 벌레들이 살고 있으리라고 누가 생각이나 했겠는가? 녹색딱정벌레는 그래서 이런 이름이 붙었구나. 전에도 여러 번 본 적이 있었지만, 나는 그저 '반짝거리지만 이름 없는 벌레'라고만 생각했었다. 수은주의 눈금처럼 빛나는 애풍뎅이붙이. 왕사슴벌레. 재미있는 이름이다. 아이들에게는 곤충의 이름을 붙여 줘야 한다. 새와 다른 **동물들**의 이름도 좋다. 왕풍뎅이 코발스키, 초파리 노박, 까마귀 두셰이코. 내가 기억할 수 있는 이름은 사실 몇 개 안 된다. 보로스의 손이 마술을 부리며 신비한 신호를 보내자 곤충과 유충, 그리고 조그만 알들이 모인 덩어리들이 나타났다. 그중 어느 것이 유용한지 물었더니 보로스가 격분했다.

"자연의 관점에서 볼 때는 그 어떤 생물도 유용하거나 무용하지 않아요. 그것은 그저 사람들이 적용하는 어리석은 구별일 뿐입니다."

그날 저녁 **땅거미**가 내려앉은 뒤, 그가 우리 집에 왔다. 우리 집에서 자고 가라며 내가 그를 초대했기 때문이다. 그에겐 딱히 잘 곳이 없었다……. 나는 거실에 그를 위해 침구를 마련해 주었다. 하지만 우리는 바로 잠자리에 들지 않고 앉아서 이런저런 이야기를 나누었다. 나는 지난번 괴짜가 방문하고 난 뒤에 남은 리큐어

* 숲의 토양에서, 분해되지 않은 낙엽과 낙지(落枝)로 이루어진 층.

반병을 꺼냈다. 보로스는 우선 국유림이 자연에게 저지른 온갖 비열한 짓거리와 자원의 남용에 대해 이야기했다. 그러고 나서야 마침내 긴장을 조금 풀었다. 국유림이라는 대상에 대해 어떻게 그처럼 감정적인 태도를 가질 수 있는지 그를 이해하기 힘들었다. 내가 국유림과 관련하여 떠올릴 수 있는 사람은 바로 산림 감독관인 '늑대 눈'뿐이었다. 동공이 길쭉해서 내가 붙인 이름이다. 뿐만 아니라 그는 꽤 괜찮은 사람이었다.

그렇게 해서 보로스는 며칠 동안 우리 집에 머물렀다. 매일 저녁 그는 자신의 학생들이나 국유림에 반대하는 단체에 속한 자원봉사자들이 다음 날 아침 자기를 데리러 올 거라고 말했지만, 매번 꼭 무슨 일이 터지곤 했다. 차가 고장 나거나 급한 용무가 생겨 어디로 가야 하거나 도중에 일행이 바르샤바에 남게 되거나, 심지어 서류가 든 가방을 잃어버린 적도 있었다. 계속 그런 식이었다. 나는 슬슬 보로스가 통나무 속 머리대장 유충처럼 우리 집에 계속 눌러앉을까 봐 걱정이 되기 시작했는데, 여기서 그를 집 밖으로 내몰 수 있는 건 국유림뿐일 것이다. 물론 그는 내게 귀찮은 존재가 되지 않기 위해 열심히 노력했고, 실제로 도움이 되는 것도 사실이었다. 예를 들어 그는 정성을 다해 욕실 구석구석을 청소했다.

작은 플라스크와 조그만 병들이 잔뜩 담긴 상자를 넣어 둔 그의 배낭은 작은 실험실 같았다. 거기에는 합성 화학 물질이지만, 곤충을 생리적으로 유인하는 천연 성분과 매우 흡사한 물질이 들어 있었다. 그와 그의 학생들은 곤충들이 다른 장소에서 번식하도록 유도할 필요가 있을 때 이 강력한 화학 물질로 다양한 실험을 해 왔다.

"이 물질을 나무토막에 문지르면 암컷 딱정벌레들이 알을 낳기 위해 달려듭니다. 주변의 모든 지역에서 바로 이 통나무를 향해 모여드는 거죠. 몇 킬로미터나 떨어진 곳에서도 냄새를 맡을 수 있거든요. 몇 방울만 뿌리면 돼요."

"사람들은 왜 그런 냄새를 풍기지 않을까요?"

내가 물었다.

"사람들이 냄새를 안 풍긴다고 누가 그랬죠?"

"난 아무것도 느낄 수가 없는데요."

"분명히 느끼고 있으면서도 당신이 그 사실을 모르고 있을 수도 있어요. 이봐요, 당신은 결국 **인간**의 자존심을 버리지 못하고, 자신의 자유의지를 계속 믿고 있나 보군요."

보로스의 존재는 내게 누군가와 함께 산다는 게 어떤 것인지 일깨워 주었다. 동시에 그것이 얼마나 어색한 일인지도 실감케 했다. 그것이 얼마나 자신을 산만하게 하는지, 그리고 얼마나 사색을 방해하는지도 말이다. 또한 상대가 굳이 어떤 짜증 나는 일을 저지르지 않더라도 그곳에 있는 것만으로 신경을 건드릴 수 있다는 것도 알게 해 주었다. 그래서 매일 아침 그가 숲으로 떠날 때마다 나는 나의 아름다운 고독을 축복했다. 대체 사람들은 비좁은 공간에서 어떻게 함께 생활하며 수십 년을 함께 보내는 것일까? 나는 궁금했다. 잠결에 자기도 모르게 서로를 밀치기도 하고 상대의 얼굴에 숨결을 내뱉기도 하면서 어떻게 한 침대에서 자는 걸까? 물론 내가 그런 경험이 없다는 뜻은 아니다. 한동안 나는 천주교 신자와 한 침대를 썼다. 하지만 좋은 건 하나도 없었다.

11
박쥐의 노래

새장에 갇힌 울새의 붉은 가슴이
천국을 온통 분노에 빠뜨린다.*

경찰청 귀중

올해 1월에 발생한 제 이웃의 사망 사건, 그리고 그로부터 육 주 뒤에 벌어진 경찰서장의 죽음과 관련하여 지방 경찰서의 수사에 아무 진전이 없는 관계로 심히 우려스러운 마음으로 편지를 씁니다.

이 두 건의 끔찍한 사건이 모두 제 집과 매우 가까운 곳에서 일어났기 때문에 저의 개인적 불안감과 혼란스러움이 더욱 배가될 수밖에 없다는 사실은 충분히 이해하시리라 믿습니다.

제 견해로는 두 사람이 살해당했음을 명백히 암시하는 증거들은 충분합니다.

* 윌리엄 블레이크의 시 「순수의 전조」에서.

저와 제 친구들은 사건 현장에 경찰이 도착하기 전, 사망자들의 죽음 직후에 시신을 우연히 목격한 유일한 증인들입니다. 만약 이러한 팩트가 없었다면, 제가 감히 위와 같은 단정적인 주장을 하지는 않았을 것입니다.(경찰에게 있어 팩트란 집을 짓는 데 필요한 벽돌, 유기체를 형성하는 세포처럼 체계를 구성하는 근간임을 잘 알고 있습니다.) 첫 번째 사건에서 공동 증인은 제 이웃인 시비에르시친스키였고, 두 번째 사건의 경우에는 한때 제 제자였던 디오니시오스였습니다.

고인들이 살인 사건의 희생 제물이었다는 제 확신은 다음과 같은 두 가지 관측에 근거합니다.

첫째, 두 사건 모두 범죄 현장에 **동물들**이 있었습니다. 첫 번째 사건에서 목격자인 시비에르시친스키와 저는 피해자의 집 근처에서 사슴의 무리를 보았습니다.(그때는 이미 동료 사슴이 피해자의 부엌에서 도살당해 조각조각 절단된 상태였습니다.) 또한 이 서신 하단에 서명한 이들을 포함하여 여러 명의 목격자가 경찰서장의 시신이 발견된 우물가의 눈밭에서 수많은 사슴의 발자국을 보았습니다. 하지만 불행하게도 경찰 수사에 비우호적이었던 날씨가 두 사건의 가해자들을 지목하는 가장 중요하고도 특별한 증거를 신속히 없애 버리고 말았습니다.

둘째, 저는 희생자들의 코스모그램(일반적으로 '천궁도'라고 알려져 있습니다.)을 통해 가능한 모든 특이 사항들을 조사해 보았는데, 두 사건의 희생자 모두 **동물들**로부터 치명적인 공격을 받아 죽음에 이르렀을 가능성이 발견되었습니다. 이것은 매우 드문 행성의 배열로서 경찰이 주목해야 할 지점이라고 확신합니다. 경찰청 소속의 점성가가 이러한 내용을 참고하여 제 가설을 지지할 것이라는 기대와 함께 두 사람의 천궁도를 첨부합니다.

진심을 담아, 두셰이코

*

보로스가 나와 함께 지낸 지 사나흘 정도 되었을 무렵, 괴짜가 우리 집에 찾아왔다. 그가 나를 방문하는 건 매우 드문 일이었으므로 특별한 사건이 아닐 수 없었다. 내 집에 낯선 남자가 있는 것이 불안해서 살피러 온 게 아닌가 하는 생각이 들었다. 그는 한 손을 허리에 짚은 채 등을 구부리고 발을 질질 끌면서 고통스러운 표정으로 걸어왔다. 괴짜는 한숨을 쉬며 의자에 앉았다.

"요통이에요."

그가 인사 대신 말했다.

마당에서 집까지 질척거리지 않는 새 통로를 만들기로 결심하고 양동이에 콘크리트 반죽을 섞은 뒤 쏟아붓기 위해 몸을 기울이는 순간, 등줄기에 금이 갔다고 했다. 괴짜는 양동이를 향해 손을 뻗은 채 불편하기 짝이 없는 자세로 한동안 꼼짝하지 못했다. 너무 고통스러운 나머지 몸을 일으켜 자세를 바로잡을 수가 없었기 때문이다. 그리고 통증이 좀 누그러져서야 도움을 청하러 온 것이다. 그는 내가 작년에 비슷한 방법으로 콘크리트를 부어 통로를 만든 걸 알고 있었다. 괴짜는 눈을 내리깔고 상당히 비판적인 시선으로 보로스를 흘끔거렸는데, 특히 그의 땋은 머리를 못마땅하게 쳐다보았다. 괴짜의 눈에는 보로스가 진지하지 못한 인물처럼 보였을 것이다.

나는 그들을 서로에게 소개했다. 괴짜는 눈에 띄게 주저하면서 마지못해 손을 내밀었다.

"이 근처를 돌아다니는 것은 위험합니다. 여기서 이상한 일들이 일어나고 있거든요."

괴짜가 불길하다는 듯 말했지만, 보로스는 그의 경고를 귀담아듣지 않았다.

콘크리트가 양동이에서 굳어 버리기 전에 작업을 완료해야 했으므로 우리는 괴짜의 집으로 갔다. 내가 보로스와 함께 작업하는 동안 괴짜는 의자에 앉아서 '충고하는데……'라는 말로 시작하는, 조언을 가장한 명령을 했다.

"충고하는데…… 한 번에 조금씩 붓는 게 좋을 거예요. 그건 이쪽에, 그리고 그건 저쪽에요. 어느 정도 고르게 부어지면 한 번 더 부어 주세요. 충고하는데…… 콘크리트가 어느 정도 굳을 때까지 기다리면 좋을 듯하군요. 그리고 서로 동선에 방해가 되지 않도록 조심하세요. 그러지 않으면 혼란만 일으킬 테니까."

그의 간섭이 오히려 짜증스러웠다. 하지만 일을 마친 뒤, 작약이 조금씩 피어나고 있는 그의 집 마당에서 따뜻한 햇볕을 쬐며 앉아 있으려니 온 세상에 고운 금빛 층이 덮여 있는 것 같았다.

"살아오면서 어떤 일을 했나요?"

보로스가 느닷없이 물었다.

전혀 예상하지 못한 질문이었지만, 나는 한순간에 과거의 추억에 사로잡혔다. 내 눈앞에서 지난날의 기억이 넘실거리듯 펼쳐졌다. 기억 속의 모든 것은 실제보다 훨씬 좋고 아름답고 행복해 보였다. 이상하게도 우리는 한마디도 하지 않았다.

내 나이대 사람에게는, 자신이 정말로 사랑했고 진심으로 귀속되어 있던 장소의 대부분이 더는 그곳에 존재하지 않는다. 유년기와 청년기를 보낸 장소들, 휴가차 들렀던 시골, 첫사랑을 꽃피웠던 불편한 벤치가 있는 공원, 오래된 도시와 카페, 집 들이 이제는 자취를 감춰 버린 것이다. 설사 외형이 보존되었더라도 알맹이 없는 빈 껍데기처럼 느껴져서 더욱 고통스럽다. 나는 돌아갈 곳이 없다. 마치 투옥 상태와도 같다. 내가 보고 있는 지평선이 바로 감방의 벽이다. 그 너머에는 낯설고, 내 것이 아닌, 딴 세상이 존재한다. 그러므로 나 같은 부류의 사람들에게는 그저 지금, 여기밖에는 없다. 모든 앞날이 미지수이고, 도래하지 않은 모든 미래는 공기의 미세한 떨림만으로도 쉽사리 파괴될 수 있는 신기루처럼 불투명하다.

우리가 말없이 앉아 있는 동안, 내 머릿속을 스쳐 지나간 생각은 바로 이런 것들이었다. 대화보다 차라리 그편이 나았다. 두 남자가 무슨 생각을 하고 있는지는 알 수 없었다. 어쩌면 서로 같은 생각을 하고 있었을지도 모른다.

우리는 그날 저녁에 모이기로 약속했고, 셋이 포도주를 조금 마셨다. 심지어 함께 노래도 불렀다. 우리는 "오늘은 너를 보러 갈 수가 없어……"로 노래를 시작했다. 다들 수줍고도 조용한 목소리였다. 과수원을 향해 열린 창문 너머에서 **밤**이 귀를 쫑긋 세우고 우리의 모든 생각과 말에 귀라도 기울인다는 듯이, 심지어 노랫말까지 유심히 듣고는 대법원에 철저한 조사를 의뢰할지도 모른다는 듯이.

셋 중 보로스만 별로 신경을 쓰지 않았다. 어쩌면 당연한 일이다. 자기 집도 아니고, 손님의 공연은 언제나 가장 열광적이어야 하는 법이니. 그는 의자에 기대어 기타를 치는 자세로, 눈을 감고 노래를 부르기 시작했다. 「더 하우스 오브 더 라이징 선(The House of The Rising Sun)」의 도입부였다.

마치 마법에라도 걸린 듯 괴짜와 나는 금방 멜로디와 가사를 떠올렸다. 그리고 이 갑작스러운 교감에 스스로도 놀라면서, 서로 눈빛을 주고받으며 보로스와 함께 노래를 불렀다.

알고 보니 우리는 모두 "오, 마더, 텔 유어 칠드런"이 나오는 대목까지 가사를 기억하고 있었다. 덕분에 우리의 기억력이 어느 정도인지 알 수 있었다. 그때부터 우리는 아무 가사나 읊조리기 시작했다. 마치 노래 가사를 다 안다는 듯 당당한 태도였지만 실은 가사가 전혀 기억나지 않았다. 우리는 와락 웃음을 터뜨렸다. 아, 아름답고도 감동적인 순간이었다. 그러고 나서 우리는 다른 노래들을 떠올려 보려고 애쓰면서 말없이 앉아 있었다. 나머지 두 가수는 어땠는지 모르지만, 내 경우에는 노래집의 모든 노래를 통째로 잊은 상태였다. 보로스가 벌떡 일어나더니 방에 가서 작은 비닐봉지를 가지고 나왔다. 그러고는 말린 약초를 한 움큼 꺼내어 담배를 말기 시작했다.

"세상에! 나는 이십 년 동안 담배를 피우지 않았다고!"

괴짜가 버럭 소리를 질렀다. 그의 눈빛이 어찌나 반짝거리는지 나는 놀라서 그를 쳐다보았다.

아주 밝은 **밤**이었다. 6월의 보름달은 '블루 문'이라고 불리는

데, 이 무렵이 되면 매우 아름다운 사파이어 색조를 띠기 때문이다. 내 천문력에 따르면 이러한 **밤**이 지속되는 시간은 딱 다섯 시간이다.

우리는 과수원으로 가서 벌써 열매가 맺힌 오래된 사과나무 아래에 앉았다. 과수원은 아름다운 향기를 풍기며 바람에 살랑거렸다. 나는 어느 틈엔가 시간 감각을 잃은 상태였다. 입 밖으로 소리 내어 말하는 문장들 사이로 흐르는 공백이 영겁의 시간처럼 느껴졌다. 우리의 눈앞에서 수많은 시간이 그 문을 열었다. 그렇게 수세기 동안 우리는 한 번은 이런 입술로, 또 한 번은 저런 입술로 쉼 없이 똑같은 이야기를 나누는 중이었다. 그리고 우리 중 그 누구도 기억하지 못했다, 지금 우리가 반대하고 있는 이 사안이 실은 예전에는 옹호했던 것임을. 사실 우리는 논쟁을 하는 게 아니었다. 그저 대화, 아니 삼자 회담을 하는 중이었다. 세 마리의 **동물**이, 인류의 또 다른 종족이, 혹은 반은 **인간**이고 반은 **동물**인 생명체들이 이야기를 주고받고 있었다. 나는 정원과 숲에 수많은 '우리'가 있음을 깨달았다. 우리의 얼굴은 털로 덮여 있었다. 괴상한 짐승들. 나무에는 우리의 박쥐들이 둥지를 틀고 앉아 노래를 불렀다. 그들의 날카롭고 떨리는 목소리가 안개 속의 미세한 입자들을 흔들어 댔다. 그렇게 우리를 둘러싼 **밤**은 모든 피조물을 한밤의 예배에 불러들이기 위해 종소리처럼 부드러운 신호를 보냈다.

집 안으로 사라진 보로스는 나올 기미가 전혀 보이지 않았고, 덕분에 괴짜와 나는 단둘이 말없이 앉아 있었다. 그런데 그가 갑자기 두 눈을 크게 뜨고서 강렬한 눈빛으로 날 쳐다보는 바람에 나는 그의 시선을 피해 나무 그늘로 들어가 몸을 숨겼다.

"날 용서해 줘요."

괴짜가 한 말은 그게 다였다. 나의 마음은 괴짜의 말을 이해하기 위해 거대한 기관차처럼 부지런히 움직였다. 내가 그를 용서할 일이 대체 뭘까? 몇 번 그가 내 인사에 응답하지 않았던 일이 떠올랐다. 내가 그의 집으로 편지를 가져다주었을 때, 자신의 깔끔하고 정갈한 부엌에 들여놓지 않으려고 나를 문간에 세워 놓고 이야기를 나누던 순간도 생각났다. 아, 또 있다. 내가 **증세**에 시달리며 침대에 누워서 괴로워할 때 그는 한 번도 내게 관심을 보인 적이 없었다.

하지만 이런 문제들은 내가 용서하고 말고 할 차원의 것이 아니었다. 어쩌면 괴짜는 검정 코트를 입은, 차갑고 빈정거리기를 좋아하는 자신의 아들을 떠올렸는지도 모른다. 하지만 우리가 자식들까지 책임질 수는 없는 노릇 아닌가.

마침내 보로스가 내 노트북을 들고 문간에 나타났다. 그는 이전에도 내 노트북을 사용한 적이 있었다. 그가 목에 차고 있던 늑대 송곳니 모양의 펜던트를 노트북에 연결했다. 우리는 신호를 기다렸고, 그사이 꽤 오랫동안 적막이 감돌았다. 마침내 폭풍이 몰아쳤지만 우리는 놀라지도 겁먹지도 않았다. 그것은 안개 속에서 조용히 울려 퍼지는 종소리를 압도했다. 우리는 다 함께 노래를 불렀다. 지금 이 분위기에 이보다 잘 어울리는 음악이 또 있을까. 어쩌면 이 노래 「폭풍을 타는 사람들」*은 오늘 저녁을 위해 특별히 작곡되었는지도 모른다.

* 도어스가 부른 「라이더스 온 더 스톰(Riders on the storm)」을 말한다.

보로스는 흥얼거리며 의자에서 몸을 흔들었다. 계속해서 같은 가사가 반복됐다. 새로운 문장은 끝내 등장하지 않았다.

"왜 어떤 사람들은 사악하고 고약할까?"

보로스가 수사적인 어조로 물었다.

"토성." 내가 말했다. "프톨레마이오스*의 전통적인 고대 점성학에 따르면 토성 때문이래요. 토성은 조화롭지 않은 성향 탓에 사람을 비열하고 악의적이고 고독하고 처참하게 만드는 힘을 갖고 있어요. 그들은 악랄하고 비겁하고 뻔뻔스럽고 음침하며 계략을 멈추지 않고 험담을 일삼고 자신의 몸을 돌보지 않습니다. 끝없이 자신이 가진 것보다 많은 것을 원하고 어떤 것에도 만족하지 않죠. 그런 부류의 사람을 말하는 건가요?"

"어쩌면 교육이 실패한 탓일 수도 있죠."

괴짜는 혓바닥의 장난으로 자기 의도와 전혀 다른 말이 나올까 봐 두렵기라도 한 듯, 한 마디 한 마디 천천히 조심스럽게 발음했다. 그렇게 한 문장을 내뱉고 나자 이번에는 좀 더 과감하게 두 번째 문장을 덧붙였다.

"아니면 계급 투쟁의 결과일 수도 있고."

"잘못된 배변 훈련 때문일 수도 있습니다."

보로스가 끼어들었고 나도 한마디 거들었다.

"탐욕스러운 어머니 때문이거나."

"권위적인 아버지 탓이거나."

"어린 시절에 당한 성적 학대 때문일 수도."

* 고대 그리스의 천문학자이자 지리학자.

"모유를 못 먹어서."

"텔레비전 때문일 수도."

"식단에서 리튬과 마그네슘이 결핍된 탓일 수도 있고."

"증권 거래소 때문이거나."

괴짜가 드물게 열성적으로 소리쳤지만 내 눈에는 그의 말투가 과장된 것처럼 보였다.

"말도 안 돼." 내가 말했다. "어떤 면에서 그렇다는 거죠?"

그래서 그는 자신의 의견을 수정했다.

"외상 후 충격 때문이거나."

"정신 물리학적 구조 탓이지."

새롭게 발견한 이 유쾌한 게임의 아이디어가 바닥날 때까지 우리는 계속해서 어휘를 남발했다.

"결국은 토성 때문이야."

나는 배를 잡고 웃으면서 말했다.

우리는 괴짜를 집으로 데려다준 뒤, 작가를 깨울까 봐 조심하면서 소란을 피우지 않으려고 애썼다. 하지만 몇 초에 한 번씩 웃음이 터져 나오는 통에 조용히 할 수가 없었다.

잠자리에 들기 전, 와인 덕분에 대담해진 보로스와 나는 상대에게 오늘 저녁에 대한 고마움을 표시하기 위해 서로를 포옹했다. 잠시 후 나는 부엌에서 수돗물로 약을 삼키는 보로스를 보았다.

문득 이 사내, 보로스가 아주 좋은 사람이라는 생각이 들었다. 그에게도 **증세**가 있어서 다행이었다. 건강하다는 것은 불확실한 상태이기에 좋은 징조가 아니다. 조용히 병을 앓는 편이 낫다. 그러면 적어도 우리가 무엇 때문에 죽을지는 알 수 있으니까.

보로스가 한밤중에 내게로 와서 침대 옆에 쪼그리고 앉았다. 나는 깨어 있었다.

"자요?"

그가 물었다.

"당신은 종교적인 사람인가요?"

나는 그에게 물을 수밖에 없었다.

"네." 그가 자랑스럽게 대답했다. "저는 무신론자예요."

흥미로운 대답이었다.

나는 이불을 들치며 침대로 들어오라고 했다. 나는 감정에 휘둘리거나 감상적인 **인간**이 아니므로 오늘 벌어진 일에 연연하지 않을 것이다.

*

다음 날은 토요일이었고, 아침 일찍 디지오가 찾아왔다.

마침 나는 마당에서 내 **이론** 중 하나를 시험하는 중이었다. 나는 우리가 현대 유전학에 규정된 내용과 상반되는 표현형(表現型)* 을 물려받았다는 증거를 발견한 것 같았다. 후천적으로 획득된 어떤 특징들이 다음 세대에서 불규칙적으로 나타난다는 사실을 알게 된 것이다. 삼 년 전부터 나는 멘델이 스위트피**를 갖고 했던

* 생명체의 관찰 가능한 특징적인 모습이나 성질을 의미한다. 눈의 색깔이나 키 같은 생김새뿐만 아니라 행동, 발생, 생리학적 또는 생화학적 특성 등 구별 가능한 다양한 생명 현상을 포함한다.

** 콩과의 원예 식물로 완두콩의 일종.

실험을 반복했고, 지금 그 실험이 한창 진행 중이다. 나는 오 대(일 년에 이 대씩)에 걸쳐 연달아 꽃잎에 칼자국을 내서 손상시켰다. 그러고는 종자가 꽃잎이 손상된 꽃을 피울 수 있는지를 확인했다. 실험의 결과는 상당히 고무적이었다.

그때 디지오의 삐걱대는 낡은 자동차가 급커브를 돌며 나타났다. 들뜬 상태인 것처럼 차가 숨을 헐떡였다. 흥분한 디지오가 차에서 껑충 뛰어내렸다.

"그들이 브넹트샤의 시체를 발견했어요. 이미 몇 주 전에 죽었다네요."

나는 극도의 현기증을 느끼며 털썩 주저앉았다. 설마 이런 소식을 듣게 될 줄은 몰랐던 것이다.

"그러니까 애인과 함께 도망친 게 아니었군."

보로스가 부엌에서 찻잔을 들고 나오며 말했다. 그는 실망감을 감추지 않았다.

디지오는 머뭇거리며 그와 나를 번갈아 바라보았고, 놀라서 아무 말도 하지 못했다. 그래서 나는 간단하게나마 소개를 해야 했다. 그들은 악수를 나누었다.

"아, 이건 진작 알려진 사실입니다만," 흥분을 가라앉힌 목소리로 디지오가 말했다. "신용 카드를 놓고 갔고, 은행 계좌에는 손도 대지 않았어요. 아, 그런데 여권은 여태껏 발견되지 않았답니다."

우리는 집 밖에 자리를 잡고 앉았다. 디지오는 브넹트샤의 시신이 도벌꾼들에 의해 발견되었다고 말했다. 그들의 진술에 따르면, 어제 오후 그들은 여우 농장 쪽에서 숲을 향해 차를 몰고 들어갔고, **땅거미**가 내려앉을 무렵에 거기서 유해를 발견했다. 유해는 양치류 사이, 한때 진흙이 채굴된 구덩이 속에 널부러져 있었다. 유골의 형태가 워낙 뒤틀리고 기형적이어서 이것이 한 남자의 시체라는 것을 도둑들이 깨닫기까지는 시간이 좀 걸렸다. 처음에 그들은 공포에 사로잡혀 도망쳤으나, 양심의 가책으로 괴로움을 느꼈다. 그들이 경찰서에 가는 것을 두려워한 이유는 단 하나였다. 신고와 동시에 그들의 범행이 노출될 수밖에 없었기 때문이다. 하지만 자신들이 평소에도 늘 그쪽 길로 차를 몰고 다녔노라고 주장할 수도 있었다. 그날 저녁 늦게 그들은 마침내 경찰에 신고했고, 한밤중에 법의학 팀이 현장에 도착했다. 그들은 남겨진 옷 조각 덕분에 브넹트샤을 식별할 수 있었다. 그가 평소 독특한 가죽 재킷을 입고 다녔기 때문이다. 월요일이 되면 모든 상황을 보다 상세히 알게 될 것이다.

괴짜의 아들은 나중에 이런 우리의 행동을 가리켜 '유치하다'고 말했지만, 내가 생각하기에는 가장 타당한 행동이었다. 우리는 다 함께 사무라이를 타고 여우 농장 너머에 있는 숲속, 시체가 발견된 장소로 향했다. 하지만 유치하게 행동하는 사람들은 우리만이 아니었다. 스무 명쯤 되는 사람들이 몰려왔다. 트란실바니아에서 온 남녀들, 숲의 벌목꾼들, 그리고 콧수염을 기른 남자들이 그곳에 있었다. 나무와 나무 사이에 오렌지색 플라스틱 테이프로 접근 금지선이 둘러쳐져 있었다. 구경꾼들을 막기 위해 규정된 거리를 준수하려니 아무것도 보이지 않았다.

중년 여인이 내게 다가와서 말했다.

"시체는 분명 몇 달 동안 쭉 여기에 있었을 테고, 여우들이 실컷 뜯어먹었겠네요."

나는 고개를 끄덕였다. 나는 그녀를 알아보았다. 우리는 '기쁜 소식'의 가게에서 자주 만났다. 그녀의 이름은 이노첸타.* 매우 인상적인 이름이었다. 그러나 나는 그녀의 처지가 딱히 부럽진 않았다. 그녀에게는 아무짝에도 쓸모없는 아들이 몇 있었다.

"아들놈들이 말하기를 곰팡이가 시체를 뒤덮고 있어서 새하얗더라네요. 온몸이 곰팡이투성이였다고요."

"그게 가능할까요?"

나는 경악을 금치 못하며 말했다.

"그럼요, 선생님." 그녀가 아주 자신 있는 어조로 말했다. "그리고 한쪽 다리에는 철사가 묶여 있었는데, 어찌나 팽팽하게 당겨졌는지 피부 조직을 파고든 것처럼 보였대요."

"올가미군요." 내가 말했다. "아마 덫에 걸렸던 모양입니다. 사냥꾼들이 항상 이 근처에 올가미를 놓곤 했거든요."

우리 일행은 테이프를 따라 움직이면서 뭔가 특별한 점이 있는지 보려고 했다. 범죄 현장은 늘 공포를 유발하므로 구경꾼들은 거의 말을 하지 않았다. 간혹 입을 여는 사람도 공동묘지에서처럼 소리를 한껏 낮추었다. 이노첸타는 충격 탓에 아무 말도 못 하는 사람들을 대신하여, 끊임없이 재잘거리며 우리를 따라왔다.

"하지만 올가미에 걸렸다고 죽는 사람은 없잖아요. 치과 의사는 **동물들**의 복수라고 계속 주장하고 있어요. 그들이 사냥을 했기 때문이라는 거죠. 알고 계셨어요, 선생님? 브넹트샤과 경찰서장

* '맑고 순수하고 결백하다'라는 의미.

말입니다."

"네, 알고 있어요." 나는 소식이 그렇게 빨리 퍼진 것에 놀라며 대답했다. "저 역시 그렇게 생각합니다."

"정말요? 짐승이 그런 짓을 할 수 있다고 생각하세요?"

나는 어깨를 으쓱해 보였다.

"네, 저는 알아요. 그들이 복수를 했다고 생각합니다. 이해가 잘 안 될 때도 있지만, 그래도 충분히 느낄 수 있죠."

그녀는 잠시 생각하더니 결국 내 말에 동의했다. 우리는 테이프 근처를 이리저리 걸어 다니다가 고무장갑을 낀 채 숲의 바닥에 쪼그리고 앉아 있는 사내들과 경찰차가 잘 보이는 곳에서 멈춰 섰다. 경찰서장이 죽었을 때와 비슷한 실수를 피하기 위해 지금 경찰은 모든 잠재적 증거를 수집하려고 노력하고 있었다. 그 실수는 정말 치명적이었기 때문이다. 우리는 더 이상 가까이 갈 수가 없었다. 제복을 입은 경찰 두 명이 우리를 마치 병아리 떼 몰듯 도로로 내몰았기 때문이다. 그러나 우리는 경찰이 부지런히 단서를 찾고 있다는 사실을 알 수 있었다. 여러 명의 경관이 하나하나 세세한 것까지 주의를 기울이면서 숲길을 뒤지고 있었다. 디지오는 그들을 두려워했다. 지금과 같은 상황에서 그는 경찰들의 눈에 띄지 않기를 원했다. 뭐, 어쨌든 간에 그가 경찰서에서 일한다는 건 변함없는 사실이니까.

우리가 집 밖에 앉아 간식을 먹는 동안 오후의 날씨는 정말 화창했다. 디지오는 자신의 생각을 상세히 설명했다.

"이렇게 해서 지금까지의 제 **가설**이 모두 무너졌네요. 고백하자면, 사실 저는 경찰서장을 우물 속으로 밀어 넣은 장본인이 브넹트샥이 아닐까 의심했거든요. 서로 이해관계로 얽혀 있다가 싸움이 났거나, 경찰서장이 그를 협박했을지도 모른다고 생각했죠. 그들이 우물가에서 만나 말다툼을 시작했고, 결국 브넹트샥이 경찰서장을 밀치는 바람에 사고가 발생한 거라고 짐작했어요."

"하지만 지금은 모두가 생각했던 것보다 훨씬 더 안 좋은 쪽으로 판명이 났죠. 살인자가 아직 잡히지 않았으니까요." 괴짜가 거들었다. "그리고 그놈이 이 근처 어딘가에서 어슬렁거리고 있다고 생각하니까……."

디지오가 후식으로 딸기를 허겁지겁 먹었다.

내 입에는 딸기가 맛없었다. 그 이유가 나쁜 비료를 사용했기 때문인지, 아니면 우리의 미각이 육신과 더불어 노화했기 때문인지 알 수 없어서 나는 잠시 생각에 잠겼다. 어쨌든 우리는 이제 다시는 그 시절의 맛을 느낄 수 없을 것이다. 돌이킬 수 없는 것이 하나 더 추가되었다.

차를 마시면서 보로스는 곤충들이 시신의 부패에 어떤 역할을 하는지에 관해 전문적으로 설명해 주었다. **땅거미**가 진 뒤 경찰이 떠나고 나면 연구를 계속하기 위해 숲으로 다시 돌아가고 싶다는 보로스의 말에 나는 설득당했다. 엽기적인 이야기에 역겨움을 느낀 디지오와 괴짜는 테라스 뒤편에 그대로 남아 있었다.

*

숲의 부드러운 **어둠** 속에서 테이프는 오렌지 빛 인광(燐光)을 내뿜었다. 처음에 나는 가까이 가기를 꺼렸지만, 보로스는 확신에 차서 인정사정없이 나를 끌고 갔다. 그가 헤드램프의 불빛을 덤불에 비추며 양치류 사이를 뒤지고, 곤충의 흔적을 찾아 낙엽 속으로 손가락을 찔러 넣는 동안, 나는 그를 내려다보며 서 있었다. 세속적인 화려함 따위는 조금도 개의치 않는 듯 **밤**이 주변의 모든 색채를 지워 버리는 것은 기묘한 일이다. 보로스는 알아들을 수 없는 말을 혼자 중얼거렸고, 나는 가슴을 졸이며 이런저런 환상에 젖어 들었다.

브넹트샤은 여우 농장에 도착할 때마다 차창을 열고서 숲을, 그러니까 양치류가 그득한 나무 벽을 내다보곤 했다. 하지만 그날은 아름답고 털이 푹신푹신한 야생의 붉은 여우들이 나타났다. 여우들은 조금도 두려워하지 않았다. 마치 개처럼 주저앉아 도전적인 눈빛으로 계속해서 그를 쳐다보았다. 어쩌면 그의 작고 탐욕스러운 심장에서 손쉬운 돈벌이가 생겼다는 희망이 샘솟았을지도 모르겠다. 저렇게 잘 길들여지고 아름다운 여우들이 눈앞에 있다니. 근데 어쩌면 저토록 온순하고 믿음직스럽지? 그가 생각했으리라. 어쩌면 저 여우들은 우리에 갇혀 코가 꼬리에 닿을 만큼 비좁은 공간을 맴돌다가 짧은 생을 마감하는 여우들과의 교배 종일지도 모른다. 아니, 그건 불가능했다. 이 여우들의 몸집이 훨씬 크고 아름다웠다. 그래서 그날 저녁 다시 그 여우들을 보았을 때 그는 쫓아가기로 결심했다. 자신을 이토록 끌어당기는 것이 무엇인지, 어떤 요물이 이렇게 자기를 유혹하는 건지, 두 눈으로 직접 확인하고 싶었다. 그는 가죽 재킷을 걸치고 집을 나섰다. 그를 기다리고 있는 건, 지혜로운 얼굴을 한 아름답고 고귀한 동물들이었다.

"이리 온, 이리 온."

마치 새끼 강아지들을 대하듯 다정하게 불러 봤지만, 그가 가까이 다가가면 갈수록 그들은 숲속으로 더욱 멀찍이 물러났다. 해마다 이맘때면 숲은 여전히 헐벗고 축축했다. 털이 그의 발에 닿을 듯이 가까이 있는 저 여우들 중 한 마리를 잡는 것쯤은 어렵지 않으리라고 그는 생각했다. 여우들이 광포해질지도 모른다는 생각이 잠시 머리를 스쳤지만 상관하지 않았다. 예전에 광견병 예방 주사를 맞혔음에도 자신을 물어뜯은 개에게 총을 쏜 적이 있었다. 결국 그는 라이플총의 개머리판으로 개를 내리쳐야만 했다. 여우라고 다를 것도 없었다. 여우들은 지금 그와 함께 이상한 게임을 하는 중이었다. 시야에서 사라졌다가 두세 마리가 갑자기 다시 나타나곤 했다. 솜털이 보송보송한 새끼 여우도 보였다. 그러다 마침내 그들 중 가장 크고 잘생긴 숫여우 한 마리가 그의 앞으로 나와 앉았다. 놀란 브넹트샤은 몸을 쪼그리고 천천히 앞으로 나아갔다. 다리를 구부리고 상체는 숙인 상태로 손을 앞으로 쭉 뻗어, 여우가 반할 만한 맛있는 음식을 손가락에 쥐고 있는 듯한 시늉을 했다. 그렇게 하면 저 여우를 머지않아 호화로운 모피 목도리로 탈바꿈시킬 수 있을 것이다. 그런데 그 순간 뭔가가 갑자기 자신을 옭아맨 것을 깨달았다. 다리가 움직이지 않아 여우를 쫓아갈 수가 없었다. 바짓단을 걷어 올리자 발목에 뭔가 차갑고도 쇳덩이 같은 질감이 느껴졌다. 발이 어딘가에 끼어 있었다. 올가미에 발을 들여놓았다는 사실을 확인하자마자 본능적으로 다리를 뒤로 젖혔으나 이미 어떻게 해 볼 수 있는 상황이 아니었다. 이 움직임은 스스로에게 내린 사형 선고나 다름없었다. 철사가 조여지면서 원시적인 형태의 고리가 느슨해졌다. 그러자 어린 자작나무 한 그루가 갑자기 튕겨져 오르면서 브넹트샤의 몸을 잠시 허공에 매달고는 그의 두 다리를 이리저리 흔들다가 잠잠해졌다. 몇 초 후, 무게를 더 이상 감당하지 못한 자작나무 가지가 부러졌고, 결국 브넹트샤은 낙엽 더미 아래, 양치류 싹이 돋아나고 있는 진흙 구덩이에 처박히고 말았다.

보로스는 바로 그 자리에 무릎을 꿇고 앉았다.

"조명 좀 비춰 줘요." 그가 말했다. "여기 개미붙이과*의 유충이 좀 있는 것 같아."

"당신은 야생 **동물**이 사람을 죽일 수 있다고 믿나요?"

나는 환영 속 장면에 사로잡혀서 그에게 물었다.

"그럼요, 당연히 가능하죠. 사자나 표범, 황소, 뱀, 곤충, 박테리아, 바이러스 등등……."

"사슴 같은 **동물**은요?"

"틀림없이 그들 나름의 방법을 찾겠죠."

그러니까 그는 내 편이었다.

하지만 불행히도, 내 환영은 여우들이 어떻게 농장에서 빠져나왔는지는 설명하지 못했다. 또한 그의 다리에 걸린 올가미가 어떻게 그를 죽음으로 몰고 갔는지도 밝혀내지 못했다.

* 딱정벌레의 일종으로 머리는 튀어나오고, 촉각(더듬이)은 실 모양, 톱니 모양, 빗살 모양, 곤봉 모양이며 열한 마디로 이루어졌다.

"저는 응애목과 개미붙이과, 말벌의 유충, 그리고 집게벌레목, 그러니까 사람들이 흔히 '집게벌레'라고 부르는 곤충들을 찾았어요."

괴짜가 내 부엌에서 만든 저녁을 먹으며 보로스가 말했다.

"그리고 물론 개미들도요. 네, 곰팡이도 많이 찾았죠. 하지만 사체를 옮기는 동안 아주 심하게 손상됐어요. 제 생각에는 이 모든 것이 사체가 뷰티르산* 발효 단계에서 발견되었음을 입증한다고 봅니다."

우리는 블루 치즈로 만든 소스를 곁들인 파스타를 먹었다. 보로스가 말했다.

"근데 그게 곰팡이인지, 아니면 시랍(屍蠟),** 즉 사체 지방(死體脂肪)인지는 불확실해요."

"무슨 말인가요? 도대체 시랍이 뭐죠? 아니, 당신은 어떻게 그런 걸 다 아나요?"

괴짜가 국수를 입에 가득 물고 물었다. 그는 자신의 무릎에 마리시아를 앉혔다.

보로스는 과거에 경찰 자문 위원을 지냈으며 타포노미아, 그러니까 화석화 과정학(化石化科程學)***을 배운 적이 있다고 설명했다.

* 탄소 원자 수가 네 개인 카복실산으로, 불쾌한 냄새가 나는 무색 액체. 뷰탄올의 산화나 당류 따위의 발효에 의해 얻어진다.

** 시체 밀랍이라고도 하며, 동물 사체의 부패 중 형성되는 특수한 납상(蠟狀) 물질로 특히 습한 장소에 파묻은 사람의 시체에서 볼 수 있다.

*** 고생태학의 한 분야로 생물의 유해가 매몰된 이후 화석으로 생성되는 과정을 연구하는 학문.

"타포노미아? 도대체 그게 뭔데요?"

내가 물었다.

"시체의 부패에 대해 연구하는 학문이에요. '타포스(Taphos)'는 그리스어로 '무덤'을 뜻합니다."

"하느님, 맙소사."

디지오는 마치 신에게 도움이라도 청하듯 한숨을 내쉬었다. 그러나 물론 아무 일도 일어나지 않았다.

"만약 그렇다면 시체가 대략 사십오 일 동안 그곳에 있었다는 뜻입니다."

우리는 머릿속으로 재빨리 시간을 계산해 보았다. 디지오가 제일 빨랐다.

"그러니까 3월 초쯤 되겠네요." 디지오가 생각에 잠긴 채 말했다. "경찰서장이 죽은 지 한 달밖에 안 되었을 때군요."

후속 사건이 터질 때까지 삼 주 동안 그 누구도 다른 이야기는 하지 않았다. 브넹트샤의 죽음과 관련하여 떠도는 소문의 가짓수는 엄청났다. 디지오는 브넹트샤이 3월에 실종된 후, 그의 애인도 함께 사라졌기 때문에 경찰이 그를 찾아보려는 시도를 전혀 하지 않았다고 말했다. 모두가 그 애인의 존재에 대해 알고 있었고, 심지어 그의 아내도 알고 있었다. 여러 지인이 그가 그렇게 갑자기 떠나 버린 것을 이상하게 생각했지만, 그들은 모두 브넹트샤이 수상한 이권에 연루되었다고 확신했다. 남의 일에 끼어들고 싶어 하는 사람은 아무도 없었다. 그리고 그의 아내 역시 그의 실종을 기정사실로 받아들였다. 아마 그 사실은 그녀에게도 득이 되었을 것이다. 이미 이혼 조정 신청을 해 놓은 상태였지만 이제는 그럴 필요조차 없었다. 그녀는 미망인이 되었고, 그것이 그녀에게도 유리했다. 한편 그의 애인도 발견되었다. 알고 보니 그들은 12월에 헤어졌고, 그녀는 크리스마스 때부터 쭉 미국에서 여동생과 함께 살고 있었다. 경찰이 조금이라도 의구심을 가졌더라면 브넹트샤과 관련하여 수배 통보를 내렸어야 한다고 보로스는 말했다. 하지만 경찰은 우리가 모르는 다른 사실들을 알고 있었을지도 모른다.

그다음 주 수요일 나는 '기쁜 소식'의 가게에서 이 지역에 야생 **동물들**이 출몰하고 있으며, 특히 사람을 죽이곤 한다는 소문을 들었다. 작년에 오폴레* 지역에서 출몰했던 야생 **동물**과 비슷한 유형이지만, 유일한 차이점은 그놈은 가축들을 공격했다는 사실이었다. 마을 사람들은 모두 겁에 질려서 **밤**마다 집과 외양간의 빗장을 단단히 잠갔다.

"나도 울타리에 뚫린 구멍을 죄다 못질로 막아 버렸어요."

푸들 신사가 이번에는 우아한 조끼를 사면서 말했다.

나는 그와 그의 푸들을 만나서 기뻤다. 그 개는 예의 바르게 앉아서 지혜로운 눈빛으로 나를 바라보았다. 푸들은 사람들이 생각하는 것보다 훨씬 똑똑하지만, 실제로는 그렇게 여겨지지 않는다. 다른 수많은 용감한 피조물에게도 똑같은 잣대가 적용된다. 우리는 그들의 지능을 제대로 평가하려 들지 않는다.

우리는 '기쁜 소식'의 가게에서 함께 나와 잠시 사무라이 곁에

* 폴란드 서남쪽 오데르강에 면한 공업 도시.

서 있었다.

“그때 부인께서 한 말이 기억납니다. 시경(市警)에서 만났을 때 말이죠. 매우 설득력이 있었습니다. 나는 그것이 비단 살인을 저지르는 **동물** 한 마리에 국한된 것이 아니라 **동물들** 전반에 관한 이야기라고 생각합니다. 어쩌면 기후 변화로 인해 **동물들**이 공격적으로 돌변한 것일 수도 있어요. 사슴이나 토끼조차 말이죠. 그리고 이제 그들은 모든 것에 대해 복수를 시작한 겁니다.”

노신사가 그렇게 말했다.

보로스가 떠났다. 나는 그를 시내에 있는 역까지 태워다 주었다. 결국 그에게서 생태학 수업을 듣는 학생들은 오지 않았다. 그들의 차량이 수리할 수 없을 정도로 망가졌기 때문이었다. 처음부터 학생이라고는 없었을지도 모르겠다. 어쩌면 보로스는 머리대장 때문이 아니라 다른 문제를 처리하기 위해 이곳에 왔던 것일 수도 있다.

며칠 동안 나는 그가 매우 그리웠다. 심지어 욕실에 있던 그의 세면도구와 집 안 곳곳에 찻잔을 어질러 놓곤 하던 버릇까지 그리웠다. 그는 매일같이 전화했다. 그러다 약간 뜸해지면서, 이틀에 한 번꼴로 전화가 걸려 왔다. 그의 목소리는 마치 수천 년이나 된 나무들이 자라고 있고, 커다란 짐승들이 그 나무들 사이로 시간을 초월한 채 느릿느릿 돌아다니고 있는 북쪽 어느 나라, 혹은 다른 차원의 다른 세상에서 들려오는 것만 같았다. 나는 곤충학자 겸 타포노미스트인 보로스 슈나이더의 모습이 점점 희미해지다가 공중으로 흩어지는 것을 가만히 지켜보았다. 이제 그에게 남은 것은 허공에 걸려 있는, 회색빛 땋은 머리뿐이었다. 우습고 기가 막혔다. 모든 것은 지나가는 법.

현명한 사람은 처음부터 이 사실을 알고 있으니 아무것도 후회하지 않는다.

12
추파카브라*

걸인의 개와 과부의 고양이,

그들을 먹이면 그대의 배도 부르게 되리라.**

6월 말이 되자 비가 억수같이 쏟아졌다. 여름이면 이곳에서 흔히 있는 일이다. 도처에서 피어오르는 습기 속에서 풀밭이 술렁거렸고, 담쟁이덩굴이 벽을 기어오르고, 버섯 포자가 지하로 뻗어가는 소리가 들린다. 비가 내린 후 태양이 구름을 헤치며 잠시 모습을 드러내면 만물은 심오한 깊이를 지니게 된다. 바라보는 이의 눈에 눈물이 고일 정도로.

최근에 나는 하루에도 몇 번씩 시내에 놓인 다리의 상태를 조사하러 가곤 했다. 범람하는 물결이 다리를 휩쓸어 버리지 않도록

* 라틴 아메리카의 민간 전설에 등장하는 미확인 생물체. 가축이나 인간을 덮쳐 피를 빨아먹는 흡혈 괴수로 알려져 있다.

** 윌리엄 블레이크의 시 「순수의 전조」에서.

점검하기 위해서였다.

폭우가 몰아쳤지만 기온은 온화한 어느 날, 괴짜는 나를 찾아와 소심하기 그지없는 부탁을 했다. '그물버섯'이라는 버섯 채집가 협회가 주최하는 하지(夏至) 축제에 참가하려 하는데 그때 입을 무도회 의상 만드는 것을 도와달라는 것이었다. 알고 보니 그는 뜻밖에도 협회에서 회계를 맡고 있었다.

"하지만 아직 시즌이 시작되지 않았잖아요."

어쩌야 좋을지 몰라 망설이면서 내가 말했다.

"그렇지 않아요. 그물버섯과 들사리버섯이 돋아나기 시작하면 시즌이 이미 시작된 거예요. 보통 6월 중순쯤이죠. 그 후에는 본격적으로 버섯을 따러 다녀야 해서 축제를 즐길 수 있는 시간이 없어요."

그 증거로 괴짜는 손을 내밀었다. 그의 손에는 사랑스러운 산새버섯 두 개가 들려 있었다.

나는 마침 지붕 밑 베란다에 앉아서 점성학을 연구하는 중이었다. 5월 중순부터 해왕성이 내 상승궁을 향해 긍정적인 각도와 위치를 나타내고 있어서 이미 감지한 대로 내게 풍부한 영감을 주었던 것이다.

괴짜는 내게 자기와 함께 모임에 참석하자고 권유했다. 내가 정식으로 회원에 가입하고 즉시 회비를 지불하기를 기대했는지 모른다. 하지만 나는 어떤 종류의 회합에도 소속되기를 원치 않았다. 나는 그의 천궁도도 잠깐 들여다보았는데, 그의 경우에도 해왕성이 금성과 좋은 각도를 보여 주고 있었다. 흠, 그렇다면 버섯 채집가 협회의 무도회에 참석하는 편이 나으려나? 나는 괴짜를 흘끗 쳐다보았다. 빛바랜 회색 셔츠를 입은 괴짜의 무릎 위에는 딸기가 담긴 작은 바구니가 놓여 있었다. 나는 부엌으로 들어가서 그릇을 가지고 나왔다. 우리는 딸기 꼭지를 따기 시작했다. 대부분 너무 익어 버려서 서둘러야 했다. 물론 그는 특별한 핀셋을 사용했다. 나도 핀셋으로 꼭지를 떼어 내려고 했지만, 손가락으로 하는 게 훨씬 편하다는 것을 금방 깨달았다.

"그런데 대체 당신 이름이 뭐예요? 성 앞에 있는 Ś는 무엇의 줄임말이죠?"

내가 괴짜에게 물었다.

"시비엥토페우크(Świętopełk)."

그가 잠시 침묵하더니 내 눈을 쳐다보지도 않고 대답했다.

"아, 그게 뭐야!"

내 첫 반응은 이랬지만, 잠시 후 나는 그에게 이토록 괴상하고 고루한 이름을 붙여 준 사람이 누구이건 제대로 지었다는 생각이 들었다. 시비엥토페우크. 막상 내게 자신의 이름을 털어놓고 나니 괴짜는 왠지 안도감을 느끼는 것 같았다. 그가 딸기를 입으로 가져가며 말했다.

"아버지가 어머니를 괴롭히기 위해서 지은 이름이에요."

광산 기술자였던 그의 아버지는 2차 세계 대전이 끝난 직후, 발덴부르크에 있는 옛 독일의 탄광을 재건하라는 임무를 맡고 그곳으로 파견되었다. 하지만 국경선의 변동*으로 인해 도시 이름이

* 동맹국인 독일, 이탈리아, 일본의 패배로 2차 세계 대전이 종결되면서 폴란드의 국경선은 얄타 회담과 포츠담 회담을 통해 새롭게 조정되었다. 얄타 회담으로 인해 폴란드는 동쪽에서 약 18만 제곱킬로미터에

폴란드식인 바우브지흐로 바뀌었다. 그는 광산의 기술 감독관인 나이 많은 독일인과 함께 일했다. 독일인 감독관은 기계가 제대로 작동할 때까지는 폴란드를 떠날 수 없었다. 독일인 대부분이 도시를 떠나면서 인적이 끊겼다. 기차는 매일 폴란드 동쪽에서 노동자들을 실어 왔다. 하지만 텅 빈 도시의 황량함에 겁을 먹은 듯, 모두가 같은 구역, 같은 장소에 정착했다. 독일인 감독관은 어떻게든 빨리 이곳을 떠나기 위해 임무를 서둘러 완수했고, 마침내 슈바벤인지, 헤센인지, 아무튼 원하는 곳으로 떠날 수 있게 되었다. 감독관은 작별 인사를 하기 위해 저녁을 준비해 놓고 자기 집으로 괴짜의 아버지를 초대했다. 젊은 엔지니어는 감독관의 매력적인 딸에게 첫눈에 반했다. 젊은이들의 결혼은 가장 좋은 해결책이었다. 광산을 위해서도, 감독관을 위해서도, 그리고 일종의 인질처럼 독일인의 딸을 데리고 있을 수 있게 된 폴란드 인민 공화국 정부를 위해서도. 그러나 그들의 결혼 생활은 시작부터 순탄치 않았다. 괴짜의 아버지는 대부분의 시간을 직장에서 보냈다. 엄청나게 깊은 바닥에서 무연탄을 추출해야 하는 험하고 까다로운 광산이었기에 그는 자주 갱도에 내려가야 했다. 그러다 결국에는 믿기 힘든 일이지만, 지상에서보다 지하에서 컨디션이 더 좋은 상태가

달하는 영토를 상실했고, 포츠담 회담의 결과로 오데르강과 나이세강, 두 강의 동쪽에 있는 옛 독일 영토 10만 2700제곱킬로미터가 폴란드의 영토가 되었다. 이에 따라 리투아니아와 우크라이나, 벨로루시 등에 거주하던 폴란드인들에 대한 송환 협정이 체결되었고, 이들은 자신들의 고향을 떠나 현재 폴란드 영토 남서부와 북서부 지역으로 강제 이주되었다.

되었다. 모든 것이 순조롭게 진행되어 광산이 제대로 가동되기 시작할 무렵, 첫 아이가 태어났다. 서유럽의 영토가 모국으로 귀속된 것을 축하하기 위해 어린 계집아이에게 '지비아'라는 전통적인 슬라브식 이름을 지어 주었다. 그러는 사이 남편과 아내는 서로를 견디기 힘들어하는 지경에 이르렀다. 시비에르시친스키는 별도의 출입문을 사용하기 시작했고, 지하실을 개조해 서재와 침실을 만들어 자신만의 공간을 마련했다. 그 무렵 그들의 아들, 즉 괴짜가 태어났다. 어쩌면 부부가 작별 인사로 나눈, 마지막 잠자리의 결실일지도 몰랐다. 독일인 아내가 자신의 폴란드식 성을 발음하기 어려워했다는 것을 떠올린 엔지니어는 오늘날의 시각으로 볼 때 이해하기 힘든 어떤 복수심에 이끌려, 아들에게 시비엥토페우크라는 옛 슬라브식 이름을 지어 주었다. 친자식의 이름을 제대로 발음할 수 없었던 어머니는 아이들이 고등학교 졸업 시험을 치르고 난 뒤 세상을 떠났다. 그사이 아버지도 정신을 놓은 채 여생을 땅속 지하실에서 지냈다. 그는 주택 아래 지하 세계에서 방과 복도의 네트워크를 끊임없이 확장해 나갔다.

"내 괴상한 기질은 아버지에게서 물려받은 게 틀림없어요."

괴짜는 이렇게 결론지었다.

그의 이야기 자체도 감동적이었지만, 내 이웃이 이렇게 긴 이야기를 털어놓은 게 처음이라는 사실 또한 감격스러웠다. 나는 그의 인생에 얽힌 에피소드를 더욱 많이 듣고 싶었다. 예를 들어 검정 코트의 어머니가 누구인지 궁금했다. 하지만 지금은 그가 슬프고 지쳐 보였다. 그러고 보니 우리는 어느 틈에 딸기를 모조리 먹어 치운 상태였다.

본명까지 밝힌 마당에, 모임에 함께 가자는 괴짜의 제안을 거절할 수 없었다. 결국 그날 오후 나는 그와 함께 버섯 채집기 협회 모임에 참석했다. 사무라이가 움직이기 시작하자 트렁크에 보관했던 **도구들**이 덜컹거렸다.

"이 차에 뭘 싣고 다니는 거요? 무엇 때문에 이게 다 필요한 거죠? 캠핑 쿨러? 휘발유 통? 부삽?"

시비엥토페우크가 물었다.

산중에서 혼자 살아가려면 자급자족해야 한다는 사실을 그 역시 모르지는 않을 텐데.

우리가 도착했을 때 참석자들은 테이블에 앉아 유리잔에 우려낸 진한 커피를 마시고 있었다. 놀랍게도 '그물버섯 채집가 협회'에는 내가 아는 사람들이 많았다. 상점과 가판대, 거리에서 마주쳤던 사람들, 그리고 스쳐 지나가던 사람들까지. 버섯 채집은 이 사람들을 하나로 결집시키는 유일한 주제였다. 별로 재미도 없는 모험을 '일화'라고 부르며 시끄러운 도요새처럼 떠들어 대는 사내 두 명이 처음부터 대화를 주도했다. 몇몇 사람들이 입을 다물게 하려고 해 봤지만 소용없었다. 내 왼편에 앉아 있는 여자에게 들은 바에 따르면, 무도회는 '황소의 심장'이라 불리는 커브 길에서 그리 멀지 않은 여우 농장 근처 소방서에서 열릴 예정이었다. 하지만 일부 회원들은 그 계획에 반대했다.

"지인이 사망한 장소 근처에서 파티를 열면 제대로 즐길 수 없을 거예요."

회의의 의장을 맡은, 내가 다니는 학교의 역사 선생이 이렇게 말했다. 그가 버섯 애호가일 줄은 상상도 못 했다.

"그뿐만이 아니에요." 가판대를 운영하면서 내 몫으로 잡지를 따로 챙겨 주곤 하던 여자가 내 맞은편에 앉아 말했다. "그쪽 구역은 여전히 위험할 수 있어요. 예를 들어 여러분 중 몇 명은 담배를 피우거나 신선한 공기를 마시기 위해 밖으로 나가고 싶어 할 텐데……."

"실내에서는 흡연이 허용되지 않는 반면, 술은 또 실내에서만 마셔야 합니다. 우리가 당국으로부터 받은 허가 조건이 그렇습니다. 그러지 않으면 공공재의 낭비로 치부될 것이고, 불법이라며 비난받을 거예요."

모여 있는 사람들 사이에서 웅성거림이 터져 나왔다.

"그게 무슨 말이오?" 카키색 조끼를 입은 남자가 말했다. "나는 일단 술을 마시면 담배를 피워야 해요. 그 반대의 경우도 마찬가지고. 그렇다면 나더러 어떻게 하란 말이요?"

회의를 주관하던 역사 교사는 당혹감을 감추지 못했고, 혼란 속에서 다들 사태 해결 방안에 대해 한마디씩 떠들어 대기 시작했다.

"문간에 서서 한 손은 건물 안쪽에서 술잔을 들고, 담배를 든 다른 손은 문밖으로 내밀면 돼."

누군가가 방 뒤쪽에서 소리쳤다.

"어쨌든 연기는 안으로 스며들 거 아냐……."

"저기 지붕이 있는 테라스가 있군. 현관은 실내야, 실외야?"

다른 사람이 분별력 있는 질문을 던졌다.

의장이 탁자를 세게 두드렸다. 바로 그때, 협회의 명예 회원이면서 회장인 사내가 뒤늦게 방에 들어왔다. 모두 입을 다물었다.

회장은 사람들의 시선을 받는 데 익숙한 인간이었다. 젊은 시절부터 그는 항상 위원회나 이사회에 가입되어 있었다. 학생회, 스카우트, 지방 의회, 채석 회사, 그 밖에 모든 종류의 관리 감독 단체에 그의 이름이 있었다. 국회 의원을 한 차례 지낸 적도 있지만, 다들 그를 '회장님'이라고 불렀다. 통치와 운영에 일가견이 있었으므로 그는 문제를 즉시 해결했다.

"현관에다 뷔페를 차릴 수도 있고 테라스를 뷔페 구역으로 지정할 수도 있습니다."

그가 쾌활하게 농담을 던졌지만 그의 말에 웃는 사람은 거의 없었다.

인정하건대 그는 풍만한 배 때문에 좀 망가지긴 했어도 잘생긴 사내였다. 자신감이 넘치고 매력적이며 주피터처럼 우람한 체격은 신뢰감과 긍정적인 인상을 주었다. 그렇다. 그는 통치자로 태어났고, 그 밖의 다른 것은 할 줄 모르는 인물이었다.

회장은 의기양양한 태도로 짧은 연설을 했다. 가장 큰 비극을 겪은 뒤에도 삶이 어떻게 지속되는지에 관한 연설이었다. 그는 자잘한 농담을 섞어 가며 이야기를 이어 나갔고, 계속해서 '우리의 사랑스러운 숙녀들'에게 호소했다. 그에겐 좋아하는 수식어를 반복해서 사용하는 다소 흔한 습관이 있었다. 그가 즐겨 쓰는 표현은 '사실'이었다.

이처럼 누군가가 자주 쓰는 단어나 구절에 관해 나만의 이론이 있다. 모든 사람에겐 저마다 유난히 많이 사용하거나 잘못 사용하는 표현이 있게 마련이다. 이런 표현은 그 사람의 지성을 판가름하는 열쇠다. 미스터 '보아하니', 미스터 '일반적으로', 미즈 '아마도', 미스터 '제기랄', 미즈 '안 그런가요?', 미즈 '마치 ……인 것처럼' 등등. 회장은 미스터 '사실'이었다. 물론 단어나 표현에도 유행이란 게 있다. 갑자기 뭔가에 사로잡혀 똑같은 신발이나 옷을 입고 다니기 시작하는 것처럼, 사람들은 특정한 어휘나 구절을 느닷없이 사용하기 시작하기도 한다. 최근에는 '일반적으로'라는 말이 유행했으나 현재는 '실제로'가 선두를 차지했다.

"사실, 최근 세상을 떠난 고인은……." 이 대목에서 그는 성호를 긋는 듯한 동작을 취했다. "제 친구였고, 우리에게는 공통의 관심사가 많았습니다. 그는 또한 열정적인 버섯 채집가였기에 살아 있었다면 올해도 우리와 함께했을 거라고 확신합니다. 사실, 그는 매우 점잖은 사람이었고 매사에 시야가 넓었습니다. 그는 사람들에게 일자리를 제공해 주었고, 사실, 그것만으로도 존중받아 마땅합니다. 일자리란 게 길바닥에 널려 있는 건 아니니까요. 그는 불가사의한 상태로 죽음을 맞았지만, 사실, 경찰이 곧 사건의 진상을 밝혀낼 것입니다. 사실, 우리는 공포에 사로잡히거나 두려움에 굴복해서는 안 됩니다. 인생에는 나름의 법칙이 있고, 우리는 그것을 무시해서는 안 됩니다. 용기를 가집시다. 친애하는 여러분, 우리의 사랑스러운 숙녀분들, 나는 근거 없는 히스테리와 불확실한 소문들에 종지부를 찍어야 한다고 생각합니다. 우리는 사실, 당국을 전적으로 신뢰해야 하며 공통된 가치를 준수하며 살아가야 합니다."

그는 마치 선거를 준비 중인 후보처럼 말했다.

짧은 연설을 마친 뒤 그는 모임을 떠났다. 모두가 그의 이야기에 매료되었다.

나는 '사실'이라는 말을 남발하는 사람이야말로 거짓말쟁이라는 생각을 지울 수 없었다.

회의에 참석한 사람들은 다시 혼란스러운 토론으로 돌아갔다. 누군가 지난해 크라쿠프 인근의 한 시골 마을에 출몰했던 **동물** 이야기를 다시 꺼냈다. 이 근방에서 가장 큰 숲의 가장자리에 있는 소방서에서 무도회를 개최하는 게 과연 안전할 것인가?

"작년 9월에 크라쿠프 근처 시골에서 그 미지의 **동물**을 잡기 위해 경찰이 벌인 수색 작전에 티브이 촬영 팀이 동행했던 사건을 다들 기억하시죠? 현지인 중 한 명이 도망가는 포식자를 우연히 촬영했는데, 알고 보니 어린 사자였다고 합니다."

한 젊은이가 흥분해서 말했다. 나는 그 젊은이를 왕발의 집에서 본 듯했다.

"에이, 뭔가 착오가 있었겠지. 사자라고? 여기 폴란드에서?"

카키색 조끼를 입은 남자가 말했다.

"사자가 아니라 어린 호랑이였어요."

'대꼬챙이 메리' 부인이 말했다. 나는 혼자서 그녀를 그렇게 불렀다. 그녀는 이 지역 여자들에게 수작업으로 공들여 의상을 지어 주는 재단사였는데, 큰 키에 신경질적인 성품이라 이 이름은 그녀에게 아주 잘 어울렸다.

"티브이에서 사진을 봤어요."

"저 젊은이 말이 맞으니까 말 좀 끝까지 하게 둬요. 그가 말한 대로였다니까요."

여자들이 분개하며 말했다.

"경찰은 이틀 동안 사자인지 호랑이인지, 아무튼 그 **동물**을 수

색했어요. 헬리콥터와 대테러 부대까지 동원했죠. 다들 기억하시죠? 수색 작업에 총 50만 즈워티가 들었지만, 결국 찾아내지 못했잖아요."

"그놈이 여기로 옮겨 온 게 아닐까요?"

"앞발로 한 번만 내리치면 사람 하나쯤은 손쉽게 죽일 거예요."

"머리를 물어뜯었겠죠."

"추파카브라예요."

내가 말했다.

침묵이 흘렀다. 도요새처럼 떠들어 대던 사내 둘도 나를 응시했다.

"추파카브라가 뭐예요?"

메리피프카가 놀라며 물었다.

"절대 잡을 수 없는 불가사의한 **동물**이에요. 복수의 화신이죠."

그러자 모두 한꺼번에 지껄여 대기 시작했다. 나는 당황해서 어찌할 바를 모르는 괴짜의 모습을 보았다. 그는 당장이라도 벌떡 일어나 제일 먼저 눈에 띄는 사람의 목이라도 조를 듯이 초조하게 양손을 비비고 있었다. 회합은 이미 끝났고, 누구도 질서를 회복시킬 순 없었다. 나는 추파카브라 얘기를 꺼낸 것에 대해 일말의 죄책감을 느꼈지만 어쩔 수 없는 일이었다. 나도 나만의 캠페인을 벌여야 했으니까.

이 나라 사람들은 그물버섯의 기치 아래 모여서도 공동체를 형성하기 위해 함께 뭉칠 줄을 모른다. 이곳은 신경질적인 이기주의자들의 영토다. 누구든 다른 사람들과 함께 있으면 훈계하고 비판하고 화를 돋우고 자신의 우월함을 과시하려 든다.

체코에서는 상황이 완전히 다르리라고 생각한다. 그곳 사람들은 차분하게 토론할 줄 알고, 어느 누구도 다른 사람과 다투지 않을 것이다. 설사 그들이 싸우길 원한다 해도 그럴 수 없으리라. 그들의 부드러운 언어는 말다툼에 적합하지 않으니까.

*

우리는 격앙된 상태로 늦은 시간 집에 도착했다. 괴짜는 돌아오는 길에 한마디도 하지 않았다. 나는 곳곳에 구멍이 파인 지름길로 사무라이를 몰았다. 사무라이가 웅덩이를 지날 때마다 연거푸 튀어오르면서 우리는 차 안에서 이리저리 부딪혔다. 짜릿했다. 집에 도착하자 그와 나는 퉁명스럽게 "그럼 이만."이라고 작별 인사를 했다.

나는 텅 빈 부엌의 **어둠** 속에 서 있었다. 잠시 후 여느 때와 비슷한 **증세**, 즉 울음이 터질 것 같은 예감이 들었다. 이럴 땐 생각을 멈추고 뭐든 하는 것이 최선이다. 그래서 나는 식탁 앞에 앉아서 다음과 같은 편지를 썼다.

경찰청 귀중

법령에 의거하여 전국의 모든 관공서는 십사 일 이내로 민원에 응답해야 할 의무가 있음에도 불구하고, 이전에 발송한 편지에 대해 아무런 답변도 받지 못하였기에 저는 이 지역에서 최근 발생한 매우 비극적인 사건에 관해 이렇게 설명을 반복할 수밖에 없습니다. 이 서신을 통해 저는 경찰서장과 여우 농장 주인 브넹트샤의 기이한 죽음에 관한 제 관찰의 결과를 공유하고자 합니다.

이 사건은 경찰관이 위험한 공무를 수행하다 발생한 일처럼 보이기도 하고, 또 불행한 우연의 결과처럼 보이기도 합니다만, 그래도 저는 묻고 싶습니다. '희생자가 그 시각에 거기서 무엇을 하고 있었는지' 경찰은 과연 알아냈습니까? 또한 그들이 그곳에 간 동기가 밝혀졌습니까? 이 서신 하단에 밝힌 서명인들을 포함하여 여러 사람이 납득하지 못하고 있습니다. 게다가 하단의 서명인들은 직접 현장에 있었는데, 그곳에는(이것은 경찰에게 매우 중요한 단서가 될 수도 있습니다.) **동물들**의 자취, 특히 사슴 발굽의 흔적들이 사방에 흩어져 있었습니다. 그것은 마치 희생자를 그의 차 밖으로 유인해서 치명적인 사고를 당한 우물이 있는 덤불 속으로 인도한 것처럼 보였습니다. 그가 학대하고 괴롭혔던 사슴들이 즉결 심판을 가했을 가능성이 크다는 의미입니다.

시간이 많이 지나서 흔적을 대조할 수는 없습니다만, 그다음 희생자의 상황도 비슷해 보입니다. 사건의 극적인 전개 양상은 죽음의 형태로 설명할 수 있습니다. 희생자가 수풀 속으로 유인되었는데, 그곳엔 짐승을 잡기 위한 올가미들이 도처에 놓여 있었습니다. 그는 결국 덫에 걸려서 목숨을 잃었습니다.(어떻게 된 일인지 이 부분은 수사가 필요합니다.)

저는 위에 언급한 비극적인 사건의 가해자로 **동물**이 지목될 수도 있다는 점을 고려해 주십사, 경찰 여러분께 호소하고 싶습니다. 그래서 저는 이 사안과 관련하여 미약하나마 단서가 될 수 있는 정보를 제공하려 합니다. 이미 오래전부터 이러한 생물체들이 범죄를 저질러 왔다는 정보 말입니다.

우선 성서에서부터 시작하겠습니다. 성서에는 소가 여자나 남자를 죽이면 돌로 쳐서 죽여야 한다고 분명히 명시되어 있습니다. 베르나르 성인은 윙윙거리는 소리로 자신의 업무를 방해한 벌 떼를 파문했습니다. 벌들은 또한 846년에 독일 서부의 보름스 태생의 한 남자가 사망한 데 대해 책임을 져야 했습니다. 지방 의회는 그들에게 질식사를 선고했습니다. 1394년 프랑스에서는 돼지 몇 마리가 아이를 죽이고 잡아먹었습니다. 암퇘지는 교수형을 선고받았으나 새끼 여섯 마리는 어린 나이를 감안하여 사형을 면제받았습니다. 1639년 프랑스 디종의 법정은 사람을 죽인 말에게 **형벌**을 내렸습니다. 살인뿐 아니라 자연에게 저지른 범죄도 심판받았습니다. 1471년 스위스 북부 바젤에서는 괴상한 빛깔의 알을 낳은 암탉을 상대로 재판이 열렸습니다. 암탉은 악마와 내통했다는 판결을 받고 화형을 선고받았습니다. 여기서 나는 **인간**의 끝없는 잔인함과 무지를 지적하지 않을 수 없습니다.

가장 유명한 재판은 1521년 프랑스에서 열렸습니다. 그것은 사회적으로 많은 파괴와 손실을 야기한 쥐들을 대상으로 한 재판이었습니다. 주민들의 신고로 법원 출두 명령이 내려졌고, 국선 변호사까지 선임되었습니다. 두뇌 회전이 빠른 변호사 바르톨로메오 샤스네는 의뢰인들, 즉 자신이 변호를 맡은 쥐들이 첫 번째 공판에 나오지 않자 재판소까지 오는 길에 많은 위험이 도사리고 있다면서 재판 연기 신청을 했습니다. 그는 심지어 피고들이 법정까지 오는 동안 원고 소속의 고양이들이 어떠한 위해도 가하지 않도록 보장해 줄 것을 법원에 호소했습니다. 불행히도 법원은 그런 보장을 할 수 없었기에 재판은 몇 번이나 더 연기되었습니다만, 마침내 피고 측 변호사의 열렬한 변호 끝에 쥐들은 무죄 판결을 받았습니다.

1659년 이탈리아에서는 애벌레들에 의해 황폐해진 포도원의 소유주들이 법원에 서면으로 소환장을 제출했습니다. 애벌레가 그 내용을 알 수 있도록 기소 사실을 기재한 종이가 인근 나무들에 부착되었습니다.

저는 이미 사실로 판명된, 이러한 역사적 사건들을 근거로 제 추정과 추리를 경찰청에서 진지하게 고려해 줄 것을 요구하는 바입니다. 유럽의 사법권에서 이전에도 유사한 고민과 판결이 있었으며, 따라서 이를 선례로 삼을 수 있다는 사실이 입증되었기 때문입니다.

동시에 저는 사슴들, 그리고 다른 잠재적 가해자인 **동물들**이 처벌받지 않기를 청원합니다. 제가 철저히 조사한 바에 따르면, 그들에게 주어진 혐의는 결국 사냥꾼이었던 피해자들의 무자비하고 잔인한 행위에 대한, 피치 못할 대응이었기 때문입니다.

존경을 담아서

두셰이코

다음 날 아침 나는 차를 몰고 우체국으로 갔다. 발송 증거를 확보하기 위해 서신을 등기로 부칠 생각이었다. 하지만 경찰서가 우체국 맞은편, 바로 길 건너에 있었으므로 이 모든 일이 다소 무의미해 보였다.

내가 우체국에서 나오자마자 택시가 한 대 내 앞에 멈추더니 치과 의사가 차 밖으로 몸을 내밀었다. 그에게는 술에 취하면 택시를 불러 이곳저곳을 드라이브하는 버릇이 있었다. 이를 뽑아서 번 돈을 그는 그렇게 썼다.

"이봐요, 두센코 부인."

그가 나를 불렀다. 시뻘건 얼굴에 두 눈은 뿌옇게 흐려 있었다.

"두셰이코!"

내가 그의 발음을 고쳐 주었다.

"복수의 날이 가까이 왔다. 지옥의 부대가 다가오고 있다!"

그가 고함을 치면서 나를 향해 창밖으로 손을 흔들었다. 타이어의 삐걱거리는 소리와 함께 택시는 쿠도바 쪽으로 향했다.

13
한밤의 궁수

풍뎅이의 영혼을 괴롭히는 자는
끝없는 밤의 나락을 헤매게 된다.*

버섯 채집가들이 주관하는 축제가 열리기 두 주 전, 나는 '기쁜 소식'의 가게에 들러서 무도회 의상을 고르기 위해 수많은 옷을 살폈다. 안타깝게도 성인은 선택의 폭이 넓지 않았다. 화려한 의상은 대부분 아이들 것이었고, 그중에는 미소를 자아낼 만큼 기발한 것도 많았다. 아이들은 개구리, 조로, 배트맨, 호랑이 등 자신들이 원하는 건 무엇이나 될 수 있었다. 그러다 마침내 꽤 쓸 만한 늑대 가면을 찾아냈다. 나는 울프가 되기로 결심하고 나머지 의상을 손수 만들었다. 장갑에 솜을 채워 늑대의 발을 만든 뒤, 모피로 만든 점프 슈트에 이어 붙였다. 의상은 내게 딱 맞았다. 탈을 뒤집어

* 윌리엄 블레이크의 시 「순수의 전조」에서.

쓰니 늑대의 얼굴 뒤에서 세상을 자유롭게 바라볼 수 있었다.

하지만 애석하게도 괴짜의 상황은 별로 좋지 않았다. 우리는 괴짜처럼 눈에 띄게 큰 몸집에 맞는 옷을 발견하지 못했다. 괴짜에게는 모든 게 너무 작았다. 그러다 마침내 '기쁜 소식'이 단순하면서도 기발한 아이디어를 떠올렸다. 우리에겐 이미 늑대가 있었으니…… 남은 건 괴짜를 이 아이디어에 끼워 맞추는 것이었다.

야행성 폭우가 지나가고 무도회가 열리는 날 아침이 되었을 때 나는 지난 밤의 큰 비가 실험용 완두콩에 끼친 피해에 대해 연구하고 있었다. 마침 벌목꾼의 차가 한 대 지나갔다. 나는 운전사에게 멈추라고 손을 흔들었다. 꽤 잘생긴 청년이었는데, 나는 그를 '늑대의 눈'이라고 불렀다. 장담컨대 그의 눈동자에는 좀 이상한 점이 있었다. 그 모양이 뭔가 길쭉하고 기묘하게 여겨졌던 것이다. 그가 여기 온 건 폭풍우 때문이었다. 이 지역에서 오래된 전나무들이 얼마나 손상되었는지를 확인하는 중이었다.

"혹시 '머리대장'에 대해 잘 아세요?"

나는 잠시 예의를 차린 뒤, 곧바로 본론으로 들어가서 그에게 물었다.

"네." 그가 대답했다. "대충은요."

"그들이 나무줄기에 알을 낳는다는 것도 아세요?"

"네, 안타까운 일이지만 알고 있습니다."

나는 그가 내 질문의 저의를 파악하기 위해 애쓰고 있다는 걸 느낄 수 있었다.

"그렇게 알을 낳으면서 건강하고 유용한 나무들을 병들어 죽게 하죠. 그런데 이런 질문을 하시는 의도가 뭔가요?"

나는 문제가 뭔지 그에게 바로 이야기해 주었다. 보로스가 내게 한 말을 거의 똑같이 반복했다. 하지만 '늑대의 눈'의 표정에서 나는 그가 나를 미친 여자로 여기고 있음을 알 수 있었다. 친절하면서도 잘난 체하는 미소를 지으며 그의 눈이 가늘어졌다. 그는 마치 어린아이를 대하듯 내게 말을 걸었다.

"두셴코 부인……."

"두셰이코."

내가 그의 발음을 고쳐 주었다.

"부인은 정말 좋은 분이시군요. 사소한 것까지 이렇게 신경을 쓰시다니요……. 하지만 통나무에 서식하는 딱정벌레들로 인해 우리가 목재 수확을 중단해야 할 수도 있다는 생각은 안 해 보셨나요? 뭐, 시원한 마실 거라도 있습니까?"

갑자기 온몸의 힘이 쭉 빠졌다. 그는 나를 진지하게 대하지 않았다. 내가 보로스, 아니 검정 코트였다면 내 말을 끝까지 귀담아 듣고 자신의 정당성을 주장하며 이 문제에 대해 심각하게 토론을 했을 것이다. 그러나 그에게 나는 외진 산 구석에 거주하는 괴상한 노파일 뿐이었다. 쓸모도 없고 중요하지도 않은 사람. 그렇다고 그가 나를 싫어한다고 단언할 수는 없었다. 나는 그가 내게 연민을 갖고 있다는 걸 느꼈다.

나는 터벅터벅 집 안으로 들어갔고, 그는 나를 따라왔다. 그러고는 테라스에 편안히 앉아서 반 리터 정도의 콤포트*를 들이켰다. 그가 콤포트를 마시는 것을 지켜보면서 나는 음료에 백합 추

* 설탕에 졸여 차게 식힌 과일 디저트.

출물을 섞거나, 아니면 알리가 내게 처방해 준 수면제 몇 알을 가루로 빻아서 넣으면 어떨까 상상해 보았다. 일단 그가 잠들고 나면 보일러실에 가둔 뒤, 빵과 물만 주면서 얼마 동안 포로로 잡아둘 수도 있다. 아니면 그를 포동포동 살찌게 만든 뒤, 구이용으로 적합한지 아닌지를 매일 그의 손가락 두께를 보면서 확인하는 방법도 있다. 그렇게 한다면 나에 대한 존경심을 깨우치지 않을까.

"더 이상 자연다운 자연이란 없습니다."

그가 말했다. 그 순간 나는 이 벌목꾼이 어떤 사람인지 분명히 알게 되었다. 그는 그저 관리자나 공무원일 뿐이었다.

"이미 너무 늦었어요. 자연의 체계가 망가져 버렸어요. 그러니 재앙이 발생하지 않도록 모든 것을 통제하는 수밖에 없습니다."

"머리대장 때문에 우리에게 재앙이 닥쳤다는 건가요?"

"물론 아닙니다. 하지만 우리가 계단과 마룻바닥, 가구와 종이를 만들기 위해서는 목재가 필요합니다. 어떻게 생각하십니까? 머리대장이 번식하고 있으니 우리가 발끝을 들고 숲에서 조심조심 돌아다녀야만 하는 걸까요? 여우는 쏴 죽여만 합니다. 안 그러면 그 숫자가 기하급수적으로 늘어나 다른 종들에게 위협이 될 테니까요. 몇 년 전에는 산토끼가 너무 많이 늘어나서 농작물을 망친 적도 있어요."

"그들에게 피임약을 먹여서 번식을 억제시킬 수도 있죠."

"에휴, 그게 얼마나 비용이 많이 드는지 아세요? 그리고 별로 효과적이지도 않습니다. 어떤 녀석은 너무 적게, 또 다른 녀석은 너무 많이 약물을 섭취할 수 있거든요. 우리는 자연 그대로의 생명체가 더는 존재하지 않는다는 사실을 염두에 두고, 새로운 질서를 확립하고 유지해 나가야 합니다."

"여우들 말인데요……."

나는 체코와 폴란드의 국경을 오가던 품위 있는 영사를 떠올리면서 이야기를 꺼냈다.

"바로 그겁니다." 그가 내 말을 가로막았다. "예를 들면 농장에서 풀려난 여우들이 어떤 위험을 초래하는지 상상이 되시나요? 다행스럽게도 그 여우 중 일부는 금방 붙잡혀서 다른 농장으로 끌려갔어요."

"안 돼!"

나는 신음을 내뱉었다. 떠올리는 것만으로도 견디기 힘들었지만, 그래도 여우들이 잠시나마 자유를 누렸으리라 생각하며 위안을 삼았다.

"그 여우들은 자유로운 삶에 적합하지 않았습니다, 두셰이코 부인. 그렇게 풀려났지만, 얼마 안 가 죽었을 거예요. 사냥할 줄도 몰랐고 소화기 계통이 변질된 데다가 근육도 약했으니까요. 자유로운 상태에서 그 아름다운 털이 무슨 소용이 있겠어요?"

그가 나에게 잠시 시선을 던졌다. 나는 그의 홍채 색소가 고르지 않게 분포되어 있음을 확인했다. 그의 동공은 평범했고, 우리 모두의 동공과 다를 바 없이 동그랬다.

"너무 걱정하지 마세요, 부인. 그렇게 온 세상을 어깨에 짊어지려 하지 마시라고요. 다 괜찮을 겁니다." 그가 의자에서 일어나며 말했다. "자, 그럼 저는 이만 일하러 가 보겠습니다. 이제 곧 가문비나무들을 운반할 건데요, 겨울에 쓸 목재를 미리 장만하시겠어요? 가격이 꽤 괜찮을 겁니다."

나는 거절했다. 그가 떠나고 나자 갑자기 몸이 천근만근 무겁게 느껴졌다. 파티에 가고 싶은 마음이 전혀 들지 않았다. 게다가 지루하기 그지없는 버섯 채집가들의 축제라니 더욱. 온종일 버섯을 찾아 숲을 누비며 보내는 사람들은 치명적으로 따분하게 마련이다.

*

무도회 의상을 걸치니 너무 덥고 불편했다. 꼬리가 땅을 쓸고 다니는 바람에 발로 밟지 않도록 조심해야만 했다. 나는 괴짜를 태우고 가기 위해 사무라이를 운전해서 그의 집으로 갔다. 그를 기다리는 동안 뜰에 핀 작약을 바라보며 감탄했다. 그가 곧 문간에 나타났다. 너무 놀라 말문이 막혔다. 괴짜는 끈으로 묶는 검은 부츠와 하얀 레이스 스타킹을 신고, 귀여운 꽃무늬 드레스에 작은 앞치마를 두르고 있었다. 머리에는 앙증맞은 빨간 두건이 얹혀 있었는데 턱 밑에 나비 모양의 매듭이 묶여 있었다.

기분은 그다지 좋아 보이지 않았다. 조수석에 앉아 소방서로 가는 내내 한마디도 하지 않았다. 빨간 두건은 계속 무릎 위에 올려놓고 있다가 소방서 앞에서 차가 멈춘 후에야 다시 머리에 썼다.

"보다시피 나는 유머 감각이 전혀 없어요."

그가 말했다.

회원들은 버섯 채집가를 위해 특별히 마련된 미사에 참석했다가 다 같이 이곳에 도착해서 막 건배를 하려는 참이었다. 회장이 흔쾌히 건배사를 맡았다. 그는 양복 차림이었고, 참석자들 중 유일하게 자신의 본모습 그대로였기에 스스로가 얼마나 돋보일지 잘 아는 듯했다. 파티에 초대된 손님 대부분은 화장실에서 옷을 갈아입었다. 무도회 의상을 입은 채 성당에 갈 용기가 없었기 때문이다. '바스락' 신부도 병색이 짙은 낯빛으로 와 있었다. 검은 사제복을 입은 모습이 마치 신부로 분장한 무도회 참석자처럼 보였다. 행사에 초대된 마을 부녀회가 민요를 몇 곡 불렀고, 이어 일인조 밴드의 차례가 되었다. 한 남자가 키보드를 능숙하게 다루며 유명한 히트곡들을 그럴듯하게 연주했다.

파티는 그런 식이었다. 음악이 어찌나 시끄럽고 귀에 거슬리는지 대화를 이어 가기가 힘들 지경이었다. 그래서 다들 샐러드와 비고스,* 훈제 고기를 먹느라 정신이 없었다. 다양한 종류의 버섯 모양을 본떠 만든 코바늘 뜨개 바구니에는 보드카 병들이 담겨 있었다. 보드카 몇 잔을 곁들여 약간의 음식을 먹은 뒤, '바스락' 신부가 테이블에서 일어나 작별 인사를 했다. 그제야 사람들은 마치 사제의 존재가 지금껏 그들을 억누르기라도 했다는 듯 일제히 일어나서 춤을 추기 시작했다. 낡은 소방서의 높은 천장에서 음악 소리가 쿵쿵 메아리치며 춤추는 사람들을 향해 쏟아져 내렸다.

내 옆에는 흰 블라우스를 입은 아담한 체격의 여자가 몸을 꼿꼿이 편 채 긴장된 모습으로 앉아 있었다. 그녀를 보니 괴짜의 집에 있는 개, 마리시아가 떠올랐다. 그녀는 마리시아처럼 불안하고 초조해 보였다. 나는 조금 전 그녀가 잔뜩 취기가 오른 회장에

* 식초 물에 담근 잘게 썬 양배추에 잘게 썬 소시지, 돼지고기, 소고기 등을 함께 넣고 뭉근하게 끓여 만든 요리로 과거에 사냥꾼들이 즐겨 먹었다고 하여 '사냥꾼의 스튜'라고도 불린다.

게 다가가서 짧게 대화하는 광경을 보았다. 그녀를 향해 몸을 숙인 회장이 뭔가 인내심을 잃은 듯 얼굴을 찡그렸다. 회장이 그녀의 팔을 붙들자 그녀가 움찔한 것을 보면 아마도 상당히 거칠게 움켜잡은 모양이었다. 그러고 나서 회장은 마치 성가신 벌레를 떼어 내듯 손을 툭툭 털더니 춤추는 남녀들 사이로 사라졌다. 나는 그녀가 회장의 아내라는 걸 알 수 있었다. 여자가 테이블로 돌아가서 비고스에 포크를 찔러 넣었다. '빨간 모자'로 엄청난 인기를 끌고 있는 괴짜를 내버려 둔 채, 나는 그녀에게 다가가 내 소개를 했다.

"아, 당신이군요."

그녀가 입을 열자 슬픈 얼굴에 희미한 웃음의 그림자가 드리워졌다. 우리는 대화를 나누려고 했지만, 시끄러운 음악 소리에 춤추는 이들이 나무 바닥을 구르는 발소리까지 더해져서 너무 소란스러웠다. 쿵, 쿵, 쿵. 그녀의 말을 이해하기 위해서는 그녀의 입술을 자세히 응시해야만 했다. 나는 그녀가 가능한 한 빨리 남편을 집으로 데려가고 싶어 한다는 것을 알아차렸다. 회장이 술 마시고 흥청대는 걸 좋아하고 자신에게도, 또 다른 사람들에게도 위험한, 전형적인 슬라브 귀족의 허세를 갖고 있다는 사실은 모두가 알고 있었다. 알고 보니 회장 부부의 막내딸이 나에게 영어를 배우고 있었다. 딸이 나를 '멋진 선생님'이라고 엄마에게 말한 덕분에 대화가 술술 풀렸다. 상당히 기분 좋은 칭찬이었다.

"선생님께서 경찰서장의 시체를 발견했다는 게 사실인가요?"

두 눈으로 남편의 큰 덩치를 찾기 위해 애쓰면서 여자가 내게 물었다.

나는 그렇다고 확인해 주었다.

"무섭지 않으셨나요?"

"물론 무서웠죠."

"그거 아세요? 그 모든 일이 전부 제 남편의 친구들에게 벌어졌어요. 남편은 그들과 긴밀한 관계였어요. 아마 남편도 두려워하는 것 같아요. 그들이 어떤 이해관계로 얽혀 있는지는 저도 잘 모르지만, 한 가지 마음에 걸리는 게 있긴 해요……."

그녀는 망설이다 결국 아무 말도 하지 않았다.

나는 말을 끝맺기를 기다리며 그녀를 쳐다보았지만, 그녀는 고개를 끄덕일 뿐이었다. 나는 그녀의 눈에 눈물이 고이는 것을 보았다.

음악은 더욱더 빨라지고 시끄러워졌다. 우크라이나와 폴란드의 민속 음악인 「헤이, 송골매야!」가 연주되고 있었다. 여태껏 춤을 추지 않던 사람들이 갑자기 뭐에 꽂히기라도 한 듯 벌떡 일어나 무대 쪽으로 나갔다. 나는 요란스레 연주하는 저 일인조 밴드보다 큰 소리로 말할 자신이 없었다.

남편이 매력적인 집시 여자와 함께 있는 모습이 시야에 들어오자 그녀가 내 팔을 잡아당기며 말했다.

"우리 나가서 담배 한 대 피워요."

이곳에서 담배를 피워도 되는지 안 되는지 따위는 안중에도 없다는 말투였다. 나는 이미 십 년 전에 담배를 끊었지만 순순히 그녀를 따라 나섰다.

정신없이 날뛰는 군중을 헤치고 걸어가는 동안, 사람들이 함께 춤추자며 우리를 거칠게 끌어당겼다. 버섯 따는 사람들의 유쾌한 무도회는 어느 틈에 시끌벅적한 술잔치로 변해 있었다. 소방서 창문에서 흘러나오는 빛줄기 속에 서서 우리는 밖으로 빠져나온 것이 다행이라고 생각했다. 재스민 꽃향기가 물씬 풍기는, 습도 높은 6월 저녁이었다. 따뜻한 비는 이제 막 그쳤으나 하늘은 조금도 개지 않았고, 금방이라도 다시 비가 쏟아질 것 같았다. 이 순간과 비슷했던 어린 시절의 저녁들이 떠올라 갑자기 슬퍼졌다. 불안에 떨며 혼란스러워하는 여자와 이야기를 계속하는 게 좋을지 확신이 서지 않았다. 그녀가 신경질적으로 담배에 불을 붙이고는 한 모금 깊이 빨면서 말했다.

"머릿속에서 생각이 떠나질 않아요. 사체에 관한 생각이요. 그자들은 사냥을 마치고 집에 오면 부엌 식탁에 사슴을 올려놓고 네 토막으로 자르곤 했어요. 그러면 테이블 상판에 시커먼 피가 흥건해지죠. 그런 다음에 그 네 조각을 다시 토막 내어 냉동실에 넣어요. 냉장고를 지나갈 때마다 나는 그 안에 토막 난 사체가 있다는 사실을 떠올리곤 하죠." 그녀는 담배를 한 모금 더 깊이 빨았다. "겨울철이면 죽은 산토끼를 발코니에 매달아 놓아요. 얼려서 토막 내기 쉽게 하려는 거죠. 토끼들은 눈을 부릅뜨고, 코언저리에 피가 말라붙은 채 거기 매달려 있어요. 제가 신경과민이고 예민하다는 것, 저도 잘 압니다. 치료를 받아야 한다는 것도요."

그녀는 내가 그렇지 않다고 말해 주기를 기대하는 듯한 표정으로 나를 쳐다보았지만, 나는 머릿속으로 다른 생각을 하고 있었다. 이 세상에는 아직 정상적인 사람들도 존재하는구나……. 내가 그녀의 말에 미처 뭐라고 반응하기도 전에 그녀가 다시 말을 이었다.

"제가 어렸을 때 들었던 '한밤의 궁수'에 대한 민담이 기억나네요. 혹시 아시나요?"

나는 고개를 저었다.

"이 지역 전설인데요, 예전에 독일인들이 살던 시절로 거슬러 올라간다더군요. '한밤의 궁수'가 **어둠**을 헤치며 나쁜 사람들을 사냥하면서 벌어지는 이야기예요. 그는 검은 황새를 타고 날아다녔는데, 항상 개들을 데리고 다녔대요. 모두가 그를 두려워해서 **밤**이면 문을 닫고 빗장을 걸어 잠갔대요. 그러다 하루는 이 지역 출신의 소년, 어떤 사람들은 노바루다나 크워츠코에서 왔다고 하는데요, 아무튼 그 소년이 굴뚝을 향해 크게 소리쳤어요. 자기를 위해 '한밤의 궁수'가 사냥을 좀 해 줬으면 좋겠다고요. 그러고 나서 며칠 뒤, 사람 몸뚱이의 4분의 1이 소년과 그 가족의 집 굴뚝으로 떨어졌대요. 그 후 같은 일이 세 번 더 일어났다고 해요. 그제야 소년과 그의 가족은 네 토막을 붙여 전신을 조립해서 시체를 땅에 묻을 수 있었습니다. 그 후 궁수는 다시는 나타나지 않았고, 그의 개들은 이끼로 변했다고 해요."

숲에서 갑자기 한기가 밀려와 몸이 부르르 떨렸다. 개들이 이끼로 변하는 모습이 눈앞에서 떠나질 않았다. 나는 눈꺼풀을 깜빡거렸다.

"괴상한 이야기죠. 악몽처럼 말예요, 그렇죠?"

그녀가 두 번째 담배에 불을 붙였다. 지금 보니 그녀의 손이 떨리고 있었다.

나는 어떻게든 그녀를 진정시키고 싶었지만 방법을 알 수 없었다. 살면서 이처럼 극도의 신경쇠약에 시달리는 사람을 본 적이 없었던 것이다. 나는 그녀의 팔뚝에 손을 얹고는 부드럽게 쓰다듬었다.

"당신은 좋은 분이에요."

내가 말했다. 그러자 그녀가 마리시아와 똑같은 눈망울로 나를 바라보더니 갑자기 울기 시작했다. 그녀는 어린 소녀처럼 조용히 흐느꼈다. 다만 두 어깨가 격렬히 떨렸다. 오랫동안 흐느낀 걸 보면 울고 싶은 일이 많았던 듯했다. 그 슬픔의 증인이 되어 나는 곁에서 그녀를 지켜보았다. 그녀가 내게 바라는 건 딱 여기까지인 듯했다. 나는 그녀를 두 팔로 감싸 안았고, 우리는 그렇게 함께 서 있었다. 가짜 늑대와 아담한 체격의 여자가 소방서 창문에서 흘러나오는 빛줄기 속에 함께 서 있었다. 춤추는 사람들의 그림자가 우리 둘의 그림자 위로 포개지며 어른거렸다.

"집에 가야겠어요. 기운이 없네요."

그녀가 애처롭게 말했다.

건물 안에서 쿵쾅거리는 소리가 요란하게 들려왔다. 그들은 「헤이, 송골매야!」의 디스코 버전에 맞춰 다시 춤을 추고 있었다. 아마도 참석자들에게 다른 어떤 노래보다 인기가 있는 모양이었다. "헤이, 헤이!" 하는 외침이 계속해서 우리의 귓가를 두드렸다. 마치 폭죽이 터지는 것 같았다. 나는 잠시 생각에 잠겼다.

"가 봐요, 얼른." 나는 그녀에게 좀 더 친근한 말투로 말했다. 그렇게 친근하게 말하고 나니 스스로도 좀 안심이 되었다. "제가 당신 남편을 기다렸다가 집까지 바래다 드릴게요. 어차피 내 이웃을 기다려야 하거든요. 그런데 정확히 어디에 사시죠?"

그녀는 '황소의 심장' 커브 길 너머에 있는 한 도로명을 언급했다. 나는 그곳이 어디쯤인지 알고 있었다.

"아무 걱정 마세요." 내가 말했다. "욕조에 물을 받아 놓고 푹 쉬세요."

그녀는 핸드백에서 자동차 열쇠를 꺼내면서 머뭇거렸다.

"가끔 그런 생각이 들어요. 오랜 세월 함께 살아온 사람인데도 전혀 알 수가 없다는 생각이요."

그녀가 공포에 질린 눈으로 나를 쳐다보는 바람에 내 몸이 뻣뻣하게 굳었다. 나는 그녀가 무슨 생각을 하는지 알 수 있었다.

"아니요, 그는 아니에요. 분명히 아닙니다. 저는 확신해요."

내가 말했다.

그녀가 궁금한 기색으로 나를 쳐다봤다. 나는 그녀에게 그 이야기를 해야 할지 말아야 할지 확신이 서지 않았다.

"예전에 개를 두 마리 키웠어요. 개들은 모든 게 자기들에게 공평하게 배분되는지 항상 주시했어요. 먹이를 주거나 쓰다듬어 주거나 권한을 허락해 줄 때 말예요. **동물들**은 정의감이 매우 강하거든요. 내가 잘못을 저지를 때마다, 아니면 부당하게 꾸짖거나 약속을 어길 때마다 나를 바라보던 그 애들의 눈빛이 기억나요. 내가 도대체 왜 신성한 법칙을 어기는지 도무지 이해할 수 없다는 듯, 그렇게 지독히 슬픈 얼굴로 나를 바라보곤 했죠. 그 애들은 내게 아주 단순하고 기본적인 정의를 가르쳐 주었습니다." 나는 잠시 말을 끊었다가 덧붙였다. "우리에겐 '세상을 보는 관점'이 있지만, **동물들**에게는 '세상을 느끼는 감각'이 있답니다. 아시겠어요?"

그녀가 또 다른 담배에 불을 붙였다.

"그런데 그 애들은 어떻게 되었나요?"

"죽었어요."

나는 늑대 마스크를 내 얼굴 아래로 끌어내렸다.

"그 애들은 서로를 속이는 장난을 했어요. 어쩌다 한 녀석이 바닥에 묻혀 있던 뼈다귀를 발견했는데, 다른 녀석이 그것을 빼앗고 싶으면 마치 길에 자동차라도 지나가는 양 도로를 향해 마구 짖어 댔어요. 그러면 뼈다귀를 발견한 녀석은 속임수인 줄도 모르고 뼈다귀를 내던지고 도로로 달려갔어요."

"정말요? 꼭 사람 같네요."

"모든 면에서 **인간**보다 더 인간적이었어요. 더 다정하고 현명하고 쾌활했죠……. 사람들은 **동물들**에게 무슨 짓이든 할 수 있다고 생각합니다. 마치 생명체가 아닌 물건인 양 취급하죠. 제 개들은 사냥꾼들의 총에 맞아 죽은 것 같습니다."

"아니, 도대체 왜 그런 짓거리를 하는 걸까요?"

그녀가 불안해하며 물었다.

"사냥꾼들은 말하죠. 야생 **동물**에게 위협이 되는 들개만 죽인다고요. 하지만 사실이 아닙니다. 그들은 항상 집 근처까지 와서 어슬렁댔거든요."

나는 **동물들**의 복수에 대해 그녀에게 말해 주고 싶었지만, 내 **이론**을 아무에게나 함부로 떠벌리지 말라던 디지오의 경고가 생각났다. 그사이 **어둠**이 밀려와 우리는 **암흑** 속에 서 있었다. 덕분에 서로의 얼굴을 볼 수 없었다.

"그건 말도 안 되는 소리예요. 그가 개를 쏘았다는 말은 절대 믿지 않을 겁니다."

그녀가 말했다.

"그런데 말이죠, 집에서 키우는 개, 돼지와 산토끼가 어떻게 다르죠?”

내가 물었지만 그녀는 대답하지 않았다. 그저 차에 올라타서는 황급히 자리를 떠났다. 크고 으리으리한 지프 체로키였다. 나는 그 차를 알고 있었다. 이렇게 작고 연약한 여자가 어떻게 그렇게 큰 차를 몰고 왔는지 궁금했다. 다시 비가 내리기 시작했으므로 나는 안으로 들어갔다.

괴짜의 빰은 우스꽝스럽게 상기되어 있었다. 크라쿠프 지방의 민속 의상을 입은 자그마한 여자와 춤을 추고 있었는데 더할 나위 없이 행복해 보였다. 나는 그를 지켜보았다. 그는 과장된 몸짓 없이 우아하게 움직이면서 파트너를 침착하게 이끌었다. 그러다 문득 내가 자기를 쳐다보는 걸 느꼈는지, 느닷없이 파트너의 손을 잡더니 그녀를 위풍당당하게 돌렸다. 하지만 괴짜는 자신이 지금 어떤 옷차림인지 잊은 게 분명했다. 그것은 매우 익살스러운 광경이었다. 두 여자가 춤을 추는데, 한 명은 거대했고 다른 한 명은 작고 가냘펐다.

이 춤을 끝으로 최고의 의상을 선정하기 위한 투표 결과가 발표되었다. 수상자는 트란실바니아 출신 부부로, 독버섯의 일종인 ‘토드스툴’을 본뜬 복장을 입고 있었다. 1등 상품은 『버섯 도감』이었다. 우리 팀이 2등을 차지했고, 상품으로 버섯 모양의 케이크를 받았다. 우리는 빨간 모자와 늑대가 되어 모두 앞에서 춤을 춰야 했다. 그 후 우리의 존재는 사람들로부터 완전히 잊혔다. 그제야 나는 보드카 한 잔을 마셨고, 재미있게 즐기고 싶은 충동을 느꼈다. 그렇다. 나는 아마도 그들이 「헤이, 송골매야」를 또다시 연주한다고 해도 즐거워했을 것이다. 하지만 괴짜는 이제 집에 가고 싶어 했다. 그는 지금껏 이렇게 오랫동안 혼자 남겨진 적이 없었던 마리시아를 걱정했다. 왕발의 헛간에서 받은 충격과 상처가 아직 아물지 않았을 것이다. 나는 괴짜에게 회장을 집까지 데려다주겠다고 말했다. 대부분의 남자는 이 성가신 일을 돕기 위해 나와 함께 가 주었을 테지만, 괴짜는 예외였다. 그는 자기처럼 파티에서 먼저 떠나고 싶어 하는 사람을 찾았다. 어쩌면 매력적인 집시와 동행했는지도 모른다. 아무튼 그는 별로 신사답지 못한 모습으로 슬그머니 사라져 버렸다. 뭐, 할 수 없지. 나는 혼자서 힘든 일을 처리하는 데 이미 익숙하니까.

*

새벽녘에 다시 그 꿈을 꾸었다. 보일러실로 내려갔는데 그곳에 어머니와 할머니가 있었다. 둘 다 여름용 꽃무늬 드레스를 입고 손에는 핸드백을 들고 있었다. 마치 성당에 가기 위해 차려입고 나섰다가 길을 잃은 것처럼 보였다. 내가 두 사람을 책망하자 그들은 나의 시선을 피했다.

"엄마, 여기서 뭐 하세요? 대체 이게 어떻게 가능한 거죠?"

나는 화를 내며 물었다.

비록 드레스 무늬는 바래서 희미했지만, 두 사람은 모두 터무니없이 우아한 차림으로 보일러와 장작더미 사이에 서 있었다.

"제발 좀 여기서 나가세요!"

나는 그들에게 소리치고 싶었지만, 갑자기 목소리가 목구멍에 걸렸다. 차고 쪽에서 발걸음 소리와 속삭임이 들려왔다.

그쪽을 향해 몸을 돌리니 수많은 남자와 여자, 아이들이 빛바랜 연회색 의상을 입고 서 있었다. 모두 겁에 질린 눈빛으로 자기들이 여기서 무엇을 하고 있는지 모르는 듯 안절부절못했다. 어디선가 무리를 지어 문간에 몰려와서는 안으로 들어올지 말지를 망설이는 중이었다. 그들은 횡설수설 이상한 말들을 서로에게 속삭이며, 보일러실과 차고 돌바닥에 자신들의 신발 밑창을 질질 끌고 있었다. 뒤쪽에 있는 군중이 앞줄을 밀면서 계속해서 앞으로 나오려고 했다. 나는 공포에 사로잡혔다.

나는 내 뒤에 있는 손잡이를 더듬었고 내게 이목이 집중되지 않도록 조심하면서 조용히 그곳을 빠져나왔다. 두려움 때문에 손이 떨려서 보일러실 문에 빗장을 지르는 데 한참이 걸렸다.

*

잠에서 깨어났지만, 지난밤 꿈이 불러온 두려움은 가시지 않았다. 나는 스스로를 어떻게 진정시켜야 할지 몰라서 괴짜에게 가 보는 게 좋겠다고 생각했다. 태양은 아직 완전히 떠오르지 않았고, 나는 간밤에 잠을 설쳤다. 머지않아 이슬로 변할 것 같은 부드러운 안개가 사방에 드리워져 있었다.

괴짜는 졸린 표정으로 문을 열었다. 제대로 씻지 않았는지, 전날 묻은 내 립스틱 자국이 여전히 뺨에 남아 있었다.

"무슨 일이오?"

그가 물었다.

나는 할 말이 생각나지 않았다.

"들어와요. 그래서 간밤에는 어떻게 됐어요?"

"아, 모든 게 다 잘 처리되었어요."

괴짜가 간결한 질문과 간결한 대답을 좋아한다는 것을 알기에 나는 최대한 짧게 대답했다.

내가 의자에 앉자 그는 커피를 준비하기 시작했다. 한참 동안 커피머신을 청소했고, 그다음에는 계량 주전자로 물을 부었다. 나는 그가 말을 멈추지 않고 계속해서 지껄이고 있음을 알아차렸다. 그의 활기찬 모습을 보는 게 상당히 이상했다. 끊임없이 지껄이는 시비엥토페우크.

"항상 저 서랍에 무엇이 들어 있는지 알고 싶었어요."

내가 말했다.

"보세요." 그가 서랍을 열고 내게 보여 주었다. "얼마든지요. 전부 필수품들이에요."

"나한테 사무라이 같은 것들이군요."

그가 손가락으로 가볍고 부드럽게 잡아당기자 서랍이 스르르 열렸다. 우아한 잿빛 칸막이 사이에 주방 기구들이 가지런히 정돈되어 있었다. 밀 방망이, 달걀 거품기, 배터리로 작동하는 작은 우유 비터, 아이스크림 스푼. 그리고 내가 식별할 수 없는 몇몇 다른 **도구들**.(기다란 숟가락들, 주걱들, 그리고 이상한 갈고리들.) 그것들은 마치 복잡한 수술에 사용되는 **도구**처럼 보였다. 언뜻 보기에도 주인의 특별한 관리를 받고 있음을 알 수 있었다. 반들반들 윤기가 흘렀고 알맞은 자리에 놓여 있었다.

"이게 뭐죠?"

나는 쇠붙이로 만든 족집게를 집어 들며 물었다.

"실린더에 얇은 금속 조각이 붙었을 때 제거하는 집게예요."

괴짜가 대답하며 컵에 커피를 따랐다. 그러고는 작은 거품기로 우유를 휘저어 눈처럼 흰 거품을 만들더니 커피에 부었다. 서랍에서 그는 원형 스텐실 한 세트와 코코아 파우더가 든 작은 용기를 꺼냈다. 그는 한동안 어떤 문양을 선택할지 망설이다 마침내 작은 하트 모양을 골랐다. 그가 코코아 가루를 뿌리자 내 커피 잔에 눈처럼 덮인 거품 위로 갈색빛 코코아 심장이 나타났다. 그가 활짝 웃었다.

그날 나는 그의 서랍을 다시금 떠올리면서 그 안을 들여다본 것이 내게 얼마나 큰 위안이 되었는지 실감했다. 그리고 진심으로 그 유용한 **도구** 중 하나가 되고 싶다고 생각했다.

월요일이 되자 모두가 회장이 죽었다는 것을 알게 되었다. 일요일 저녁, 소방서를 청소하러 온 여자들이 그를 발견했다. 듣자하니 그들 중 한 명은 충격을 받고 병원에 입원했다고 한다.

*

경찰청 귀중

저는 경찰이 중요하고도 긴급한 사유로 인해 시민의 서신(익명이 아닌 실명으로 쓴 편지)에 답변하지 못할 수도 있다는 사실을 이해합니다. 그 사유가 무엇인지 굳이 따지지는 않겠습니다. 그저 제가 이전에 발송한 서신에서 언급한 내용을 다시 한번 상기시키려고

하니 허락해 주시기 바랍니다. 하지만 저는 경찰이든 누구든 간에 이런 식으로 무시당하지 않기를 바랍니다. 관공서로부터 무시당하는 시민은 어떤 면에서 보면 존재감을 아예 잃어버린 것이나 마찬가지니까요. 권리를 행사할 수 없는 사람은 그 어떤 의무에도 얽매이지 않는다는 사실을 기억해 주시기 바랍니다.

기쁘게도, 저는 죽은 브넹트샤 씨의 생년월일을 어렵게 확보하여 그의 천궁도(애석하게도 시간에 대한 정보가 누락되어 저의 해석이 덜 정밀해졌습니다만)를 확인할 수 있었습니다. 그리고 거기서 아주 흥미로운 사실을 발견했는데, 그것은 제가 이전에 제시했던 **가설**의 정당성을 충분히 확인시켜 주고 있습니다.

그러니까 전통적인 점성학에서 일컫는 일반적인 법칙에 따르면, 희생자가 사망하는 순간, 털을 가진 **동물들**과 밀접한 연관성을 지닌 화성이 **처녀자리**에 있었습니다. 동시에 물고기자리에 있는 태양은 아킬레스건과 같은 신체의 가장 취약한 부분을 나타냅니다. 그러므로 이 모든 것을 종합해 볼 때 브넹트샤 씨의 죽음은 그의 천궁도에 이미 정확히 예언되어 있었던 것으로 보입니다. 그러므로 경찰이 점성학사들의 의견에 귀를 기울인다면 앞으로 많은 사람을 불행한 사건으로부터 구할 수 있을 것입니다. 행성의 배열은 이 잔인한 살인 사건의 가해자가 모피를 가진 **동물들**, 아마도 야생 **동물들**이거나 아니면 농장에서 풀려난 사육 **동물들**(또는 두 무리의 모종의 결탁에 의한 것)이었음을 명확히 보여 주고 있습니다. 그 **동물들**은 은밀한 방법을 동원하여 오랜 세월에 걸쳐 사용해 온 올가미 속으로 희생자를 몰고 갔습니다. 그리고 희생자는 '교수대'라는 별칭으로 알려진, 매우 잔인한 형태의 덫에 걸려 한동안 허공에 매달려 있었습니다.

이러한 발견을 통해 우리는 다음과 같은 결론에 다다르게 됩니다. 경찰청은 지금까지 벌어진 사건에서 희생자들의 토성이 어디에 있었는지, 그 정확한 위치를 확인해야 합니다. 그러면 그들 모두의 천궁도에서 **동물**과 관련된 별자리에 토성이 있었음을 알게 될 것입니다. 덧붙여 회장의 경우에는 **동물**에 의한 질식사로 갑작스러운 죽음을 맞게 될 운명을 예고하는 황소자리에 토성이 위치했음을 확인할 수 있을 겁니다…….

오폴레 지역에서 출몰한, 정체불명의 **동물**에 관한 목격담을 보도한 신문 기사를 동봉합니다. 이 **동물**은 다른 **동물들**의 가슴을 발로 내리쳐서 죽인다고 합니다. 최근 한 티브이 프로그램을 통해 휴대폰에 녹화된 동영상을 봤는데, 그 영상에서 어린 호랑이가 선명하게 보였습니다. 이 모든 일이 오폴레 지방, 그러니까 우리에게서 멀지 않은 곳에서 일어나고 있습니다. 어쩌면 동물원에서 탈출했다가 홍수를 이겨 내고 자유를 얻은 **동물**이 아닐까 싶습니다. 어쨌든 이 문제는 조사해 볼 만한 가치가 충분하다고 생각합니다. 제가 보기에 이 지역 주민들이 공황 상태까지는 아니더라도 점점 병적인 공포에 빠져들고 있기 때문입니다.

내가 이 편지를 쓰고 있을 때 누군가가 조용히 문을 두드렸다. 작가인 '잿빛 여인'이었다.

"두셰이코 부인." 그녀가 문간에서 말했다. "대체 이곳에서 무슨 일이 벌어지고 있는 거죠? 뭐 들으신 거라도 있나요?"

"문간에 서 있지 말고 안으로 들어오세요. 외풍이 심해요."

작가는 거의 바닥에 끌릴 만큼 치렁치렁한 니트 가디건을 입고 있었다. 그녀는 잰걸음으로 들어와 의자 가장자리에 앉았다.

"앞으로 우리는 어떻게 될까요?"

그녀가 극적인 음성으로 물었다.

"**동물들**이 우리도 죽일까 봐 무서우세요?"

그녀가 발끈했다.

"저는 당신의 **이론**을 믿지 않아요. 너무 황당합니다."

"저는 당신이 작가로서 상상력이 풍부하고, 그러한 상상력을 바탕으로 이야기를 풀어내는 능력이 탁월하다고 생각했습니다. 그리고 얼핏 보기에는 있을 법하지 않은 일들에 대해서도 마음의 문을 닫지 않을 거라고 믿었어요. 우리가 상상할 수 있는 모든 것은 진실의 단면이니까요."*

나는 그녀에게 강렬한 인상을 심어 주기 위해 블레이크를 들먹이며 말을 맺었다.

"두세이코 부인, 현실에 발을 딛지 않았다면 저는 한 줄도 쓰지 못했을 겁니다." 그녀가 마치 공무원 같은 어조로 말했다. 그러고는 조용히 덧붙였다. "정말 상상이 안 가네요. 그가 왕풍뎅이 때문에 질식해 죽었다는 게 사실인가요?"

나는 차를 끓이느라 분주히 움직였다. 홍차. 제대로 된 차가 어떤 것인지 그녀에게 알려 줘야지.

"네, 맞습니다. 그의 시체는 바로 그 벌레들로 뒤덮여 있었고요, 그의 입과 폐, 위, 그리고 귀에도 벌레들이 가득했다네요. 동네 여자들 말로는 딱정벌레들이 그의 몸에 우글거렸다고 하더군요.

* 윌리엄 블레이크의 시 「지옥의 격언」에서.

직접 보지는 못했지만 충분히 상상이 갑니다. 온몸에 머리대장이 득실대는 모습을요."

그녀가 나를 뚫어지게 쳐다보았다. 나는 그 시선의 의미를 헤아릴 수 없었다.

나는 그녀에게 커피*를 대접했다.

* 주인공은 분명 홍차를 끓였다고 했는데, 작가에게는 정작 커피를 대접한다.

14
추락

교활한 표정으로 앉아 있는 질문자는
결코 정답을 알지 못하리니.*

이른 아침 그들은 나를 찾아와 사건에 관해 진술해야 한다고 말했다. 나는 주중에 들를 수 있도록 최선을 다하겠다고 대답했다.

“말귀를 못 알아들으시는군요.”

예전에 경찰서장과 함께 일했던 젊은 경찰관이 말했다. 서장이 죽은 뒤 승진해서 지금은 시내 경찰서를 책임지고 있었다.

“지금 바로 저희와 함께 가셔야 합니다. 크워츠코로요.”

그의 말투가 어찌나 강경한지 나는 아무런 저항도 하지 못했다. 혹시나 해서 문단속을 단단히 하고 칫솔과 약을 챙겼다. 경찰서에서 **증세**라도 시작되면 아주 볼만할 테니까.

* 윌리엄 블레이크의 시 「순수의 전조」에서.

이 주 동안 비가 쏟아지면서 홍수가 났기 때문에 우리는 보다 안전한 아스팔트를 택해서 먼 길로 돌아갔다. 우리 일행이 **고원**에서 골짜기를 향해 내려갈 때 사슴 떼가 보였다. 그들은 경찰 지프를 두려워하지도 않고 물끄러미 바라보며 서 있었다. 내가 아는 사슴 떼가 아니어서 기뻤다. 촉촉하고 부드러운 목초지를 찾아 체코에서 건너온 새로운 무리가 틀림없었다. 경찰들은 사슴에게는 관심이 없었다. 그들은 내게도, 서로에게도 말을 걸지 않았다.

나는 봉지에 든 크림과 함께 인스턴트커피 한 잔을 대접받았다. 곧바로 조사가 시작되었다.

"회장을 집까지 태워다 주려고 했죠? 사실인가요? 우리에게 시간대별로 상세히 말해 주세요. 정확히 무엇을 보았죠?"

그 뒤에도 이런 종류의 질문이 수없이 이어졌다.

딱히 할 말도 없었지만 어떻게든 세세한 부분까지 정확하게 진술하려고 최선을 다했다. 나는 건물 안이 너무 시끄러워서 밖에서 회장을 기다리기로 했다고 말했다. 모두가 금연 구역에 대해 아랑곳하지 않고 건물 안에서 담배를 피워서 나는 몹시 괴로웠다. 그래서 계단에 걸터앉아 하늘을 올려다보았다.

비가 온 후 시리우스가 나타나서 북두칠성의 수직 경로가 위로 상승했다. 나는 별들도 우리를 볼 수 있는지 궁금했다. 만약 그렇다면 그들은 우리를 어떻게 생각할까? 별들은 정말로 우리의 미래를 알까? 그래서 우리를 불쌍히 여길까? 움직임의 자율성이 배제된 채 이렇게 현재에 갇혀 있는 것에 대해서? 하지만 우리의 연약함과 무지에도 불구하고, 그래도 우리가 별보다 유리한 위치에 있다는 생각이 들었다. 시간이 작동하는 건 바로 우리 때문이니까. 이 고통스러운 세상을 행복하고 평화로운 것으로 바꿀 기회 역시 우리에게 있다. 별들은 자력으로 스스로를 가두었기에 우리를 도울 수 없다. 그들은 그저 그물을 디자인할 뿐이다. 그들이 우주의 베틀로 날실을 짜면 우리는 거기에다 우리의 씨실을 엮어야 한다. 문득 흥미로운 **가설**이 떠올랐다. 어쩌면 별들은 우리가 개를 보는 것과 같은 방식으로 우리를 바라볼지 모른다. 예를 들어, 우리는 때로 개에게 좋은 게 무엇인지 개보다 더 잘 안다. 그래서 그들이 길을 잃지 않도록 가죽끈으로 묶어 놓기도 하고, 쓸데없이 번식하지 않도록 불임 수술을 시키기도 하며, 아플 때는 치료받게 하려고 수의사에게 데려가기도 한다. 하지만 개는 무엇 때문에, 어떤 목적으로, 왜 이런 일이 일어나는지 이해하지 못한다. 그저 우리의 결정을 따를 뿐이다. 어쩌면 우리 또한 그런 방식으로 별의 영향력에 굴복해야 할지도 모르지만, 그럴 때도 **인간**의 감수성을 잃어버려서는 안 된다. 어둠 속에서 계단에 앉아 생각했던 건 바로 이런 것들이었다. 그러다 참석자 대부분이 건물에서 나오고 그들이 걸어서 가든, 차를 타고 가든, 각자 집을 향해 출발하는 것을 보고, 회장에게 내가 그를 집까지 태워다 주기로 했던 걸 상기시키기 위해 안으로 들어갔다. 하지만 그는 그곳에도, 다른 곳에도 없었다. 나는 화장실을 확인하고 소방서 구석구석을 돌아다녔다. 또한 술에 취한 버섯 채집가들에게 회장이 어느 쪽으로 갔는지 물어봤지만 누구도 내게 분별 있는 대답을 해 주지 않았다. 어떤 사람은 여전히 「헤이, 송골매야」를 흥얼거리고 있었고, 또 어떤 사람은 단속 따위는 신경도 쓰지 않고 밖으로 나가 남은 맥주를 들이켜고 있었다. 그래서 나는 누군가가 이미 그를 집으로 데려갔는데, 내가 미처 보지 못한 것이라고 결론지었다. 그리고 나는 여전히 그것이 합리적인 추측이었다고 확신한다. 그에게 무슨 나쁜 일이 일어나겠는가? 혹시 술에 취한 상태로 우엉 넝쿨에서 잠들었다 해도 **밤**은 따뜻했고, 그에게 위험할 건 아무것도 없었다. 아무런 의구심도 없었기에 사무라이에게로 갔고 그렇게 우리는 집으로 돌아왔다.

"사무라이가 누구죠?"

경찰관이 물었다.

"제 친한 벗입니다."

나는 사실대로 대답했다.

"성(姓)을 대 주세요."

"사무라이 스즈키."

그가 난감해했다. 그러자 옆에 있던 다른 사람이 빙그레 미소 지었다.

"질문에 대답해 주십시오, 두셴코 부인……."

"두셰이코."

내가 그의 발음을 고쳐 주었다.

"……네네, 두셰이코. 회장에게 해를 끼칠 만한 사람으로 혹시 의심 가는 사람은 없으신가요?"

나는 깜짝 놀랐다.

"당신들은 내가 지금껏 발송한 편지들을 읽지 않았군요. 이미 편지에 다 설명했는데요."

그들은 서로 눈짓을 주고받았다.

"네, 안 읽었습니다. 하지만 우리는 지금 진지하게 질문하고 있어요."

"저 또한 진지하게 답변하는 중입니다. 여러분에게 편지를 썼다니까요. 하지만 한 번도 답장을 받지 못했죠. 누군가의 편지에 응답하지 않는 것은 예의에 어긋나는 일입니다. 형법 171조 1항에 따르면 조사를 받는 사람은 정해진 한도 내에서 자유롭게 자신을 표현할 수 있어야 하며, 이러한 조건이 보장된 후에야 비로소 보충 진술이나 부연 설명 또는 확인을 위한 질문들이 허락됩니다."

"부인 말씀이 맞습니다."

첫 번째 경찰관이 말했다.

"시신이 온통 딱정벌레로 뒤덮여 있었다는 게 사실인가요?"

내가 물었다.

"우리는 대답해 드릴 수가 없습니다. 원활한 수사의 진행을 위해서요."

"그렇다면 어떻게 죽었나요?"

"질문은 우리가 합니다, 부인이 아니라."

첫 번째 경찰이 이렇게 말하자, 두 번째 경찰이 덧붙였다.

"파티 도중에 부인께서 회장과 이야기하는 것을 본 증인들이 있습니다. 그들 말로는 부인과 회장이 함께 계단에 서 있었다고 하던데요."

"맞습니다. 그의 아내가 내게 부탁했기 때문에 집으로 데려다 주겠다고 했어요. 하지만 그는 내 말에 온전히 집중하지 못하는 것 같았습니다. 그래서 나는 무도회가 다 끝나고, 그가 떠날 준비를 마칠 때까지 기다리는 게 좋겠다고 생각했어요."

"경찰서장을 잘 아시나요?"

"물론 압니다. 그 사실에 대해서는 경관님이 누구보다 잘 아시잖아요." 내가 젊은 경찰관에게 말했다. "뻔히 알면서 왜 묻는 거죠? 시간 낭비 아닌가요?"

"안젤름 브넹트샥은요?"

"그의 이름이 안젤름이었어요? 생각지도 못한 이름이네요. 이 근처에 있는 다리에서 딱 한 번 만난 적 있어요. 여자 친구와 함께 있었어요. 삼 년 전쯤이었는데 잠시 이야기를 나누었죠."

"무슨 이야기였죠?"

"그냥 잡담이었어요. 어떤 내용이었는지 기억도 안 나요. 그때 여자 친구가 그곳에 함께 있었으니 아마 모든 것을 확인해 줄 겁니다."

나는 경찰이 모든 것을 확인하기 좋아한다는 것을 잘 알고 있었다.

"여기서 사냥이 벌어질 때마다 공격적으로 행동한 게 사실인가요? 이 근방에서요."

"공격적으로 행동한 게 아니라 화를 낸 거라고 말씀드리고 싶네요. 그건 확실히 다르죠. 저는 그들이 **동물**을 죽이고 있었기에 **분노**를 표출한 것뿐입니다."

"그래서 그들에게 죽이겠다고 위협했나요?"

"사람이 너무 화가 나면 이런저런 말을 내뱉기도 하지만, 그러고 나서 금방 잊어버리기도 합니다."

"당신이 소리를 질렀다고 진술한 목격자들이 있는데요. 인용하자면……." 이 대목에서 그는 잠시 말을 멈추고는 책상 위에 흩어져 있는 서류들을 흘끗 보았다. "죽여 버리겠어. 당신들(욕설)은 천벌을 받을 거야. 부끄러운 줄도 모르고 아무것도 두려워하지 않는군. 대갈통을 두들겨 패 주겠어."

경찰관이 인용구를 냉정하고 담담한 어조로 읽는 바람에 나는 그만 웃음을 터뜨리고 말았다.

"뭐가 우습죠?"

두 번째 경찰이 언짢은 어조로 물었다.

"내가 그런 말을 했다는 게 우스워서요. 나는 평화주의자예요. 증인이 뭔가 과장한 게 아닐까요?"

"사냥꾼의 연단을 쓰러뜨리고 부순 혐의로 치안 판사 법정에 출두했다는 사실을 부인하시는 건가요?"

"아니요, 꿈에도 부인할 생각은 없습니다. 나는 법정에서 이미 벌금을 냈습니다. 그 사실을 입증할 서류도 있고요."

"부인께서는 사건마다 일일이 증명서를 갖고 계시나 봅니다."

그들 중 하나가 내게 유도 심문을 했지만 나는 제법 영리하게 빠져나갔다.

"그건 불가능한 일이죠. 제 인생에서도, 경위님의 인생에서도요. 공문서는 고사하고 모든 것을 일일이 문서로 남길 수는 없는 노릇이니까요."

"왜 그런 짓을 하셨나요?"

나는 마치 달에서 착륙한 사람이라도 보듯 그를 쳐다보았다.

"왜 뻔히 다 아는 사실을 묻는 거죠?"

"질문에 대답해 주세요. 속기록에 이 내용이 반드시 포함되어야 하거든요."

이때쯤부터 나는 완전히 느긋해졌다.

"아, 네. 그럼 이렇게 적어 주세요. 그자들 중 누구도 **동물**을 쏘지 못하게 하려고 그랬다고요."

"살인 사건의 세부 사항에 대해 당신은 어떻게 그처럼 정확히 알고 있는 거죠?"

"예를 들면 어떤 거요?"

"회장의 죽음을 예를 들자면, 그 딱정벌레가……." 그가 잠시 자신의 노트를 들여다보았다. "머리대장이라는 걸 어떻게 알았죠? 부인께서 작가에게 그렇게 말했잖아요."

"아, 내가 그랬나요? 이 근방에서는 흔히 볼 수 있는 딱정벌레 종류거든요."

"그래서 그걸 어떻게 알았냐고요? 그러니까…… 지난봄에 부인과 함께 지냈던 그 곤충 연구가가 말해 주던가요?"

"아마 그랬을 겁니다. 하지만 이미 설명했듯이, 대부분은 천궁도에서 비롯된 거예요. 점성학에는 모든 게 들어 있거든요. 사소한 세부 항목까지 전부 말이죠. 오늘 경위님이 컨디션이 어떤지, 그리고 좋아하는 속옷 색깔이 무엇인지 등등이요. 그저 그 모든 정보를 읽을 줄만 알면 됩니다. 회장은 곤충을 포함한 작은 **동물들**의 집인 3하우스에서 상당히 좋지 못한 각(角)을 나타내고 있었어요."

경찰들은 자기들끼리 의미심장하게 시선을 교환하다 내게 들키고 말았다. 그것은 상당히 무례한 행동이었다. 경찰이 업무를 수행할 땐 그 어떤 것에도 드러내 놓고 놀라서는 안 된다. 하지만 나는 자신감을 잃지 않고 꿋꿋이 말을 이었다. 나는 그들이 서투른 얼간이들이라는 사실을 간파했다.

"나는 여러 해 동안 점성학을 연구하면서 꽤 다양한 경험을 쌓았습니다. 모든 것은 다른 모든 것과 연결되어 있고, 우리는 모두 다양한 관계의 그물망에 걸려 있습니다. 이러한 내용은 경찰 대학에서 가르쳤어야 한다고 생각합니다. 그것은 견고하고 오래된 전통이니까요. 스베덴보리*에서 비롯된 전통이죠."

"누구한테서요?"

그들이 일제히 물었다.

"스베덴보리요. 스웨덴 사람입니다."

그들 중 한 명이 그 이름을 수첩에 적었다.

그들은 이런 식으로 두 시간이나 더 나와 대화를 나누었다. 그리고 그날 오후 마흔여덟 시간 동안의 구금 명령과 함께 우리 집에 대한 수색 영장이 발부됐다. 나는 더러운 속옷을 눈에 띄는 곳에 두지는 않았는지 초조하고 불안했다.

그날 저녁 나는 비닐봉지를 건네받았는데, 아마도 디지오와 '기쁜 소식'이 전달한 듯했다. 봉지 안에는 칫솔이 두 개(왜 두 개지? 아침과 저녁을 구분하라는 뜻일까?), 매우 고급스럽고 섹시한 잠옷('기쁜 소식'이 새롭게 입고된 옷들 중에서 찾아냈으리라.), 그리고 약간의 단것과 포스토비츠라는 사람이 번역한 블레이크의 시집 한 권이 들어 있었다. 사랑스러운 디지오.

태어나서 처음으로 나는 진짜 감옥에 갇혔고, 그것은 매우 힘

* 에마누엘 스베덴보리(Emanuel Swedenborg, 1688~1772). 스웨덴의 신비주의자이자 자연 과학자, 철학자.

든 체험이었다. 감방은 깨끗하고 초라하고 음울했다. 내 뒤에서 문이 철커덩 잠기자 나는 공황 상태에 빠졌다. 가슴이 쿵쿵 뛰기 시작했고, 이러다 내가 비명이라도 지를까 봐 두려웠다. 나는 이단 침대에 걸터앉았다. 움직이는 것이 두려웠다. 문득 이런 곳에서 여생을 보내느니 차라리 죽는 편이 낫겠다는 생각이 들었다. 그래, 진심이었다. 나는 밤새도록 잠을 자지도, 눕지도 않았다. 아침까지 똑같은 자세로 그렇게 앉아 있었다. 나는 땀에 절어 더러웠다. 그날 내가 내뱉은 말들이 내 혀와 입을 더럽힌 것 같았다.

불꽃은 빛의 근원에서 흘러나오고 가장 순수한 밝기에서 만들어진다고, 가장 오래된 전설은 이야기한다. **인간**이 태어나려고 하면 먼저 불꽃이 떨어지기 시작한다. 처음에는 우주 공간의 **암흑**을 뚫고, 그 뒤에는 은하수를 통과하여 날아가다 마지막으로 여기, 지구로 떨어지기 직전에 그 가여운 불꽃은 행성의 궤도에 부딪힌다. 각각의 부딪힘으로 인해 불꽃은 특정한 속성에 물들고, 그렇게 점차 어두워지고 희미해진다.

먼저 명왕성이 이 우주 탐험의 뼈대와 기본적인 원리를 마련한다. 인생은 순간적인 사건이고, 그다음엔 죽음이 따른다. 그리고 그 죽음으로 인해 불꽃은 언젠가 덫에서 빠져나온다. 다른 방법은 없다. 인생은 매우 까다로운 훈련장과 같다. 그러므로 당신이 하는 모든 일, 모든 생각과 모든 행위를 일일이 따져 보게 될 것이다. 벌을 받거나 보상을 받기 위함이 아니라 당신의 세계를 건설하는 것이 바로 그것들이기 때문이다. 이것이 바로 체계가 작동하는 방식이다. 불꽃은 계속해서 지구를 향해 떨어지면서 해왕성의 띠를 가로지르고, 안개와도 같은 수증기 속에서 길을 잃는다. 해왕성은 불꽃을 위로하기 위해 온갖 환영과 탈출에 대한 나른한 기억, 비행에 대한 꿈, 환상, 마약과 책을 제공한다. 천왕성은 저항력을 심어 준다. 이제부터 천왕성은 불꽃이 어디에서 왔는지를 기억하는 증거가 될 것이다. 불꽃은 토성의 고리를 지나면서 밑바닥에 감옥이 도사리고 있음을 알게 된다. 노동 수용소, 병원, 규칙과 양식, 병약한 육체, 치명적인 질병, 사랑하는 사람의 죽음. 하지만 목성이 위로를 전하며 위엄과 낙천주의, 그리고 아름다운 선물, 즉 '어떻게든 되겠지'라는 마음가짐을 전달해 준다. 화성은 강인함과 공격성이 더해져서 그 쓰임새가 확실하다. 태양을 지날 때 불꽃은 눈이 먼다. 또한 멀리 떨어져 있는 불꽃의 의식은 '나'의 나머지로부터 분리되어 작고 왜소한 상태로 남는다. 나는 이렇게 상상해 본다. 자그마한 몸통, 날개를 찢긴 불구의 존재, 잔인한 아이들에게 괴롭힘을 당하는 파리 한 마리. **땅거미** 속에서 어떻게 살아남을지 누가 알겠는가. 여신들을 찬양하라. 이제 금성이 등장하여 추락하는 불꽃을 막아선다. 불꽃은 금성으로부터 사랑의 능력, 가장 순수한 공감, 그리고 자신과 다른 불꽃을 구원할 수 있는 유일한 수단을 얻는다. 금성으로부터 받은 선물 덕분에 그들은 단결하며 서로에게 의지할 수 있으리라. 추락 직전에 불꽃은 최면에 걸린 토끼를 닮은, 작고 이상한 행성에 부딪히는데 바로 수성이다. 그것은 자신의 축에서 돌지 않고 태양을 응시하며 빠르게 움직인다. 그리고 언어와 의사소통 능력을 부여한다. 불꽃은 달을 지나면서 영혼과 같은, 형체 없는 무언가를 얻게 된다.

그러고 나면 비로소 지구로 떨어져서 즉시 '몸'이라는 거죽을 뒤집어쓴다. **인간**이나 **동물** 또는 **식물**의 옷을 입는다.

불꽃의 여정은 대충 이렇게 마무리된다.

불운한 마흔여덟 시간이 채 지나기 전인 다음 날 나는 풀려났다. 나를 데리러 세 사람이 모두 왔다. 나는 몇 년간 딴 세상에 있다 온 것처럼 그들의 품에 와락 안겼다. 디지오는 울음을 터뜨렸고 '기쁜 소식'과 괴짜는 뒷좌석에 뻣뻣하게 앉아 있었다. 보아하니 그들은 내게 벌어진 일에 나보다 더 겁을 먹은 듯했다. 결국 그들을 위로해야 하는 사람은 나였다. 나는 디지오에게 잠시 가게에 들르자고 부탁했고, 우리는 아이스크림을 샀다.

하지만 나는 그 짧은 구금으로 인해 전반적으로 뭔가 멍한 상태였다. 나는 경찰들이 내 집을 뒤졌다는 사실을 견딜 수 없었다. 그때부터 나는 집 안 구석구석에서 그들의 존재를 느꼈다. 그들은 서랍과 옷장, 그리고 책상 속을 뒤졌지만 결국 아무것도 찾지 못했다. 대체 무엇을 찾을 수 있었겠는가? 하지만 질서는 흐트러졌고 평화는 파괴되었다. 나는 아무 일도 하지 못하고, 그저 집 안을 떠돌아다녔다. 계속 혼잣말을 하다가 내게 문제가 있음을 깨달았다. 내 커다란 창문들이 나를 끌어당겼다. 나는 창가에 서서 눈앞에 보이는 풍경으로부터 좀처럼 시선을 떼지 못했다. 잔물결을 일으키며 흔들리는 적갈색 풀들, 눈에 보이지 않는 바람 속에서 추는 그들의 춤, 그 움직임을 부추긴 대상, 그리고 모든 색조와 음영 안에 깃들어 있는 변화무쌍한 초록빛 자국들. 나는 하루에도 몇 시간씩 깊은 상념에 잠기곤 했다. 차고에 열쇠를 두고 와서 일주일 동안 찾지 못한 적도 있었다. 주전자를 태우기도 했다. 냉장고에서 채소를 꺼내 놓고는 수분이 다 빠져서 오그라든 다음에야 발견하기도 했다. 나는 내 집에서 얼마나 많은 움직임이 있는지 곁눈질로 훔쳐보았다. 사람들이 들락 거리고, 보일러실에서 위층으로, 집 안에서 정원으로 나갔다가 다시 돌아오곤 했다. 내 어린 딸들이 복도를 즐겁게 뛰어다녔다. 엄마가 테라스에 앉아 차를 마셨다. 찻숟가락이 찻잔에 부딪치는 소리와 엄마의 길고 슬픈 한숨소리가 들렸다. 디지오가 왔을 때만 모든 게 잠잠해졌다. 그리고 그는 거의 대부분 '기쁜 소식'과 함께였다. 다음 날이 헌옷이 입고 되는 날만 아니라면.

나의 고통이 점점 심해지자 어느 날 디지오가 구급차를 불렀다. 병원에 가야 할 정도로 상태가 안 좋았기 때문이다. 때는 8월, 구급차가 오기에 딱 좋은 계절이었다. 도로는 건조하고 단단했으며 날씨는 화창했다. 별들에게 감사를. 마침 나는 아침에 샤워를 했고 발도 깨끗했다.

지금 나는 병원에 누워 있는데 이상하게도 입원실이 텅 비어 있다. 열어 놓은 창문으로 잘 익은 토마토와 마른 잔디, 불에 탄 줄기의 향내가 흘러 들어왔다. 태양이 **처녀자리**에 들어섰다. 이맘때면 사람들은 가을걷이를 마치고, 겨울에 먹을 식량을 비축하기 시작한다.

그들이 당연히 나를 보러 왔지만, 병문안은 나를 더없이 불편하게 했다. 어떻게 해야 좋을지 몰라 나는 안절부절못했다. 불쾌한 장소에서 벌어지는 모든 대화는 부자연스럽고 강제성을 띠는 법이다. 내가 그들에게 그만 집에 가라고 말한 것에 대해 그들이 기분 나쁘게 생각하지 않았기를 바랄 뿐.

피부과 의사인 알리가 자주 와서 침대맡에 앉아 있곤 했다. 그는 옆 병동에 들러서 손때 묻은 신문들을 가져다주기도 했다. 나는 그에게 시리아에 세운 나의 교량(아직 거기에 있는지 궁금하다.)에 대해 말했고, 그는 사막에서 떠돌이 부족들과 함께 다녔던 과거사를 들려주었다. 한때 그는 유목민들의 의사였고, 그들과 함께 여행하며 진찰하고 치료했다. 당시에는 항상 여행 중이었다. 그 또한 유목민이었다. 한 병원에서 이 년 이상 머무른 적이 없었다. 이 년쯤 지나고 나면 갑자기 몸이 근질거려서 안절부절못했기에 다른 곳에서 직장을 구하려 애썼다. 어느 정도 시간이 흐르면 그의 진료실 문 앞에는 어김없이 '알리 박사는 이제 이곳에 없다'라는 내용의 표지판이 붙었다. 방랑자 같은 생활 방식과 인종적 태생 덕분에 그는 자연스럽게 늘 특별 기관의 관심을 받았다. 그래서 그의 전화기는 항상 도청되었다. 적어도 그의 주장은 그랬다.

"자신만의 **증세**가 있나요?"

언젠가 그에게 물어본 적이 있다.

오, 그렇다. 그에게도 있었다. 겨울이면 그는 항상 우울증에 시달렸고, 지방 당국이 그에게 배정해 준 노동자 숙소는 그의 우울증을 더욱 심각하게 만들었다. 그는 몇 년간의 노동을 통해 귀중한 물건을 하나 장만했다. 그것은 햇빛과 비슷한 광선을 방출하는 커다란 램프였는데, 그에게 정신적으로 큰 위안을 주었다. 그는 얼굴에 이 인공 태양을 쪼이면서 상상 속에서 리비아나 시리아 또는 이라크의 사막을 떠돌면서 저녁나절을 보내곤 했다.

나는 그의 천궁도가 어떤 모양일지 궁금했다. 하지만 몸이 아파 제대로 계산을 할 수 없었다. 이번에는 병세가 심각했다. 나는 심각한 광선 알레르기 때문에 어두운 방에 누워 있었다. 피부가 시뻘겋게 부풀어 오르면서 물집이 잡혔고, 마치 메스에 찔린 것처럼 따끔거렸다.

"햇볕을 피해야 해요." 알리가 내게 경고했다. "부인 같은 피부는 본 적이 없어요. 평생 지하에서 지내야 하는 운명을 타고났다고요."

그가 웃었다. 지하에서 평생을 보낸다는 건 그에게는 상상조차 할 수 없는 일이었기 때문이다. 그는 해바라기처럼 태양을 향해 온전히 맞춰져 있었다. 반면에 나는 감자의 싹이나 하얀 치커리 같은 신세라서 남은 인생을 보일러실에서 보내야 한다.

알리는 한 시간 안에 가방 두 개에 모두 담을 수 있는 분량만큼만 물품을 소유한다고 했다. 그 얘기를 듣고 나는 감탄을 금할 수 없었다. 그에게서 비법을 배우기로 결심했다. 병원에서 퇴원하는 즉시 바로 시도해 보자고 스스로에게 약속했다. 배낭과 노트북, 그것만 있으면 누구에게나 충분하리라. 이런 식으로 알리는 어디에 있든, 그곳을 집으로 만들었다.

이 떠돌이 의사는 내게 특정한 장소에 지나치게 익숙해져서는 안 된다는 것을 상기시켜 주었다. 그러고 보니 어느 틈에 나는 내 집에 너무 많이 길들여져 있었다. 알리 박사는 내게 젤라바,* 그러니까 긴 소매에 목까지 단추를 채우고, 발목까지 내려오는 새하얀 셔츠를 주었다. 그는 흰색이 광선을 반사시키는 거울의 역할을 한

* 북아프리카나 아랍 지역에서 즐겨 입는 두건 달린 남성용 긴 상의.

다고 말했다.

8월 하순, 병세가 훨씬 악화되어 나는 검사를 받으러 브로츠와프로 실려 갔다. 다행히 검사는 별로 괴롭지 않았다. 반쯤 잠든 상태에서 나는 며칠 동안 계속해서 내 향기로운 완두콩을 걱정했다. 6세대를 배양하는 게 좋지 않을까, 안 그러면 내 연구 결과의 타당성이 사라지고, 우리가 인생에서 얻은 경험이 유전적으로 계승되지 못한다는 결론이 날지도 모른다. 세상의 모든 학문이 시간 낭비에 불과하고, 우리는 결국 역사에서 아무것도 배울 수 없다는 결론에 다다르면 어째야 하나.

나는 디지오에게 전화 거는 꿈을 꾸었다. 꿈속에서 내 딸아이들이 막 아이를 낳았기 때문에 그는 전화를 받지 않았다. 우리 집 복도와 부엌에는 사람들이 아주 많이 모여 있었다. 그들은 **동물**에 의해 태어난 완전히 새로운 종족이었다. 그들은 아직 눈을 뜨지 못해서 앞을 보지 못했다. 그리고 나는 또 다른 꿈을 꾸었다. 대도시에서 내 어린 딸들을 찾아 헤매는 꿈이었다. 꿈속에서 나는 여전히 희망을 품고 있었지만, 그것이 헛된 희망이라는 걸 알기에 너무나 고통스러웠다.

어느 날 작가가 브로츠와프에 있는 병원으로 나를 찾아와서 정중히 위로해 주었다. 그러고는 집을 팔려고 내놓았다고 넌지시 알려 주었다.

"그곳은 변했어요. 이제 더 이상 예전의 그곳이 아니에요."

아가타가 만든 버섯 크레페를 권하며 작가가 말했다.

그녀는 그곳에서 불길한 기운을 감지했고, **밤**이면 두려웠으며, 얼마 전부터는 식욕까지 잃었다고 말했다.

"그런 일들이 벌어지는 곳에서 사는 건 불가능해요. 그 끔찍한 살인 사건으로 인해 여러 가지 속임수들과 부적절한 행위들이 드러났죠. 알고 보니 저는 괴물들 틈에서 살고 있었던 거예요." 그녀가 초조한 음성으로 말했다. "그곳에서 유일하게 정의로운 사람은 당신이에요."

"어차피 내년 겨울에는 동네 빈집들 관리하는 일을 그만둘 생각이었어요."

나는 그녀의 칭찬에 혼란을 느끼며 말했다.

"현명한 결정이에요. 당신은 따뜻한 나라에 가서 사는 게 좋을 것 같아요."

"태양이 없는 곳이라면요." 내가 덧붙였다. "욕실 말고 그런 곳을 혹시 아시나요?"

그녀는 내 질문을 무시했다.

"지역 신문에 벌써 매매 공지가 나갔어요." 그녀가 잠시 생각에 잠겼다. "게다가 그 집 일대에 바람이 심하게 들이쳤거든요. 끊임없이 울부짖는 바람 소리를 참을 수가 없었어요. 귓가에서 뭔가가 계속해서 버스럭거리고, 휘파람 소리와 윙윙거림이 멈추질 않으니 도무지 집중할 수가 없었어요. 나뭇잎이 나무에서 얼마나 큰 소리를 내는지 아세요? 특히 포플러는 정말 심해요. 솔직히 참을 수 없을 지경입니다. 그 나무는 6월에 시작해서 11월까지 계속 흔들립니다. 악몽이 따로 없어요."

나는 그 문제에 대해 한 번도 생각해 본 적이 없었다.

"그들이 저를 심문했어요. 알고 있었나요?"

그녀가 갑자기 화제를 바꾸며 언성을 높였다.

사실 그들은 마을의 거의 모든 사람을 심문했으므로 나는 전혀 놀라지 않았다. 그 사건은 이제 그들에게 '우선순위'가 되었다. 이 얼마나 끔찍한 어휘인가.

"그래서요? 그들에게 무슨 도움이라도 주었나요?"

"그거 아세요? 우리가 때로는 스스로 창조한 세상에서 살아가는 것처럼 느껴질 때가 있어요. 무엇이 나쁜지 좋은지도 직접 정하고, 자신을 위해 의미의 지도를 손수 그리면서요. 그러고 나서는 자신이 고안해 낸 뭔가를 쟁취하려고 평생을 아등바등 살아갑니다. 문제는 사람마다 각기 다른 버전을 갖고 있어서 서로 말이 통하지 않는다는 거죠."

그녀의 말은 어느 정도 사실이었다.

작가가 내게 작별 인사를 하려고 할 때, 나는 내 소지품들을 뒤져서 그녀에게 사슴 발굽을 건네주었다. 종이 포장을 벗긴 그녀의 얼굴이 일그러지면서 혐오감을 드러냈다.

"세상에, 도대체 이게 뭐죠? 두셰이코 부인, 대체 뭘 주시는 거예요?"

"제발 받아 주세요. 그건 신의 손가락 같은 거예요. 완전히 탈수돼서 아무 냄새도 안 납니다."

"나더러 이걸로 뭘 하라는 거죠?"

그녀가 경악하며 물었다.

"잘 사용해 주세요."

그녀는 사슴의 발을 종이로 다시 싸고는 문간에서 잠시 머뭇거리다가 사라졌다.

나는 꽤 오랫동안 '잿빛 작가'가 한 말을 곰곰이 되새겨 보았다. 그리고 나는 그것이 내 이론 중 하나에 부합된다고 생각했다. 인간의 정신은 우리가 진실을 보는 것을 막기 위해 발달된 것이라고 나는 생각한다. 우리로 하여금 그 메커니즘을 직시하지 못하게 하기 위해서 말이다. 정신은 우리 주변에서 무슨 일이 벌어지고 있는지 우리가 절대 이해하지 못하게 만들어 주는 방어 체계다. 우리 뇌의 용량이 어마어마하다지만, 정신의 주된 임무는 정보를 걸러 내는 것이다. 지식의 무게를 모조리 짊어지는 것은 불가능하기 때문이다. 세상의 모든 입자는 고통으로 이루어져 있으므로.

*

그렇게 나는 우선 감옥에서 나왔다. 그리고 병원에서 나왔다. 내가 토성의 영향과 싸우고 있었던 것은 분명했다. 하지만 8월이 되자 그것은 부정적인 각이 멈출 만큼 멀리 이동했고, 그래서 우리는 그해의 남은 시간을 사이좋은 일가족처럼 지냈다. 나는 어두컴컴한 방에 누워 있었고, 괴짜는 집을 정리하고 관리했다. 디지오와 '기쁜 소식'은 요리를 하고 장을 봤다. 내 몸의 상태가 나아지면서 우리는 체코로 가서 혼자(Honza)와 그의 책들이 있는 특별한 서점을 다시 방문했다. 우리는 서점 주인과 두 번이나 저녁 식사를 했고, 유럽 연합의 지원이나 보조금 없이 블레이크에 관한 우리만의 작은 학술 회의를 열었다.

디지오가 인터넷에서 짧은 동영상을 발견했다. 일 분이 채 안 되는 영상이었다. 잘생긴 수사슴이 사냥꾼을 공격한다. 우리는 사슴이 뒷다리로 서서 앞발굽으로 사람을 치는 것을 본다. 사냥꾼이 쓰러져도 사슴은 멈추지 않고 격노하여 그를 짓밟는다. 심지어 무릎을 꿇고 기어서 도망칠 기회조차 주지 않는다. 사냥꾼은 머리를 감싸 쥔 채 **분노**한 **동물**에게서 도망치려 하지만, 수사슴은 다시 그를 쓰러뜨린다.

끝 장면이 없어서 우리는 그 후 사냥꾼이나 수사슴에게 어떤 일이 일어났는지 모른다.

나는 한여름에 어두컴컴한 내 방에 누워서 이 동영상을 끝없이 반복해서 보았다.

15
위베르 성인*

음매, 멍멍, 어흥, 으르렁거리는 소리는
천국의 해변에서 철썩이는 파도다.**

나의 금성이 손상됐거나, 아니면 어딘가에 유배된 모양이다. 마땅히 있어야 할 자리에서 행성을 찾을 수 없을 때 우리는 이렇게 이야기한다. 더구나 내 경우에는 상승궁을 지배하고 있는 명왕성이 금성에 대해 부정적인 각을 나타내고 있다. 내게서 '게으름뱅이 목성 증후군'이 나타나는 건 바로 이런 상황 탓인 듯하다. 그래서 나는 이것을 '당연한 결과'라 일컫는다. 그래야만 많은 재능을 타고났음에도 자신의 잠재력을 제대로 활용하지 못하는 사람에 대해 설명할 수 있다. 그런 사람들은 총명하고 영리하지만 학업에 몰

* 사냥꾼의 수호성인.
** 윌리엄 블레이크의 시 「순수의 전조」에서.

두하지 못하고, 자신의 지능을 카드 게임이나 페이션스*에 쏟아붓는다. 아름다운 육체를 갖고 있지만 아무렇게나 방치하거나 해로운 물질로 감염시키고, 의사의 견해를 무시한다.

이러한 목성은 이상한 유형의 게으름을 유발한다. 늦잠을 잤기 때문에, 가고 싶은 마음이 안 들었기 때문에, 늦었기 때문에, 방심했기 때문에, 그렇게 평생 한 번뿐인 기회를 놓치고 만다. 그러한 게으름은 바꿔 말하면, 쾌락에 탐닉하고, 인생을 반쯤 잠든 상태에서 보내며, 사소한 즐거움을 위해 시간을 허비하고, 노력을 꺼리고, 경쟁에 연연하지 않는 성향이다. 유달리 긴 아침나절, 뜯지도 않은 편지, 나중으로 미뤄 버린 사안들과 유기된 프로젝트들. 모든 종류의 권력을 혐오하고 그에 복종하기를 거부하는 태도, 묵묵히 한가롭게 그저 자신만의 길을 가는 것. '쓸모없는 자들'이란 그런 사람들을 지칭하는 말일 것이다.

조금만 더 노력했더라면 9월에는 학교에 출근할 수 있었을 텐데 마음을 추스를 여력이 없었다. 아이들을 한 달이나 가르치지 못한 것이 유감스러웠지만 내가 할 수 있는 건 없었다. 온몸이 쑤시고 아팠다.

나는 10월이 되어서야 건강 상태가 호전되어 직장에 복귀할 수 있었다. 일주일에 두 번 영어 동아리를 운영하면서 보충 수업을 했지만, 정상 근무는 불가능했다. 10월에 새로 지어진 소예배당의 개관식 및 축성식 준비가 본격적으로 진행되면서 아이들은 내 수업의 출석을 면제받았다. 11월 3일 '위베르 성인의 날'에 소

* 혼자서 하는 트럼프 놀이.

예배당의 완공을 기념하는 축성식이 거행될 예정이었다. 나는 아이들을 놓아주고 싶지 않았다. 그 애들이 성인이 어떻게 살았는지 배우기보다 영어 단어 몇 개를 더 외우기 바랐다. 하지만 젊은 여교장이 끼어들었다.

"선생님은 편견이 심하시네요. 모든 일에는 우선순위가 있는 법입니다."

스스로도 자기 말을 신뢰하지 못하는 말투로 교장이 말했다.

내 귀에는 '우선순위'라는 단어가 '사체'나 '동거인'만큼이나 혐오스럽게 들렸다. 하지만 나는 아이들의 결석을 허용하는 문제나 어휘 선택의 문제로 그녀와 왈가왈부하고 싶지 않았다.

"소예배당 축성식에 당연히 오실 거죠?"

그녀가 물었다.

"저는 가톨릭 신자가 아닙니다."

"상관없어요. 좋든 싫든, 우리는 모두 가톨릭 문화권에 속해 있잖아요. 그러니 참석해 주세요."

나는 이런 식의 주장에 대꾸할 준비가 되어 있지 않았으므로 아무런 말도 할 수가 없었다. 아이들과 나는 오후 동아리 활동 시간에 진도를 보충했다.

디지오는 두 번이나 더 심문을 받았고, 결국 경찰 측과의 상호 합의에 따라 직장을 그만두기로 했다. 그는 연말까지만 일하기로 했다. 애매한 명분과 함께 인원 감축과 감봉 조치, 그리고 판에 박힌 설명이 이어졌다. 디지오 같은 부류의 사람은 언제나 조직에서 제일 먼저 제외된다. 하지만 나는 그러한 결과에 그의 진술도 영향을 미쳤다고 생각한다. 혹시 용의자로 의심받았을까? 정작 디지오는 조금도 신경 쓰지 않는 눈치였다. 이미 번역가가 되기로 결심했기 때문이다. 그는 블레이크의 시를 번역하면서 먹고살 계획을 세웠다. 멋진 계획이었다. 한 언어에서 다른 언어로 글을 옮기는 것, 그렇게 함으로써 사람들을 서로 가까워지게 만드는 것.

또한 그는 나름의 방법으로 수사를 진행했는데, 그다지 놀랄 일도 아니었다. 계속해서 이어지는 죽음의 사슬을 끊어 낼 수 있는 획기적인 수사 결과를 경찰이 발표해 주기만을 다들 애타게 기다렸으니까. 심지어 디지오는 수사를 위해 브넹트샤의 부인과 경찰서장의 부인에게 찾아가서 나름대로 피해자들의 행적을 조사하기도 했다.

세 사람 모두 머리에 심한 타격을 받아 사망에 이르렀다는 사실은 알려졌지만, 어떤 **도구**가 사용되었는지는 분명하게 드러나지 않았다. 우리는 그것이 나무토막이거나 두꺼운 나뭇가지일 수도 있다고 추측했다. 하지만 만약 그랬다면 피부에 특별한 자국을 남겼을 것이다. 그런데 이 세 사람의 경우에는 단단하고 매끄러운 표면을 가진 커다란 물체가 사용된 것처럼 보였다. 게다가 경찰은 타격이 가해진 부위에서 **동물**의 핏자국을 발견했는데, 아마도 사슴의 피인 듯하다는 소문이 퍼졌다.

"내가 옳았어." 나는 다시 한번 고집을 부렸다. "맞지? 사슴이었다니까."

디지오는 살인이 돈 문제와 얽혀 있다는 **가설**을 세우고 있었다. 그날 저녁 경찰서장은 마침 브넹트샤의 집에서 돌아오는 길이었고, 브넹트샤이 그에게 뇌물을 주었다는 것은 익히 알려진 사실이었다.

“아마 브넹트샤이 경찰서장을 쫓아가서 돈을 되찾아오려고 했을 거예요. 그러다 둘 사이에 몸싸움이 일어났고, 경찰서장이 우물에 빠지는 바람에 브넹트샤은 겁을 먹고 현금을 되찾겠다는 생각을 버린 거죠.”

디지오가 생각에 잠긴 채 말했다.

“그럼 브넹트샤은 누가 죽였을까?”

괴짜가 철학적으로 물었다.

나는 그의 **가설**이 마음에 들었다. 사슬처럼 꼬리를 물고 서로를 제거하는 나쁜 사람들의 이야기가 솔직히 매력적으로 들렸다.

“흠, 어쩌면 회장이?”

괴짜가 다시 공상을 이어 갔다.

아마도 브넹트샤이 저지른 은밀한 범죄를 경찰서장이 은폐한 게 아닐까. 하지만 회장이 이 두 사내와 어떻게 연관되어 있는지는 알 수 없었다. 회장이 브넹트샤을 죽였다면 서장은 과연 누가 죽였을까? 그들 세 사람 모두에게 복수를 하려는 제삼자의 동기가 작용했을 수도 있고, 만약 그랬다면 그것은 아마도 사업상의 거래와 관련이 있을 것이다. 마피아에 대한 소문이 사실인 걸까? 경찰은 관련 증거를 가지고 있을까? 어쩌면 다른 경찰관들도 사악한 관행에 연루되었을 가능성이 있고, 조사가 유달리 더디게 진행된 것도 그 때문일 수 있다.

나는 내가 세운 **이론**을 더 이상 떠들어 대지 않았다. 나라는 존재는 사람들에게 조롱거리에 불과하다는 것을 깨달았기 때문이다. ‘잿빛 작가’가 옳았다. 사람들은 자신이 지어낸 이야기만 믿고,

자신이 먹고사는 문제만 이해하려 든다. 부패한 지방 관리들의 음모에 관한 이야기는 티브이나 신문에서 떠들어 대는 흥밋거리 기사에나 어울렸다. 하지만 호랑이가 동물원에서 탈출하지 않는 한 신문도, 티브이도 **동물** 따위에는 관심을 기울이지 않는다.

*

겨울은 11월 초, '모든 성인의 날'*이 지나자마자 바로 시작된다. 가을은 자신의 모든 **도구**와 장난감을 거두어들이고, 들판의 경계선에 서 있는 나무 아래에서 이제 더는 쓸모가 없는 나뭇잎들을 모조리 휩쓸어 버리고, 풀밭에서는 색이 희미해질 때까지 녹색의 기운을 벗겨 낸다. 그러면 모든 것이 흰 바탕에 검은색으로 변한다. 쟁기질을 한 들판 위로 눈이 쌓인다.

"죽은 이들의 뼈 위로 쟁기를 끌어라."

나는 블레이크의 시구를 혼잣말로 중얼거렸다.** 그래서 과연 그렇게 되었을까?

나는 창가에 서서 **땅거미**가 질 때까지 자연이 부산하게 계절을 정리하는 광경을 지켜보았다. 그 무렵부터 **어둠** 속에서 겨울의 행진이 시작되었다. 다음 날 아침 나는 '기쁜 소식'의 가게에서 구입한 붉은 오리털 점퍼와 모직 모자를 꺼냈다.

사무라이의 창문에는 마치 우주 균사체처럼 얇고 섬세하고 가

* 로마 가톨릭교회에서 모든 성인을 기리는 축일로 양력 11월 1일이다.
** 윌리엄 블레이크의 연작시 「천국과 지옥의 결혼」 중 「지옥의 격언」에서.

날픈 서리가 덮여 있었다. '모든 성인의 날' 이틀 뒤에 나는 '기쁜 소식'의 가게에서 스노 부츠를 살 목적으로 차를 몰고 시내에 갔다. 이제부터는 최악의 경우에 대비해야 했다. 해마다 이맘때면 하늘은 낮게 내려앉았다. 공동묘지에 켜 놓은 촛불들이 모두 타버린 것은 아니기에 철조망 울타리를 통해 대낮에도 형형색색의 램프에서 깜빡이는 미약한 불꽃들이 보였다. 마치 전갈자리에서 점점 그 세력이 약해지고 있는 태양을 돕기 위해 불꽃들이 안간힘을 쓰는 것처럼 느껴졌다. 이제 세계를 지배하는 건 명왕성이었다. 슬픈 일이었다. 어제 나는 친절한 고용주들에게 이메일을 발송했다. 올해부터는 겨울철에 그들의 집을 관리하는 업무를 맡지 않겠다고 통보하는 내용이었다.

시내로 향하다 문득 오늘이 11월 3일이고, 위베르 성인을 기념하는 행사가 마을에서 열린다는 사실을 떠올렸다.

뭔가 수상쩍은 짓거리를 도모할 때면 그들은 우선 아이들부터 끌어들이곤 한다. 나는 공산주의 시대에 그들이 5월 1일마다 개최한 가두 행진에서 우리에게 똑같은 짓을 했던 것을 기억한다. 아주 오래전에 말이다. 아이들은 '현대 생태학자의 모범인 위베르 성인'이라는 주제로 열리는 '크워츠코 자치주 어린이와 청소년을 위한 창작 예술 경연 대회'에 참가해야 했다. 그러고 나서 성인의 삶과 죽음을 기리는 연극 공연에도 참여해야 했다. 나는 이 문제에 관해 이미 지난 10월, 교육 위원회에 편지를 썼지만 답장을 받지 못했다. 나는 이것이 다른 수많은 문제와 마찬가지로 말도 안 되는 짓거리라고 생각한다.

아스팔트를 따라 주차된 수많은 차량을 보면서 오늘 소예배당 축성 미사가 봉헌된다는 사실이 떠올랐다. 내 영어 수업에 막대한 지장을 초래하며 가을 내내 장황하게 준비한 결과가 어떤지를 보기 위해 성당에 가 보기로 결심했다. 시계를 보니 미사는 이미 시작된 듯했다.

평소 나는 가끔 성당에 가서 사람들과 평화롭게 앉아 있곤 했다. 사람들이 굳이 서로 대화를 나누지 않고도 한 공간에 있을 수 있다는 사실이 좋았기 때문이다. 만약 성당 안에서 수다를 떨어도 된다면 사람들은 곧바로 서로에게 헛소리나 험담을 늘어놓을 것이고, 뭔가를 꾸며 대거나 과시하기 시작할 것이다. 하지만 잡담이 금지되어 있으므로 각자 깊은 사색에 잠겨 최근 자신에게 일어난 일을 성찰하고, 머지않아 무슨 일이 일어날지 상상할 수 있다. 그렇게 자신의 삶을 통제하는 법을 배우는 것이다. 다른 사람들과 마찬가지로 나도 의자에 앉아서 반쯤 잠든 듯한 상태에 빠지곤 했다. 내 생각이 내 몸 밖에서 떠오르기라도 하는 것처럼, 아니면 다른 사람이나 나무로 만든 천사 조각상의 머리에서 나오기라도 하는 것처럼, 그렇게 천천히, 여유롭게 생각이 만들어졌다. 그때마다 내 머릿속에서는 집에서 생각에 잠길 때와는 전혀 다른, 새롭고 신선한 아이디어가 떠오르곤 했다. 그런 면에서 본다면 성당은 유익한 장소다.

마음만 먹으면 그곳에 있는 다른 사람들의 생각을 읽을 수 있을 것 같은 기분이 들 때도 있었다. 나는 이미 여러 번 내 머릿속에서 다른 사람들의 생각이 들려오는 듯한 느낌을 받곤 했다. '침실의 새 벽지는 어떤 무늬로 할까? 매끄러운 벽지가 나을까, 아니면 은은한 문양이 음각으로 찍혀 있는 벽지가 나을까? 내 예금의 이자가 너무 적은 건 아닐까? 다른 은행들은 더 나은 금리를 제공하는데. 우선 월요일에 다른 은행의 상품들을 확인하고 현금을 그곳에 예치해야겠다. 그 여자는 대체 돈이 어디서 났을까? 그녀가 입고 걸치는 모든 것들을 어떻게 감당하는 거지? 아마 그 집 식구들은 밥을 굶어 가면서 벌어들이는 수입을 몽땅 그녀의 옷 치장에 쓰나 보다……. 아, 그가 얼마나 늙었는지, 그리고 머리는 또 얼마나 허옇게 셌는지! 한때는 이 마을에서 가장 잘생긴 남자라고 생각했는데 지금은 만신창이가 되었어……. 의사에게 대놓고 말해야지. 진단서를 좀 끊어 달라고……. 무슨 일이 있어도 절대 이런 짓거리에 동의하지 않을 거야. 어린애 같은 취급을 받는 건 참을 수 없는 일이다…….'

이런 생각들이 잘못된 것인가? 그렇다면 내 생각은 다른 이들의 생각과 다른가? 신이 존재한다면 다행이고, 존재하지 않더라도 평화롭게 생각에 잠길 수 있는 장소를 우리에게 제공해 주니 이 또한 다행스러운 일 아닐까. 결국 기도란 바로 이런 것일 테니까. 조용히, 평화롭게 생각에 잠기고, 아무것도 바라거나 요구하지 않고, 그저 자신의 마음을 정리하는 것. 그것으로 충분하리라.

하지만 성당에 가서 초반에 이런 식의 기분 좋은 휴식을 맛보고 난 뒤에는 어린 시절부터 느꼈던 오랜 의문들이 어김없이 되살아나곤 했다. 그건 아마도 내 성향이 천성적으로 아이처럼 유치하기 때문일 것이다. 신은 이 세상의 모든 기도를 어떻게 동시에 들을 수 있을까? 그리고 만약 사람들의 기도가 서로 모순된다면 어떡하지? 불한당이나 악마 같은 놈들, 악당들의 기도도 다 들어줘야 하나? 그들도 기도를 할까? 이 세상에 신이 없는 곳이 존재하려나? 예를 들어 여우 농장 같은 곳에도 신이 있을까? 그렇다면 신은 그런 장소에 대해 어떻게 생각할까? 아니면 브넹트샤의 도살장은? 신은 이따금 그런 곳에도 들를까? 나는 이 모든 것이 어리석고 무지한 궁금증이라는 것을 안다. 신학자들은 아마도 이런 나를 비웃을 것이다. 내 머리는 인공 하늘에 매달아 놓은 천사 조각상처럼 나무로 만들어진 모양이다.

이런저런 생각에 잠겨 있는데 '바스락 신부'의 고집스럽고 불쾌한 목소리가 자꾸만 내 사색을 방해했다. 신부가 움직일 때마다 축 늘어지고 거무스름한 살갗으로 뒤덮인, 건조하고 뼈만 앙상한 그의 몸이 바스락거리는 것 같은 느낌이 들었다. 사제복이 바지를 스치고 길게 기른 턱수염이 빳빳이 세운 흰 옷깃을 스치며 끊임없이 바스락거리는 소리를 냈고, 그의 관절 또한 바스락거렸다. 이 사제는 과연 어떤 유형의 피조물일까? 건조하고 주름진 그의 피부는 좀 과하다 싶을 정도로 늘어져 있었다. 마을 사람들에 따르면, 과거에는 비만이 꽤 심각했는데 위의 절반을 절제하는 수술을 통해 치료했다고 한다. 그래서 지금은 많이 여위었고, 피부가 축 늘어진 것도 그 때문인 듯했다. 그래서인지 나는 그를 볼 때마다 전등갓을 만들 때 사용하는 라이스페이퍼*로 만들어진 것 같다는 느낌을 지울 수가 없었다. 내게 그는 인공적인 생명체, 속이 텅 빈 가연성 물체처럼 느껴졌다.

올해 초, 내가 아직 내 어린 딸들로 인해 암울한 절망에 빠져

* 질 좋은 얇은 종이의 일종. 삼이나 아마, 무명, 짚 등이 원료이며, 궐련을 말거나 사전의 인쇄용지 또는 전등갓을 만들 때 사용한다.

있을 때, 신부가 새해 교구 가정 방문 행사의 일환으로 우리 집에 왔었다. 따뜻한 점퍼 위에 하얀 중백의(中白衣)를 걸친 복사들이 먼저 대문을 두드렸다. 사제가 보낸 일종의 사절단이었다. 빨갛게 달아오른 앳된 볼이 소년들의 권위를 깎아내렸다. 마침 군것질로 먹곤 하는 할바*가 집에 있어서 그들에게 내주었다. 소년들은 할바를 먹고 성가를 부르고는 밖으로 나갔다.

그러자 '바스락 신부'가 숨을 헐떡이며 나타났다. 그는 신발에 묻은 눈도 털지 않고 양탄자를 밟으며 성큼성큼 우리 집 거실로 들어왔다. 그러고는 성수채**로 벽에다 성수를 뿌리고, 시선을 바닥으로 떨구고 기도문을 읊은 다음, 눈 깜짝할 사이에 탁자 위에 성화 엽서를 올려놓고는 소파 한구석으로 가서 앉았다. 이 모든 것을 어찌나 빠른 속도로 능란하게 해내는지, 내 눈이 그의 동작들을 따라가기도 힘들 정도였다. 어쩐지 신부는 우리 집에서 마음이 편치 않은 듯했고, 가능한 한 빨리 떠나고 싶어 하는 것처럼 보였다.

"차 한잔 드시겠어요?"

내가 다소곳이 물었다.

신부가 거절했다. 우리는 한동안 말없이 앉아 있었다. 밖에서 복사들이 눈싸움을 하며 노는 모습이 보였다.

갑자기 나는 빳빳하게 풀을 먹인 그의 넓은 사제복 소맷자락에 얼굴을 파묻고 싶은, 우스꽝스러운 충동을 느꼈다.

* 깨와 꿀로 만드는 터키 과자.

** 성수(聖水)를 뿌릴 때 사용하는 기구.

"왜 눈물을 흘리십니까?"

그가 인간미라고는 조금도 없는 성직자 특유의 말투로 내게 물었다. 그들은 '두려워하다' 대신 '공포에 떨다', '관심을 갖다' 대신 '주목하다', '깨우치다' 대신 '풍요로워지다'라고 이야기한다. 하지만 이런 식의 어색한 말투도 터져 나오는 내 슬픔을 막아 주지는 못했다. 나는 계속해서 흐느꼈다.

"제 개들이 사라졌어요."

마침내 내가 말했다.

겨울날 오후였다. **땅거미**가 이미 작은 창문을 통해 거실로 스며들고 있었기에 나는 그의 표정을 볼 수 없었다.

"당신의 고통을 이해합니다." 잠시 후 그가 말했다. "하지만 그저 **동물**일 뿐입니다."

"제 유일한 가족이었어요. 제 딸들이었다고요."

"제발 신성 모독을 멈춰 주세요." 신부가 발끈하며 말했다. "개를 부인의 딸이라고 말할 수는 없습니다. 더 이상 울지 마십시오. 차라리 기도하세요. 그러면 고통 속에서 안도감을 느낄 수 있으니까요."

나는 신부의 말끔하고 단정한 소매를 잡아당겨 창가로 인도하고는 내가 만든 작은 묘지를 보여 주었다. 거기에는 두 개의 비석이 눈에 덮인 채 서글프게 서 있었다. 그중 하나에서 작은 등불이 타오르고 있었다.

"저는 이미 그 애들이 죽었다는 사실을 받아들이고 있어요. 아마도 사냥꾼의 총에 맞은 것 같아요. 신부님은 아세요?"

그는 아무런 대답도 하지 않았다.

"최소한 매장이라도 해 줄 수 있었으면 좋았을 텐데요. 하지만 어떻게 죽었는지, 그리고 사체가 어디 있는지조차 모르는데 어떻게 애도할 수 있겠어요?"

신부가 신경질적인 태도로 자리에서 일어났다.

"**동물**을 **인간** 취급해서는 안 됩니다. 그것은 죄악이에요. 저렇게 묘지를 만드는 건 **인간**의 독단입니다. 하느님은 **동물**에게 **인간**을 섬기는 낮은 지위를 부여하셨습니다."

"제가 뭘 어떻게 하면 좋을지 말해 주세요. 혹시 신부님께서는 아시나요?"

"기도하세요."

"그 애들을 위해서요?"

"부인 자신을 위해서요. **동물**에게는 영혼이 없고, 불멸의 존재도 아닙니다. 그들은 구원받지 못할 거예요. 부인 자신을 위해 기도하십시오."

지금 내가 알고 있는 사실을 전혀 모르고 있던 거의 일 년 전 그 슬픈 광경이 머릿속에서 되살아났다.

미사는 아직 진행 중이었다. 나는 출구에서 가까운 곳에 서 있었는데, 그 옆에는 괴상한 차림새의 3학년 아이들이 앉아 있었다. 대부분이 마분지로 만든 암사슴과 수사슴, 토끼의 가면을 쓰고 있었고, 얼른 공연을 하고 싶어서 조급해하고 있었다. 미사가 끝난 직후 공연이 시작될 모양이었다. 아이들이 친절하게도 나를 위해 자리를 마련해 주었고, 나는 아이들 사이에 앉았다.

"어떤 공연이니?"

나는 야고다*라는 사랑스러운 이름을 가진, 3학년 A반의 소녀에게 속삭이며 물었다.

"위베르 성인이 숲에서 어떻게 사슴을 만났는지에 대한 연극이에요." 아이가 대답했다. "저는 토끼 역할을 맡았어요."

나는 아이에게 미소를 지어 보였다. 하지만 사실 논리적으로 이해가 가지 않았다. 성자가 되기 전의 위베르는 쓸모없고 게으른 한량이었다. 그는 사냥을 좋아했고 살상을 저질렀다. 그러다 어느 날 사냥을 하던 중에 자기가 죽이려던 사슴의 머리 위에서 십자가에 못 박힌 그리스도를 보고는 무릎을 꿇고 회개한다. 그리고 지금껏 자신이 얼마나 큰 죄를 지었는지를 깨닫는다. 그때부터 그는 살상을 멈추고 마침내 성자가 된다.

그런데 어떻게 그런 사람이 사냥꾼의 수호성인이 된 것일까? 나는 이 모든 것과 관련하여 근본적으로 논리가 결여되었다는 사실에 새삼 놀랐다. 만약 위베르의 추종자들이 정말로 그를 모범으로 삼고 싶다면 당장 사냥을 중단해야 할 것이다. 하지만 사냥꾼들이 그를 수호성인으로 삼는다는 건, 결국 위베르 성인을 그가 저지르던 죄의 수호성인으로 만드는 것이나 다름없다. 위베르 성인은 이미 그러한 죄악에서 벗어났는데 사냥꾼들은 그를 죄악의 수호성인으로 만들어 버린 것이다. 나는 이러한 의구심을 야고다에게 말해 주기 위해 입을 벌리면서 심호흡을 했지만, 문득 지금 이곳이 토론을 하기에 적합한 시점이나 장소가 아니라는 것을 깨

* 폴란드어로 '야생 산딸기'를 뜻한다. 새콤달콤한 특유의 맛을 연상시키므로 저자는 이 이름이 사랑스럽다고 표현했다.

달았다. 특히 사제가 매우 큰 소리로 성가를 부르고 있기에 상대방의 목소리가 거의 들리지 않았다. 그래서 나는 머릿속으로만 **가설**을 세웠다. 여기서 요점은 사냥꾼이 아닌 위베르 성인을 사냥꾼으로 포장하여 모순되는 개념을 도용했다는 것이다.

성당이 북적거렸다. 학생들뿐 아니라 신도석 1열을 차지하고 있는 낯선 남자들 때문이었다. 그들이 입은 제복 탓에 눈앞이 온통 초록색으로 보였다. 제단 양쪽 구석에는 또 다른 남자들이 축 늘어진 알록달록한 깃발을 들고 서 있었다. 바스락 신부도 축일을 맞아 성대하게 차려입은 모습이었다. 하지만 탄력을 잃은 그의 잿빛 얼굴엔 생기가 없었다. 나는 평소 내가 즐기던 상태로 이런저런 생각에 잠기고 싶었지만 그럴 수가 없었다. 뭔가 불안하기도 하고 흥분되기도 했다. 내 안에서 미세한 떨림이 시작되더니 점점 온몸으로 퍼져 나가는 것 같은 기분이 들었다.

누군가가 내 어깨를 부드럽게 두드려 뒤를 돌아보았다. 사랑스럽고 지적인 눈을 가진 상급반의 그제시였다. 작년에 내가 가르쳤던 학생이다.

"개들은 찾으셨어요?"

그제시가 목소리를 낮추어 물었다.

작년 가을, 그제시의 반 학생들과 함께 울타리와 버스 정류장에 개들을 찾는 안내문을 부착하기 위해 부지런히 돌아다녔던 일이 떠올랐다.

"아니, 안타깝게도 못 찾았어."

그제시가 눈을 깜박거렸다.

"정말 속상하시겠어요, 두셰이코 선생님."

"고맙다."

바스락 신부의 목소리와 사람들의 목청 가다듬는 소리, 그리고 발을 끄는 미세한 소리가 어우러져 차가운 침묵을 깨뜨렸다. 사람들이 몸을 떨면서 요란하게 무릎을 꿇는 바람에 삐걱대는 소리가 천장까지 메아리쳤다.

"하느님의 어린 양……."

사방에서 희미하게 쿵쿵거리는 소리가 들렸다. 신자들이 어린 양에게 기도하면서 자신의 가슴을 치는 소리였다.

그러고는 모두 두 손을 모은 채 시선을 내리깔고, 좌석에서 일어나 제단으로 향하기 시작했다. 회개하는 죄인들로 인해 통로 부근이 잠시 혼잡하게 뒤엉켰지만, 다들 평소보다 호의적인 태도로 엄숙한 표정을 지으며 눈도 안 맞추고 서로에게 길을 비켜 주었다.

나는 저 사람들의 배 속에 무엇이 들어 있는지 궁금해서 견딜 수 없었다. 어제와 오늘, 과연 무엇을 먹었는지, 햄 조각들은 이미 다 소화했는지, 닭과 토끼와 송아지들은 위장을 잘 통과했는지 궁금했다.

맨 앞줄의 녹색 부대도 자리에서 일어나 제단으로 향했다. 바스락 신부가 제단의 계단을 따라 내려와서 복사들에게 둘러싸인 가운데, 고깃덩어리를 그들에게 먹여 주었다. 상징적인 형태이긴 했으나 그것은 살아 있는 존재의 육신을 의미했다.

만약 선한 신이 정말로 존재한다면 양이나 젖소, 수사슴과 같은 형상으로 자신의 본모습을 드러내고, 천둥처럼 커다란 목소리로 으르렁거리며 포효해야 마땅하다는 생각이 들었다. 만약 직접 나타날 수 없다면 자신의 대리자인 불을 내뿜는 대천사를 보내어

이 끔찍한 위선을 단번에 뿌리 뽑아야 할 것이다. 하지만 늘 그렇듯이 어떤 개입도 없었다. 신은 절대로 관여하는 법이 없다.

발을 끄는 소리가 조금씩 잦아들면서 마침내 사람들의 무리가 신도석으로 돌아갔다. 침묵 속에서 바스락 신부는 엄숙하게 제기(祭器)를 닦기 시작했다. 그가 소유한 제구 세트에 적합한 작은 식기세척기가 있다면 유용하지 않을까 하는 생각이 들었다. 버튼 하나만 누르면 설교할 시간이 훨씬 늘어날 테니까. 신부가 연단에서서 구겨진 레이스 소맷자락을 폈다. 일 년 전 그들의 모습이 다시금 눈앞에 떠올랐다. 신부가 말했다.

"저는 우리가 이 경사스러운 날에 새로운 소예배당을 봉헌할 수 있어서 기쁩니다. 특히 사냥꾼의 사제로서 이 뜻깊은 기획에 참여하게 되어 더욱 기쁩니다."

잔치가 끝난 뒤 잠시 음식을 소화할 시간이 필요한 듯 모두가 일제히 침묵했다. 사제는 그 자리에 모인 신자들을 둘러보며 말을 이었다.

"사랑하는 형제자매 여러분, 아시다시피 저는 몇 년 동안 우리 용감한 사냥꾼들의 후견인이었습니다. 저는 그들의 사제로서 사냥 본부를 축복하고, 회합을 조직하고, 성찬식을 거행하고, 세상을 떠난 사냥꾼들을 '영원한 사냥터'로 인도하였습니다. 또한 사냥의 윤리와 관련된 일을 처리하고, 사냥꾼들이 영적인 이익을 얻을 수 있도록 최선을 다했습니다."

사제는 계속해서 말을 이었고, 나는 안절부절못하며 몸을 꿈틀대기 시작했다.

"이제 우리 성당에는 위베르 성인의 아름다운 소예배당이 생졌습니다. 제단에는 이미 성인의 조각상이 세워졌고, 머지않아 두 개의 스테인드글라스가 만들어질 것입니다. 그중 하나는 위베르 성인이 사냥 중에 만난, 광채를 내뿜는 십자가를 지닌 수사슴에 관한 전설을 형상화한 것입니다. 또 다른 스테인드글라스는 바로 위베르 성인의 모습을 보여 줄 것입니다."

신자들은 사제가 가리키는 방향으로 고개를 돌렸다.

"이 새로운 소예배당 건립을 기획한 사람은……." 신부가 잠시 뜸을 들이다 말을 이었다. "바로 우리의 용감한 사냥꾼들입니다."

이제 모두의 시선이 신도석 앞줄로 쏠렸다. 내 시선도 마지못해 그쪽으로 향했다. 바스락 신부가 장황한 연설을 예고하듯이 목청을 가다듬었다.

"사랑하는 형제자매님, 사냥꾼은 **동물들**을 돌보고, 창조의 활동을 돕는 하느님의 대사(大使)이자 조력자입니다. 우리 **인간**이 속한 자연을 번성시키기 위해서는 도움이 필요합니다. 사냥꾼들은 적법한 수렵 정책을 세우고, 발포와 도살을 조절하고 있습니다. 또한 **동물들**에게 먹일 사료를 충분히 확보해 놓고, 그들에게 체계적으로 먹이를 공급하고 있습니다." 사제는 잠시 자신의 메모를 주의 깊게 들여다보았다. "노루를 위한 사료 전용 초가 마흔 채, 붉은 사슴을 위한 사료 저장고 네 개, 꿩에게 먹이를 주기 위한 스물다섯 개의 초소, 150개의 사슴용 소금 샘*을 마련했습니다."

"그러고는 **동물들**이 먹이를 먹기 위해 다가오면 그들에게 총을 쏘죠."

* 사슴이 소금기를 핥으러 오는 샘을 일컫는다.

내가 큰 소리로 외치자 가까운 곳에 앉아 있던 사람들이 책망하듯 일제히 고개를 내 쪽으로 향했다.

"그건 누군가를 저녁 식사에 초대해 놓고 살해하는 것과 마찬가지입니다."

내가 덧붙였다.

아이들이 공포에 질려 눈을 크게 뜨고 나를 바라보았다. 내가 가르쳤던 아이들이었다. 3학년 B반.

하지만 바스락 신부는 내 말을 듣지 못했다. 그가 장광설을 늘어놓는 곳은 이곳에서 너무 멀었다. 그는 강단에 서서 중백의의 넓은 레이스 소맷자락에 양손을 집어넣고는 오래전 그려진 별들의 페인트가 벗겨지기 시작한 교회의 아치형 천장으로 시선을 올렸다.

"올해 사냥철에만 사냥꾼들은 15톤에 달하는 동절기 사료를 준비했습니다. 우리 사냥 협회는 수년 동안 관광객을 위한 유료 사냥을 목적으로 꿩을 사들여 숲속에 방목했으며, 이를 통해 협회의 예산을 보충했습니다. 우리는 수렵 활동과 관련된 관습과 전통을 엄격히 준수하면서 새로운 회원을 영입하는 과정에서도 서약을 통해 규칙을 따르도록 권고하고 있습니다." 신부의 목소리에는 자부심이 담겨 있었다. "해마다 사냥꾼에게 가장 중요한 두 번의 기념일이 있는데 바로 오늘, 그러니까 '위베르 성인의 날'과 '크리스마스이브'입니다. 이 기념일에 우리는 전통과 규칙을 존중하며 사냥을 합니다. 하지만 우리가 무엇보다 유념하는 건 자연의 아름다움을 직접 체험하고 관습과 전통을 준수하는 것입니다." 신부가 열을 올리며 계속했다. "세상에는 수렵과 관련된 법규를 존중하지 않고 자연의 법칙을 무시한 채, 잔인한 방법으로 **동물**을 죽이는 밀렵꾼들이 여전히 많습니다. 하지만 여러분은 법을 준수합니다. 다행히 요즘은 사냥의 개념이 바뀌었습니다. 우리는 살아움직이는 모든 것을 향해 총을 쏘는 그런 사람들이 아닙니다. 우리는 자연의 아름다움을 가꾸고 질서와 조화를 유지하기 위해 노력하는 사람들로 알려져 있습니다. 최근 몇 년 동안 우리 친애하는 사냥꾼들은 사냥과 관련된 문화와 윤리, 규율을 수립하고, 안전과 관련된 주제들을 논의하기 위해 자주 만남을 가져왔으며, 이를 위해 사냥꾼들의 집을 지었습니다."

내가 어찌나 크게 코웃음을 쳤는지 성당의 절반이 나를 보기 위해 몸을 돌렸다. 나는 숨이 막혀 질식할 지경이었다. 아이들 중 한 명이 내게 종이 티슈를 건네주었다. 동시에 다리가 뻣뻣해지면서 예의 그 끔찍한 저림 **증세**가 당장이라도 시작될 것 같았다. 그래서 나는 발과 종아리 근육을 부지런히 움직였다. 그렇게라도 하지 않으면 몇 초 안에 무시무시한 힘이 내 근육을 파열시킬 것 같았다. 갑작스레 발작이 시작될 것 같았다. 하지만 잘됐다는 생각도 들었다. 그렇다. 나는 지금 공격을 당하는 중이다.

이제야 나는 강제 수용소의 감시탑을 연상시키는 사냥꾼들의 망루를 '연단'이라 부르는 이유를 똑똑히 알게 되었다. 연단에 선 **인간**은 자신이 다른 생명체 위에 군림한다고 생각하며 스스로에게 생사 결정권을 부여한다. 그렇게 그는 폭군이자 약탈자가 된다. 사제는 황홀경에 빠진 듯한 표정으로 말했다.

"땅을 그대의 주체로 삼으십시오. 하느님께서는 이 말씀을 바로 여러분, 사냥꾼들에게 하셨습니다. 하느님은 **인간**을 동지로 삼으셨고, 창조의 과업에 동참하게 하셨으며, 이러한 과업이 완수되기를 원하십니다. 사냥꾼은 하느님께서 주신 소중한 선물인 자연을 보살피는 사명을 부여받은 사람들입니다. 그래서 그들은 의식적이고 현명하고 사려 깊게 자신에게 주어진 과업을 수행하고 있습니다. 여러분의 협회가 앞으로 더욱 번성하기를, 그래서 **인간**과 자연을 위해 기여할 수 있기를 기원합니다……."

나는 가까스로 좌석에서 빠져나올 수 있었다. 부자연스럽게 뻣뻣해진 다리를 질질 끌면서 나는 강단 근처까지 다가갔다.

"이봐, 당신, 거기서 내려와." 내가 말했다. "이제 그만하라고."

잠시 침묵이 흘렀다. 나는 내 목소리가 천장에 부딪히면서 메아리처럼 점점 크게 울려 퍼지는 것을 흡족한 심정으로 들었다. 자신의 연설에 스스로 넋을 잃는 건, 어쩌면 이곳에서는 당연한 일인지도 모른다.

"지금 당신에게 얘기하는 거야. 내 말 안 들려? 얼른 내려오라고!"

바스락 신부는 눈을 부릅뜨고 겁에 질린 얼굴로 나를 쳐다보았다. 입술이 가볍게 떨리는 것으로 보아 충격에 휩싸여 뭔가 이 상황에 어울리는 말을 찾으려고 애쓰는 듯했다. 하지만 결국 아무 말도 하지 못했다.

"이런, 이런……."

그저 같은 말만 되풀이했다. 무기력한 것도, 그렇다고 공격적인 것도 아닌 말투였다.

"당장 강단에서 내려와! 그리고 여기서 나가!"

내가 소리쳤다.

그때 누군가의 손이 내 팔에 닿았고 제복을 입은 남자 중 한 명이 내 뒤에 서 있는 게 보였다. 나는 팔을 뺐지만, 그때 또 다른 남자가 달려 나와 둘이서 내 팔을 꽉 붙잡았다.

"살인자들!"

내가 말했다.

아이들이 두려움에 떨며 나를 쳐다보았다. **동물**로 분장한 아이들은 이제 막 태어나려는 반인반수의 새로운 종족처럼 비현실적으로 보였다. 사람들이 분개한 듯 수군거리며 자리에서 술렁이기 시작했다. 하지만 그들의 눈에는 연민이 서려 있었고, 그것이 나를 더욱 **분노**하게 했다.

"뭘 그렇게 쳐다보는 거죠?" 나는 소리를 버럭 질렀다. "다들 잠이라도 자는 건가요? 대체 눈도 깜짝 안 하고, 어떻게 저런 허튼 소리를 계속 듣고 앉아 있을 수 있어요? 이성을 잃은 건가요? 심장은? 당신들에게 심장이 있긴 한 거야?"

나는 더 이상 도망치려고 버둥거리지 않았다. 그들이 나를 교회 밖으로 끌어낼 때까지 순순히 응했다. 하지만 바로 문 앞에서 몸을 획 돌리고는 그들에게 소리쳤다.

"다들 여기서 나가요! 여러분 모두! 지금 당장!" 나는 팔을 흔들었다. "얼른 가요! 훠이, 훠이! 당신들 최면에라도 걸린 거야? 마지막 남은 연민의 찌꺼기조차 잃어버렸나?"

"부인, 진정하세요. 여기서 시원한 공기 좀 쐬세요."

밖으로 나온 뒤, 남자가 내게 말했다. 그 옆에 있던 남자가 위협적인 말투로 덧붙였다.

"아니면 경찰을 부를 겁니다."

“맞아요. 경찰을 불러야 합니다. 지금 이곳에서 범죄를 선동하고 있잖아요.”

그들은 내가 다시 성당 안으로 들어가는 것을 막기 위해 무거운 철문을 잠갔다. 안에서는 바스락 신부의 설교가 다시 시작된 듯했다. 나는 나지막한 담벼락에 걸터앉아 기력을 회복했다. **분노**가 조금씩 잦아들었고, 차가운 바람이 달아오른 내 얼굴을 식혀주었다.

분노는 언제나 커다란 공허를 남기는 법이다. 홍수처럼 슬픔이 순식간에 밀려와서 시작도 끝도 없이 강물처럼 흘렀다. 또다시 눈물이 샘물처럼 솟아올랐다.

나는 사제관 앞 잔디밭에서 마치 날 즐겁게 해 주려는 듯 장난을 치고 있는 두 마리의 까치를 쳐다보았다. 그들이 내게 이렇게 말하는 것만 같았다. 속상해하지 마. 시간은 우리 편이니까……. 그러니 반드시 그 일을 해야 해. 대안이 없어……. 까치들은 반짝거리는 껌 종이를 신기한 듯 들여다보았다. 그러다 한 마리가 부리로 껌 종이를 집어 들더니 어딘가로 푸르르 날아갔다. 나의 시선이 까치를 따라갔다. 아마도 사제관 지붕에 둥지를 튼 모양이었다. 까치들. 방화범들.

*

다음 날은 수업이 없었지만, 젊은 교장이 내게 전화를 해서 건물이 비는 늦은 오후 시간에 학교로 나오라고 했다. 그녀는 묻지도 않고 내게 차를 한 잔 가져다주었고, 애플파이 한 조각을 잘라 주었다. 나는 지금 무슨 일이 벌어지고 있는지 잘 알았다.

"야니나 씨, 이해하시죠……. 그때 그 일이 일어난 뒤에 말입니다……."

그녀가 걱정스러운 목소리로 말했다.

"저는 '야니나'가 아니에요. 전에 그렇게 부르지 말아 달라고 말씀드린 걸로 기억하는데요."

나는 호칭을 바로잡았지만, 어쩌면 그건 무의미한 일이었을지도 모른다. 나는 그녀가 무슨 말을 하려는지 알고 있었다. 아마도 이런 형식적인 절차를 거치면서 내게 통보할 용기를 얻고 싶었을 것이다.

"그래요, 두셰이코 선생님."

"네, 알아요. 하지만 선생님과 아이들이 제발 사냥꾼이 아닌, 내 말에 귀를 기울여 주었으면 좋겠어요. 그들이 하는 말은 아이들의 도덕성을 심각하게 훼손하고 있어요."

교장이 목청을 가다듬었다.

"선생님은 충격적인 일을 저질렀어요. 그것도 성당 안에서요. 최악인 것은 아이들이 그걸 보고 있었다는 겁니다. 더구나 당사자는 교구 사제였고, 또 아이들에게는 특별한 장소여야 할 성당에서 그런 일이 벌어졌습니다."

"특별한 장소라고요? 그렇다면 더더욱 아이들이 그런 말을 듣지 못하게 해야죠. 선생님도 직접 들었잖아요."

젊은 여인은 숨을 크게 들이쉬더니, 내 눈을 피하며 말했다.

"두셰이코 선생님, 선생님이 틀렸어요. 우리의 삶에는 규칙과 전통이 있고, 우리는 그 속에서 살아가고 있어요. 모든 걸 한순간에 거부할 수는 없는 겁니다."

그녀가 뭔가 말할 태세를 갖추는 것을 보면서 나는 그녀의 입에서 무슨 말이 나올지 짐작할 수 있었다.

"교장 선생님께서 말씀하시는 대로 우리가 무조건 모든 걸 거부하는 건 저 또한 전혀 원하는 바가 아닙니다. 저는 그저 아이들에게 나쁜 짓을 하도록 부추기거나 위선을 가르치도록 방치하고 싶지 않을 뿐입니다. 살상의 행위를 미화하는 건 죄악이니까요. 이건 단순한 문제입니다. 제 의도는 그게 다예요."

교장은 두 손으로 얼굴을 괴면서 조용하게 말했다.

"저는 선생님과의 계약을 파기해야 합니다. 이미 짐작하셨겠지만요. 제 생각으로는 이번 학기에 병가를 신청하는 것이 최선일 것 같습니다. 선생님 입장에서도 수긍이 가실 겁니다. 지금껏 몸이 안 좋았으니 병가를 연장할 수 있습니다. 제발 저를 이해해 주세요. 이게 제가 할 수 있는 최선입니다."

"영어는요? 그럼 누가 아이들에게 영어를 가르치나요?"

그녀의 얼굴이 빨개졌다.

"교리 교사가 마침 어학원 과정을 수료했다는군요." 그녀가 나를 이상한 눈길로 쳐다보았다. "실은 그것만이 아니고요……." 그녀가 잠시 망설이더니 말을 이었다. "선생님의 파격적인 교수법 때문에 예전부터 뒷말이 좀 있었어요. 수업 시간에 학생들과 촛불을 피우고 불꽃놀이를 하셨다면서요. 다른 선생님들이 교실에서 연기 냄새가 난다고 불평했어요. 학부모들은 그것이 사탄 숭배나 악마와 연관된 의식이 아닐까 두려워합니다. 그분들은 평범한 보통 사람들이니까요……. 그리고 선생님께서는 아이들에게 이상한 음식을 먹인다면서요? 예를 들어, 두리안 맛이 나는 단것들 말입니다. 도대체 그게 뭐죠? 만약 아이들이 식중독이라도 걸리면 누가 책임을 지나요? 이 문제에 대해 한 번이라도 고민해 본 적이 있으신가요?"

그녀의 주장은 나를 충격에 빠뜨렸다. 나는 어떤 식으로든 항상 아이들에게 새로운 자극을 주고 흥미를 유발하기 위해 최선을 다했다. 갑자기 몸에서 힘이 쭉 빠졌다. 더 이상 아무 말도 하고 싶지 않았다. 나는 자리에서 일어나 말없이 방을 나섰다. 나는 곁눈질로 교장이 책상 위 서류를 신경질적으로 뒤적거리는 것을 보았다. 그녀의 손이 떨리고 있었다. 가엾은 여자.

사무라이에는 나에게 필요한 게 다 있었다. 내 눈앞에서 저물어 가는 **땅거미**는 내게 우호적이었다. **땅거미**는 항상 나 같은 사람들을 좋아하니까.

*

머스터드 수프. 별다른 수고를 하지 않고도 신속하게 만들 수 있는 음식이라 시간에 맞춰 차려 낼 수 있었다. 먼저 프라이팬에 버터를 넣고 살짝 데운 뒤 밀가루를 조금 넣는다. 베샤멜 소스*를 만들 때처럼 말이다. 녹은 버터를 보기 좋게 빨아들인 밀가루는 만족스럽게 한껏 부풀어 오른다. 바로 그때 우유와 물을 일대일로 섞어서 밀가루에 붓는다. 아쉽게도 밀가루와 버터의 익살스러운

* 서양 요리의 기본 소스로 생선 요리나 그라탱 등에 곁들인다.

장난은 그것으로 끝나지만, 대신 뽀얀 국물이 나타난다. 이제 이 순하고 부드러운 액체에 소금과 후추, 캐러웨이*를 약간 넣은 뒤 얼마간 끓이다가 불을 끈다. 그러고는 제일 마지막에 세 종류의 머스터드를 첨가하면 된다. 프랑스 디종 지방의 홀그레인 머스터드, 크림처럼 부드러운 갈색 머스터드, 그리고 가루 형태의 머스터드가 그것이다. 다만 머스터드가 끓어오르지 않게 주의를 기울여야 한다. 잘못하면 수프에서 쓴맛이 나기 때문이다. 나는 이 수프를 크루톤**과 함께 내놓곤 했는데, 디지오가 이 요리를 얼마나 좋아하는지 잘 알기 때문이다.

일행은 셋이 한꺼번에 도착했는데, 이번에는 또 무슨 깜짝쇼를 꾸밀지, 혹시 오늘이 나와 관련된 어떤 기념일은 아닌지 궁금했다. 어쨌든 그들의 분위기는 매우 심각했다. 디지오와 '기쁜 소식'은 똑같은 디자인의 멋진 겨울 점퍼를 입고 있어서, 잘 어울리는 한 쌍이라는 생각이 들었다. 둘 다 오솔길에 자라나는 연약한 눈풀꽃처럼 가녀린 몸집에 아름다운 외모의 소유자였다. 괴짜는 좀 침울해 보였는데, 양손을 비비면서 아주 천천히 발걸음을 옮겼다. 그는 자신이 직접 만든 아로니아 브랜디 한 병을 들고 왔다. 나는 그가 만든 알코올 음료를 좋아하지 않는다. 내 입맛에는 설탕이 너무 적게 들어가서 항상 뒷맛이 씁쓸했다.

일행이 식탁에 앉았다. 나는 버터를 넣고 크루톤을 데우면서, 어쩌면 마지막일지도 모르는, 셋이 함께 있는 모습을 바라보았다.

* 씨앗을 향신료로 쓰는 회향 식물.

** 수프나 샐러드에 넣는, 바삭하게 튀긴 작은 빵 조각.

그때 내 머릿속에 떠오른 생각은 바로 그것이었다. 이제는 헤어질 때라는 것. 문득 우리 네 사람이 지금까지와는 다른 방식으로 보였다. 마치 우리가 공통점이 아주 많은 것처럼, 그리고 한 가족인 것처럼. 나는 우리가 세상 사람들이 쓸모없다고 여기는 그런 부류의 사람들임을 깨달았다. 본질적이고 생산적인 일을 하는 것도 아니고, 중요한 아이디어도 내놓지 않으며, 필요한 물건이나 식량을 만들어 내지도 않고, 땅을 경작하지도 않고, 경제 활성화에 보탬이 되지도 않는다. 그렇다고 자손을 번성시킨 것도 아니다. 검정 코트를 아들로 둔 괴짜를 제외하고는 말이다. 지금껏 우리는 세상에 유용한 뭔가를 제공한 적이 없다. 그 어떤 발명품도 고안해 내지 못했다. 우리에게는 권력도 없고 보잘것없는 재산 말고는 다른 자원도 없다. 우리는 우리의 일을 하고 있지만 남들은 그것을 조금도 대단하게 여기지 않는다. 우리가 세상에서 사라진대도 변하는 것은 없을 것이다. 아마 아무도 그 사실조차 알아차리지 못할 것이다.

저녁나절의 적막함과 부엌 난로에서 난롯불이 타닥타닥 타오르는 소리를 뚫고 저 아래, 마을 어딘가에서 사이렌이 울부짖는 소리가 격렬한 바람을 타고 들려왔다. 나는 저들의 귀에도 이 불길한 소리가 들리는지 궁금했다. 하지만 세 사람은 평화롭게 서로에게 기댄 채, 낮은 목소리로 도란도란 이야기를 나누고 있었다.

머스터드 수프를 램킨*에 붓는데 주체할 수 없는 감정이 휘몰

* 한 사람이 먹을 분량의 음식을 담아 오븐에 구워 상에 내는 데 쓰이는 작은 그릇.

아쳐 갑자기 눈물이 쏟아졌다. 다행히 그들은 대화에 열중하느라 내 상태를 알아채지 못했다. 나는 그들을 남몰래 지켜보기 위해 냄비를 든 채 창문 아래쪽 싱크대 근처로 물러섰다. 나는 괴짜의 창백하고 핼쑥한 얼굴, 그리고 단정하게 한쪽으로 빗어 넘긴 은발과 막 깎은 구레나룻을 보았다. '기쁜 소식'의 옆모습도 보았다. 그녀의 코와 목이 빚어내는 아름다운 옆선, 그리고 머리에 두른 알록달록한 스카프, 그 옆으로 손뜨개 스웨터를 입은 디지오의 등이 보였다. 저들은 앞으로 어떻게 될까? 저 아이들은 어떻게 삶을 헤쳐 나갈까?

나는 또한 어떻게 헤쳐 나갈 것인가? 결국 나도 저들과 비슷한 부류 아닌가. 내가 인생에서 거둬들인 수확물은 건축 자재가 아니다. 나의 시대에도, 또 다른 시대에도 그것은 별 쓸모가 없다.

하지만 왜 우리는 꼭 유용한 존재여야만 하는가, 대체 누군가에게, 또 무엇에 유용해야 하는가? 세상을 쓸모 있는 것과 쓸모없는 것으로 나누는 것은 과연 누구의 생각이며, 대체 무슨 권리로 그렇게 하는가? 엉겅퀴에게는 생명권이 없는가? 창고의 곡식을 훔쳐 먹는 쥐는 또 어떤가? 꿀벌과 말벌, 잡초와 장미는? 무엇이 더 낫고 무엇이 더 못한지 과연 이성적으로 판단할 수 있을까? 구멍이 많고 휘어진 거목은 사람에게 베이지 않고 수세기 동안 살아남는다. 왜냐하면 그 나무로는 어떤 것도 만들어 낼 수 없기 때문이다. 이러한 본보기는 우리와 같은 사람들에게 용기를 준다. 유용한 것으로부터 얻어 낼 수 있는 이익은 누구나 알지만, 쓸모없는 것으로부터 얻을 수 있는 이익을 아는 사람은 아무도 없다.

"저 아래, 마을에서 뭔가 붉은 기가 보여." 창가에 서 있던 괴짜가 말했다. "어딘가에 불이 난 거 같아."

"다들 앉으세요. 크루톤을 내올게요."

나는 내 눈에서 물기가 완전히 사라진 것을 확인하고는 입을 열었다.

하지만 그들은 식탁으로 다가오려 하지 않았다. 다들 말없이 창가에 서 있었다. 그리고 그들은 나를 바라보았다. 고뇌에 빠진 디지오, 믿을 수 없어 하는 표정의 괴짜, 그리고 슬픔이 가득 어린 눈망울로 내 마음을 아프게 하는 '기쁜 소식'.

바로 그때 디지오의 전화벨이 울렸다.

"받지 마." 내가 소리쳤다. "이 구역은 체코 통신망이라 요금을 배로 지불하게 될 거야."

"안 받을 수가 없어요. 전 아직 경찰에서 일하고 있으니까요."

디지오가 전화기를 켜고 상대를 향해 말했다.

"네?"

우리는 궁금한 표정으로 그를 바라보았다. 머스터드 수프는 이미 식어 가는 중이었다.

"금방 가겠습니다."

디지오가 말했다. 이제 곧 모든 것을 잃게 되리라는 생각이 들면서 갑작스러운 공황이 나를 덮쳤다. 이제 저들은 영원히 내 곁을 떠날 것이다.

"사제관이 불타고 있어요. 바스락 신부가 죽었답니다."

디지오가 말했다. 그러고는 자리를 뜨는 대신 식탁에 앉아 기계적으로 수프를 먹기 시작했다.

마침 나의 수성이 역행 중이었으므로 나는 말보다는 글로 표현하는 쪽이 더 좋았다. 어쩌면 나는 썩 괜찮은 작가가 될 수도 있었으리라. 하지만 동시에 나는 내 감정과 행동의 동기를 설명하기가 어려웠다. 그들에게 털어놓아야 했지만 그럴 수가 없었다. 내가 어떻게 그 모든 걸 말로 표현할 수 있을까? 순수한 의리로서, 또 친구 된 도리로서 나는 그들이 다른 사람들로부터 알아내기 전에 내가 저지른 일을 그들에게 설명해야 했다. 하지만 디지오가 먼저 입을 열었다.

"알고 있어요. 선생님이 하신 짓이라는 걸." 그가 말을 이었다. "그래서 오늘 여기에 온 거예요. 결단을 내리기 위해서요."

"우린 당신을 이곳에서 데려가고 싶었어요."

괴짜가 침울한 어조로 덧붙였다.

"하지만 우리는 당신이 또다시 일을 저지를 거라고는 생각지도 못했어요. 진짜 당신이 그랬나요?"

그가 반쯤 먹은 수프 접시를 옆으로 밀면서 말했다.

"네."

내가 대답했다.

나는 화덕에 프라이팬을 올려놓고는 앞치마를 벗었다. 나는 그들 앞에 서서 심판을 받을 준비를 했다.

"회장의 사인을 들었을 때 알아차렸어요." 디지오가 조용히 말했다. "딱정벌레요. 오직 선생님만이 할 수 있는 일이었죠, 아니면 보로스 씨나. 하지만 보로스 씨는 오래전에 이곳을 떠났잖아요. 그래서 확인차 그에게 전화까지 했어요. 그는 제 말을 믿지 못하면서도 자신의 귀중한 페로몬* 중 일부가 없어졌다는 사실을 시인했어요. 하지만 어떻게 분실했는지는 말하지 않았어요. 그는 그 시간에 숲에 있었고 알리바이도 있었어요. 저는 선생님께서 무엇 때문에 회장 같은 사람과 얽히게 됐는지, 오랜 시간 고민했어요. 결국 선생님의 어린 딸들과 관련이 있지 않을까 추측하게 되었습니다. 어쨌든 당신은 희생자들이 모두 사냥을 했다는 사실을 늘 강조했으니까요. 모두가 사냥꾼이었죠. 이제 보니 바스락 신부도 사냥을 했던 거네요."

"그는 사냥꾼의 사제였어."

내가 속삭였다.

"저는 선생님께서 차에 싣고 다니는 물건들을 보고 이미 의구심을 가졌었어요. 하지만 그러한 사실을 누구에게도 말한 적은 없어요. 선생님의 사무라이가 특공대 차량처럼 보인다는 사실을 아시나요?"

갑자기 다리가 풀리면서 나는 바닥에 털썩 주저앉았다. 나를 지탱하던 모든 힘이 공기처럼 증발해 버렸다.

"그들이 나를 체포할까? 지금 나를 찾아와서 또다시 감옥에 가둘까?"

내가 물었다.

"선생님은 사람들을 죽였다고요. 이게 무슨 의미인지 모르시겠어요?"

* 동물, 특히 곤충이 분비, 방출하여 동류(同類)에게 어떤 행동을 일으키게 하는 물질.

디지오가 다그쳤다.

"진정해." 괴짜가 끼어들었다. "진정하라고."

디지오가 나에게 몸을 숙이면서 어깨를 잡고 흔들었다.

"대체 무엇 때문에 이 모든 일이 일어난 거죠? 어떻게 한 거예요? 왜?"

나는 무릎을 꿇은 채 부엌 찬장으로 기어가서 밀랍 천 밑에 넣어 두었던, 왕발의 집에서 가져온 사진 한 장을 꺼냈다. 그러고는 보지도 않고 그 사진을 그들에게 건네주었다. 사진은 이미 내 머릿속에 뚜렷하게 각인되어 있었다. 아주 사소한 세부 사항 하나도 절대 잊을 수 없었다.

16
사진

성난 호랑이가 훈련받은 말보다 지혜롭다.*

사진에는 모든 게 명백하게 드러나 있었다. 우리가 상상할 수 있는 가장 핵심적인 범죄의 증거가 거기에 다 있었다.

제복을 입은 사내들이 줄지어 서 있고, 그 앞 펼쳐진 풀밭에는 짐승의 사체가 줄 맞춰 가지런히 놓여 있다. 산토끼 옆에 또 다른 산토끼, 두 마리의 멧돼지(한 마리는 몸집이 컸고, 또 한 마리는 작았다.), 사슴들, 그리고 수많은 꿩과 오리, 청둥오리와 철새들, 언뜻 보면 작은 점처럼 보이는 **동물들**의 시신이 마치 내가 읽어 주기를 기다리는 메시지처럼 그렇게 줄지어 놓여 있었다. 죽은 **동물들**이 만들어 낸 기나긴 말줄임표……. 그것은 이러한 짓거리가 멈추지

* 윌리엄 블레이크의 연작시 「천국과 지옥의 결혼」 중 「지옥의 격언」에서.

않고 계속되리라는 일종의 경고처럼 보였다.

그러다 사진 한 귀퉁이에서 뭔가를 발견한 나는 거의 기절 직전의 상태에 이르렀다. 갑자기 눈앞이 컴컴해졌다. 괴짜여, 당신은 눈치채지 못했을 것이다. 왕발의 시체에 정신이 팔려 있었으니까. 내가 구역질을 참느라 안간힘을 쓰는 동안 당신은 무슨 말인가를 하고 있었다. 그 새하얀 털과 검은 얼룩은 누구든 당장이라도 알아볼 수 있는 것이었다. 사진 한구석에는 세 마리의 죽은 개가 전리품처럼 가지런히 쓰러져 있었다. 그중 한 마리는 생소했지만, 나머지 두 마리는 바로 내 딸들이었다.

사내들은 제복을 차려입고 미소를 지으며 자부심 넘치는 포즈로 사진을 찍었다. 나는 별 어려움 없이 그들을 식별할 수 있었다. 가운데쯤에 경찰서장이 자리를 잡았고, 그 옆에는 회장이 서 있었다. 또 다른 옆자리에는 마치 특공대원 같은 복장을 한 브넹트샤이 서 있었고, 사제용 로만 칼라를 목에 두른 바스락 신부가 그의 옆자리를 차지하고 있었다. 그 밖에 병원장과 소방서장, 주유소 사장도 보였다. 한 가족의 가장들, 그리고 모범적인 시민들. 사냥꾼의 도우미들과 몰이꾼들은 브이아이피를 위해 가운데 자리를 양보하고, 한옆으로 물러나 있었다. 그들은 별다른 포즈를 취하지도 않았다. 왕발도 그 무리와 함께였다. 사진 찍기 직전에 부랴부랴 달려와서 합류했는지, 얼굴이 4분의 3 정도만 보였다. 콧수염을 기른 사내 중 몇 명은 모닥불을 피우기 위해 양팔에 나뭇가지를 한 아름 들고 서 있었다. 발밑에 놓인 **동물들**의 사체가 아니었다면 뭔가 행복한 사건을 축하하기 위해 한자리에 모인 게 아닐까 하는 착각이 들 정도였다. 그렇게 그들의 표정은 만족스러워 보였다. 비고스가 담긴 냄비와 그릴에 굽기 위해 꼬챙이에 꽂아 놓은 소시지와 케밥, 그리고 양동이에 얼음을 잔뜩 넣고 재워 둔 보드카 병들도 보였다. 무두질한 가죽, 기름칠한 엽총, 술과 땀이 뒤엉킨 남성적인 체취, 지배하려는 자의 몸짓, 권력과 계급을 상징하는 휘장.

나는 딱 한 번만 보고도 그 모든 세부 사항을 기억할 수 있었다. 자세히 들여다보고 연구할 필요조차 없었다.

당연하게도 우선 안심이 되었다. 마침내 내 어린 딸들에게 무슨 일이 일어났는지 알게 되었으니까. 나는 모든 희망을 포기하기 전까지, 그러니까 크리스마스 무렵까지 그 애들을 찾아다녔다. 인근 여행자용 숙소를 하나하나 뒤지며 사람들을 붙잡고 물어보았고, 곳곳에 실종 안내문을 부착했다.

"두셰이코 선생님의 개들이 실종됐어요. 혹시 못 보셨어요?"

학생들 또한 여기저기 물어보고 다녔다. 개 두 마리가 어느날 갑자기 흔적도 없이 사라졌다. 그런데 아무도 본 사람이 없다. 하긴 숲에서 그렇게 목숨을 잃었으니 어떻게 사람들의 눈에 띄었겠는가? 적어도 이제는 그 애들의 육신이 어떻게 되었는지 짐작이라도 할 수 있었다. 누군가 내게 말한 적이 있다. 브넹트샤은 사냥이 끝나면 늘 남은 고기들을 농장으로 가져가서 여우들에게 먹인다고.

아마도 왕발은 처음부터 그 사실을 알았고, 내가 괴로워하는 걸 보면서 즐겼을 것이다. 그는 내가 절박하게 딸들의 이름을 부르고 국경 너머까지 헤매고 다니는 것을 여러 차례 보았다. 하지만 내게 단 한마디도 해 주지 않았다.

그날, 그 운명적인 **밤**에 그는 자신이 밀렵한 사슴으로 저녁 식사를 만들었다. 솔직히 말해 나는 '밀렵'과 '사냥'의 차이를 모르겠다. 두 단어 모두 살상을 의미하니까. 전자는 은밀하고 불법적인 방식이고, 후자는 법의 권위를 등에 업은 채 공공연히 저질러진다는 차이만 있을 뿐. 그러고는 사슴의 뼈가 왕발의 목구멍에 걸렸다. 그것은 지극히 당연한 **형벌**이었다. 나는 이것이 그에게 내려진 벌이라는 생각을 하지 않을 수 없었다. 사슴이 자신을 잔인하게 죽인 자를 스스로 벌한 것이다. 사슴의 뼈가 그를 질식시켰다. 그런데 사냥꾼들은 왕발의 밀렵에 왜 아무런 반응도 보이지 않았을까? 모르겠다. 짐작하건대 아마도 왕발은 사냥이 끝난 뒤, 그러니까 바스락 신부의 말에 따르면, 사냥꾼들이 윤리적인 논쟁에 몰두한다던 바로 그 시각에 무슨 일이 벌어지는지, 너무 많이 알고 있었던 것 같다.

시비엥토페우크, 당신이 통신망을 찾아 집 안을 돌아다니고 있을 때 나는 이 사진을 발견했다. 그러고는 내 마당에 있는 작은 묘지에 묻어 주기 위해 사슴의 머리를 챙겼다.

새벽녘, 왕발의 시체에 옷을 입혔던 그 끔찍한 **밤**이 거의 끝나갈 무렵, 나는 내가 무엇을 해야 하는지 깨달았다. 그때 집 밖에서 마주친 사슴들이 내게 말해 주었다. 그들은 수많은 사람 중에서 나를 선택했다. 아마도 내가 고기를 먹지 않는다는 걸 감지했기 때문인지도 모르겠다. 그들은 내가 사슴의 이름으로 계속해서 심판해 주기를 원했다. 그들은 내가 '정의의 **형벌**'을 내리는 은밀한 손이 되어 주기를 원했다. 그래서 위베르 성인의 사슴처럼 내 앞에 나타난 것이다. 사슴뿐만 아니라 다른 **동물들**도 마찬가지였다.

그들은 의회에서 발언권이 없으므로. 그래서 그들은 나에게 매우 기발한 무기를 마련해 주었다. 그 누구도 짐작조차 못 할 그런 무기를.

며칠 동안 경찰서장을 미행하면서 나는 보람을 느꼈다. 나는 그의 삶을 몰래 관찰했다. 별로 흥미롭지는 않았다. 예를 들어 나는 그가 브넹트샤이 운영하는 불법 사창가에 자주 간다는 사실을 알게 되었다. 또한 그는 앱솔루트 보드카만 마셨다.

그날도 나는 평소와 마찬가지로 그가 직장에서 돌아오기를 기다렸다. 자동차로 뒤를 밟았지만, 여느 때처럼 그는 그 사실을 알아채지 못했다. 어디서나 흔히 보이는, 플라스틱 봉지를 든 나이 든 여자에게 관심을 기울이는 사람은 아무도 없다.

나는 브넹트샤의 집 밖에서 한참이나 그가 나오기를 기다리다가 비바람이 몰아치는 통에 너무 추워서 집으로 돌아갔다. 하지만 그가 술을 마시고 인적이 드문 고갯길로 귀가하리라는 것은 알고 있었다. 사실 나도 내가 무슨 짓을 하게 될지 알지 못했다. 나는 그저 그와 얼굴을 맞대고 이야기를 나누고 싶었다. 경찰서에서 그랬듯이 평범한 탄원인의 한 사람으로서, 아무것도 할 수가 없어 무기력해진, 정신 나간 늙은 여자의 입장에서, 그의 방식이 아닌 내 방식대로 대화를 해 보고 싶었다.

어쩌면 나는 그를 겁주고 싶었는지도 모른다. 노란 방수 망토를 걸치고 있어서 내 모습은 땅속에서 튀어나온 커다란 요괴처럼 보였다. 집 밖에서 나는 얼마 전 서양자두나무에 걸어 놓은, 사슴의 머리와 발굽들을 담았던 비닐봉지에 눈이 가득 차서 꽁꽁 얼어붙어 있는 것을 발견했다. 나는 나뭇가지에 묶어 놓았던 봉투를 풀어 차에 실었다. 뭔가에 사용하려는 목적으로 챙겨 갔는지는 사실 나도 잘 모르겠다. 막상 어떤 일이 벌어지는 바로 그 순간에는 이런저런 생각을 할 틈이 없었으니까. 그날 저녁 디지오가 우리 집에 올 예정이었으므로 나는 경찰서장을 오래 기다릴 수 없었다. 하지만 내가 고갯마루에 도착했을 때 마침 그의 차가 다가왔고, 나는 그것을 일종의 신호로 받아들였다. 나는 차에서 내려 그를 향해 양손을 흔들었다. 그렇다, 그는 진짜 겁을 먹었다. 나는 그에게 얼굴을 보여 주기 위해 후드를 벗었다. 그러자 그가 화를 냈다.

"대체 부인이 원하는 게 뭐요?"

그가 창밖으로 몸을 내밀며 내게 고함쳤다.

"보여 주고 싶은 게 있어요."

내가 무슨 짓을 하게 될지는 나도 전혀 알지 못했다. 그는 잠시 망설였지만, 거나하게 취한 상태였으므로 모험을 결심한 듯했다. 서장이 차에서 내려 비틀거리며 내 뒤를 따라왔다.

"뭘 보여 주겠다는 건데요?"

"왕발의 죽음과 관련된 단서를 보여 줄게요."

나는 머릿속에 떠오른 첫마디를 내뱉었다.

"왕발이요?"

그가 미심쩍은 듯 묻더니, 누구를 지칭하는지 금방 알아차리고는 심술궂은 웃음을 터뜨렸다.

"그래요, 그는 정말이지 발이 엄청나게 컸죠."

서장은 호기심 어린 표정으로 내 왼편에서 몇 걸음 떨어진 채로, 나를 따라 덤불과 우물이 있는 쪽으로 왔다.

"내 개를 쐈다는 걸 왜 말하지 않았죠?"

나는 갑자기 몸을 획 돌려서 그를 마주 보며 물었다.

"대체 뭘 보여 주려고 이러는 거요?"

그가 **분노**를 억누르려고 애쓰며 격앙된 목소리로 물었다. 지금 이곳에서 질문해야 할 사람은 그가 아니었다.

나는 권총을 조준하듯 그를 향해 집게손가락을 겨누면서 그의 배를 찔렀다.

"내 개들을 당신이 쏘았나?"

그가 피식 웃음을 터뜨리며 긴장을 풀었다.

"지금 무슨 말을 하는 거죠? 내가 모르는 뭔가를 알고 있는 건가요?"

"응." 내가 말했다. "내 질문에 대답이나 해."

"개들을 쏜 건 내가 아니었소. 브넹트샥, 아니면 교구 사제였을 거요."

"신부? 신부가 사냥을 한다고?"

나는 말문이 막혔다.

"그가 사냥을 하면 안 되나? 그는 본래 군종 신부요. 사냥을 즐기지."

그의 얼굴은 퉁퉁 부어 있었고, 계속해서 바지의 허리춤을 만지작거렸다. 나는 그곳에 돈이 있으리라는 생각은 전혀 하지 못했다.

"뒤로 돌아서요, 아줌마. 오줌을 싸야겠으니."

서장이 뜬금없이 말했다.

그가 막 바지 지퍼를 내리기 시작했을 때 우리 두 사람은 우물 바로 옆에 서 있었다. 나는 아무런 생각도 하지 않고, 마치 해머 던지기를 하듯이 얼음이 든 비닐봉지를 움켜쥐었다. 그때 내 머릿속에 떠오른 생각은 단 하나였다. '디 칼테 토이펠스한트(악마의 차가운 손).' 그래, 대체 이게 어디서 비롯된 생각이냐고? 내가 말 안 했던가? 해머 던지기는 내가 유일하게 메달을 획득한 스포츠 종목이다. 나는 1971년 전국 체전에서 은메달을 땄다. 덕분에 내 몸은 익숙한 자세를 취하면서 온 힘을 손에 끌어모았다. 오, 몸이란 얼마나 현명한지. 그 순간 결정을 내린 주체는 다름 아닌 내 몸이었다. 몸이 스윙을 하고 일격을 가했다.

내 귀에 들린 건 뭔가가 갈라지면서 부서지는 소리였다. 경찰서장은 몇 초 동안 몸을 흔들며 서 있었지만, 곧바로 얼굴에 피를 쏟기 시작했다. '차가운 주먹' 한 방이 그의 머리를 가격한 것이다. 내 심장이 요란하게 뛰었고, 내 피가 용솟음치는 소리에 귀가 먹먹했다. 아무런 생각도 나지 않았다. 나는 그가 천천히, 부드럽게, 우아하다고까지 표현할 수 있는 몸짓으로 우물로 거꾸러지는 광경을 지켜보았다. 그의 배가 우물의 입구를 틀어막았다. 그를 우물 안으로 밀어 넣는 데는 생각보다 큰 힘이 들지 않았다. 정말이다.

그게 전부다. 나는 그 일에 대해 더 이상 생각하지 않았다. 내가 그를 죽인 것이 확실했고, 기분이 꽤 괜찮았다. 나는 일말의 가책도 느끼지 않았다. 그저 커다란 안도감을 맛보았을 뿐.

하나 더 고백할 게 있다. 그때 내 주머니에는 신의 발가락, 그러니까 왕발의 집에서 발견한 사슴의 발굽 중 하나가 들어 있었다. 사슴의 머리와 나머지 세 개의 발은 땅에 파묻었지만, 한 개는 따로 간직하고 있었다. 왜 그랬는지는 모르겠다. 그 발굽으로 나는 눈 위에 발자국을 만들었다. 아주 많이, 그리고 혼란스럽게 발굽을 찍었다. 나는 이 발자국이 아침에도 여전히 남아서 사슴이 이 자리에 있었다는 것을 암시해 주리라고 생각했다. 하지만 그것을 본 사람은 디지오, 너뿐이었다. 그날 **밤** 하늘에서 물이 쏟아져 내려 흔적을 모두 쓸어 버렸다. 그것도 일종의 신호였다.

나는 집으로 돌아가서 디지오와 함께 먹을 저녁을 준비했다.

나는 운이 매우 좋았다는 사실을 알았고, 그것이 나를 더욱 대담하게 만들었다. 그것은 내가 행성이 허락해 준 행운의 순간과 운 좋게 맞닥뜨렸다는 의미가 아닐까? 그런데 사방에 도사리고 있는 이 모든 사악함에 왜 아무도 개입하려 들지 않는 걸까? 어쩌면 그것은 내가 당국에 발송한 편지와 같은 게 아닐까? 그들은 내 요청에 응답해야 할 의무가 있지만 아무런 대답도 하지 않았다. 어쩌면 그들의 적극적인 개입을 촉구하는 설득력이 부족했기 때문은 아닐까? 약간의 불편함을 야기하는 사소한 문제들은 참을 수 있지만, 이처럼 무분별하고 도처에 만연한 잔인함은 절대 그냥 넘겨서는 안 된다. 이것은 아주 단순한 문제다. 타자의 행복이 나를 행복하게 만든다. 세상에서 가장 간단한 등식이다. 나는 '차가운 주먹'을 들고 여우 농장으로 차를 몰면서 세상의 모든 악을 뒤집을 수 있는 새로운 단계에 돌입했다고 상상했다. 오늘 **밤** 태양이 양자리 속으로 들어가면 완전히 새로운 해가 시작될 것이다. 만약 악이 세상을 창조했다면 선은 그 세상을 파괴해야 하기 때문이다.

그래서 나는 브넹트샤를 만나기 위해 길을 나섰다. 먼저 그에게 전화를 걸어 만나자고 했다. 나는 죽기 직전의 경찰서장을 만났는데, 그가 나에게 무언가를 전달해 달라고 했다고 말했다. 그러자 브넹트샤은 만남에 선뜻 동의했다. 당시 나는 경찰서장이 현금을 지니고 있었다는 사실을 몰랐지만, 이제 와서 생각해 보니 그때 브넹트샤은 그 돈을 되찾고 싶어 했다. 나는 그가 만약 혼자 있다면 그의 농장으로 가겠다고 말했다. 브넹트샤은 동의했다. 그는 경찰서장의 죽음으로 인해 충격에 빠져 있었다.

그날 오후 나는 덫을 준비했다. 왕발의 헛간에서 철사로 된 올가미 몇 개를 가져왔다. 나는 그것들이 어떻게 작동하는지 잘 알았기에 숲에서 발견할 때마다 부지런히 제거하곤 했다. 어리고 유연한 나무를 골라서 땅을 향해 구부러뜨린 뒤, 단단한 나뭇가지에 철사 올가미를 고정시킨다. **동물**이 올가미에 걸리면 몸부림치기 시작하고, 그 순간 나무가 곧게 펴지면서 **동물**의 목을 부러뜨린다. 나는 중간 정도 크기의 자작나무를 골라 간신히 구부린 뒤, 양치류 사이에 철사 올가미를 숨겨 놓았다.

밤에는 농장에 아무도 머물지 않았다. 통상 불은 꺼지고 대문은 잠겨 있었다. 하지만 그날 저녁에는 대문이 열려 있었다. 나를 위해서였다. 우리는 농장 안에 있는 그의 사무실에서 만났다. 브넹트샤이 나를 보며 미소를 지었다.

"어디선가 부인을 만난 적이 있는 것 같은데요."

우리가 예전에 다리 위에서 만났다는 사실을 그는 아마 기억하지 못할 것이다. 나처럼 나이 든 여자와의 만남을 기억하는 사람은 거의 없다.

나는 그에게 밖으로 나가야 한다고, 거기에 경찰서장으로부터 받은 물건이 있다고, 숲에다 숨겨 놨다고 말했다. 그는 열쇠와 재킷을 챙겨서 나를 따라왔다. 축축한 양치류 덤불로 들어서자 그가 초조해하기 시작했다. 하지만 나는 그의 성가신 질문에 짤막하게 대답하면서 참을성 있게 내 역할을 수행했다.

"아, 여기 있네요."

마침내 내가 말했다.

브넹트샤이 미심쩍은 듯 주위를 둘러보더니 이제야 뭔가를 깨달았는지 나를 쳐다보았다.

"대체 뭐가 있다는 거야? 아무것도 없잖아."

"여기예요."

내가 가리키자마자 그는 딱 한 걸음을 앞으로 내디뎠고, 그렇게 한쪽 발을 올가미에 집어넣었다. 겉보기에는 익살스럽게 보였을 만한 장면이다. 그는 유치원생처럼 내 말을 잘 따랐다. 나는 내가 만든 덫이 그의 목을 사슴들의 목처럼 부러뜨릴 것이라고 상상했다. 나는 진심으로 그러기를 바랐다. 내 어린 딸들의 시체를 여우들에게 먹인 장본인이었으므로. 사냥을 했으므로. **동물들**의 가죽을 벗겨 냈으므로. 나는 이것이 공정한 **형벌**이라고 생각했다.

하지만 불행하게도 나는 살인에 관해서는 전문가가 아니었다. 철사는 그의 발목 주변에 걸렸고, 나무가 똑바로 튀어 오르자 그는 그냥 넘어지기만 했다. 그가 쓰러지면서 고통으로 비명을 질렀다. 아마도 철사가 그의 피부, 어쩌면 근육의 일부를 잘라 냈을 것이다. 하지만 나는 만약의 경우를 위한 대안으로 비닐봉지를 준비해 왔다. 이번에는 일부러 냉동실에 넣어서 얼려 두기까지 했다. 늙은 여자에게 적합한 이상적인 살상 무기. 나 같은 할망구는 항상 비닐봉지를 들고 다니는 법이니까, 안 그런가? 그것은 아주 간단했다. 그가 몸을 일으키려는 순간, 나는 한 번, 두 번, 어쩌면 그 이상, 있는 힘껏 그를 내리쳤다. 가격할 때마다 아직 그의 숨소리가 들리는지 확인하기 위해 나는 잠시 기다렸다. 그러다 마침내 그가 조용해졌다. 나는 머릿속을 깨끗이 비운 채, 고요한 어둠 속에서 시체를 내려다보며 서 있었다. 또다시 안도감이 느껴졌다. 나는 그의 재킷에서 열쇠와 여권을 꺼낸 뒤, 시체를 진흙 구덩이에 밀어 넣고는 나뭇가지로 덮었다. 나는 조용히 농장으로 돌아와서 안으로 들어갔다.

그곳에서 본 광경을 잊을 수만 있다면 좋겠다. 나는 눈물을 흘리면서, 우리의 문을 열고 여우들을 밖으로 내보내려고 했지만, 브넹트샤의 열쇠로 열 수 있는 건 첫 번째 우리뿐이었다. 이 홀은 또 다른 홀들로 쭉 연결되었다. 나는 꽤 오랫동안 옷장과 서랍의 내용물을 샅샅이 뒤져 필사적으로 열쇠들을 찾아다녔고, 마침내 전부 찾아냈다. 여우들을 전부 풀어 줄 때까지, 이곳을 절대 떠나지 않으리라고 스스로에게 다짐했다. 우리를 모두 열기까지는 꽤 오랜 시간이 걸렸다. 여우들은 어리둥절한 상태인 데다 공격적이었고, 지저분하고, 병들고, 몇몇은 다리에 상처가 있었다. 그들은 우리 밖으로 나오려고 하지 않았다. 자유에 익숙지 않았던 것이다. 내가 그들을 향해 손을 내젓자 그들은 으르렁거렸다. 마침내 나는 아이디어를 생각해 냈다. 밖으로 나가는 대문을 활짝 열어 놓고 내 차 안으로 물러난 것이다. 그러자 한 마리도 남김없이 모두 탈출했고, 그 사실을 나중에 확인했다.

집으로 돌아오는 길에 나는 열쇠를 버리고, 브넹트샤의 생년월일과 출생지에 대한 정보를 외운 뒤, 보일러실에 가서 브넹트샤의 여권을 불태웠다. 평소 플라스틱 쓰레기를 태우지 않으려고 노력해 왔지만 비닐봉지도 함께 태울 수밖에 없었다.

나는 누구의 눈에도 띄지 않고 집에 도착했다. 차에 탄 순간부터는 아무것도 기억할 수 없었다. 너무 피곤했고 뼈가 욱신거렸으며 저녁 내내 구토에 시달려야 했다.

이따금 그날의 기억이 되살아나곤 했다. 브넹트샤의 시체가 왜 오랫동안 발견되지 않는지도 궁금했다. 나는 여우들이 그를 잡아먹고, 뼈를 깨끗이 발라낸 다음, 숲 여기저기에 그 뼈를 버리는 상상을 했다. 하지만 그들은 그를 건드리지 않았다. 그의 몸에서 곰팡이가 피었다. 나는 그것이 그가 **인간**이 아니었다는 증거라고 생각한다.

그때부터 나는 모든 **도구**를 사무라이의 트렁크에 싣고 다녔다. 휴대용 아이스박스를 비롯하여 곡괭이와 망치, 못, 심지어 주사기와 포도당까지. 나는 언제라도 실행할 준비가 되어 있었다. 내가 당신들에게 이 모든 게 **동물**의 복수라고 계속 주장했던 건 거짓말이 아니었다. 그게 바로 진실이었다. 난 그들의 **도구**였다.

하지만 이 모든 일을 내가 완전히 의식적으로 저지른 것이 아니라고 말한다면, 당신들이 과연 나를 믿어 줄까? 나는 무슨 일이 벌어졌는지 곧바로 잊어버렸다. 마치 스스로를 보호하는 강력한 방어 기제가 작동하는 것처럼. 어쩌면 이 모든 것은 내 **증세** 탓이 아닐까? 이따금 나는 야니나가 아니라 보지그니에바나 나보야가 되곤 했다.

보로스가 갖고 있던 페로몬 병을 내가 언제 어떻게 훔쳤는지는 모르겠다. 그가 나중에 전화해서 물어봤지만 나는 자백하지 않았다. 나는 그가 잃어버린 게 틀림없다고 우겼고, 그의 건망증이 안타깝다고 말하기도 했다.

내가 회장을 집으로 데려다주겠다고 했을 때 나는 이미 무슨 일이 벌어질지 알고 있었다. 별들이 카운트다운을 시작했다. 나는 그냥 그 별들을 따라가기만 하면 되었다.

회장은 벽에 기대앉은 채 멍하니 허공을 응시하고 있었다. 그는 나를 보고서도 알아보지 못하는 것 같았다. 하지만 기침을 하더니 음침한 목소리로 말했다.

"두셰이코 부인, 제 몸 상태가 좀 안 좋아요."

그 남자는 고통에 시달리고 있었다. '안 좋다'는 건, 과음으로 인한 그의 현재 상태에만 적용되는 말이 아니었다. 그는 여기저기 병들어 있었고, 그래서인지 문득 그가 가깝게 느껴졌다.

"과음하시면 안 돼요."

형을 집행할 준비를 마치고도 나는 아직 최종 결정을 내리지 못한 상태였다. 만약 내가 옳다면 어떻게 해야 할지 명확히 알 수 있도록 모든 것이 알아서 굴러갈 거라 생각했다.

"도와줘요." 그가 숨을 헐떡거렸다. "나 좀 집에 데려다줘요."

그의 목소리가 서글프게 들렸다. 문득 그가 안쓰러웠다. 그래, 그를 집으로 보내 줘야겠다. 그가 옳았다. 그를 자기 자신으로부터, 그리고 지금까지의 **타락**한 삶으로부터 해방시켜 주어야지. 이게 바로 신호였고, 나는 그것을 단번에 포착했다.

"잠깐 여기서 기다려 주세요, 금방 돌아올게요."

내가 말했다.

나는 차로 가서 휴대용 아이스박스에 넣어 둔 얼음 봉지를 꺼냈다. 우연히 이 장면을 본 목격자가 있다면 아마도 내가 그의 편두통을 낫게 하려고 얼음 봉지를 꺼냈다고 생각했을 것이다. 하지만 목격자는 없었다. 이미 차들이 대부분 떠난 뒤였다. 누군가가 아직 현관 앞에서 고래고래 소리를 지르고 있었다. 격앙된 목소리였다.

주머니에는 보로스에게서 훔친 작은 병이 들어 있었다.

내가 돌아왔을 때 그는 고개를 뒤로 젖힌 채 주저 앉아 울고 있었다.

"그렇게 술을 많이 마시면, 언젠가는 심장 마비가 올 거예요." 내가 말했다. "갑시다."

나는 그의 겨드랑이에 손을 집어넣고는 그를 일으켜 세웠다.

"왜 울어요?"

내가 물었다.

"부인은 참 친절하시네요……."

"저도 알아요."

"당신은요? 부인은 왜 우는 거죠?"

그가 물었다.

내가 울고 있는 줄은 나도 몰랐다.

우리는 숲속으로 걸어 들어갔다. 나는 그를 부축해서 계속 안쪽으로 들어갔다. 소방서의 불빛이 거의 보이지 않는 곳에 이르렀을 때, 비로소 그를 놓아주었다.

"속을 게워 내세요. 금방 상태가 나아질 겁니다." 내가 말했다. "그러고 나면 집으로 보내 줄게요."

그가 멍한 시선으로 나를 바라보았다.

"'집으로 보내 준다'라니 그게 무슨 소리죠?"

나는 그를 안심시키기 위해 그의 등을 가볍게 두드렸다.

"계속해요, 얼른 토하세요."

그는 나무에 기대어 몸을 앞으로 숙였다. 그의 입에서 침이 한 방울 흘러나왔다.

"날 죽이고 싶은 거죠?"

그가 헉헉거렸다.

그가 기침을 하며 가래를 뱉어 내기 시작했다. 그때 그의 배 속에서 꾸르럭거리는 소리가 들렸고, 마침내 그가 구토했다.

"아……."

그가 부끄러워하며 탄성을 질렀다.

그 순간 나는 보로스의 페로몬을 병뚜껑에 조금 따라서 그에게 건네주었다.

"이걸 마시면 컨디션이 금방 회복될 거예요."

회장이 단숨에 그것을 들이켜고는 흐느끼기 시작했다.

"나를 독살하려는 거죠?"

"네."

내가 대답했다.

그 순간, 나는 마침내 그의 시간이 도래했음을 확신했다. 나는 비닐봉지의 손잡이를 감싸 쥐고, 최고의 스윙을 하기 위해 몸을 비틀었다. 그리고 그에게 일격을 가했다. 그의 등과 목 부근을 가격했는데, 어찌나 세게 때렸는지 나보다 키가 훨씬 큰 그가 바로 무릎을 꿇었다. 그러고는 모든 것이 의도된 대로 이루어져야 한다는 생각이 들었다. 그래서 다시 한번 그를 내리쳤다. 무언가가 부스러졌고, 그가 신음을 내뱉으며 땅바닥에 쓰러졌다. 나는 그가 내게 고마워하고 있다고 느꼈다. **어둠** 속에서 나는 입을 벌리기 위해 그의 머리를 뒤로 젖혔다. 그러고는 남은 페로몬을 그의 목과 옷에다 부었다. 돌아오는 길에 나는 소방서 근처에 얼음을 던졌고, 비닐봉지를 주머니에 숨겼다.

이것이 사건의 전말이다.

세 사람은 미동도 없이 자리에 그대로 앉아 있었다. 머스터드 수프는 이미 오래전에 식어 있었다. 아무도 입을 열지 않았기에 나는 두꺼운 양모 스웨터를 걸치고 집에서 나와 고갯길을 향해 걸어갔다.

마을 쪽에서 요란한 사이렌 소리가 들렸다. 그 애처롭고 절절한 소리가 바람결에 실려 와서 **고원** 전체에 울려 퍼졌다. 그러고 난 뒤, 모든 것이 잠잠해졌다. 디지오의 자동차 불빛이 멀어지고 있었다.

17
처녀자리

모든 눈망울에 맺힌 눈물이
영원 속에서 다시 갓난아기로 태어난다.
빛나는 처녀에 의해 위로받은 눈물이
기쁨을 돌려주리니.*

이른 아침 내가 약을 먹고 잠들어 있는 동안 디지오가 다녀간 모양이다. 그런 일이 있은 뒤 어떻게 약 없이 잠들 수 있겠는가? 나는 그가 노크하는 소리를 듣지 못했다. 아무것도 듣고 싶지 않았다. 그는 왜 좀 더 머무르지 않았을까? 왜 창문을 두드리지 않았을까? 뭔가 중요한 얘기를 하려던 게 틀림없다. 그것도 다급하게.

나는 혼란스러운 심정으로 현관에 서 있었다. 문 앞에 깔린 매트 위에 놓인 건, 언젠가 체코의 작은 서점에서 산 블레이크의 『편

* 윌리엄 블레이크의 시 「순수의 전조」에서.

지』였다. 이걸 왜 두고 갔을까? 나한테 무슨 말을 하려던 걸까? 책을 펼쳐서 책장을 빠르게 넘겨 보았지만 그 안에는 아무런 쪽지도 들어 있지 않았고, 그 어떤 메시지도 없었다.

날은 어둡고 축축했다. 나는 간신히 발을 끌며 움직였다. 진하게 우려낸 차를 마시기 위해 부엌에 들어섰는데, 그제야 책의 어느 페이지에 끼워져 있는 작은 풀잎이 눈에 띄었다. 블레이크가 리처드 필립스에게 보낸 편지 중에서 우리가 아직 번역하지 않은 구절이었다. 희미하게 밑줄이 쳐 있는 부분을 읽기 시작했다.(디지오는 책에 낙서하는 것을 싫어했다.)

……1807년 10월 13일에 《신탁과 진정한 영국인》이라는 잡지에 실린 기사를 읽었다.(바로 이 부분에 디지오가 연필로 '미스터 검정 코트'라고 적어 놓았다.)

로베스피에르처럼 차가운 분노로 무장한 '외과 의사'를 연상시키는 검찰이 경찰로 하여금 점성가의 재물과 재산을 압수하고, 그를 감옥에 가두게 했다. 별의 신호를 읽을 줄 아는 사람은 종종 그 별들의 영향력에 압도당한다. 별을 읽지 않거나 읽을 수 없는 뉴턴과 같은 사람은 또한 자신의 추론과 실험에 압도당한다. 그러니 결국 우리는 모두 실수와 오류의 대상인 것이다. 그렇다면 우리 모두가 범죄의 주체가 아니라고 누가 과연 말할 수 있겠는가?

의미를 이해하기까지는 십 초 남짓한 시간이 걸렸고, 그다음엔 의식이 몽롱해졌다. 간(肝)이 응답이라도 하듯 욱신거리며 쑤시기 시작했고, 통증은 점점 심해졌다.

밖에서 자동차 엔진 소리가 들려왔다. 나는 서둘러 배낭에 내 물건을 집어넣고 노트북을 챙기기 시작했다. 적어도 차 두 대는 온 듯했다. 망설일 겨를도 없이 손에 닿는 모든 것을 배낭에 쑤셔 넣고는 아래층 보일러실로 달려갔다. 아주 잠깐이지만, 어쩌면 엄마와 할머니가 그곳에서 또다시 나를 기다리고 있을지도 모른다는 생각이 들었다. 그리고 내 어린 딸들도. 그들과 함께 가는 것, 어쩌면 그게 나에게 가장 좋은 해결책이었을지도 모른다. 하지만 거기에는 아무도 없었다.

보일러실과 차고 사이에는 수도 계량기와 전선, 그리고 대걸레 등이 놓여 있는 비좁은 은신처가 있었다. 전쟁이나 종교적 박해를 대비하여 모든 집에는 그런 은신처가 필요하다. 집집마다. 나는 잠옷과 슬리퍼 차림으로 배낭과 노트북을 옆구리에 끼고 그 좁은 틈새로 비집고 들어갔다. 배가 점점 더 아파 왔다.

먼저 문을 두드리는 소리가 들렸고, 이어서 현관문이 삐걱거리며 열리는 소리와 복도를 서성이는 발자국 소리가 들렸다. 또한 그들이 계단을 오르내리며 방문을 하나하나 여닫는 소리가 났다. 경찰서장과 함께 일했고, 그 후 나를 직접 심문하기도 했던 젊은 경찰관의 목소리, 그리고 검정 코트의 목소리가 들려왔다. 하지만 낯선 목소리도 있었다. 그들이 내 집 구석구석을 돌아다니고 있었다. 그들은 나를 불렀다.

"두셰이코 씨! 야니나 씨!"

사실 그것만으로도 나는 대답하고 싶은 마음이 사라졌다.

그들은 2층으로 올라갔다. 아마도 신발에 진흙을 잔뜩 묻혀 왔을 것이다. 그리고 모든 방을 들여다보겠지. 그러고 나서 그들 중

한 명이 아래층으로 내려오기 시작했고, 잠시 후 보일러실의 문이 열렸다. 누군가가 안으로 들어와서 조심스럽게 이곳저곳을 둘러보았다. 심지어 식품 저장고까지 살펴보고는 차고로 갔다. 그가 겨우 몇십 센티미터 옆을 스쳐 지나갈 때는 공기의 미세한 움직임까지 느껴졌다. 나는 숨을 죽였다.

"어디야, 아담?"

위에서 목소리가 들려왔다.

"저 여기 있어요!" 그가 거의 내 귀에 대고 소리쳤다. "여기엔 아무도 없어요."

위층에서 누군가 욕을 했다. 음란한 욕설이었다.

"후우, 정말 고약한 곳이군."

보일러실에 있던 사내가 추위에 떨면서 혼잣말을 중얼거리고는 불을 끄고 위층으로 올라갔다.

그들이 복도에서 의견을 주고받는 소리가 들렸다.

"집을 떠난 게 분명해요……."

"하지만 차를 두고 갔어. 이상하지 않아? 걸어서 도망갔나?"

그때 갑자기 낯익은 괴짜의 목소리가 대화에 끼어들었다. 마치 경찰의 뒤를 따라 황급히 달려온 듯, 숨을 헐떡이고 있었다.

"슈체친에 있는 친구를 만나러 간다고 했어."

대체 어디서 그런 생각이 났을까? 슈체친이라니, 우습군!

"왜 진작 말씀하시지 않았어요, 아버지?"

대답이 없다.

"슈체친이라고요? 거기에 친구가 있다는 건가요? 아버지는 또 뭘 알고 계시죠?"

검정 코트가 캐물었다. 아들에게 추궁당하는 상황이 괴짜에게는 몹시 언짢았으리라.

"차도 없이 어떻게 거기에 갔을까?"

활발한 토론이 시작되었고, 그러다 다시 젊은 경찰관의 목소리가 들려왔다.

"뭐, 어쩌겠어요, 우리가 한발 늦은 거죠. 거의 잡을 뻔했는데 놓쳤네요. 그렇게 오랫동안 감쪽같이 속이다니. 그동안 우리가 그 아줌마를 몇 번이나 손아귀에 넣었는지를 생각하면 참 기가 막히네요."

그러는 동안 일행이 모두 복도로 모여들었다. 심지어 그들 중 누군가가 담배에 불붙이는 냄새가 내가 숨어 있는 곳까지 스며들었다.

"당장 슈체친에 전화를 걸어서 그녀가 어떻게 그곳에 갔는지 알아내야 합니다. 버스인지, 기차인지, 아니면 히치하이킹으로 차를 얻어 타고 갔는지. 그리고 당장 구속 영장을 발부해야 합니다."

검정 코트가 말했다.

젊은 경찰관이 덧붙였다.

"그 여자를 찾기 위해 대테러 부대를 동원할 필요는 없겠죠. 그저 제대로 미친 괴짜 노인네일 뿐이니까."

"하지만 위험한 여자야."

검정 코트가 말했다.

그리고 그들은 집을 떠났다.

"문을 봉쇄합시다."

"그리고 아래층도. 좋아. 어서!"

그들이 서로에게 말했다.

갑자기 괴짜의 격앙된 목소리가 들려왔다.

"그 여자가 감옥에서 출소하면 결혼할 거다."

그러자 검정 코트가 성난 목소리로 응수했다.

"외딴곳에서 지내시면서 아예 정신줄을 놓으신 거예요, 아버지?"

나는 그들이 나간 뒤, 한참 동안 후미진 구석 자리, **암흑** 속에서 자동차 엔진 소리가 완전히 사라질 때까지 꼼짝 않고 서 있었다. 그러고도 나는 내 숨소리를 들으며 한 시간쯤 더 기다렸다. 여기서는 굳이 꿈을 꾸지 않아도 되었다. 꿈에서처럼 죽은 자들이 찾아오는 보일러실에 진짜로 와 있었기에. 그들의 목소리가 차고 아래쪽, 아니면 깊은 산속 어딘가에서 들려오는 것만 같았고 지하에서 거대한 행군이 이어지는 것 같았다. 하지만 그건 여느 때와 마찬가지로 **고원**에서 불어오는 바람 소리였다. 나는 도둑처럼 위층으로 살금살금 올라가서 부지런히 떠날 채비를 했다. 나는 작은 짐 가방 두 개만 챙겼다. 알리가 봤으면 감탄했을 것이다. 당연히 이 집에는 제삼의 출구가 있었다. 나는 내 집을 죽은 자들에게 맡긴 채, 장작을 쌓아 두는 헛간을 통해 몰래 빠져나갔다. 그러고는 날이 어두워질 때까지 교수의 별채에서 기다렸다. 나는 필수품들만 챙겨 왔다. 나의 공책들, 블레이크 시집, 약, 점성학 연구가 담겨 있는 노트북, 그리고 물론 천체력. 나중에 무인도에 고립될 경우를 대비하기 위해서였다. 눈이 얕게 깔린 축축한 시골길을 가로질러 집에서 멀어질수록 나의 마음은 점점 가벼워졌다. 국경에 이르러 나는 나의 **고원**을 돌아보았고, 그것을 처음 본 날을 떠올렸다. 그때 나는 감탄의 눈길로 **고원**을 바라보았지만, 여기서 살게 되리라고는 생각지 못했다. 우리에게 어떤 일이 일어날지 모른다는 것은 세상을 프로그래밍하는 과정에서 발생한 끔찍한 실수다. 기회가 주어진다면 반드시 개선되어야 마땅하리라.

어느덧 **고원** 너머의 골짜기에는 **땅거미**가 빽빽하게 내려앉아 있었다. 이곳에서 내려다보니 저 멀리 수평선 너머로 레빈과 프랑켄슈타인 같은 제법 큰 마을들이 보였고, 북쪽으로는 크워츠코의 불빛이 보였다. 공기는 깨끗했고 사방에서 불빛이 반짝이고 있었다. 여기 고지대에는 아직 **밤**이 완전히 내려앉지 않았기에 서쪽 하늘은 여전히 황갈색으로 물든 채, 조금씩 어두워지는 중이었다. 나는 이 **어둠**이 전혀 두렵지 않았다. 얼어붙은 흙더미와 마른 풀 위를 걸으며, 나는 눈앞에 보이는 테이블 마운틴을 향해 걸었다. 양모 스웨터와 털모자, 목도리까지 둘러 후텁지근했다. 국경만 넘으면 이것들은 더 이상 필요치 않으리라. 체코는 항상 폴란드보다 따뜻하니까. 이곳의 산비탈은 모두 남쪽을 향하고 있다.

바로 그때, 체코 쪽에서 나의 **처녀** 비너스(금성)가 지평선 위로 밝게 빛나기 시작했다.

밤하늘의 어두운 얼굴에 환한 미소가 떠오른 것처럼 비너스는 시시각각 밝은 빛을 내뿜었다. 덕분에 나는 지금 내가 올바른 방향으로 들어섰고, 맞는 쪽으로 향하고 있음을 알았다. 내가 숲을 안전하게 건너서 은밀하게 국경을 넘어갈 때까지 비너스는 밤하늘에서 계속 빛났다. 그녀는 나의 안내자였다. 나는 체코의 들판을 가로질러 그녀를 향해 계속해서 걸었다. 지평선 너머로 자기를 따라오라고 독려하듯이 비너스는 점점 더 아래쪽으로 하강했다.

비너스는 나호트 마을이 바라다보이는 포장도로까지 나를 이끌었다. 나는 가볍고도 행복한 기분으로 그 길을 따라 걸었다. 지금부터 무슨 일이 일어나도 그것은 옳은 일이고, 또 좋은 일일 것이다. 나호트의 거리는 비어 있었지만 나는 조금도 두렵지 않았다. 체코에서라면 뭐가 두렵겠는가?

앞으로 무슨 일이 일어날지 전혀 모르는 채로 내가 서점 앞에서 발걸음을 멈췄을 때, 비록 지붕에 가려 보이지는 않았지만, 나의 **처녀**는 여전히 나와 함께 있었다. 늦은 시각에도 불구하고 서점 안에는 누군가가 있었다. 내가 노크를 하자, 서점 주인 혼자는 조금도 놀라는 기색 없이 문을 열어 주었다. 나는 하룻밤 묵을 곳이 필요하다고 말했다.

"얼마든지요."

그는 아무것도 묻지 않고 나를 안으로 들여보내 주었다.

며칠 후 보로스가 나를 데리러 왔다. '기쁜 소식'이 나를 위해 정성껏 준비한 옷가지와 가발도 가져왔다. 우리는 마치 장례식에 참석하러 가는 노부부처럼 보였고, 어떤 의미에서 그것은 사실이었다. 우리는 내 장례식에 참석하러 갔다. 보로스는 심지어 아름다운 화관도 사 왔고, 학생들로부터 빌린 것이긴 해도 차까지 몰고 왔다. 그리고 노련하고 빠르게 운전했다. 우리는 자주 주차장에 들러서 쉬어야 했다. 나의 몸 상태가 별로 좋지 않았기 때문이다. 여행은 길고 피곤했다. 마침내 목적지에 다다랐을 때, 나는 혼자 힘으로 걸을 수 없었다. 그래서 보로스가 나를 안고 문지방을

넘었다.

나는 지금 비아워비에자 원시림 끝자락에 있는 곤충학 연구소에 머물고 있다. 몸이 좀 나아지면서부터는 매일 짧게라도 산책을 해 보려고 노력하는 중이다. 하지만 여전히 걷는 게 힘들다. 게다가 이곳에는 관리할 집들도 없고, 나무가 빽빽이 들어선 숲은 헤치고 들어갈 수가 없다. 이따금 온도가 상승하여 수은주의 눈금이 0에서 왔다 갔다 할 때면, 느릿느릿 움직이는 파리와 톡토기,* 어리상수리혹벌**들이 눈밭 위에 나타난다. 나는 벌써 그들의 이름을 외웠다. 거미도 보인다. 그러나 곤충의 대부분은 겨울잠을 잔다는 사실을 알게 되었다. 개미들은 개미총의 안쪽, 깊숙한 곳에서 커다란 실타래처럼 서로에게 달라붙은 채 봄까지 잠을 잔다. 사람들도 이렇게 서로에게 의지하고 서로를 믿었으면 좋겠다. 공기가 바뀌어서인지, 아니면 최근에 겪은 일 때문인지, 나의 증세는 더 악화되었다. 그래서 나는 대부분의 시간을 창밖을 바라보며 지낸다.

보로스는 올 때마다 항상 보온병에 흥미로운 맛의 수프를 담아 온다. 나는 기운이 없어 요리도 못 한다. 그는 또한 신문을 갖고 와서 읽어 보라고 권한다. 하지만 그것들은 내게 혐오감을 일으킬 뿐이다. 신문은 우리를 언제나 불안한 상태로 만들어서 우리가 진짜 느껴야 할 감정으로부터 우리를 멀어지게 만든다. 무엇 때문에 내가 언론의 권력에 굴복하고, 그들의 지시에 내 생각을 맞춰

* 톡토깃과의 곤충. 몸의 길이는 1.5밀리미터 정도이고 공 모양이며, 어두운 자주색에 등황색의 작은 점 또는 무늬가 줄지어 있다.

** 혹벌과의 곤충. 암컷의 몸의 길이는 3~4밀리미터이며, 황갈색 또는 적갈색이다.

야 한단 말인가? 나는 오두막 주변을 서성이면서 여기저기 발자국을 찍어 샛길을 만들어 보곤 한다. 하지만 가끔 눈 위에 찍힌 내 발자국을 못 알아보고 이렇게 묻는다. 누가 이 길을 지나갔을까? 이 발자국은 누가 만든 거지? 이렇게 자기 자신을 알아보지 못하는 건 왠지 좋은 신호인 것 같다. 하지만 나는 어떻게든 내 연구를 완결하기 위해 노력하고 있다. 첫 번째 연구 대상은 바로 나 자신의 별자리다. 나는 내 별자리를 해독하기 위해 자주 연구에 몰두한다. 나는 누구인가? 한 가지는 확실하다. 나는 내 사망 날짜를 알고 있다.

나는 괴짜를 생각한다. 올겨울 그는 **고원**에서 혼자 지낼 것이다. 내가 마당에 부었던 콘크리트는 과연 혹한의 추위를 견딜 수 있을까? 다가오는 겨울을 다들 어떻게 버텨 낼까? 교수의 지하실에 있는 박쥐들. 사슴과 여우들. '기쁜 소식'은 브로츠와프의 내 집에 살면서 대학에 다니는 중이다. 디지오도 그곳에 있다. 둘이 같이 살면 모든 것이 훨씬 수월한 법이니까. 디지오가 점성학에 흥미를 붙이게 하지 못한 게 못내 아쉽다. 나는 종종 보로스를 통해 그에게 편지를 전한다. 어제도 그에게 소소한 이야기를 하나 적어 보냈다. 그라면 무슨 말인지 금방 알아차릴 것이다.

중세 시대의 수도사이자 점성가가 자신의 천궁도를 보다가 스스로의 죽음에 대해 알게 되었어.(성 아우구스티누스가 별을 보며 미래를 읽는 것을 금지하기 전의 일이었지.) 머리 위로 떨어지는 돌멩이에 맞아서 죽을 운명이었대. 그때부터 그는 수도사용 후드 아래에 항상 철모를 쓰고 다녔어. 어느 해 성금요일*에 그는 모처럼

* 부활절 전의 금요일.

후드와 함께 철모를 벗었어. 신을 사랑해서가 아니라 성당에서 사람들의 이목을 끌까 봐 두려웠기 때문이지. 바로 그때 그의 맨머리에 작은 조약돌이 떨어져서 가벼운 생채기를 냈어. 하지만 수도사는 예언이 이루어졌다고 확신했어. 그래서 주변을 말끔히 정리했고, 한 달 후 세상을 떠났어.

모든 건 이렇게 작동하는 거야, 디지오. 하지만 난 알고 있어, 아직 내게 시간이 꽤 많이 남았다는 걸.

작가의 말

본문과 각 장 서두에 인용한 글은 윌리엄 블레이크의 시 「지옥의 격언(Proverbs of Hell)」, 「순수의 전조(Auguries of the Innocence)」, 산문집 『정신 여행자(The Mental Traveller)』, 그리고 그의 서신에서 인용한 것이다.

바스락 신부의 설교는 '사냥꾼의 수호 신부들'이 작성한 실제 강론을 인터넷에서 가져와서 엮은 것이다.

평화롭게 창작 활동에 전념할 수 있게 해 준 네덜란드 고등과학원(NIAS: Netherland Institute for Advanced Study)에 감사드린다.

옮긴이의 말

세상으로부터 외면당한 존재를 향한 연대의 몸짓

공감과 유대를 위한 최선의 방법은 문학이라고 저는 생각합니다.

제가 아는 문학은 사람과 사람을 소통하게 만드는 가장 정제되고 정교한 형식입니다. 타인에게서 나 자신의 모습을 발견하고, 잠시나마 자아를 벗어던진 채, 또 다른 '나'의 모습인 타자의 세계로 위대한 여행을 떠나게 만드는 것, 그것이 바로 문학입니다. (……) 인간은 실은 서로가 서로를 놀랍도록 닮은 존재라는 사실을 문학은 끊임없이 우리에게 일깨워 줍니다. 우리가 쓰고 또 읽는 한 우리는 함께입니다.*

『죽은 이들의 뼈 위로 쟁기를 끌어라』(2009)는 지금껏 올가 토카르추크가 발표한 소설들과는 결이 완전히 다른 작품이다. 『태

* 올가 토카르추크 기고문, 「두려워하지 마세요.(Nie bój się)」 중에서 (Gazeta Wyborcza, 2016. 4. 23)

고의 시간들(Prawiek i inne czasy)』(1996)이나 『낮의 집, 밤의 집(Dom dzienny, dom nocny)』(1998)과 같은 장편 소설을 통해 연대기적 흐름을 거부하고, 단문이나 짤막한 에피소드들을 엮어 하나의 이야기를 빚어내는 특유의 내러티브 방식을 시도했던 토카르추크는 맨부커 인터내셔널 수상에 빛나는 『방랑자들(Bieguni)』(2008)에서 '별자리 소설(constellation novel)'이라는 새로운 모형을 통해 문학과 철학 사이를 유랑하듯 넘나들며 관계 지향적인 사유를 강조한 바 있다.

그런 토카르추크가 『방랑자들』을 발표한 지 일 년 만에 장르 문학을 내놓았다. 그것도 유혈이 낭자한 범죄물이다. 천천히 음미하고 곱씹으며 읽어야 비로소 촘촘히 배치된 연결 고리가 보이는 『방랑자들』과 달리, 이 작품은 처음부터 끝까지 긴장감을 유지하며 단숨에 읽힌다. 범인이 누구인지, 그 동기가 무엇인지 대단원에서야 밝혀지는 스릴러의 플롯을 따르고 있기 때문이다. 이 작품을 통해 토카르추크는 '단편이나 조각 글에서 진가를 드러내는 작가'라는 선입견을 탈피하고, 긴 호흡의 장편에서도 탁월한 문학성을 보여 주는 '타고난 이야기꾼'으로서의 가치를 입증했다.

이 작품은 2017년 폴란드 출신의 거장 아그니에슈카 홀란드(Agnieszka Holland) 감독이 「흔적(Pokot)」이라는 제목으로 영화화하면서 또 한 번 화제가 되었다. 토카르추크가 홀란드 감독과 함께 시나리오를 공동 집필한 「흔적」은 2017년 베를린 국제 영화제에서 은곰상을 수상했고, 2018년 52회 전미 비평가 협회로부터 특별상을 받았다. 2019년 8월에 출간된 영어 번역본(*Drive your plow over the bones of the dead*)은 맨부커 인터내셔널 최종 리스트에 선정되었다.

토카르추크표 스릴러

2019년 12월 10일 스웨덴 한림원에서 발표한 노벨 문학상 수상 기념 기조 강연에서 토카르추크는 "문학이 온갖 기괴함과 환영, 도발, 그로테스크와 광기를 보여 줄 수 있는 고유한 권리를 꿋꿋이 수호해 왔다는 사실이 기쁘다."라면서 "넓은 포용력을 가진, 초월적인 장르를 만들어 내고 싶고, 그 새로운 장르가 독자들에게 널리 사랑받을 수 있기를 꿈꾼다."*라는 바람을 피력한 바 있다.

『죽은 이들의 뼈 위로 쟁기를 끌어라』는 범죄 스릴러의 서사 구조를 따르고 있기는 하지만 전통적인 추리 소설과는 차별화된다. 스릴러 기법을 차용하면서도 저자가 여러 차례에 걸쳐 장르적 전형을 의도적으로 파괴했기 때문이다.** 일반적인 추리 소설의 경우, 마지막에 드러나는 범인의 정체를 핵심적인 반전으로 설정하고, 누가 범인인지를 밝혀내고 풀어 나가는 과정에 무게중심이 쏠려 있지만, 이 작품은 사회에서 변방으로 밀려난 하찮은 인물이 공감과 연대를 통해 자신보다 더 나약한 존재를 지켜 내려고 세상과 맞서는 이야기에 방점이 찍혀 있다. 주인공인 야니나 두셰이코의 사고나 감정, 동기에 상당 부분을 할애하고 있다는 점에서 심

* Olga Tokarczuk, Nobel Lecture, NobelPrize.org. Nobel Media AB, 2019. 12. 10.

** Olga Tokarczuk, 『죽은 이들의 뼈 위로 쟁기를 끌어라』 출간 기념 인터뷰, 2009. 11. 5.
(https://www.empik.com/empikultura/olga-tokarczuk-o-swojej-najnowszej-powiesci,7930,a)

리 소설로 읽히기도 한다.

제목을 비롯하여 각 장 도입부에 윌리엄 블레이크의 시가 인용되어 있고, 본문에서도 그의 시구(詩句)가 반복적으로 언급된다는 점, 그리고 성인 독자를 대상으로 한 책으로는 이례적으로 흑백 삽화가 삽입되어 있다는 점도 여느 범죄 스릴러와는 다르게 느껴진다. 판화를 연상시키는 간결한 그림체는 생계를 위해 판각사로 일해야 했던 블레이크의 생애와 연결된다. 삽화를 그린 주인공은 체코의 만화가이자 일러스트레이터인 야로미르 슈베이지크(Jaromír Švejdík)다. 간결하고 단순한 터치로 대상의 특징을 절묘하게 포착해 내는 그의 화풍에 매료된 토카르추크가 직접 삽화를 제안한 것으로 전해진다. 소설의 공간적 배경이 폴란드와 체코의 국경이라는 점에서 폴란드 작가와 체코 일러스트레이터와의 협업은 시사하는 바가 크다. 공교롭게도 토카르추크가 여름마다 머무는 집필 공간도 폴란드와 체코의 국경 지대인 노바루다(Nowa Ruda)에 있다. (이곳은 소설 『낮의 집, 밤의 집』의 배경이기도 하다.)

『죽은 이들의 뼈 위로 쟁기를 끌어라』의 집필 동기에 대해 토카르추크는 쉽고 재미있게 읽히지만 결코 가볍지 않은 소설을 쓰고 싶었다고 밝힌 바 있다.* "좋은 소설이란 그 외피가 스릴러이든 로맨스이든 상관없이 세상을 향해 지혜로운 질문을 던질 수 있어야 한다."라고 저자는 강조한다.** 작가 스스로 "모럴 스릴러

* Olga Tokarczuk, "W obronie patosu", *Bluszcz nr 16*, p. 69.

** Olga Tokarczuk, 『죽은 이들의 뼈 위로 쟁기를 끌어라』 독일어판 출간 기념, DW와의 인터뷰, 2011. 11. 28.

(https://www.dw.com/pl/ostatnia-ksi%C4%85%C5%BCka-

(moral thriller)"*라고 규정한 이 작품에 내포된 주제 의식은 묵직하고 심오하다. 경찰과 사업가, 신부 등 산골 마을의 기득권층이 말과 행동으로 저지른 자연과 동물에 대한 가혹 행위는 예기치 못한 방식으로 응분의 대가를 치른다. 그런 의미에서 이 책은 국경을 초월하여 언제 어디서든 일어날 법한 모든 종류의 폭력에 대한 눈물겨운 저항의 기록이라고 할 수 있다.

윌리엄 블레이크의 계승자

'죽은 이들의 뼈 위로 쟁기를 끌어라'라는 소설의 제목은 윌리엄 블레이크의 연작시 「천국과 지옥의 결혼(The Marriage of Heaven and Hell)」(1790~1793) 중에서 「지옥의 격언」(1793)에 등장하는 구절이다. 한 언론 인터뷰에서 토카르추크는 이 제목을 놓고, 편집자와 논쟁을 벌인 일화를 밝힌 적이 있다. 길고, 발음하기 힘든 데다 기괴한 제목이라 판매에 지장을 초래할 게 뻔하다며 출판사 측에서 완강히 반대한 것이다. 하지만 끝까지 제목을 고수한 이유에 대해 토카르추크는 다음과 같이 설명하고 있다.

tokarczuk-w-niemczech/a-15545114)

* Olga Tokarczuk, 『죽은 이들의 뼈 위로 쟁기를 끌어라』 출간 기념 인터뷰, 2009. 11. 5.
(https://www.empik.com/empikultura/olga-tokarczuk-o-swojej-najnowszej-powiesci,7930,a)

너무 아름다운 시구(詩句)이기 때문이다. 그리고 무엇보다 이 한 줄의 문장이 바로 작품의 모토(motto)이자 메시지이고, 상징이자 메타포이기 때문이다. 나는 제목이나 인용구가 작품 속에서 중요한 비중을 차지하는 책들을 좋아한다. 내 작품에서도 제목의 역할이 크다. 그래서 제목을 결정할 때마다 오랫동안 고민하곤 한다.*

윌리엄 블레이크는 창조적이고 전복적인 작품을 남긴 시인이면서 급진적인 사상가였고, 산업화로 인한 영국의 물질적 타락을 개탄한 아나키스트였다. 또한 당대의 정치, 사회, 문화에 얽힌 다양한 사안들에 대해 독특한 예언자적 전망을 피력하면서 이를 예술의 영역에서 자신만의 고유한 상징체계를 통해 재창조한 선지자이기도 했다. 기계에 의한 대량 생산 시대에 블레이크는 고독하게 동판화를 새기며 시를 썼고, 유작인 「예루살렘」(1804~1820)의 시구처럼 "죽음의 세계로부터 생명의 세계를 창조하기 위해" 노력했다. 자연과 인간이 조화를 이루는 사회를 지향했고, 자연에 대한 통합적 사고와 전체적 접근을 시도했다는 점에서 생태주의 예술가로 불리기도 한다. 그러므로 인간을 자연 생태계의 일부로 보고, 생명의 존엄성을 강조해 온 토카르추크가 블레이크의 시를 작품의 모토로 설정한 것은 필연적인 선택이었으리라.

각 장 서두에 등장하는 블레이크의 시구는 작품의 공간적 배

* Olga Tokarczuk, 『죽은 이들의 뼈 위로 쟁기를 끌어라』 출간 기념 인터뷰, 2009. 11. 5.
(https://www.empik.com/empikultura/olga-tokarczuk-o-swojej-najnowszej-powiesci,7930,a)

경인 크워츠코 계곡의 풍경에 입체적인 생동감을 불어넣는다. 또한 블레이크를 인용함으로써 폴란드 남부 산골 마을에서 벌어지는 이 그로테스크한 사건이 특정 지역, 특정 인물에 국한된 이야기가 아니라 보편적이고 범인류적인 사안임을 강조할 수 있었다고 토카르추크는 밝혔다.*

토카르추크는 주인공 야니나 두셰이코를 형상화하는 과정에서도 블레이크의 이미지를 참조했다. 저자가 밝혔듯이 산골에 거주하는 육십 대 노년 여성이 문학이나 영화에서 주인공으로 등장하는 건 매우 드문 일이다.** 두셰이코는 사회적으로 소외되고, 존재감이 거의 없는 인물이다. 이웃이라고는 단 두 명(왕발과 괴짜)뿐인 세상의 변방, 외딴 고원에서 홀로 고독하게 살아간다. 작품 속에 등장하는 블레이크의 시구는 주인공 두셰이코의 생각과 행동에 당위성을 부여해 주기도 하고, 사건의 단서나 복선을 은밀히 암시하기도 한다. 토카르추크에 따르면 "생전에 예술가로서 인정받지 못했던 블레이크와 마찬가지로 두셰이코 또한 다른 사람들과 다르다는 이유로 주변인들로부터 정신 나간 여자 취급을 받는다. 하지만 그녀는 고등 교육을 받은 지성인이면서 예민한 감수성

* Olga Tokarczuk, 『죽은 이들의 뼈 위로 쟁기를 끌어라』 출간 기념 인터뷰, 2009. 11. 5.
(https://www.empik.com/empikultura/olga-tokarczuk-o-swojej-najnowszej-powiesci,7930,a)

** Olga Tokarczuk, 『죽은 이들의 뼈 위로 쟁기를 끌어라』 출간 기념 인터뷰, 2009. 11. 5.
(https://www.empik.com/empikultura/olga-tokarczuk-o-swojej-najnowszej-powiesci,7930,a)

과 강직한 성품을 지닌 인물이다. 두셰이코는 블레이크처럼 세상의 그릇된 규범에 당당히 맞서 싸운다. 블레이크가 화가로서, 또 시인으로서 세상에 반기를 들었듯이 두셰이코 또한 자신을 둘러싼 세상을 향해 전쟁을 선포한다. 블레이크와 마찬가지로 불의와 위선, 가식으로 가득 찬 세상을 그녀는 끝내 받아들이지 못한다."*

"죽은 이들의 뼈 위로 쟁기를 끌어라."(317쪽)

주인공 두셰이코는 '모든 성인의 날'이 지나고 겨울이 막 시작된 11월 초에 블레이크의 시구를 쓸쓸히 읊조린다. 이 문장은 바로 눈앞에 다가온 파국을 예감하면서도 끝까지 포기하지 말자며 스스로를 다독이는 한 인간의 고독한 독백이자 피폐해진 생의 한가운데에서 어떻게든 버텨 보려는 안간힘으로 읽힌다.

우리가 살아가는 세상은 어쩌면 거대한 무덤일지 모른다. 죽은 이들의 뼈가 묻혀 있는 대지에 두 발을 딛고서 선조들이 남긴 흔적들을 발굴하고 해독하고 대를 이어가는 것, 그것이 바로 생이 허락된 순간, 우리에게 주어진 과업이기에.

* Olga Tokarczuk, 『죽은 이들의 뼈 위로 쟁기를 끌어라』 독일어판 출간 기념, DW와의 인터뷰, 2011. 11. 28.
(https://www.dw.com/pl/ostatnia-ksi%C4%85%C5%BCka-tokarczuk-w-niemczech/a-15545114)

대지에 발을 딛고 별을 올려다보다

『죽은 이들의 뼈 위로 쟁기를 끌어라』에서 점성학은 작품을 해독하는 또 하나의 열쇠다. 점성학은 주인공 두셰이코가 남들과는 다른 관점으로 세상을 바라보는 창이자 말과 행동의 원동력이다. 또 등장인물들의 성격과 운명을 부연 설명하는 장치이기도 하다.

토카르추크에 따르면, 두셰이코는 불합리한 시스템과 지배의 폭력성에 실망하고 좌절하고 분노하는 인물이다. '사냥 달력'을 발행하여 특정한 시기에 특정한 동물을 죽이는 행위를 버젓이 정당화하는 마을 사람들, 동물을 인간과 동등하게 취급하는 건 죄악이라며 사냥을 적극적으로 옹호하는 가톨릭교회, 권위주의가 팽배한 지방 경찰서, 모피를 암거래하기 위해 불법으로 여우를 기르는 농장…… 두셰이코를 둘러싼 공동체는 온통 불의와 모순으로 가득 차 있다. 그런 점에서 이 소설은 토카르추크가 밝혔듯이 정치적인 소설이면서 또 사회적인 소설이기도 하다.

"땅을 디딤으로써 우리 몸과 땅을 접촉시키는 바로 그 지점에 모든 비밀이 깃들어 있다."(22쪽)라고 믿는 두셰이코는 자신이 두 발로 서 있는 바로 그 땅에서, 냉혹한 현실 속에서 스스로의 신념과 철학을 수호하기 위해 온몸을 던진다. 사냥의 현장으로 달려가 몸소 사냥꾼들과 대치하고, 숲속을 돌아다니며 부지런히 덫과 올가미를 치우고, 경찰서에 밀렵꾼을 고발하는 편지를 쓰고, 불우한 소녀 '기쁜 소식'이 보조금을 받을 방법이 있는지 알아보기 위해 지방 자치 단체를 무작정 찾아가기도 한다. 숲속을 무단으로 질주하며 함부로 배기가스를 배출하는 SUV 자동차들을 막기 위해 탄원서를 제출하고, 성당 행사에 동원되느라 아이들이 수업에 빠지는 것을 당연시하는 학교 당국에 항의하기도 한다. 하지만 그녀의 다양한 시도는 공동체로부터 철저히 외면당한 채 아무런 성과도 내지 못한다.

그런 두셰이코에게 점성학은 세상을 지배하는 기존의 질서나 종교를 대체할 수 있는 극적인 대안이자 새로운 신앙이다. 그녀가 올려다보는 밤하늘에 그녀가 꿈꾸는 유토피아가 있다. 토카르추크에 따르면, 두셰이코는 점성학에 블레이크의 철학을 연계시킴으로써 자신만의 독자적인 가치 체계를 완성한다.* 별들이 내뿜는 신호를 일종의 계시로 받아들이면서 두셰이코는 점차 자신의 내면에서 솟아오르는 분노에 눈을 뜨게 된다. 그리고 불의에 항거하는 분노는 신성하다는 깨달음을 얻는다.

> 그 순간 진정한 **분노**, 감히 말하건대 신성하다고 표현할 수 있는 **분노**가 내 안에서 솟구쳤다. 펄펄 끓는 듯한 충격이 내 몸 어딘가에서 치밀어 올랐다. 이 에너지는 마치 나를 지상에서 들어 올리는 것처럼 기분 좋게 만들었다. 내 몸의 우주에서 작은 대폭발이 일어났고, 마치 중성자별처럼 내 안에서 불길이 훨훨 타올랐다.(95~96쪽)

분노는 대지에 발을 딛고 있던 두셰이코를 하늘로 들어 올린

* Olga Tokarczuk, 『죽은 이들의 뼈 위로 쟁기를 끌어라』 독일어판 출간 기념, DW와의 인터뷰, 2009. 11. 28.
(https://www.dw.com/pl/ostatnia-ksi%C4%85%C5%BCka-tokarczuk-w-niemczech/a-15545114)

다. 그렇게 그녀는 '만물의 어머니'인 자연이 자신을 도구로 점지했다는 확신에 이르게 된다.

> 신성한 **분노**, 명료하고 끔찍한, 절대 멈출 수 없는 상태. 두 다리가 근질거렸고, 어디선가 뜨거운 불길이 핏속으로 흘러 들어와서는 피를 통해 뇌로 빠르게 옮겨져서 빛을 내뿜으며 훨훨 타오르는 것만 같았다. 손가락과 얼굴에도 불길이 그득했고, 밝은 오라가 온몸을 휘감으며, 나를 가볍게 위로 들어 올려서 내 육신을 대지로부터 떼어 놓는 듯했다.(154쪽)

소설의 마지막 장에서 두셰이코는 밤하늘에서 밝게 빛나는 비너스(금성) 덕분에 경찰의 추격을 피해 체코로 탈출하게 된다. 그동안 "모든 것을 비정상적이고 끔찍하고 위협적인 신호"(91쪽)로 받아들이던 두셰이코가 처음으로 별자리에서 구원의 실마리를 발견한 순간이다.

> 바로 그때, 체코 쪽에서 나의 **처녀** 비너스(금성)가 지평선 위로 밝게 빛나기 시작했다.
>
> 밤하늘의 어두운 얼굴에 환한 미소가 떠오른 것처럼 비너스는 시시각각 밝은 빛을 내뿜었다. 그래서 나는 지금 내가 올바른 방향으로 들어섰고, 좋은 쪽으로 향하고 있음을 알았다. 내가 숲을 안전하게 건너서 은밀하게 국경을 넘어갈 때까지 그녀는 밤하늘에서 계속 빛났다. 그녀는 나의 안내자였다."(368쪽)

소설의 결말은 극단적이고 충격적이다. 토카르추크는 한 인터뷰에서 "이 책이 독자들의 감정을 건드리고, 도덕적으로 불편함을 유발할 수 있기를, 아울러 분노와 두려움에 몸서리치는 체험을 할 수 있기를 바란다."라고 집필 의도를 밝혔다.*

그래서 두셰이코는 행복해졌을까? 선과 악의 기준은 과연 무엇일까?

토카르추크가 우리에게 묻는다.

판단은 독자의 몫이다.

강조된 어휘, 절박한 외침

본문을 읽다 보면, 굵은 글씨로 강조된 고딕체 어휘들이 자주 등장한다.

인간, 동물, 식물, 밤, 땅거미, 고원, 증세, 분노, 두려움, 이론, 도구, 형벌 등.

폴란드어 원문에는 이 어휘들이 대문자로 표기되어 있다. 토카르추크에 따르면, 이러한 표기를 통해 주인공이자 화자인 두셰이코의 언어를 다른 등장인물들의 언어로부터 분리시키고, 차별화시키고 싶었다고 한다. 두셰이코가 자신만의 언어 공간 속에서

* Olga Tokarczuk, 『죽은 이들의 뼈 위로 쟁기를 끌어라』 출간 기념 인터뷰, 2009. 11. 5.
(https://www.empik.com/empikultura/olga-tokarczuk-o-swojej-najnowszej-powiesci,7930,a)

파토스를 수호할 수 있도록 하기 위함이다.* 점성학의 해석을 빌려 두셰이코가 사람들에게 호소하는 내용은 본인에게는 목숨처럼 중요한 사안들이다. 그래서 두셰이코는 항상 심각하고 진지하다. 하지만 주변인들은 두셰이코의 말을 좀처럼 귀담아들으려 하지 않고, 조롱과 비웃음으로 일관한다. 그런 그들의 반응에 두셰이코는 절망한다.

작중 화자, 그러니까 우리에게 이 이야기를 들려주는 주체인 두셰이코는 강조된 어휘들에 남다른 의미가 부여되기를 갈망한다. 우리가 대화할 때 강조하고 싶은 내용에 속도를 늦추거나 톤을 조절하듯이 두셰이코 또한 천천히 힘주어 이 어휘들을 내뱉는다. 다른 이들이 자신의 이야기를 집중해서 들어 주기를 간절히 바라면서. 예를 들어 두셰이코는 **인간**과 **동물**, **식물**이 모두 동등한 존재라고 생각한다. 이 세 단어가 강조된 형태로 그녀의 입을 통해 흘러나오는 건 그 때문이다. 강조된 어휘들 속에는 소통을 갈망하는 두셰이코의 절박한 심정과 간절한 바람이 담겨 있다.

두셰이코는 다른 사람의 이름을 부를 때도 자신만의 고유한 언어를 사용한다. 공식적인 이름과 성을 사용하지 않고, 그 사람을 처음 볼 때 머릿속에 자연스레 떠오르는 표현이나 느낌을 호칭으로 쓴다. "의미를 상실한 단어를 아무렇게나 내뱉기보다는 이것이 언어를 제대로 활용하는 방법이라 확신"(34쪽)하기 때문이다.

* Olga Tokarczuk, 죽은 이들의 뼈 위로 쟁기를 끌어라』 출간 기념 인터뷰, 2009. 11. 5.
(https://www.empik.com/empikultura/olga-tokarczuk-o-swojej-najnowszej-powiesci,7930,a)

윌리엄 블레이크 또한 자신의 시에서 의미를 강조하고 싶은 단어에 시각적 효과를 주기 위해 대문자를 사용했다. 앞에서도 강조했듯이 『죽은 이들의 뼈 위로 쟁기를 끌어라』는 제목부터 각 장 도입부에 인용된 시구까지 블레이크로부터 많은 영감을 받은 작품이다. 그러므로 대문자로 강조된 어휘에서는 블레이크와의 연관성도 발견할 수 있다.

문학이 세상을 바꿀 수 있다는 믿음

『죽은 이들의 뼈 위로 쟁기를 끌어라』에는 채식주의, 생태주의, 동물권 수호 등 올가 토카르추크의 신념과 가치관이 고스란히 드러나 있다. 토카르추크는 평소 여성이나 성 소수자의 인권, 난민 문제, 환경 오염, 동물 학살 등 사회적 이슈에 적극적으로 발언하는 문인이다. 덕분에 '작가' 외에도 '사회 운동가'라 불리기도 한다.

토카르추크는 노벨 문학상 상금의 일부로 자신의 활동 무대인 브로츠와프에 '토카르추크 재단'을 설립했다. 폴란드의 문화와 예술을 널리 홍보하고, 자연에 대한 범세계적인 인식을 제고하고, 동물권 보장에 앞장서는 환경 운동을 펼치는 것이 재단의 기본적인 설립 목적이다.

노벨 문학상 수상 기념 기조 강연에서 토카르추크는 인류가 직면한 현 상황을 다음과 같이 비관적으로 진단했다.

> 욕심, 자연을 존중할 줄 모르는 태도, 이기주의, 상상력의 결핍,

끝없는 분쟁, 책임 의식의 부재가 세상을 분열시켰고, 함부로 남용했고, 파괴했다. (……) 세상이 죽어 가고 있는데, 우리는 심지어 알아차리지도 못하고 있다.*

토카르추크에게 이 세상은 "살아 움직이는 거대한 단일체"이고, 인간은 "작지만 강력한 그 단일체의 일부"에 불과하다. 생태계에서 인간과 자연은 서로 동등한 존재 가치를 지니고 있으며, 상호 의존적인 공생 관계에 있다는 사실을 토카르추크는 늘 강조한다. 그렇기에 토카르추크는 인류의 위기에 대한 대안으로 '다정함'을 촉구하면서 문학의 뿌리가 바로 타자에 대한 '다정함'에서 비롯된다고 역설한다.

다정함이란 다른 존재, 그들의 연약함과 고유한 특성, 그리고 물리적인 고통이나 시간의 흐름에 대한 그 존재들의 나약한 속성에 대해 정서적으로 깊은 관심을 표명하는 것이다. 다정함은 우리를 서로 연결하는 유대의 끈을 인식하고, 상대와의 유사성 및 동질성을 깨닫게 한다. 이 세상이 살아 움직이면서 서로 끈끈하게 연결되어 있고, 더불어 협력하고, 상호 의존하고 있음을 깨닫게 한다. (……) 문학이란 우리와 다른, 모든 개별적 존재에 대한 다정한 마음에 기반한 것이다. 이것이 바로 소설의 기본적인 심리학적 메커니즘이다.**

* Olga Tokarczuk, Nobel Lecture, NobelPrize.org. Nobel Media AB, 2019. 12. 10.

** Olga Tokarczuk, 노벨 문학상 수상자 발표 직후 인터뷰, 2019. 10. 11. (https://www.dw.com/pl/tokarczuk-literatura-mo%C5%BCe-

노벨상 수상 직후, 폴란드 언론과의 인터뷰에서 토카르추크는 문학이 세상을 바꿀 수 있다는 굳건한 믿음을 전했다.

> 크라쿠프 근교의 벌판에 2만 5000그루의 나무를 심고 숲을 조성할 계획이라는 이야기를 시장님으로부터 들었습니다. 크라쿠프시는 그 숲에 제 소설 『태고의 시간들』의 공간적 배경인 '태고(Prawiek)'라는 이름을 붙이기로 했다고 합니다. 저는 '문학이 세상을 바꿀 수 있을까'라는 질문에 대한 대답으로 이 사례를 들고 싶습니다.
>
> 그렇습니다, 문학은 세상을 바꿀 수 있습니다!

역대 수상자들에 비해 젊은 나이인 쉰일곱 살에 노벨 문학상을 수상한 토카르추크는 앞으로의 행보가 더욱 기대되는 작가다. "세상을 위해 뭔가를 할 수 있기에 젊은 수상자라는 사실이 더욱 기쁘다."라고 말한 올가 토카르추크는 "앞으로도 늘 현실을 고민하는 작가로 남고 싶다."라는 바람을 드러냈다. 그런 그녀의 신념이 고스란히 투영된 문제작이 바로 『죽은 이들의 뼈 위로 쟁기를 끌어라』다.

호불호가 극명히 갈릴 수밖에 없는 파격적인 결말에도 불구하고, 『죽은 이들의 뼈 위로 쟁기를 끌어라』가 전 세계 독자들로부터 뜨거운 호응을 받은 것은 세상으로부터 소외된 존재가 자신보다 더 힘없고 연약한 존재의 불행을 아파하고, 그들에게 연대의 손길을 내미는 이야기이기 때문이다. "문학이 세상을 바꿀 수 있

zmienia%C4%87-%C5%9Bwiat/a-50801317)

다."라고 굳게 믿는 토카르추크는 단호하게 말한다. "세상은 '인간'의 소유물이 아니라 거대한 그물망이며, 그 속에서 우리 인간은 다른 존재와 보이지 않는 실타래로 연결되어 상호 작용하고 있다."*라고.

이제 세상 속으로

혹한의 겨울과 찬란한 봄, 두 계절을 『죽은 이들의 뼈 위로 쟁기를 끌어라』와 함께 보냈다.

주인공 야니나 두셰이코에 대한 묘사가 어찌나 사실적이고 생생한지, 폴란드에 가면 당장이라도 그녀를 만날 수 있을 것만 같았다. 엉뚱하지만 지혜롭고, 안쓰러우리만치 정직하며, 불의를 끝내 외면하지 못하는 두셰이코가 번역하는 내내 자신의 **이론**을 끊임없이 내게 속삭이곤 했다.

결말을 놓고 비판과 지탄의 목소리가 나오리란 걸 작가는 당연히 알았을 것이다. 그런데도 끝내 이런 식의 불온한 결말을 택할 수밖에 없었던 작가의 심정, 그 절절한 마음을 어렴풋이나마 헤아릴 수 있기에 작가의 용기에 박수를 보낸다. 토카르추크의 의도였는지는 모르겠지만, 이 작품은 인식과 사유 이전에 심장을 먼저 파고들고, 영혼을 우선 건드린다. 이성적인 해석보다는 직관적

* Olga Tokarczuk, Okno-o pandemii, 2020. 4. 4. (https://culture.pl/pl/artykul/okno-olga-tokarczuk-o-pandemii)

인 감상을 통해 불편함과 당황스러움이 교차하는 감정을 체험하면서 독자들은 그렇게 저마다의 방식으로 이 이야기를 흡수하게 될 것이다.

소설의 마지막 문단을 번역할 땐, 슬퍼서라기보다는 한 문장 한 문장이 어찌나 묵직하고 아름다운지 눈물이 핑 돌았다. 개인적으로는 아그니에슈카 홀란드 감독이 영화 「흔적」에서 제안한 결말보다 원작의 결말이 훨씬 더 마음에 든다. 번역을 마치고 나서도 그 여운이, 잔향이 너무 짙어서 꽤 오랫동안 헤어나기 힘들었다.

단언컨대 역자가 지금껏 읽은 수많은 소설 중 끝맺음이 가장 아름다운 문장을 꼽으라면 몇 손가락 안에 드는 작품이다. 독자 여러분께 그 처연하고도 기묘한 아름다움이 고스란히 전해질 수 있다면 옮긴이로서 더할 나위 없이 행복할 것 같다.

2020년 가을
최성은

옮긴이 최성은
한국외국어대학교 폴란드어과를 졸업하고, 폴란드 바르샤바 대학교에서 폴란드 문학 박사 학위를 받았다. 거리 곳곳에서 문인의 동상과 기념관을 만날 수 있는 나라, 오랜 외세의 점령 속에서도 문학을 구심점으로 민족의 정체성을 지켜 왔고, 그래서 문학을 뜨겁게 사랑하는 나라인 폴란드를 '제2의 모국'으로 여기고 있다. 현재 한국외국어대학교 폴란드어과 교수로 재직 중이며, 2012년 폴란드 정부로부터 십자 기사 훈장을 받았다. 옮긴 책으로 올가 토카르추크의 『방랑자들』과 『태고의 시간들』을 비롯하여 『끝과 시작 — 쉼보르스카 시선집』과 『충분하다 — 쉼보르스카 유고시집』, 『쿠오 바디스』, 『코스모스』, 『흑단』, 『헤로도토스와의 여행』 등이 있으며, 『김소월, 윤동주, 서정주 3인 시선집』, 『흡혈귀 — 김영하 단편선』, 『마당을 나온 암탉』 등을 폴란드어로 번역했다.

죽은 이들의 뼈 위로
쟁기를 끌어라

1판 1쇄 펴냄 2020년 9월 18일
1판 4쇄 펴냄 2021년 6월 1일

지은이 올가 토카르추크
옮긴이 최성은
발행인 박근섭·박상준
펴낸곳 (주)민음사

출판등록 1966. 5. 19. 제16-490호
주소 (우편번호 06027) 서울특별시 강남구 도산대로1길 62(신사동)
강남출판문화센터 5층
대표전화 02-515-2000 | 팩시밀리 02-515-2007
홈페이지 www.minumsa.com

ISBN 978-89-374-7989-2 (03890)

* 잘못 만들어진 책은 구입처에서 교환해 드립니다.